Né en 1959, Laurent Chalumeau est auteur des célèbres sketchs du duo José Garcia-Antoine de Caunes pour Canal +. Scénariste et dialoguiste pour le cinéma, il a publié plusieurs romans chez Grasset, dont *Fuck*, devenu culte, *Maurice le siffleur,* adapté au cinéma par Philippe Lefebvre sous le titre *Le Siffleur*, et *Les Arnaqueurs aussi*.

DU MÊME AUTEUR

Fuck
Grasset, 1991
et « Le livre de poche », nº 9752

Anne Franck 2 : le retour !
Grasset, 1994

Neuilly brûle-t-il ?
Grasset, 1997
et « Le livre de poche », nº 14682

Uptown
Florent Massot, 1997

Topodoco !
Roman pour hommes
Grasset, 1998
et « Le livre de poche », nº 14960

Moi et « Bobby McGee »
Grasset, 2003

Maurice le Siffleur
Grasset, 2006
repris sous le titre
Le Siffleur
« Points », nº P2138

Les Arnaqueurs aussi
Grasset, 2007
et « Points », nº P2030

En Amérique
Chroniques
préface de Virginie Despentes
Grasset, 2009

Laurent Chalumeau

UN MEC SYMPA

ROMAN

Bernard Grasset

TEXTE INTÉGRAL

ISBN 978-2-7578-1680-6
(ISBN 978-2-246-73171-9, 1re publication)

À Patrick Hauvuy et ses équipes de choc,
pour la belle jambe que ça leur fera.

Un

Depuis sa sortie de la maison d'arrêt de Grasse en liberté conditionnelle, c'était la quatrième fois que Manu Bonal venait visiter son conseiller d'insertion et de probation.

Chaque fois, les rendez-vous s'étaient bien passés. Manu Bonal se sentant quand même un nœud à l'estomac en arrivant devant l'entrée de l'antenne SPIP et la plaque *Ministère de la Justice*. Stressé, en fait, depuis trois mois qu'il était dehors, par tout ce qui avait rapport à la prison. S'étant juré à lui-même, Plus jamais ça, putain. Même si le prix à payer, c'était de rester honnête à partir de maintenant.

Manu sonnant à l'interphone, puis se présentant à l'accueil, un guichet avec des vitres coulissantes. Là, la vitre grande ouverte et derrière, au lieu de la brune à cheveux courts pas commode des autres fois, une très jolie petite Beure qui dit à Manu de s'asseoir et de patienter.

Manu content d'être seul à attendre sur les chaises disposées contre les murs du hall et de ne pas croiser d'autres mecs comme lui. Ignorant les magazines empilés sur des présentoirs, préférant jeter des regards en douce à la réceptionniste. La fille vraiment jolie. Le portrait tout craché de la chanteuse, là – celle que les journaux avaient un moment fiancée avec Zinedine Zidane, obligée après d'aller démentir chez Fogiel. Là, la fille derrière le guichet aussi belle que la chanteuse.

Manu laissant passer deux trois minutes comme ça, surpris en fait de se sentir moins noué qu'en arrivant, au point même de vouloir tenter sa chance et de retourner au guichet. La fille levant la tête, attendant qu'il parle.

« Vous devez plus en pouvoir. »

La fille toujours sans expression. Manu regrettant, alors, mais trop tard, donc disant, « Des mecs tout juste sortis de taule qui vous invitent à prendre un verre. »

La fille faisant une moue. « Non. Je me dis, ça fait partie du job. »

« Ah oui ? De prendre des verres ? »

« Non. De dire non merci gentiment une fois. Et s'ils insistent quand même, dire qu'on peut toujours trouver une bonne raison de les renvoyer dans leur établissement. »

« D'accord. » Une pause. « Et sinon, vous finissez à quelle heure ? »

La fille faisant un joli sourire. « Bon. Donc là, on va dire, c'est le moment où je dis non gentiment. Après, c'est à vous de voir. On s'en tient là, ou si on passe à l'étape suivante. Celle où je dis c'est du harcèlement et je fais inclure un rapport d'incident dans votre dossier individuel, assorti d'une demande de révoque. Que vous ayez moins de raisons de venir dans nos locaux pendant un petit moment. » La fille rebaissant les yeux vers ses papiers, déjà retournée à ce qu'elle faisait.

Manu hochant la tête avant de dire, « J'y pense et puis je vous dis. » Repartant s'asseoir, et puis voyant un type arriver du couloir interdit au public. Le type venant vers lui, disant qu'il s'appelait Thierry Plaisance et l'invitant à passer dans une salle d'entretiens.

Manu suivant donc le type dans l'une des petites pièces toutes meublées pareil : une table, des chaises. Manu et le type s'asseyant l'un en face de l'autre.

« Donc je m'appelle Thierry Plaisance. Je viens de prendre la direction de ce Service pénitentiaire d'insertion et de probation. En principe, les DSPIP ne font pas de suivi social ou judiciaire. Mais là, on a un congé maternité et une jambe cassée au ski. Donc je donne un coup de main. »

Manu hochant la tête : ils allaient se refaire son dossier du début. Les fois d'avant, la petite brune, en un quart d'heure, c'était plié. Là, c'était clair, ça allait être plus long.

Le mec ouvrant la chemise en carton et feuilletant les extraits de procédures, la condamnation, les extraits du greffe, l'avis favorable du directeur d'établissement, l'expertise psy, les notes du juge d'application des peines lors du premier entretien qu'il avait eu à sa sortie. Le mec disant, sans lever le nez, « Ah, c'est Gandil le JAP qui t'a vu en commission ? D'accord. » Manu laissant ça sans commentaire, pas sûr que ça en appelait un. L'autre reparti à lire les justificatifs – domicile, revenus – qu'il avait fournis depuis. Manu le regardant faire, attendant les questions.

« Là, donc, je vois, tu travailles au… Tésauris Sporting Club comme… professeur de tennis. Ben dis donc, toi, chapeau. Tu verrais les boulots que font les types, la plupart. » Manu étonné par le tutoiement, mais pas en position de se plaindre, donc ne relevant pas. « Et, je veux dire, c'est bien comme club ? »

Comme si l'autre se renseignait avant de s'inscrire, Manu se retenant de lui dire que la cotisation serait au-dessus de ses moyens, et à la place décrivant les six courts bien à l'ombre, sous les arbres, le club-house luxueux où les membres venaient déjeuner ou dîner le week-end.

Manu faisant long exprès, bien montrer au mec qu'il prenait son environnement professionnel à cœur.

« Et donc c'est là que tu loges, je vois. L'adresse de domicile est la même que le lieu de travail. »

« Oui. Il y a une petite chambre. » Manu n'allant pas dire qu'en fait, il couchait sur un Futon. En même temps, le plancher des vestiaires du Sporting, après Grasse, c'était le *Carlton*. Le mec en face se faisant la même remarque. « Dis donc, logé au club, en prime ! Sans déconner, je dis chapeau. Comment t'as démerdé ça ? »

« C'est le gérant, David Benamou. » Manu expliquant : David l'embauchant et se portant garant en souvenir de l'époque où ils se tiraient la bourre pour la tête du classement, au début des années 90. « On était ensemble en championnat – minime, puis cadet, puis junior. » À l'époque, c'était Manu qui gagnait les matches et emballait les filles, David peinant derrière. Maintenant c'était lui le boss, et Manu qui fermait sa gueule, trop content après ses trente-deux mois de placard. David prenant un peu sa revanche, dix ou quinze ans après, mais sans trop abuser. Raisonnable. « Le Sporting, j'ai gagné le tournoi une fois. Mais junior, donc pas vu un centime. Une raquette Head et une chemise Lacoste. J'étais content quand même. »

« T'étais bon joueur, donc ? T'étais classé ? »

« Zéro, quand j'avais dix-sept ans. Et puis je suis retombé à quinze/deux. Après j'ai eu du mal à tenir mon classement. »

« Putain, les classements, au tennis, je comprends rien. Leur quinze/huit, douze/trente, je sais pas quoi.

On a beau m'expliquer, j'arrive pas. Donc toi, concrètement, je sais pas moi – par exemple, t'as fait Roland-Garros ? »

« Oui. Plusieurs fois, dont une sur le Central, demi-finale junior. »

« Ah ouais. Quand même. Donc t'en vivais, du coup ? Comment ça se passait ? »

Pareil, Manu expliquant : le circuit des tournois, deuxième et troisième séries, en été, et les cours en club l'hiver. L'un dans l'autre, à cet âge-là, célibataire, avec des petits besoins, une vie plutôt confort.

« Sauf qu'un beau jour, tu zappes. Un musée d'horlogerie près de la frontière suisse. »

Manu hochant la tête. Juste, se demandant où ça allait, la petite brune correcte des fois d'avant ne lui ayant pas fait ça. Le mec, lui, reparlant du casse, jouant au magistrat, ou au condé, quasi rouvrant l'enquête. « C'était quand même un beau coup, non ? Déguisés en livreurs DHL, à l'heure du nettoyage ? L'homme de ménage qui se méfie pas et qui vous ouvre ? Non. C'était ingénieux. Note, tout ça pour te faire crever après par un radar. Ça c'est rageant, du coup, non ? Tu respectais les limitations, si ça se trouve, tu passais à l'as. »

Le pire, c'est que c'était vrai. Flashé en France à dix kilomètres du musée, un quart d'heure après le casse, Manu tout seul dans la voiture avec la marchandise, ses deux collègues restés en Suisse, traçant vers l'Italie. Les flics avec sa photo prenant ensuite le temps qu'il faut, mais remontant jusqu'à lui.

« Et sinon, qu'est-ce que je veux dire… Là-haut ? Ça C'est passé comment ? » Le mec disant « là-haut » à cause de l'altitude de la maison d'arrêt : sept cent quarante-trois mètres. « Bien, on dirait, pour ce que je vois là. Mais bon, les rapports de détention, tu sais comme moi, il y a pas forcément tout. Donc je préfère te demander. »

Manu haussant les épaules. « Ça va. J'ai pas eu de problème. »

« Personne t'a emmerdé, t'as emmerdé personne. C'est ça que tu dis ? »

Voilà. C'était exactement ça. Manu avait mangé ses trente-deux mois d'une traite. Sans lever la tête. Sans embrouilles non plus. Deux raisons à ça. Le sport : les premiers jours, les mecs l'avaient vu avec un ballon. Donc ça, l'agilité avec la balle. Et puis ce qui l'avait amené là : les bijoux, les musées, ça faisait rêver un peu, même les petits crapauds tombés pour trabendo.

« En même temps, pendant l'instruction, c'est bien : tu t'es tenu comme un homme. Pas lâché un seul nom. Du coup, t'as tout pris sur ta tête, au jugement. La maximale, requise et prononcée. » Le mec essayant de parler comme les flics, en fait. Mais pas comme les vrais flics. Plutôt les flics télé. Manu commençant à sentir un loup, mais sans voir, à ce stade, lequel ça pouvait être.

« Comme j'ai dit à la juge, je les savais pas, les noms. Je les aurais sus, peut-être je les aurais dits. Mais là, tout ce que j'avais, c'était des pseudos. Je les lui ai dits. Après c'est à l'enquête qu'ils ont rien pu en faire. Mais moi… »

« Ben oui. Pis les pseudos, faut dire ! » Le mec lisant : « Mister Pink, Mister Green, comme dans *Réservoir Dogs*. Tu t'es pas trop foulé. Sauf que, après, comme par hasard, une fois en établissement, première promenade, il y a Mario Ghatti, Manouche lyonnais notoire, qui vient te voir dans la cour souhaiter la bienvenue. Qu'on sache des deux côtés qu'il t'avait à la bonne. Donc c'est bizarre : toi t'avais pas les noms, mais *Mister Pink* et *Green*, ils se souvenaient du tien. Ils t'ont fait un papier pour que t'aies le traitement VIP. » Le mec prononçant « vipe ». « Va savoir. Peut-être t'as eu raison, au fond, manger ta langue devant la juge ? »

Là, le mec sortant du dossier le *Nice-Matin* du jour, plié au niveau des pages locales Cinjus-Tésauris, le plaçant devant Manu et tapotant le doigt sur un article en bas de page. « Tiens, toi qui aimes la belle horlogerie. »

Manu lisant le titre : « Vernissage de l'exposition de montres anciennes à la fondation Lievenstein ». Manu voyant bien où c'était, un château style toscan à l'entrée de Cap-Cinjus, avec un parc d'un hectare. Manu passant devant quand il allait courir sur la route de corniche, le haut portail ouvert ou fermé selon les heures de visites. Manu n'ayant jamais eu la curiosité de rentrer, se tenant à l'écart des musées ou de ce qui ressemblait.

« C'est ce soir l'inauguration, en présence du maire et d'Oleg Makharov, le Russe qui prête sa collection. T'as vu ce qu'il y a dedans ? Des Breguet numérotées, des George Margetts, des prototypes de *Graves* Patek Philippe. Moi, ça me dit rien, tout ça. Mais toi ça doit te parler. Valeur inestimable, ils disent dans le journal. »

Manu ne disant rien, commençant à flipper, sans savoir encore pourquoi. Le mec sortant maintenant une enveloppe papier Kraft 21 × 29,7 et la posant devant lui. « Tu veux plus de détails, je t'ai pris le catalogue. Je me suis arrangé pour l'avoir à l'avance. » Manu se gardant bien de toucher à l'enveloppe, ou même de la regarder. « Là, à deux pas de chez toi, ce serait bête de passer à côté. Un connaisseur comme toi. »

« Oui, peut-être. Si ça se trouve, j'irai. »

« Non. Pas si ça se trouve. Tu vas y aller, moi je te le dis. En repérage. »

« Repérage de quoi ? »

« Avant de cambrioler. Comme ça qu'on fait, non ? Avant de taper, tu repères. Toi tu fais pas comme ça ? Tu montes au truc direct ? Ben, c'est pas étonnant que tu te sois fait serrer, alors. Non, ce coup-ci, tu prépares ! Fais-moi plaisir ! »

« Je prépare rien du tout. J'en ai rien à foutre, votre musée. J'ai pas envie de le casser. » Manu, soudain, voyant venir le coup. Refusant d'y croire, tellement c'était pourri.

« T'as pas envie ? C'est con. Parce que tu vas le casser quand même. Sinon, à quoi ça me sert que je te laisse être dehors ? À rien. Donc à ce compte-là, pour moi, t'es aussi bien au trou. Est-ce qu'on communique mieux, là ? »

Deux

Pendant trente-deux mois, Manu Bonal avait détesté l'idée d'être en prison le jour de ses trente ans. Et sa première pensée après l'acceptation de sa conditionnelle avait été de se dire qu'il serait dehors pour son anniversaire. Manu aimant la symbolique du truc, l'idée du chiffre rond et de repartir sur de nouvelles bases.

De fait, une fois sorti, les premières semaines s'étaient passées nickel. Employé et logé au club. Jouant au tennis. Se tapant des clientes – même si ça, les clientes, il avait vite cessé, voyant la source d'emmerdes possibles.

Après, bien sûr, ça avait les inconvénients de n'importe quelle place dans un club de ce genre-là, hyper select, avec juste des pétés de thunes admis à s'y inscrire. Dans le tas, forcément, il y en avait deux ou trois que, sans la conditionnelle, Manu se serait fait un plaisir de recadrer un peu. Là, il fermait sa bouche. Se disant, tant qu'à faire, mieux valait s'écraser devant un membre du Sporting que devant les matons. Ou les mecs dans la cour.

Donc c'était cool. Juste la petite visite au conseiller insertion-probation une fois par mois. Mais ça aussi, pareil : jusqu'ici, Manu s'en était bien sorti. La petite CIP brune gentille, ne lui prenant pas la tête. Manu chaque fois empruntant même la BM de David, pour ne pas s'emmerder avec le train et le bus.

Non. C'était top. Tout roulait. Tout roulait tellement bien, même, que c'était pas possible que ça ne roule soudain plus.

Manu du coup niant le truc, refusant encore de croire ce qui venait de se passer. L'ayant dit au mec, d'ailleurs. Disant, « C'est dégueulasse, vous pouvez pas me forcer, ça se fait pas. »

« Comment ça ? »

« Me forcer à faire un casse. Vous pouvez pas me forcer. Ça existe pas. »

Le mec disant, « Non t'as raison, le casse, je peux pas te forcer à le faire. »

Ah.

« Mais retourner au placard, ça, oui, pas de problème. Je peux t'y forcer quand je veux. »

Ah.

« Tu sais, une conditionnelle, ça s'accorde, mais ça se révoque, aussi. Et moi, là, à ta place, je ferais tout pour pas replonger. Parce que juste, imagine : on bouge ton ami manouche. Et toi, pendant ce temps-là, je fais courir un bruit. Tu sais ce que c'est, les rumeurs. Déjà dehors, c'est dur à démentir. Mais là-haut, tu vois ce que je veux dire ? Les rumeurs, c'est l'horreur. »

« C'est pas la peine, c'est non. Je marche pas dans votre histoire, là. Je vais tout dire au juge. »

« Tu vas dire quoi à qui ? Quel juge tu vas aller voir ? Fais gaffe à bien choisir parce que l'Application des peines, je peux te dire, tu croises de tout. Tiens, je te donne un exemple : le petit Fabrice Burgaud, tu sais l'affaire d'Outreau ? Après le scandale, tu penses, ils étaient emmerdés, ils savaient pas quoi en faire. Ils ont très vite trouvé : exécution des peines. T'es content, je te dis pas, si c'est sur lui que tu tombes pour une libération ! Tu comprends ce que je veux dire ? Les JAP, sauf exception, c'est pas vraiment l'élite. Donc tu parles à un juge ? Mais te gêne pas surtout ! Juste vérifie bien, avant, voir à qui tu t'adresses. »

Manu, là, dans l'instant, ne trouvant rien à répondre.

« Là, donc, on va se quitter. On s'est tout dit. Tiens. T'as mon portable, là-dessus. J'attends de tes nouvelles avant vingt heures ce soir. » Tendant une carte. Manu se gardant bien d'y toucher et se levant.

Le mec se levant aussi, rassemblant ses papiers, comme si de rien n'était, la fin d'un entretien normal. Manu et lui ressortant, le mec le laissant passer en premier dans le couloir, Manu revenant dans le hall, cette fois sans un regard pour la jolie réceptionniste, la tête à autre chose.

Le mec le raccompagnant jusqu'à la porte et lui disant, super gentil, jouant pour la jolie Beure et le type qui poireautait avec un magazine : « Donc, c'est d'accord ? On fait comme on a dit. Repensez bien au boulot dont je vous ai parlé. Si vous avez des questions, n'hésitez pas. Je garde la documentation à votre disposition. » Tapotant l'enveloppe avec le catalogue dedans. « Bon courage et à bientôt. »

Manu sortant et redescendant les marches, les jambes un peu sciées.

Sortant du bâtiment et marchant jusqu'au coupé BM garé cent mètres plus bas, sur le parking du Leclerc, ayant fait ça à chaque fois. Pas que les gens du SPIP le voient en bagnole à cent mille et aillent imaginer des trucs.

Derrière, Manu était rentré au club, manquant plusieurs fois de planter le *Roadster* dans la voiture devant, réentendant le mec pendant tout le trajet.

C'était tout réfléchi. Un plan super foireux en plus. Les mecs, tu penses, un musée de montres anciennes et lui dans le secteur ? Les condés pas si cons, il y avait des limites. Donc à tout prendre, peut-être qu'il valait mieux retourner en cabane pour six mois. Finir son temps et basta. Sauf bien sûr si l'autre enculé, là, Thierry Plaisance de merde, venait lui gâcher le séjour. Une rumeur vraiment crade, une histoire de balance ou de môme tripoté.

C'était absurde, la situation. Faire un truc qui peut te renvoyer en prison, sinon tu retournes en prison.

Manu arrivant au club pendant que les ouvriers qui creusaient la piscine étaient en train de remballer, rendant les clés de la BM à David sans rien dire, puis allant se changer, donnant ensuite ses trois heures de leçon en pilotage automatique. Pas dedans. Obligé de se forcer pour faire un commentaire de temps en temps au client, disant même à celui de dix-neuf heures qu'ils allaient faire un petit set et se contentant ensuite de lui placer la balle dans le tamis. Le client repartant enchanté d'une leçon où le prof n'en avait pas foutu une. Manu soulagé une fois que c'était fini.

Ton mec d'application des peines qui t'envoie au braco. Elle est pas belle celle-là ?

Monsieur Contensin, le notaire à Antibes qui avait cours à vingt heures, était un peu en retard. Manu du coup prenant son temps pour ramasser les balles avec son petit panier grillagé, conscient que l'ultimatum qu'avait donné le mec venait juste d'expirer. Manu empêché en même temps de trop imaginer les conséquences par David. David venant là sans rien de particulier à dire, juste envie de bavarder entre deux. Tombant à la fois bien et mal.

Manu pour dire quelque chose demandant à David combien de temps il pensait qu'ils en avaient encore avec les travaux de la piscine.

« Tais-toi. M'en parle pas. Là, ça va faire deux semaines ça devrait être fini. »

Manu demandant alors pourquoi c'était si long.

« Parce que. Si tu préfères, au lieu d'être un modèle standard avec une coque prémoulée comme toutes celles que tu vois, là c'est tout sur mesures. Donc, ils ont fini le terrassement, mais je sais pas ce qu'ils m'ont expliqué, ils en sont au coffrage et c'est seulement *après* qu'ils attaqueront le béton. Donc t'as compris, le revêtement, c'est pas pour après-demain. C'est sûr, ça va être beau. Mais ça pourra, je vais te dire ! Le temps qu'ils auront mis. »

Manu se disant, les gars bosseraient toute la journée, aussi, ils iraient peut-être plus vite. Au lieu de là, quatre heures par jour, quand les courts étaient vides entre treize et dix-sept, que le bruit gêne pas les membres.

David en train de dire : « Pis tu comprends, aussi, les mecs qu'ils nous envoient ? Que des Turcs ou des Roumains ! Donc tu t'étonnes, après. Moi c'est pas dur, je te le signe : même pas en rêve ce sera fini pour Pâques. »

Sur le court à côté d'eux, Madame Ponderoux jouait avec Bruno Dubosq, le chirurgien esthétique, le seul membre du club que Manu ne pouvait réellement pas saquer. Mais alors vraiment pas. Manu détestant le mec comme il avait pu en détester en prison, gardiens ou détenus. Et là, comme en prison, obligé de faire semblant, même si c'était pour d'autres raisons.

Monsieur Dubosq en train de servir. Efficace, mais vilain. Un geste pas beau à voir. Manu ne résistant pas et disant à David : « C'est quoi la torsade qu'il fait au moment du lancer, au lieu de dérouler, les deux bras bien synchro ? »

David dit, « Ouais. Curieux, à son niveau, personne le lui ait dit. »

« On lui a sûrement dit ! Il a juste pas écouté. »

« Ouais. C'est son problème, un peu, Monsieur Dubosq. Il sait tout mieux que tout le monde. »

Manu étonné d'entendre David critiquer un des membres, même aussi *light* que ça. Dire si le mec était naze, que même David s'autorise !

David qui venait de redonner un coup de menton vers le quatre, le tour de Madame Ponderoux de servir, maintenant. Beaucoup plus élégante que Monsieur Dubosq. Un beau geste bien délié et un joli bruit de balle. David dit, « Et là-bas, où t'en es ? »

Manu dit, « Comment ça ? » Sachant très bien où l'autre voulait en venir.

« C'est ça. Prends-moi pour un jambon en plus. »

Manu faisant alors semblant de percuter. « Oh *ça*. Non, c'est fini. Plusieurs semaines déjà. C'était juste comme ça. »

David dit, « Bon, eh ben, je préfère. Et pour être franc avec toi, ce serait même mieux qu'il y en ait pas d'autres. Là, sur le coup, j'ai rien dit parce que tu venais juste de sortir et puis bon, Madame Ponderoux, c'est un peu particulier. Mais que ça reste la seule fois. Les membres du club, ils font ce qu'ils veulent entre eux, mais les employés, je veux pas qu'il y ait d'embrouilles. »

Manu tenté de dire, un tennis club où les profs n'ont pas le droit de céder aux avances des clientes, c'était nouveau, comme concept – et risqué, commercialement parlant. Mais dispensé par Monsieur Contensin, le client de vingt heures, en train d'approcher, sa raquette sous le bras.

David plantant Manu là, du coup, saluant le client devant la porte du court et partant vers le club-house.

David, mine de rien, saisissant des prétextes pour bien rappeler qui menait au score, maintenant. Et Manu, là non plus, pas trop en position de répondre. Comme avec un maton, en fait. Manu s'étant déjà surpris, d'ailleurs, à parler à David son soi-disant vieux pote comme il faisait là-haut avec les surveillants. Deux trois fois, même, se retenant de justesse de l'appeler « chef », sans faire exprès. Mais malgré ça, forcé d'admettre. David, c'était facile. Rien à voir avec Grasse.

Grasse où il allait retourner s'il ne faisait *pas* le casse que le mec lui demandait. Grasse où il risquait de retourner s'il *faisait* le casse que le mec lui demandait.

Manu, pour être franc, assez inquiet de voir ce qui allait se passer à partir de maintenant.

Trois

Bruno Dubosq détestait *Nip/Tuck,* la série américaine diffusée sur le câble et sur M6, en raison du jour caricatural sous lequel le programme représentait la chirurgie esthétique.

Il l'avait encore dit, plus tôt l'après-midi, à l'étudiante en sciences de l'information et de la communication de Nice-Sophia-Antipolis, venue l'interroger pour son master.

« Attendez, c'est flagrant : dans les fictions télévisées, toutes les professions médicales, *toutes*, sont valorisées – et je dirais même, *idéalisées*. Ils exercent dans de merveilleux hôpitaux suréquipés : ils couchent, ils rivalisent. Dans les couloirs, uniquement. Parce qu'en salle d'op, pardon ! Là, ils font des miracles ! Des demi-dieux, des saintes laïques. Tous, du neurochirurgien à la sage-femme en passant par l'orthopédiste. *Tous*, sauf Nip et Tuck, les deux garçons de bain sans scrupules. »

L'étudiante prenant des notes sur son cahier à spirale petits carreaux, assise en face, comme une patiente. Bruno disant avec autant de ferveur que si c'était la première fois, « Déjà, le vrai nom de la discipline, c'est chirurgie plastique, reconstructrice *et* esthétique. »

Laissant l'étudiante noter et enchaînant : « Alors,

quand je dis ça, les gens disent, oui, d'accord, *reconstructrice*. Les accidents de la route, les grands brûlés. Ça, oui, c'est différent. Sous-entendu, *ça*, c'est de la vraie médecine, c'est noble. Contrairement, au hasard, à une rhinoplastie – un remodelage du nez – ou une augmentation mammaire. Eh bien je vais vous dire, même ça, c'est une idiotie. Je veux dire, cette pseudo-distinction entre le magicien, n'est-ce pas, qui rend un peu de vie à une gamine vitriolée par le barbu qu'elle a refusé d'épouser – et le charognard cupide qui fait son beurre sur la coquetterie paniquée de bourgeoises vieillissantes. Voyez ce que je veux dire ? D'un côté, la légitimité sacrée de la reconstruction, de l'autre la frivolité vulgaire de l'esthétique. Eh bien ça ne tient pas. Et je vais vous dire pourquoi : chaque chirurgie réparatrice est pratiquée à des fins esthétiques. Et toute chirurgie "esthétique" est *in fine* réparatrice. »

Fâché de devoir attendre qu'elle ait noté. Son speech parfaitement rodé ne demandant qu'à sortir. « Par exemple, encore l'autre jour, je vois je ne sais quel magazine avec le titre "Pour ou contre la chirurgie esthétique". Pourquoi pas pour ou contre la chirurgie cardiaque, à ce moment-là ! »

Un jour, à un dîner, il disait ça et l'un des convives, un architecte, avait fait rire l'assistance en citant le barde d'*Astérix* : Ignares, barbares, vous ne connaissez rien à l'art. Bruno n'avait pas relevé, attendant que les rires cessent pour reprendre. Mais c'était ça, au fond : ignares, barbares, ils ne connaissaient rien à l'art. À son génie. À son pouvoir.

Bruno en train de dire à l'étudiante ce qui tombait sous le sens : on ne se faisait pas opérer par plaisir. À l'origine de chaque consultation, on retrouvait une pathologie de l'image de soi, génératrice de souffrance psychique, toujours présente, souvent poignante, derrière la futilité apparente des mobiles.

« Une souffrance que le chirurgien plasticien a pour mission d'apaiser, sûrement pas d'exploiter ! Nous réparons ! Car, *oui*, nous sommes des chirurgiens à part entière ! Nous opérons des humains *souffrants*. Notez ça : autant et même plus qu'une chirurgie du corps, la chirurgie esthétique est une chirurgie de l'*âme*. Une chirurgie aux résultats physiques souvent spectaculaires. Et aux résultats psychiques presque toujours secrets. Et c'est cette subjectivité du résultat qui fait la grandeur et la difficulté de notre discipline. »

Heureusement, ses patientes, elles, savaient. Il suffisait de les voir, les unes après les autres. L'espoir lors de la première consultation. La confiance lorsqu'elles revenaient au deuxième entretien. La gratitude ensuite. Bruno expliquant ça à l'étudiante. Les souffrances soulagées. Toutes ces vies reconstruites. Mais rien à faire.

Depuis cette série de merde, un chirurgien plasticien, reconstructeur et esthétique ne pouvait être qu'un bellâtre véreux qui ne pensait qu'à l'argent, vivait au bord de la mer, roulait en décapotable et se tapait tout ce qui bouge.

Non, sérieux, quand bien même Bruno se trouvait plutôt bien de sa personne, avait de jolis revenus, habitait entre Nice et Cannes, conduisait une 911 *Carrera S* cabriolet et n'avait pas de problème à trouver des partenaires, ça faisait chier, putain. Douze ans d'études – oui douze. Sept ans de médecine. Trois ans de chirurgie générale et deux ans de spécialisation –, une main d'une sûreté absolue, tout ça pour se traîner l'image d'un gigolo qui refait des pifs et des nibards. C'était injuste.

L'espoir, la confiance, la gratitude.

Bruno tenait à ce que l'étudiante comprenne bien. Et pour être sûr, juste avant de partir au Sporting pour sa partie avec Linda Ponderoux, il avait demandé à la patiente suivante si ça la dérangeait que la petite assiste à l'entretien. La patiente, une dame que Bruno recevait pour la première fois, prise de court, trop intimidée pour refuser.

La dame, en plus, parfaite pour ce qu'il voulait démontrer. Petite soixantaine, joliment conservée, à l'exception d'une poitrine trop volumineuse pour le reste du corps, Bruno du coup sachant déjà pourquoi elle consultait. Le visage de la dame lui rappelant quelque chose – il en voyait comme elle toute la journée. Dans son cabinet, dans les boutiques, au Sporting, partout, toujours la même : blonde, bronzée, faisant un régime. Pile le type de patiente que Bruno préférait. Une de ces femmes qui avaient commencé à passer de l'autre côté, renoncer, virer mémères, mais qui allaient redevenir baisables pour une dizaine d'années. Grâce à lui.

Bruno notant son nom, son âge, l'interrogeant sur d'éventuelles allergies, maladies, interventions chirurgicales. Médication en court ? Traitement hormonal contre la ménopause ? Les bases.

La patiente expliquant ensuite qu'elle venait pour un lifting.

Bruno demandant lequel, énumérant les diverses interventions possibles, recommandant ensuite un cervico-facial, combiné avec un fronto-temporal par voie endoscopique.

La dame, visiblement, ne sachant pas de quoi il s'agissait. Bruno lui épargnant d'avoir à demander.

« L'endoscope est un petit tube optique de cinq millimètres de diamètre muni d'une caméra vidéo. Une fois introduit sous la peau, il permet d'opérer de l'intérieur avec précision et sans incisions inutiles. Autrement dit, c'est un lifting presque sans cicatrices. »

La patiente comme d'habitude alléchée par cette perspective. Et demandant alors s'il serait possible de procéder à un rehaussement de la poitrine. Bruno disant, « Une correction de ptose, oui. Bien sûr. »

La dame demandant si, en même temps que le rehaussement, on ne pourrait pas envisager une légère réduction. La dame expliquant qu'en fait, le lifting et le rehaussement, c'était à l'initiative de son mari. La réduction, en revanche, son mari était contre. Que donc, là, l'idéal serait d'en enlever autant que possible pour son confort à elle, sans que ça se voie trop de son point de vue à lui. Demandant à Bruno s'il voyait ce qu'elle voulait dire, comme si c'était la première fois que Bruno entendait ça.

Bruno alors lui disant qu'elle pouvait se rassurer, que toute mastopexie, ou si elle préférait, tout rehaussement mammaire, s'accompagnait nécessairement d'une mammoplastie – une réduction, plus ou moins importante. « Si on veut créer les conditions d'une tenue pérenne, je dois vous réduire les seins de cent vingt grammes chacun. Plus, si vous le désirez. À vous de dire. »

La dame disant qu'elle aimerait perdre au moins une taille. Surtout là qu'elle avait recommencé le tennis. Et puis pouvoir porter certains vêtements qui lui étaient interdits pour l'instant.

Bruno alors, avant d'aller plus loin, abordant, comme chaque fois à ce stade de la conversation, la question des tarifs. Annonçant à peu près dix mille pour la mammoplastie. Cinq mille pour le lifting. Plus frais d'hébergement, trois jours dans un cas, un et demi dans l'autre. Prenant ensuite les devants sur la question que la plupart n'osaient pas poser, mais qui leur venait à toutes. « Non. Ce n'est pas remboursé. Même pas par les mutuelles. Les liftings, aucune chance. Les mammoplasties dans certains cas extrêmes sont prises en charge, mais doivent alors être effectuées en hôpital public. »

Donc pas à la clinique Lechevalier de Cinjus-Tésauris. Ce dont ces dames, ses patientes, ses fans, ses obligées, n'auraient voulu pour rien au monde. Elles arrivaient le plus souvent recommandées par d'autres, et c'est lui qu'elles voulaient. *Lui*. Même pas le directeur de la clinique, Michel Lechevalier. Non. Lui, Bruno Dubosq. Ses patientes pouvaient payer. Ses patientes *voulaient* payer. En l'état, payer faisait partie de leur plaisir. La preuve : la dame n'avait pas cillé en entendant les chiffres.

Là, ils étaient à côté, dans le cabinet d'examen. L'étudiante dans un coin, discrète, la patiente ayant vite oublié sa présence. Bruno lui montrant des photos avant/après, faisant des rapprochements avec son cas à elle. La laissant digérer les résultats spectaculaires. Bruno sortant l'appareil numérique et la faisant poser, de face et de profil. Le visage d'abord, pour le lifting. Puis elle avait enlevé le haut, son petit pull bleu marine et son soutien-gorge chair, pour que Bruno lui photographie aussi le buste. Bruno lui disant de se tenir bien droite, les mains derrière le dos, la dame debout au milieu de la pièce, dressée sur les talons de ses escarpins, avec juste sa jupe plissée tombant au-dessus du genou. Bruno, entre deux déclenchements, voyant la petite étudiante qui les regardait, la dame à la grosse poitrine nue et lui, en train de la photographier. L'expression de la fille impossible à déchiffrer. Bruno inquiet de ce qu'elle pouvait penser, la fille peut-être trop jeune, en fait, pour bien comprendre ce qui était en train de se jouer. Bruno ensuite montrant à la patiente l'écran du numérique, qu'elle sache qu'on ne voyait pas son visage sur les photos de ses seins.

Et là, sans rien qui puisse l'expliquer, la patiente fondant en larmes. Debout au milieu de la pièce, avec juste sa jupe plissée blanche sur elle, son visage dans ses mains, ses coudes pliés sur sa trop grosse poitrine.

Catastrophe. Bruno croisant le regard de la petite étudiante et lisant l'hostilité. La réprobation. L'empathie pour la patiente, envoyée par un mâle égoïste se faire charcuter par un tortionnaire complice : lui, Bruno.

Bruno disant à la patiente, « Si vous n'êtes pas sûre, rien ne vous oblige. Il ne faut pas le faire, si vous n'avez pas envie. »

Et alors surprise ! La dame sanglotant, disant qu'elle aurait dû venir le voir plus tôt. Voilà ! La petite étudiante pouvait voir quelle souffrance soulageait un chirurgien plasticien, reconstructeur et esthétique.

Bruno tendant un Kleenex, la dame s'épongeant les yeux tout en disant à quel point elle était désolée, s'excusant à profusion, tout en se rhabillant.

Bruno recroisant le regard de l'étudiante et là, l'inverse ! L'admiration. Le respect. Elle avait compris. Elle avait *vu*. Elle pourrait témoigner.

De la misère à dix mille. Non remboursés. Mais de la misère quand même.

Qui pouvait décider que cette souffrance-là ne méritait pas d'être soulagée, elle aussi ? Qui pouvait en conscience refuser aux riches ménopausées des Alpes-

Maritimes un peu de réconfort ? Comme disent les Américains, c'était un sale boulot, mais il fallait que quelqu'un le fasse. Un sale boulot ? Pardon ! Une tâche d'élection, réservée à une élite médicale et morale.

Venir en aide aux enfants défavorisés, c'était facile, à la portée du premier *french doctor* venu. Mais ces malheureuses femmes abandonnées seules face à l'outrage du temps, dans une région qui idolâtrait plus encore que d'autres le corps et la jeunesse, ces malheureuses, qui allait les aider ? Il fallait bien que quelqu'un se dévoue pour endurer l'opprobre, surmonter l'incompréhension, ignorer les railleries.

Bruno Dubosq se sentant utile. Elu. Et, donc, en dépit des soucis qu'il avait en ce moment, littéralement parlant, au sens strict des mots, content de lui.

Bruno Dubosq était quasi sûr que tôt ou tard Linda Ponderoux et lui allaient coucher ensemble. Juste, là, ça l'arrangeait si ce n'était pas ce soir. Bruno surpris, pour tout dire, que ça n'ait pas déjà eu lieu, depuis que la belle brune et lui se croisaient au Sporting.

Pour ce qu'il pouvait en voir, Linda Ponderoux ne s'était encore rien fait refaire. Mais comme il aimait à dire, si c'était bien fait, ça ne se voyait pas. Malgré tout, persuadé que Linda Ponderoux n'avait encore rien retouché. Même s'il allait bientôt falloir. Certes, à bientôt cinquante ans, on lui en donnait dix de moins. Mais raison de plus ! Belle comme elle l'était, ce serait du gâchis de se laisser vieillir sans rien faire, à côté d'un mari d'au moins vingt ans plus âgé, d'après les renseignements que Bruno avait pris.

15-40 dans le premier jeu du troisième set, Linda Ponderoux et lui en ayant gagné un chacun, Bruno en train de servir, interrompu par la sonnerie de son portable sur le petit banc, posé à côté de celui de Linda, des pulls et des deux bouteilles d'eau. Bruno disant, « C'est peut-être Lechevalier, il est à Chicago en séminaire et il a cherché à me joindre plusieurs fois aujourd'hui. Si c'est lui, je m'excuse mais je suis obligé. »

Linda hochant la tête, Bruno rejoignant son téléphone.

Numéro inconnu. Donc à tous les coups, c'était l'autre. Bruno prenant l'appel et comprenant tout de suite que ce n'était pas Lechevalier en entendant la voix dire, « Je te dérange ? »

Bruno se disant eh merde, mais trop tard, maintenant. « Claude-Moïse, justement j'allais t'appeler. » Et tout en disant ça, s'éloignant vers la porte du court, faisant signe à Linda qu'il était désolé, sortant vite pour trouver un endroit où personne ne l'entendrait.

« T'allais m'appeler ? Non, je vois bien. T'es un petit humoriste, toi, en fait. »

« Je t'assure. Ce matin j'étais en salle d'op, là je finissais une consultation et, aussitôt après, je te jure, j'allais t'appeler. »

« Pour me dire quoi ? Que t'as mes trente mille euros ? »

« Oui. Enfin c'est ça que je voulais te dire : ça y est, j'ai trouvé un moyen de te les rembourser. C'est bon, si tout va bien, normalement, ce week-end tu les as. »

« Normalement ce week-end je les ai ? »

« Absolument. Normalement, tout se passe bien, ce week-end tu les as. »

« Ce week-end je les ai ? Je le crois pas ce que j'entends. Normalement, comme tu dis, normalement, c'était il y a dix jours, j'aurais dû les avoir. C'est pas le week-end prochain. C'était ça, *normalement*. »

« Oui, non, je sais, Claude-Moïse, mais le truc, c'est que – »

« Et encore, je m'excuse, je te coupe : les trente mille, ça va faire combien de temps que tu dois me les casquer ? »

« Je sais plus. Longtemps. *Trop* longtemps, je suis d'accord. Claude-Moï – »

« T'as raison que c'est longtemps. Deux semaines, c'est *très* longtemps. En même temps, je reconnais, c'est un peu de ma faute. Si ! Faut être juste, c'est de ma faute. T'étais dedans de dix mille, tu me demandes dix mille autres, je te dis, t'es sûr ? Tu te rappelles, je t'ai dit ça ? »

« Oui c'est vrai, tu l'as dit. »

« Toi tu me dis oui, bien sûr. Total, deux heures après, les dix mille, il y a plus rien. Tu m'en redemandes dix autres. Je te dis, fais gaffe, t'es sûr, tu pourras rendre ? Tu me dis oui, pas de problème. Je te dis, t'as pas de problème pour rendre, pourquoi t'empruntes alors ? Tu dis, c'est juste que là, tout ça, je sais pas quoi. Et moi comme un con je te crois. C'était il y a quinze jours. Tu te souviens ? »

« Oui, Claude-Moïse, c'est vrai. Mais je t'ai pas menti, j'étais de bonne foi quand j'ai – »

« T'étais de bonne foi ? T'étais de bonne foi quoi ? Deux semaines que tu me partouzes, mais de bonne foi, c'est ça que tu dis ? T'es de bonne foi quand tu me la mets dans l'oreille ? T'es de bonne foi quand tu me la glisses dans le cul ? C'est là que t'es de bonne foi ? »

« Claude-Moïse, je t'assure – »

« Et, moi, quelle foi je vais être, à ton avis, quand je vais te crever un œil ? Je dis, je vais t'égorger avec ma petite cuiller, je suis de bonne foi ou pas ? Vas-y, tu fais cinquante/cinquante ? Ou alors tu préfères prendre l'avis du public ? »

Sur le court, Linda Ponderoux s'était assise sur le banc et pour ce que Bruno croyait voir, passait le temps en envoyant des SMS.

« Claude-Moïse, écoute-moi. C'est vrai, tu as été très patient. Je me rends bien compte, en temps normal, ça ne se passe pas comme ça. Mais crois-moi, crois-moi je t'en supplie, à aucun moment je n'ai pris ça à la légère. Je te jure, ça m'a rongé. Et ça me rongeait encore plus de pas savoir comment j'allais te rembourser. Mais là, ouf, justement, c'est ça que je voulais te dire, j'ai trouvé comment faire. Ce week-end t'auras tout, je te jure. Les trente mille en une fois. »

« Non. »

« Claude-Moïse, je t'assure, donne-moi juste quelques jours. Je sais que – »

« Non. Je dis, ce week-end, c'est plus trente mille que c'est. C'est plus. Avec l'astreinte à cinq cents euros jour, ça risque de chiffrer vite. »

« Claude-Moïse, cinq cents, c'est pas possible. Comment tu veux que je – »

« Excuse-moi, je te coupe, mais je crois c'est pour ton bien : j'entends encore *un* mot, c'est plus cinq cents, c'est mille, tu comprends ce que je te dis ? Et estime-toi heureux. Si ! Estime-toi heureux. Parce que là, tu regardes bien, je t'accorde un sursis, au lieu de venir direct à ta clinique de merde te faire manger tes couilles devant tes infirmières. Tu ferais moins le malin, là : un couteau à pain, je te transforme en jeune fille ? Non ? Donc là, le mot que tu cherches, tu sais ce que c'est ? »

« Oui. »

« Ah ouais ? Vas-y ? Qu'on voie si c'est le même ? »

« C'est merci. »

« *C'est merci*. T'as raison c'est merci, enculé ! Merci qui ? »

« Merci Claude-Moïse. Vraiment, du fond du cœur, merci. »

« Voilà : trente-trois mille, dimanche soir dernier carat. Te dire comme je suis sympa, pour ce prix-là, je vais te donner un conseil : tu me rembourses. Puis après, t'arrêtes. »

« J'arrête ? »

« T'arrêtes, ouais. Je veux dire *vraiment*. Pour toujours. Plus *jamais* tu t'assois à une table avec des mecs qui jouent. Les cartes, c'est pas pour toi. Je sais pas, c'est pas de ta faute, un truc que t'as fait petit ou dans une vie d'avant. Mais là, sérieux, t'as l'œil, t'es maudit. Le poker, c'est pas dur, la marionnette de Bruel, aux *Guignols* – tu sais, toujours à dire qu'il a bluffé, pris l'ascendant psychologique ou que c'est un jeu d'intimidation –, eh ben la marionnette, même elle, elle joue mieux que toi. Tu vois ce que je veux dire ? »

Bruno prêt à dire oui à tout. Personne, là, pour le voir en position d'infériorité.

« Le jeu d'intimidation, l'ascendant psychologique, le bluff et tout le bordel, il y a pas de honte, mais toi, ce sera jamais ton truc. Là, t'as qu'à voir : l'ascendant psychologique, on va dire, dans l'instant, je crois pas que c'est toi qui l'as. Le bluff, ce que tu m'as dis, mon oseille ce week-end, j'espère que c'en est pas. Sans dec, j'espère pour toi, c'en est pas. »

« C'en est pas, Claude-Moïse, je t'ass – »

« Donc tu vois : l'ascendant, t'as zéro. Le bluff, vaudrait mieux pas. Et l'intimidation, alors là, comment te dire ? Je veux dire, sans te faire de peine ? »

Quatre

Vingt-deux heures, Manu douché, fini de ranger le club-house et se disant que de toute façon, ça n'était pas en restant dans son vestiaire qu'il allait résoudre quoi que ce soit.

Plutôt sortir, prendre l'air, penser à autre chose, peut-être rencontrer une fille. Et là, revoyant malgré lui Madame Ponderoux tout à l'heure sur le court numéro quatre, toute en longues jambes bronzées et poitrine bien maintenue, dans son short jupette et son t-shirt blancs. Les cheveux noirs, la peau mate, les yeux bleus. Manu pour autant se voyant mal rappeler Madame Ponderoux maintenant, pour tout un tas de raisons, à commencer par l'heure qu'il était – sans parler de Monsieur Dubosq, très vraisemblablement *dedans* à cet instant précis.

Madame Ponderoux restant quand même, quoi qu'il se soit passé après, un plutôt bon souvenir. Manu travaillant au club depuis juste quelques jours et à la fin de sa leçon, la deuxième qu'il lui donnait, au moment de dire au revoir, Madame Ponderoux s'était approchée et lui avait dit, « Cher Emmanuel, vous avez d'autres élèves dans les deux heures qui viennent ? »

Manu disant que non, pas avant dix-sept heures.

Madame Ponderoux demandant alors s'il avait une

voiture. Manu disant non, Madame Ponderoux disant dommage. Manu disant, mais il avait moyen de s'en faire prêter une, pensant celle de Karine la serveuse du club-house ou au pire celle de David. Ne voyant pas encore où ça menait.

Madame Ponderoux disant, de s'en faire prêter une *maintenant* ? Manu disant, oui, normalement. Se demandant si Madame Ponderoux avait besoin d'être déposée quelque part, sa voiture à elle qui refusait de démarrer. Madame Ponderoux disant alors, à ce moment-là, elle serait dans vingt minutes au Carrefour d'Antibes, dehors, devant l'entrée numéro 3, en face de l'escalator du parking. Et tournant les talons, partant vers la sortie. Manu pouvant dire qu'elle travaillait la démarche, sachant que Manu regardait ses fesses bouger sous la jupette. Encore super bien gaulée, Madame Ponderoux, pour les quarante-cinq ans, facile, qu'elle devait en fait avoir. Manu se disant du coup, pour une remise en selle, il aurait pu tomber plus mal. Allant trouver Karine pour lui taxer les clés de sa *Clio*.

Une fois sur le parking du Carrefour, elle attendait, debout contre son 4 × 4 Porsche et elle était montée à côté de lui. Lui donnant alors des indications comme un GPS : prochaine à gauche, prochain rond-point, première à droite. Le ramenant vers Villeneuve-Loubet et les espèces de longues pyramides incurvées de Marina Baie des Anges. Puis lui disant de prendre le boulevard parallèle à la mer pour, presque tout de suite, rentrer sur le parking d'un hôtel *Best Western*. Le truc, de fait, ayant un faux air américain dans sa disposition, avec un bâtiment principal de plusieurs étages, la réception au rez-de-chaussée et le parking derrière. Et puis, après le parking, un long bâtiment de plain-pied divisé en une douzaine de chambres, avec possibilité de se garer devant sa porte, comme dans les films et la mer juste de l'autre côté.

Manu comprenant l'idée : la façon dont le truc était disposé, il allait chercher la clé et ensuite, Madame Ponderoux le rejoignait à la chambre direct sans être vue par un employé. Madame Ponderoux sans doute déjà venue, l'air habituée au moment de sortir deux billets de cinquante de son sac Dior – Manu au départ pas spécialement expert en marques de sacs à main, mais là aidé par le gros *D* argenté accroché à un anneau. Madame Ponderoux lui tendant les billets, montrant la réception et disant, « Tu prends une chambre en précisant bien que tu la veux dans l'annexe. Quand tu as la clé, tu y vas. D'ici, je te verrai. Je te rejoins deux minutes après. »

Manu, là, refusant l'argent. Madame Ponderoux faisant alors une mimique étonnée, remettant les billets dans le sac, Manu sentant bien qu'elle trouvait ça idiot comme fierté à deux balles – mais que si lui se sentait plus viril comme ça, pas de problème !

Par contre, après, dans la chambre, Madame Ponderoux avait sorti aussi une boîte de capotes du sac Dior, mais en disant cette fois, « Là, je t'ai pris par surprise. La prochaine fois, au cas où, ce sera à toi de t'en occuper. »

De fait, ils avaient remis ça. Toujours rendez-vous sur le parking du Carrefour, près de la porte 3, Manu se demandant pourquoi Madame Ponderoux aimait surtout celle-là. Puis après retournant chaque fois à l'hôtel *Best Western* du boulevard Tabarly, toujours dans les chambres de l'annexe qui donnaient sur la mer, jamais la même et en même temps, jamais dépaysés. Les chambres exactement pareilles les unes les autres, avec la même kitchenette, la même salle de bain, la même télé, le même dessus-de-lit. Et la même baie vitrée coulissante donnant sur une terrasse individuelle, séparée des voisines de chaque côté par un petit muret, avec vue sur la plage de galets et la mer, de l'autre côté du grillage. Manu et Madame Ponderoux de toute façon tirant les rideaux sur la grande baie vitrée aussitôt qu'ils étaient dans la chambre.

Restant deux heures, deux heures et demie, en moyenne, le temps de faire ça au moins deux fois – trois capotes, la première fois. Manu ramenant ensuite Madame Ponderoux sur le parking du Carrefour d'Antibes et puis retournant au Sporting rendre la *Clio* à Karine et donner ses leçons de la fin d'après-midi.

Quatre fois en tout, donc, étalées sur trois semaines. Manu très content la première, les deux suivantes aussi, sentant venir la galère possible à partir de la quatrième et se défilant quand Madame Ponderoux lui avait donné rendez-vous pour un cinquième set. Madame Ponderoux vexée, pas habituée à ce que le personnel ait un empêchement, réessayant une autre fois et là, Manu obligé de lui dire.

L'un dans l'autre, donc, Madame Ponderoux un bon souvenir, mais là, pas envisageable.

Manu du coup verrouillant le vestiaire derrière lui et descendant à pied jusqu'au port de Tésauris, finissant au *Crystal*, glacier, bar et cocktails, pas loin du casino, l'un des seuls trucs vivants toute l'année, à cause des pas loin de cent cocktails différents sur la carte, presque autant de coupes de glaces au choix, et puis les trois écrans plasma, dont un vraiment géant pendu au-dessus du bar, qui retransmettaient les matches les soirs où il y en avait et des clips le reste du temps.

Manu se retrouvant assez vite à parler avec une fille pas mal. La fille – Jessica – « stagiaire régie » sur un tournage d'une série télé à Cannes. Manu ne connaissant pas la série, *Neuf-Trois Police Croisette*. La fille disant à Manu que c'était normal, le truc n'étant pas encore « à l'antenne », que là c'était juste le « pilote ». Manu ne sachant pas ce que c'était qu'un pilote pour une série télé, mais devinant à peu près. Mais ne sachant pas non plus ce qu'était une « stagiaire régie » et là, par contre, demandant : « Stagiaire, je vois, mais régie, je sais pas ce que ça veut dire. »

« Moi non plus. Mais dans "stagiaire régie", le mot important, c'est *stagiaire*. Autrement dit, esclave à tout faire. »

Manu hochant la tête, pas vraiment plus renseigné. La fille disant que ce soir, elle en avait marre. Envie de s'amuser, de se changer les idées, penser à autre chose. Sortir un peu de la bulle, de l'ambiance du tournage.

« C'est certains technicos qui sont relous. Les acteurs ça va. Ils se la jouent un peu, mais moins que j'aurais cru. La vedette, là, Kamel Belghazi, il a bien essayé de me draguer. Mais quand j'ai fait comprendre que j'étais pas chaude, il a continué à me dire bonjour après et se comporter normal. J'ai envie de dire respect, comparé à d'autres mecs. »

Manu disant c'est sûr. La fille déjà repartie sur autre chose.

« C'est une série policière, tu sais, les merdes sur TF1 ou France Télévision ? Sauf là, la nouveauté, c'est qu'ils ont un héros arabe, tu vois ce que je veux dire ? Pour eux, tu te rends pas compte ! Je te rassure, le héros, il est arabe, mais il est d'abord flic. C'est *Beverly Hills Cop*, en fait – les films avec Eddie Murphy ? Là c'est pareil. C'est un flic du Neuf-Trois, un Reubeu, qui va foutre le dawa dans les palaces à Cannes et les belles villas bourges. Le film, exactement, sauf là, au lieu d'être black, le mec il est reubeu. »

Manu ensuite écoutant poliment pendant qu'elle lui expliquait le statut des intermittents du spectacle et comment les boîtes de prod se comportaient comme des enculées en payant aux techniciens que la moitié ou les deux tiers des jours qu'ils faisaient vraiment. Le reste étant à la charge du mec de se démerder pour se le faire payer en Assedic, grâce aux heures que la fiche de paye bidon de la boîte de prod lui permettait de déclarer. Un truc l'air compliqué comme ça, mais en fait vachement simple, qui arrangeait tout le monde, du moins les boîtes de prod déjà bourrées aux as – un peu moins les technicos et le trou de la Sécu.

Manu regardant l'heure et se disant que c'était bon, ils allaient pouvoir y aller, cherchant juste quels mots il allait employer pour demander à Jessica si elle avait une voiture et surtout une chambre seule. Manu préférant tant qu'à faire ne pas être obligé de la ramener au Sporting et avoir à faire ça sur son Futon par terre dans le vestiaire messieurs. Craignant d'abord que la fille trouve ça glauque et camping, soudain, et que ça lui coupe l'envie. Et puis pas certain non plus que David tripe trop bien s'il venait à l'apprendre. Donc cherchant comment amener le sujet sans être relou. Et puis juste au moment où il allait demander, empêché par un grand coup, presque un tacle de rugby, une grosse poussée sur l'épaule, assez forte pour le faire descendre de son tabouret et se renverser un peu de vodka-to sur le pantalon.

Manu levant le nez pour voir qui l'avait bousculé. Un chauve à bouc et chaîne en or, le mec engueulant Manu au lieu de s'excuser.

Manu restant calme, essayant le regard, comme dans la cour à Grasse, pour dire aux mecs oublie, pas maintenant, je suis pas d'humeur.

Sauf que zobi. Le mec continuant à insulter Manu, s'énervant tout seul, Manu n'ayant encore rien dit. La fille, Jessica, répondant à sa place.

Manu soupirant intérieurement et voyant bien le truc se mettre en place. S'il se battait, forcément, ça allait se savoir et ça la foutrait mal.

Maintenant, se déballonner comme ça et se laisser pourrir sans réagir, la jeune stagiaire régie allait le prendre pour une quiche. C'était bête, si près du but. Mais c'était quand même moins grave.

Le mec et la stagiaire l'ayant presque oublié d'ailleurs, se la donnant entre eux comme s'il n'était pas là. Le mec insultant la fille. Des vilains mots. Manu obligé, du coup, disant au type de ne pas parler comme ça et de se barrer, ça valait mieux. Le mec disant de pas parler *comment* ? Disant qu'il parlait comme il voulait. Disant qui c'est qui allait l'en empêcher ? Toi peut-être ? Disant à Manu, t'es pas content comment je parle, on sort, tu vas voir comment je parle. Disant à Manu, viens, là, on va dehors.

Manu disant, pas la peine. Et basculant le haut du buste, chopant le mec au niveau du nez avec le haut de son front. Le mec par terre après, le sang giclant partout. Manu disant à Jessica la jeune stagiaire régie, viens on s'en va.

Et là, juste quand ils s'éloignaient du comptoir, deux mecs barrant le chemin, Manu se disant merde, les potes de l'autre. Et puis l'un des deux, un grand rouquin, sortant une carte de flic et disant, » Un petit instant s'il vous plaît. Vous sauriez me dire ce qui se passe ? » Manu se disant, ce qui se passe, là, c'est que ça y est : je suis bon.

Sans que Manu puisse trop dire à ce stade si c'était une bonne chose ou pas, au lieu du commissariat de la Police nationale, c'est dans l'un de ceux de la municipale de Cinjus-Tésauris que les deux l'avaient ramené. Un petit immeuble avenue Christian-Lebrun, cinq cents mètres de la plage, et dedans, locaux plutôt coquets par rapport à d'autres que Manu avait déjà eu l'occasion de voir. Manu pas étonné. Presque toujours, dans ces communes friquées, les flics municipaux étaient mieux équipés que la police nationale. C'était l'effet Côte d'Azur. Cela dit, Cinjus-Tésauris ou pas, les geôles de garde à vue étaient aussi dégueulasses qu'ailleurs. L'effet s'arrêtait à la porte en Plexi éraflé de partout.

L'autre différence, après, c'était la façon dont la GAV s'enclenchait : pas de notification, pas de coup de fil, pas de propale de médecin ou d'avocat, pas de PV à signer – d'ailleurs, pas de PV. Juste vidé ses poches et poussé dans une cage.

Manu, une fois dedans, essayant de faire le point. Pas juriste, mais tâchant d'évaluer à la louche ce qu'il risquait. Normalement, pas grand-chose.

L'autre, un coup de crâne, même avec un médecin marron qui tirait le truc au max, impossible que l'ITT puisse excéder huit jours. Et même, même si l'interruption de temps de travail tenait et que le juge était relou, Manu ne se trouvait pas en récidive légale. Vol effrac et violences volontaires, c'était comme les choux et les carottes dans les leçons de calcul à la petite école : ça ne s'additionnait pas. Bref, n'importe quelle façon que tu retournais le truc, jusque-là, rien qui puisse le renvoyer en haut.

Du moins directement. Parce qu'en collatéral, si : c'est comme s'il était déjà retourné à sept cent quarante-trois mètres.

Si demain, à huit heures, les premiers clients se pointaient et trouvaient porte close, et que David apprenait qu'on l'avait mis en taule – même pour une nuit – il pouvait dire adieu à son emploi. Donc, pour employer les termes de l'administration, il cessait de se conformer aux obligations définies dans le cadre de sa conditionnelle. Laquelle avait donc tout lieu d'être révoquée séance tenante.

Manu ne pouvant même pas dire qu'on l'avait pris en traître. David très clair le premier jour : « Le Sporting, c'est pas Emmaüs. Et le conseil d'administration, je peux te dire, c'est pas vraiment le Jamel Comédie Club. La réinsertion, si tu préfères, c'est juste pas leur problème. Ils apprennent que j'embauche un mec sorti de prison, c'est moi qui saute. Donc on est bien d'accord. Je veux *aucune* embrouille. D'aucun genre. Au club, ou en dehors. Parce que c'est simple, le moindre truc, j'en aurai rien à foutre. Ça vaudra pas la peine, gaspiller de la salive. Je peux déjà t'annoncer : ça sera toi qui auras tort. »

Et puis Manu repensant au moment où les flics l'avaient embarqué. Jessica, la petite stagiaire régie, essayant de prendre sa défense. Un autre couple assis à côté d'eux au bar disant que eux aussi, ils avaient vu le chauve provoquer Manu et insulter Jessica. Mais le grand flic rouquin, va savoir pourquoi, ne voulant rien écouter, disant à Manu de venir avec lui dehors et aux autres de rester à l'intérieur. Manu suivant les flics. Mais Jessica et d'autres clients sortant aussi pour voir ce qui allait se passer – juste, restant à distance, pendant que Manu attendait avec le deuxième flic près de leur 307 métal, le grand rouquin dictant l'identité de Manu à un collègue par radio. Manu sachant très bien ce qui allait se passer ensuite. Pas étonné du coup quand le mec était revenu pour dire qu'ils allaient éclaircir tout ça au commissariat.

Plus étonné, par contre, du moins sur le coup, en voyant, juste quand les flics le faisaient monter à l'arrière de la Peugeot, le DSPIP, Thierry Plaisance, dans l'attroupement des badauds. Le mec fixant Manu avec un petit sourire et lui faisant au revoir en douce en bougeant le bout des doigts.

Cinq

En arrondissant à la dizaine de milliers supérieure, tout cumulé, les dettes de jeu de Bruno Dubosq s'élevaient à quarante mille euros.

Trente mille à Claude-Moïse. Cinq mille cinq cents d'une autre partie, les types, eux aussi, pas loin de perdre patience. Et les trois mille la veille, à Hyères, où Bruno était pourtant allé dans l'idée de se recaver, pour en définitive s'endetter davantage.

Pour autant, Bruno ne regrettant pas, les trois mille dont il avait dû se délester peut-être compensés par l'opportunité qui s'était présentée.

Il allait vite savoir. Vingt et une heures quarante-deux. Dix minutes qu'il attendait sur le parking de l'hôtel *Syracuse*, le petit trois étoiles affilié à la chaîne *Best Western*, près de la résidence Marina Baie des Anges, assis dans la *Twingo* qu'il s'était fait prêter, jugeant qu'elle passerait plus inaperçue que sa *Carrera S*. Le parking presque vide, juste trois autres voitures, Bruno garé exprès à l'écart des lampadaires en forme de Chupa Chups.

Bruno regardant l'heure à nouveau, vingt et une heures quarante-trois, et sentant poindre le doute et la peur du ridicule. Son plan quand même très mince, au départ.

Mais l'enchaînement de circonstances tellement fou, tellement inattendu, que, justement, ça ne pouvait être qu'un signe. Un cadeau du destin, peiné de le voir *lui*, quelqu'un de son envergure, empêtré dans des soucis aussi triviaux que de bêtes dettes de jeu. Une chance unique qu'il eût donc été, pire qu'idiot, *ingrat*, de ne pas empoigner à deux mains !

Donc voilà : vingt et une heures quarante-quatre, Bruno dans une *Twingo* sur un parking d'hôtel, attendant, sans être trop sûr de savoir qui ni quoi.

Et puis, vingt et une heures quarante-six, l'approche de phares dans l'allée qui longeait le bâtiment principal jusqu'au parking. Bruno se baissant derrière le tableau de bord pour regarder arriver une Opel *Corsa* grise. Bruno reconnaissant le type de la veille au volant et se disant, C'est parti.

Donc la veille : un restaurant à Hyères, mis à disposition son soir de fermeture. Trois parties en route.

Bruno perdant vite et gros malgré ses deux paires, quittant alors la table et allant aux toilettes, se passer un peu d'eau sur le visage. Se croisant dans la glace et se disant qu'au moins, personne ne pourrait lui prendre ça avec un brelan de neuf : il avait de l'allure. C'est là que l'autre, le type, était entré. Bruno, au début, ne faisant pas attention. Là, dans le miroir, voyant le type, dans son dos, aller se planter en face d'un des urinoirs. Bruno forcé d'arrêter de s'admirer, s'adressant juste un dernier regard jusqu'à la prochaine fois, prêt à se sécher les mains et sortir des toilettes, vite avant que le type n'ait fini ce qu'il faisait, surtout ne pas se retrouver côte à côte avec lui en face des lavabos. Bruno détestant ça chaque fois que ça lui arrivait.

Et là, soudain, horreur, le type en train de pisser se mettant à parler ! Bruno l'entendant dire, « Alors comme ça, ce que m'a dit Didier, vous êtes chirurgien esthétique ? »

Oui, c'est à lui que le type s'adressait. Bruno peu pressé d'entamer une conversation avec un inconnu en train de pisser, juste après s'être lui-même fait soulager de trois mille euros. Bruno donc feignant de ne pas avoir entendu. L'autre continuant à parler, toujours en train de pisser. « J'ai envie de vous demander, est-ce que, en vrai, c'est comme dans la série, là, vous savez ? *Nibes/Teube*, les deux mecs à Miami ? Voyez laquelle je veux dire ? »

Bruno allant se sécher les mains, sans répondre. Le type à présent occupé à se secouer, regardant ce qu'il faisait. « J'étais sûr. Les trucs qu'ils mettent dedans, oublie. Je veux dire, Catherine Deneuve qui veut les cendres de son mari dans ses prothèses mammaires ? Puis quoi encore ? Ils nous prennent vraiment pour des cons, croire qu'on va gober ça. »

Bruno finissant de se sécher avec la serviette propre qu'il avait déroulée.

Le type à présent venu se placer entre lui et la porte pour se passer les doigts sous l'eau. Le type ni beau ni laid, dix ou quinze ans de plus que lui, chemise Ralph Lauren rentrée dans un jean neuf et ceinture en cuir noir assortie aux mocassins. « Enfin si, le seul truc qui doit être vrai dans le feuilleton, c'est les revenus des deux. Là, vous, pareil : dans la région, ça doit y aller. Toutes ces bourgeoises oisives qui veulent se faire refaire ? »

Trois mille euros sur une mauvaise main et ensuite *ça* ? Un blaireau en chemise Ralph Lauren et jean bien repassé qui insultait ses patientes dans les lavabos messieurs d'une pizzéria de la banlieue de Toulon ?

« Non, je dis bourgeoises parce que c'est pas donné,

il paraît, vos histoires. Et c'est pas remboursé. Heureusement encore. Le trou de la Sécu est déjà assez large. » Mais qui était ce con ? Comment osait-il ? « Donc bourgeoises vu le prix. Et oisives, parce que faut avoir que ça à faire, de s'occuper de soi. La femme qui travaille, elle a pas le temps. »

Bruno si outré que mille réponses lui venaient, se télescopant l'une l'autre, sans qu'aucune ne passe ses lèvres.

« Que là, vous, les *désespérate housewifes* – le type rajoutant une syllabe au pauvre mot anglais qui ne lui avait rien fait –, elles s'emmerdent. Elles sont prêtes à tout, n'importe quoi, pour qu'on s'occupe d'elles. Doit y avoir beaucoup de solitude, dans celles qui viennent vous voir. Je me trompe ? »

L'autre alors regardant autour, comme pour vérifier qu'ils étaient bien seuls et baissant la voix pour dire : « Tenez, moi j'ai le cas, justement. »

Et là, comme si Bruno et lui se connaissaient, le type antipathique parlant d'une femme croisée sur Internet. « Les sites de rencontres, MSN, on se rend pas compte, mais de nos jours, c'est là que ça se passe. C'est giboyeux. Enfin *giboyeux*, ça dépend pour qui. C'est toujours pareil : c'est giboyeux pour le chasseur sachant chasser sans son chien. Bref, une Cannoise, plus toute jeune mais encore très bien tenue. *Très très* à l'aise financièrement, à ce que j'ai pu comprendre : on va être en webcam et elle me dit pardon, mais là, il faut que je me rhabille, le jardinier veut me demander un truc. Quand c'est pas le jardinier, c'est la bonne. C'est pas la bonne, c'est le gardien parce que le réparateur de la piscine est là. Voyez ce que je veux dire ? Donc une femme qui a de l'argent, mais qui n'est pas heureuse. Dont personne ne s'occupe comme il faut.

Sauf moi, c'est triste à dire. Donc, moi, je le vois dans mon jardin secret, vous, vous devez le voir dans votre profession. Et j'ai envie de dire, c'est en ça que nos expériences se rejoignent : ces femmes, là, leur argent ne fait pas leur bonheur. J'ai pas raison ? »

Bruno là pensant, mais *non* !

« Si. Moi je vous le dis : il y a de la détresse, il y a de la *solitude* derrière tout ça. C'est des femmes, c'est Madame Bovary. » Bruno se disant, Allons bon ! Et Flaubert, à présent ! « Le mari s'en occupe pas, soit qu'il est trop âgé, soit qu'il préfère plus jeune. Elles sont là, négligées, sans rien avoir à faire, à l'abri du besoin : il faut bien qu'elles s'occupent. » Le type commençant alors à détailler sa relation virtuelle, laissant imaginer des jeux sadomaso – « mais soft. Plus dans la cérébralité, voyez ? » Bruno, justement, préférant ne pas voir. Le type expliquant : deux trois mois que ça durait, mais le lendemain, lui et sa partenaire allaient se rencontrer pour la première fois « en réel » dans une chambre d'hôtel. Bruno décidé à partir, là. Et juste quand il allait le faire, entendant le type dire, « Une femme qui a ces moyens, du coup, on pourrait croire, on va se voir au *Carlton* ou bien au *Martinez*. Ben pas du tout. Demain soir, je vous dis pas, un truc à Villeneuve-Loubet, un *Best* je sais pas quoi, sur le boulevard Tabarly. Exprès loin de chez elle et en dessous de ses moyens, pour pas risquer de croiser une de ses relations. »

Et là, Bruno harponné, soudain. Voyant très bien de quel hôtel il s'agissait, passant devant quasiment tous les jours.

« Et donc voilà, demain soir, vingt-deux heures, Opale va enfin rencontrer Maître Stéphane en vrai. Maître Stéphane, c'est moi. C'est par rapport à *Histoire d'O.* Sir Stephen. Mais moi j'ai francisé. Les mecs, comme ça, qui prennent des noms anglais, moi je trouve que ça fait toc. »

Bruno alors disant, « Excusez-moi. » Les premiers mots qu'il prononçait depuis que le type antipathique avait commencé à parler. Et sortant. Courant dehors, dans sa Porsche, et démarrant. Rentrant vite vers Cannes et Villeneuve-Loubet, moulinant son plan insensé dans sa tête pendant tout le trajet et même ensuite, étalé sur son *king size bed,* au quinzième étage du bâtiment *Ducal,* résidence Marina Baie des Anges – le *Best Western* dont le type avait parlé tout juste à cinq cents mètres en direction de Nice, visible depuis sa terrasse panoramique.

Un autre hôtel, Bruno n'aurait pas eu l'idée. Jamais. Mais là, pardon, cinq cents mètres. Sa terrasse donnant dessus. Là, ça n'était plus une simple coïncidence. Pas à ce niveau-là. Là, c'était, oui, autant dire les choses, un signe du destin.

Bruno était toujours tassé sous le volant de la *Twingo*, le type antipathique garé à une dizaine de mètres, contact coupé mais sans descendre de son Opel de peigne-cul, attendant, lui aussi, à l'évidence. Bruno se demandant combien de temps il allait devoir rester dans sa position inconfortable, n'osant pas se relever même si deux autres voitures faisaient écran entre la sienne et celle du type antipathique – Bruno, rien à faire, se refusant à employer son pseudonyme débile. *Maître Stéphane*. Pitié !

Des phares de voiture vinrent alors éclairer le pare-brise. Bruno se redressa un peu et vit arriver ce qui ressemblait à un coupé Audi R8, le modèle qu'il aurait aimé s'offrir s'il avait eu les moyens et si l'opportunité d'acheter la *Carrera S* à un type pressé de vendre ne s'était pas présentée.

Bruno sûr que c'était celle qu'ils attendaient, le type antipathique et lui.

Se souvenant brusquement de ce qu'il était venu faire, il empoigna le caméscope digital acheté le matin même à la Fnac rue d'Antibes, l'heure du déjeuner passée sur les paragraphes « prises de vue nocturnes » de la notice incompréhensible, appuya sur le bouton et commença à filmer.

Le R8 vint se ranger à quelques mètres de lui. Les phares s'éteignirent. Et, allongé sur le dos en travers de la *Twingo*, son caméscope tenu à bout de bras, Bruno vit dans le petit écran de contrôle orientable la porte de l'Audi s'ouvrir et descendre une femme coiffée d'une casquette de base-ball, vêtue d'une espèce de survêtement orné du logo Gucci. Une fois sortie, elle se pencha à l'intérieur du coupé pour attraper un sac à main en cuir noir qu'elle accrocha à l'une de ses épaules, puis un sac de voyage Vuitton, et claqua la portière, actionnant ensuite le verrouillage à distance.

Pendant les trop courtes secondes où il avait pu la filmer de face ou de profil, le visage était resté difficile à distinguer, mais sur son petit écran et à la lueur des petits lampadaires, Bruno trouvait tout de même quelque chose de familier à la silhouette, convaincu d'avoir déjà vu cette femme-là quelque part, cherchant où, mettant quelques secondes à trouver et là, disant, « Putain, non, c'est pas vrai. »

Bien sûr qu'il avait déjà vu cette femme.

Il l'avait déjà vue *aujourd'hui*.

Dans son cabinet.

La femme qui venait d'arriver était celle qu'il avait reçue en présence de la petite étudiante, celle qui était venue le consulter pour un lifting endoscopique et une mastopexie. Une femme qu'il avait d'ailleurs déjà croisée avant, plusieurs fois, sans jamais qu'ils s'adressent la parole. Au Sporting. Ça lui revenait maintenant,

Bruno la revoyant à présent très bien sur l'un des courts, en train de prendre une leçon avec le nouveau petit moniteur qui agaçait Bruno. Mais bien sûr !

C'est pour ça, cet après-midi, déjà, la tête de la bonne femme lui avait dit quelque chose. Et pour cause ! Ils étaient membres du même club ! Non, sérieusement, est-ce qu'elle n'était pas magnifique, celle-là ?

La partenaire de jeux du type antipathique était une de ses patientes, le nom en train de lui revenir : Solange… Solange… Solange *Bluto* !

Le type antipathique n'était pas descendu de son Opel, ne faisant rien non plus pour signaler sa présence.

Qu'elle ne l'ait pas vu ou que ça fasse partie des protocoles navrants de leur SM du dimanche, Solange Bluto fit comme si l'autre n'était pas là et se dirigea vers le bâtiment où se trouvait la réception.

Bruno filmant toujours, profitant de ce qu'elle était de dos pour faire des essais de zoom et être bien au point pour ne pas la rater de face, plein écran, quand elle ressortirait.

Bruno très excité, soudain.

Dans sa mythomanie d'expert autoproclamé en désarroi postménopausal, le type antipathique ne s'était pas trompé au moins sur un point. Sa camarade de jeux était à l'abri du besoin. Ou sinon elle, son mari. Il suffisait d'additionner la marque de ses vêtements, l'après-midi à la clinique, les bijoux qu'elle portait, le prix des actes chirurgicaux qu'elle prévoyait de payer plein pot, l'inscription au Sporting et la voiture qu'elle conduisait ce soir. Elle trouverait de quoi protéger son petit secret minable.

Ah. Elle ressortait. Là. Voilà. Un beau gros plan. Le visage clairement identifiable, alors qu'elle passait sous un globe lumineux. Le sac Vuitton toujours à bout de bras, un petit objet qui devait être une clé dans la main laissée libre par le sac en bandoulière.

Ignorant à nouveau la petite Opel, elle traversa le parking en sens inverse, Bruno la filmant tout du long, puis en train d'ouvrir une des chambres de l'autre bâtiment.

Du mieux qu'il pouvait, le bras qui tenait le caméscope en l'air commençant à être douloureux, Bruno déplaça l'objectif en direction de l'Opel, cachée derrière deux autres voitures. Mais rien. Pas de bruit. Aucun mouvement. L'autre attendant on ne sait quoi – peut-être que sa partenaire revête le contenu du sac Vuitton. Bruno se demandant quelle *dress code* lamentable cet érotomane bas de gamme avait pu édicter. Deux minutes à présent que sa « partenaire » était dans une chambre et le type ne bougeait toujours pas, le bras de Bruno commençant à lui faire vraiment mal. Une minute encore et, pas trop tôt, Bruno entendit claquer une portière. L'autre se décidait, Bruno le filmant lui aussi alors qu'il frappait à la porte. Bruno sur son petit écran la voyant s'entrouvrir, le type entrant et refermant derrière lui, hélas sans que Solange Bluto soit apparue dans l'entrebâillement, privant du coup Bruno d'une belle image compromettante.

Voilà. Et maintenant, quoi ?

Bruno récapitulant ce qu'il venait d'enregistrer sur le disque dur du caméscope et se demandant si c'était assez pour extorquer de l'argent.

Pas certain. Et en même temps, comment en avoir plus ? Attendre qu'ils sortent de la chambre ? En espérant qu'ils lui fassent l'amabilité de bien vouloir le faire ensemble, ce qui était loin d'être gagné. Non, vraiment, là, Bruno, se reprochant, un peu tard, de ne pas avoir mieux anticipé sur cet aspect des choses. Et en même temps ne voyant pas, dans sa vie jusqu'ici, où il serait allé pêcher le mode d'emploi du chantage idéal. Il avait fait avec ce qu'il avait, à savoir, en l'occurrence, le souvenir de films qu'il avait vus où un couple illégitime se fait rançonner par un maître chanteur. Si bien que, pour un amateur et dans la précipitation avec laquelle il avait dû improviser, pardon, on pouvait même considérer qu'il ne s'en tirait pas mal.

Bruno dérivant ensuite sur une question qui n'avait aucun rapport, se demandant juste si c'était bien le mari, Monsieur Bluto, qui avait exigé de Madame qu'elle se fasse reconstruire, ou bien plutôt l'amant virtuel qui l'avait réclamé.

Revoyant alors Solange Bluto vêtue dans le fauteuil de l'autre côté de son bureau, puis demi-nue, dans le cabinet d'examen, se réentendant lui expliquer comment l'endoscopie se déroulerait, lui dire que « l'endoscope est un petit tube optique de cinq – »

Et là, Bruno se traitant d'idiot pour ne pas y avoir pensé plus tôt. Mais se trouvant génial d'y penser à présent. Calculant s'il était encore temps et décidant que oui. Sortant de la voiture et, à pas de loup, se rapprochant de la porte de la chambre où se trouvaient Solange Bluto et son dominateur vulgaire, assez près pour lire le 42 accroché à la porte, puis courant presque vers la réception.

Le jeune réceptionniste avait le type hindou, enfin indien, Bruno le trouvant assis derrière son guichet, absorbé dans sa lecture.

Le type finissant de lire sa phrase avant de lever le

nez, l'air ennuyé d'avance. Bruno lui disant qu'il voulait louer une chambre. Le type commençant à énumérer les différentes formules, « côté montagne » – côté *Montagne* ? – « côté mer », chambre d'angle, bungalow. Bruno l'interrompant, disant, « Une chambre, là, dans le bâtiment de l'autre côté du parking, juste pour cette nuit. » Essayant de ne pas laisser voir à quel point il était pressé pour ne pas paniquer le mec, passer pour un cinglé.

Le type disant, « Bungalow, donc. Certainement. » Et commençant à réciter les tarifs de basse saison première catégorie, avec quinze euros supplémentaires pour l'option kitchenette, dix euros pour un animal domestique, douze euros pour le petit dé –

« Je veux soit la 41, soit la 43. »

L'Hindou disant, « Un instant. Je regarde. » Tapant alors sur son clavier, prenant un temps infini avant de dire que tout à fait : le 41 et le 43 étaient tous les deux disponibles.

Là, l'Hindou commençant à regardant Bruno sans rien dire, comme s'il attendait quelque chose. Bruno attendant aussi, se demandant ce que le type attendait. Et finalement le type disant, « Vous préférez lequel ? »

« Hein ? »

« Quel bungalow voulez-vous ? Le 41 ou le 43 ? »

Bonne question. Bruno commençant par dire le 41. Mais selon le sens d'aménagement des chambres et l'emplacement du lit, il avait une chance sur deux de se retrouver gêné dans ce qu'il voulait faire, donc disant au type, non, pas le 41.

Le type disant très bien, le 43, donc, commençant à taper sur son clavier. Bruno criant presque, aussi agité que l'Hindou était calme. « Non, pas la 43. » Le type toujours impassible, Bruno envie de le tuer. « Les deux ! »

« La deux ? Un instant. Je regarde. »

« Non, pas *la* deux. *Les* deux ! Je prends les *deux* chambres – les bungalows, je veux dire. Le 41 et le 43. Je loue les deux. »

Le type le regardant sans se démonter, comme si c'était normal qu'un client seul loue deux chambres en même temps. « Mais certainement. 41 *et* 43. À quel nom dois-je établir la réservation ? »

« Heu… » Bruno donnant le premier nom lui venant à l'esprit : « Estrosi. »

L'Hindou commençant à taper sur son clavier. « Et comment souhaitez-vous régler, Monsieur Estrosi ? »

Il n'avait pas assez de liquide sur lui et n'avait pas non plus le temps de partir à la recherche d'un distributeur, donc il n'avait pas le choix. À regret, il sortit sa carte Visa *premier* et la tendit à l'Hindou.

L'Hindou, bien sûr, remarquant au passage que le nom sur la carte n'était pas celui qu'il venait d'inscrire sur la réservation.

Bruno se disant que pour un type qui ne voulait pas laisser de souvenir trop précis, c'était une réussite. Encore une bizarrerie comme ça et l'Hindou allait alerter la rédaction de France 3 Côte d'Azur, qu'ils viennent interviewer le type qui se louait deux chambres, une pour chaque nom.

Mais non. Le jeune Hindou devant lui devait en avoir entendu d'autres. Là, il tendait un boîtier à Bruno pour qu'il compose son code, précisant qu'il ne serait débité qu'au moment de régler sa note. Puis lui rendant sa carte. Et repartant ensuite à tapoter sur son clavier. Bruno le voyant introduire une carte magnétique dans un périphérique relié à l'ordinateur, puis la ressortir, reproduisant la même manipe avec une deuxième carte, et prendre ensuite une éternité pour les ranger chacune dans une petite pochette cartonnée avant de les lui tendre une à une en disant, « Bungalow 41. Bungalow 43. Voilà, bienvenue à hôtel *Syracuse*, Monsieur *Estrosi*. » Bruno certain d'entendre une accentuation dans sa voix au moment de prononcer le faux nom qu'il avait donné.

Il hocha la tête et sortit, se retrouvant sur le parking, heureux de ne plus voir l'employé et d'être enfin en possession des deux clés, mais hésitant à présent sur la marche à suivre : aller voir les deux chambres tout de suite, gaspillant peut-être un temps précieux ou bien foncer direct chercher le matériel. Optant pour la deuxième solution et retournant vite à sa voiture.

À l'heure qu'il était, ça roulait bien et il fut à la clinique en à peine plus de cinq minutes, presque moins de temps pour faire le trajet que pour couper toutes les alarmes et gagner la salle d'op.

Un quart d'heure plus tard, il était de retour à l'hôtel *Syracuse*. En tout, une petite demi-heure que Solange Bluto avait été rejointe par « Maître Stéphane ». Heureusement, pour ce qu'il avait entendu dire, les sadomasos faisaient durer. Du sexe adultérin normal, une demi-heure, il serait revenu avec son matériel, les deux auraient déjà été douchés et rhabillés. Là, avec leur jeu de rôles, il avait une petite chance de les trouver encore en piste.

Il commença par ouvrir la chambre 41, repérant les lieux aussi vite qu'il pouvait. Accommodations propres mais minimales. Une salle de douche minus et le chiotte sur la droite, puis un lit de cent soixante et une petite télé en face, sur un socle pivotant. Zéro déco aux murs de crépi blanc.

Il ouvrit la baie vitrée, sortit sur la terrasse et regarda par-dessus le muret de séparation. Bien sûr, le volet de la 42 était baissé. C'eût été trop simple.

Il ressortit sur le parking avec son équipement, tâchant de ne pas faire de bruit en passant devant la 42, puis entra dans la 43. Identique en tous points à la précédente, juste, tout orienté dans l'autre sens. Donc, cette fois, du bon côté pour ce qu'il avait à faire.

Sitôt la porte fermée, il alluma la télévision, montant exprès le son au-dessus de la normale. Puis sortit la perceuse de son étui et s'accroupit devant le mur mitoyen avec la 42, cherchant le bon emplacement, décidant de faire le trou juste au-dessus de la plinthe, au milieu de la pièce.

La fraise de la perceuse s'enfonça sans problème dans le placoplâtre et, en quelques secondes, Bruno sentit qu'elle avait traversé le mur. Le bruit de l'outil presque complètement couvert par celui de la télé.

Aussitôt, il retira la perceuse du mur, puis attrapa la télécommande et éteignit le téléviseur. Il attendit un instant. Aucun bruit d'affolement. Son effraction était passée inaperçue.

Il lui fallut alors une petite minute pour connecter le tube flexible de la caméra endoscopique à l'enregistreur numérique qu'ils utilisaient à la clinique, puis relier l'enregistreur à son PC portable et enfin faufiler le câble de six millimètres d'épaisseur dans le trou qu'il venait de creuser. Encore quelques secondes pour trouver le bon angle, régler l'image et lancer l'enregistrement.

Puis, pendant les dix-huit minutes suivantes, Bruno assista sur l'écran de son Sony-VAIO à la domination – soft, mais quand même. Assez poussée par moments – de Solange Bluto par le type antipathique qui se faisait appeler Maître Stéphane.

Six

Normal : Manu eut l'impression qu'il venait de s'endormir à peine cinq minutes avant quand le flic en tenue était venu frapper à la porte et lui faire signe de le suivre. Manu se sentant sale, tout pourri. Le flic l'emmenant dans le hall, en face d'un collègue à lui assis derrière un bureau, les effets personnels de Manu posés dessus. Manu comprenant qu'ils le laissaient se barrer comme ils l'avaient coffré : sans paperasse, sans procédure, sans rien. Peut-être la petite, la stagiaire régie, Jessica, qui avait redit ce qui s'était passé, soutenue par d'autres clients du bar. Le grand rouquin voyant qu'il ne réussirait pas à faire tenir son interpelle devant un juge et préférant laisser pisser.

Manu se dit qu'il avait même une chance d'être de retour au club à temps pour l'ouverture. Surpris de voir alors émerger d'un couloir le grand rouquin qui l'avait serré la veille. Le mec finissait tard ou il commençait tôt. Le grand rouquin disant à Manu qu'il avait de la chance. « C'est ton conseiller d'insertion qui a demandé à ce qu'on te libère. Il s'est porté garant. T'as du bol. C'est rare un CIP qui intercède comme ça. » Le mec se foutant clairement de sa gueule.

Le flic en tenue, lui, poussa une feuille et un Bic vers lui. « Tiens. Signe ça. » Manu reconnaissant sur la table son portefeuille, son portable, sa carte d'identité, sa carte de libéré, ses clés du Sporting. Et puis en prime, un truc qui n'y était pas au départ : une enveloppe papier Kraft grand format.

« Non, ça, je sais pas ce que c'est. C'est pas à moi. »

Le grand rouquin secoua la tête. « Moi j'en ai rien à foutre. C'est avec tes affaires, donc toi tu pars avec. » Manu comprenant l'idée, ne discutant pas, empochant ses affaires et ramassant l'enveloppe, demandant s'il pouvait y aller maintenant ?

Le flic faisant oui de la tête. Manu marchant vers la sortie sans rien dire d'autre, sentant dans son dos le grand rouquin qui le regardait partir.

Voilà. Manu une fois dehors, devant le commissariat, ouvrant la grande enveloppe et pas étonné, y trouvant le catalogue de l'exposition de montres à la fondation Lievenstein. Au moins, comme ça, c'était clair.

Manu se demandant jusqu'où le condé marchait avec le CIP, se sentant vraiment découragé du coup, coincé, trop cassé pour lutter. Les juges, les CIP, les keufs, c'étaient bien tous des enculés. Il venait encore d'avoir la preuve. Et personne à qui le dire. Parce que tout le monde s'en foutait. Et tout le monde avait bien raison, une journée comme celle qui commençait : sept heures et demie. Ciel complètement dégagé. Pas un nuage. Lumière rasante. La bonne température.

Manu marcha un peu comme ça, descendant vers le port, pas sûr de trouver un troquet déjà ouvert mais tentant quand même le coup, récompensé par le bar-tabac-PMU dont un type moustachu était en train de sortir le mobilier de terrasse.

Manu entra prendre l'édition de *Nice-Matin* en haut d'une pile, paya et ressortit s'asseoir, commandant un café allongé et un croissant au moustachu.

C'était bon. La vue toujours superbe. Le front de mer pas encore envahi. Juste des joggeurs et des joggeuses ou des vieux qui promenaient leurs mini-chiens. Les vieux en survête de marque et Nike chères au pied comme les joggeurs.

Dans les pages locales, un article de bonne taille était consacré au vernissage de l'expo la veille au soir, avec, à nouveau, une photo du maire de Tésauris et du Russe qui prêtait sa collec, posant cette fois devant une des vitrines. La photo faisant repenser Manu aux explications du CIP ripou, Thierry Plaisance : « Dans un mois, t'as les municipales. Là, le maire est divers droite rallié à l'UMP, toujours à se faire photographier avec Christian Estrosi et tout ça. Seul problème, il a la réputation d'avoir vendu le Cap-Cinjus aux Russes pendant son premier mandat. Donc là, il faut qu'il montre que ça reste lui le patron, qu'en fait, il a un projet : okay, il laisse les Russes acheter des châteaux et faire ce qu'ils veulent dedans. Mais qu'en retour, c'est au bénéfice de ses administrés. Les Russes ont donc déjà pas mal craché pour équiper les Playmobil de sa police municipale. Et puis, il y a deux mois, en plus des deux fois un hectare les pieds dans l'eau qu'il a déjà sur la commune, Oleg Makharov a racheté la fondation Lievenstein. Cinquante millions, quand même. Mais, au lieu de faire comme dans ses autres propriétés – c'est-à-dire, les fêtes de barje, la coke venue d'Afrique par le yacht amarré au ponton, les putes qui se gouinent dans le Dompé et les mecs murgés qui jouent à celui qui fera cramer le plus de billets de cinq cents euros – là, la villa Lievenstein, Makharov s'est engagé à en faire un musée et à le laisser gérer par la municipalité. Et donc, en termes de com, un bon point pour le maire. »

L'article de *Nice-Matin*, évidemment, ne disant pas les choses comme ça, préférant énumérer les noms de gens venus au vernissage : d'autres Russes de la région, d'autres élus, des personnalités locales. Manu ne connaissant aucun nom, se demandant juste si le CIP, Thierry Plaisance, avait été de la fête. Son nom à lui n'était pas dans le journal. Manu trouvant ça presque dommage pour le lecteur. Ç'aurait été marrant qu'il redise au journaliste ce qu'il avait dit à Manu et que le journaliste l'imprime comme l'autre l'avait dit : « Sauf, le maire, pour que ça lui serve, il faut que ça se passe maintenant, *avant* les élections. Le problème, c'est la fondation, depuis le temps que plus personne s'en occupait vraiment, les locaux sont plus aux normes. Avant, trois porcelaines et des fusains pourris dans les vitrines, c'était pas grave. Personne n'allait venir les voler. Mais maintenant, si tu veux exposer des beaux trucs de valeur qui attirent le touriste et génèrent des emplois, il faut faire des travaux. Sauf que, il n'a pas le temps, s'il veut ouvrir *avant* les élections. Or, personne ne va prêter des œuvres dans des vitrines en bois. Donc, en plus de fournir les locaux et de payer les travaux à venir, Makharov se dévoue et prête sa collection de montres comme ça pendant quinze jours, le temps d'une ouverture exceptionnelle. Et c'est pour ça que toi, il faut que tu tapes dans les dix jours qui viennent. *Avant* le début des travaux. T'as compris ? »

Manu ensuite tournant les pages sans vraiment lire, arrivant vite comme ça jusqu'aux dernières, les rubriques culture et télé. Manu pas plus intéressé par ça que par le reste, repliant le journal et le posant sur la table. Recommençant à regarder la mer, renonçant en fin de compte à manger son croissant, l'estomac trop serré pour ça. Et sorti de sa gamberge par une voix de fille à sa gauche lui disant, « Je peux m'asseoir ? »

Levant la tête et mettant quelques secondes à reconnaître la jolie réceptionniste du SPIP, la Beurette qui ressemblait à la chanteuse Nâdiya.

Manu d'abord surpris de la voir là – du coup, sûrement, la regardant avec l'air un peu con. La petite Reubeu lui disant alors, « Ben quoi ? Je croyais que vous vouliez prendre un verre ? » Et s'asseyant sans attendre qu'il le lui dise, faisant signe au garçon, demandant un café et une orange pressée.

Manu attendant que le moustachu soit reparti pour dire, « Vous habitez par ici ? »

« Oh non. Pas les moyens. »

Manu cherchant un autre truc à dire, encore sous l'effet de la surprise. Et puis se disant non, ça n'avait rien d'étonnant. Elle marchait avec l'autre pourri, c'était aussi bête que ça. Manu trouvant ça dommage, une fille aussi jolie. À moins que non. Que ce soit le pur hasard. Une vraie coïncidence. Manu se demandant comment il allait faire pour savoir. Mais en attendant, dans le doute, ne trouvant rien à dire. Elle non plus. Les deux restant comme ça tant que le moustachu ne lui avait pas apporté son café, regardant juste devant eux, la mer au loin et devant, la marina de plaisance qui s'éveillait doucement. Et puis une fois le serveur reparti, elle dit, « Au fait : Nadj », tendant la main. Manu en déduisant du coup que ça devait être son prénom. Manu, le point où il en était, rien à foutre d'être pris pour un relou, serrant la main et disant « *Nadj* ? », pas sûr d'avoir bien entendu. La fille alors épelant son prénom, puis disant, « Ça veut dire sauvée, tendre et généreuse. Ou secrète. Ça dépend quel site on va voir sur Internet. »

Lui, disant, « Manu. Ça veut dire Emmanuel. Après, là, Emmanuel, je sais que ça veut dire un truc, mais j'ai oublié quoi. »

Elle ne répondit rien, commençant à boire son café sans avoir mis de sucre dedans et seulement après ça dit, « C'est bien cette heure-ci. Il y a encore personne. »

Manu hocha la tête. « Le tout c'est d'être déjà debout. Ou pas encore couché. »

Tendant la perche, voir si elle l'attrapait, prouvant ainsi qu'elle savait bien où il avait passé la nuit. Mais non. Elle, à la place, ouvrant le *Nice-Matin*, plié sur la table. Lisant deux secondes, puis reposant le journal en disant, « Merde, ils en parlent. Il faudrait pas que ça aille donner la même idée à d'autres. »

Manu pensant qu'elle parlait de l'expo de montres, se disant, voilà, elle est de mèche avec l'autre enculé. Et puis se disant, non. Ça n'était pas à cette page-là que le journal était resté ouvert. C'était un autre article dont elle parlait. Il dit, « Comment ça ? »

« Un boulot que je veux essayer d'avoir. La fille qui le fait en ce moment veut arrêter la saison prochaine. Ils en parlent dans le journal. Je voudrais pas qu'il y ait trop de candidates sur le coup. »

« C'est quoi le boulot ? Tu restes pas au SPIP ? » Manu passant au *tu* sans faire exprès. La fille ne semblant pas s'en formaliser.

« Oh non. C'est trop déprimant. Je vais pas faire ça toute ma vie. »

Manu pouvant comprendre. Elle, enchaînant, disant avec une petite grimace, « Là ça va qu'on se connaît pas. Mais en principe, je n'en parle pas, pour ne pas me prendre des réflexions et des cours de morale. »

« Ah bon ? Pourquoi ? »

« Les gens que je fréquente, quasiment tous, c'est

des copains ou des copines de fac. Ou bien des travailleurs sociaux, des fonctionnaires de la Pénitentiaire. »

« Oui. Et alors ? Tu peux bien changer de boulot si t'as envie. »

« Oui, sauf que non. Pour eux, en fait, dès l'instant que je suis, comme ça ne t'a sûrement pas échappé, d' "origine maghrébine" », la fille faisant les guillemets avec ses doigts autour de certains mots, « je devrais consacrer ma vie à l' "avancement de la communauté", au "travail de terrain" pour faire "bouger les choses" en faveur des "quartiers", et cetera, et cetera. Tout ça c'est très très bien, mais moi, ça va. Trois ans, ça me gave. Même si c'est pas glorieux, tant pis, j'assume : moi, depuis toute petite, en fait, je veux faire chanteuse. »

Manu pensant, normal, le physique qu'elle avait. Disant, « Ça m'étonne pas. »

« Ah non ? »

« Ben non. Comme, comment elle s'appelle, Nâdiya. »

« Tu vas me dire que je lui ressemble, c'est ça ? » Disant ça sur le ton de quelqu'un saoulé de l'entendre sans arrêt.

« Heu oui. Pourquoi ? T'en peux plus qu'on te le dise ? »

« Un peu, ouais. »

« Te plains pas. Mieux vaut ressembler à Nâdiya qu'à Marianne James. »

Elle ne dit rien et reprit une gorgée de café, le regard toujours en direction de la mer. Manu obligé de relancer. « Et donc, chanteuse ? »

« Non. Pas chanteuse *chanteuse*. Chanteuse, c'est une façon de parler pour dire, faire un boulot kiffant, un peu glamour, un peu paillettes. Un truc dans la lumière. Et en tout cas, chanteuse à proprement parler, c'est même pas la peine. Nâdiya, physiquement, peut-être il y a une ressemblance, mais c'est tout. Moi, la voix que j'ai, *La Nouvelle Star*, je me fais sortir tout de suite. »

« Si t'as pas de voix, alors, c'est quoi, ton incroyable talent pour faire un "job paillettes" ? »

« Ben justement : là, dans le journal, t'as pas lu ? Ils disent, la fille qui fait la météo le soir sur Canal Plus va peut-être arrêter à cause des propositions qu'elle a au cinéma. Je l'avais déjà entendu dire. Mais il faut pas que ça se sache trop. »

« Ah non ? Pourquoi ? »

« Ben si elle s'en va, il va falloir qu'ils la remplacent. Donc moi, là, je suis en train de me constituer un dossier. Mais comme je disais, il faut pas qu'ils reçoivent trop de candidatures non plus. »

« Tu t'y connais en météo ? »

« Pas du tout. »

« Ben alors ? »

« C'est pas très grave. La fille qu'ils ont maintenant, tu crois qu'elle s'y connaît ? Ils s'en foutent. En plus de ça, sur Canal, l'avantage par rapport aux autres chaînes, c'est que t'es pas obligée de savoir te servir d'un fond vert. Tu fais la météo assise. Quand ils envoient les cartes, toi tu commentes en off et voilà. C'est tranquille. Le fond vert, il paraît, c'est hyper compliqué pour bien choper le coup. »

« Le fond vert ? »

« T'as jamais vu ? En fait, sur les autres chaînes, les présentateurs météo sont debout devant les cartes. Mais c'est juste un fond vert et la carte est surimprimée dessus depuis la régie. »

Encore ce mot. Manu repensant à Jessica la petite

stagiaire pendant une seconde. Mais qu'est-ce qu'elles avaient toutes avec la télé ?

« Et donc ça, c'est très dur de bien acquérir la technique. Montrer les régions, comme ça, au pif, et tomber juste. Pas pointer Saint-Nazaire quand tu parles de la Corse. »

« Donc, toute petite, tu te disais c'est ça que je veux faire ? »

« Oh non. Jamais. Sur une autre chaîne, ça ne me dirait rien. Mais là, c'est pas pareil. Miss Météo sur Canal Plus, ça ouvre des portes. La plupart ont fait carrière depuis. »

La fille commençant à lui faire la liste. Elle, les connaissant toutes, sachant ce que les filles faisaient maintenant, comédiennes, ou bien présentatrices d'émissions sur le câble. Manu voyant juste à quoi ressemblaient une ou deux dans la liste. Celle qui faisait la mode et l'autre, la blonde qui présentait le tirage du Loto.

« C'est pour ça, moi j'ai mes chances. S'ils me mettent à l'antenne, c'est parce que je suis jolie et parce que je suis "issue de la diversité". »

« Ah bon ? C'est pour ça qu'ils te prendraient ? »

« Oui. Certains boulots, c'est comme ça. C'est l'inverse de la majorité des entreprises où c'est un handicap d'avoir un nom arabe. La télé, c'est le contraire, ils aiment bien – jusqu'à un certain point et pour certaines fonctions. Mais là, juste la météo, s'ils ont le choix entre moi et une autre fille, contrairement à d'habitude, le fait d'être reubeu, ça joue en ma faveur. »

« C'est pas sympa pour l'autre. »

« C'est sûr. Mais j'ai envie de te dire, ça compense pour toutes les fois où ça marche dans l'autre sens. Les fois où c'est le cousin qui se fait refouler en discothèque, refuser un appart ou juste tout bêtement discriminer à l'embauche. »

« Mouais. Peut-être. » Manu moyen convaincu.

« Et même si ça compense pas, je vais te dire. Tant pis. Moi, je serais bien conne de pas en profiter. »

Manu hochant la tête, réalisant que pendant deux minutes, là, avec ces conneries de fond vert et d'avantage d'être beur, il n'avait plus pensé à ses problèmes. Et ne s'était plus méfié d'elle.

Commençant à se dire, c'était peut-être le hasard, une vraie coïncidence, le fait qu'elle passe par là, justement, sur le port, le matin où il s'y trouve. Mais déchantant très vite en la voyant qui attrapait le catalogue glissé sous le journal et demandait ce que c'était. L'air de rien. Ben voyons.

Comme si elle ne savait pas. C'est ça. Qu'elle le prenne bien pour un con, en plus. Tout ce qu'elle venait de dire, c'était de la fumée, des trucs pour l'endormir. Là, enfin, elle en venait à sa vraie raison d'être là. Elle aurait aussi bien pu commencer par là. Manu en rogne, soudain. Contre elle. Contre lui, de s'être laissé avoir au charme pendant quelques minutes. Ses conneries de météo. Et puis peiné en fait, se redisant encore que c'était triste de voir une aussi jolie fille marcher avec un gros pourri comme l'autre enculé. Qu'elle avait pas la tête à ça. Comme quoi ça voulait rien dire.

Maintenant, puisqu'elle voulait jouer, pas de problème. Ils allaient jouer. Manu prenant un ton dégagé pour dire, « Ça ? C'est rien. C'est juste un musée qu'il faut que j'aille visiter. »

La fille, Nadj, disant, « Qu'il *faut* que t'ailles visiter ? » Puis sans attendre de réponse, commençant à feuilleter le catalogue, disant, « C'est marrant, hier, j'ai porté un dossier à mon responsable au SPIP, le même catalogue traînait sur son bureau. » Disant ça sans lever la tête, continuant à feuilleter. Manu se demandant à quoi elle jouait, quel était l'intérêt. Autant être cash. Direct. Pas perdre de temps à faire comme si.

Mais elle non, continuant son petit sketch, faisant durer, visiblement contente d'elle et de ses petites simagrées, s'arrêtant sur certaines pages et disant, « Les petites pastilles rouges, c'est quoi ? Des trucs que tu comptes acheter ? J'avais pas compris que c'était une vente. »

Elle reposa enfin le catalogue sur la table et dit, toujours avec son air de rien qui agaçait Manu, « Et t'y vas quand ? »

Putain, mais ils allaient le lâcher. Il haussa les épaules et dit, « Je sais pas encore. Début d'après-midi, je pense, le moment où j'ai pas cours. » S'arrêtant et puis s'étonnant lui-même en s'entendant dire à la fille, Nadj, qui voulait dire sauvée, tendre ou secrète, ou peut-être un peu des trois, un truc qui ne lui serait jamais venu à l'esprit si la réceptionniste du SPIP envoyée par le juge n'avait pas autant ressemblé à Nâdiya, la chanteuse que les journaux avaient un moment fiancée à Zinedine Zidane.

Manu, là, lui disant :

« Pourquoi ? Tu veux venir ? »

Sept

Bruno Dubosq arriva à la clinique d'excellente humeur.

Rentré pas tard, un peu avant minuit, après être retourné à la clinique remettre le matériel en place. Mais après, une fois chez lui, revisionnant les images qu'il venait de tourner. Les images sans équivoque. Certaines assez hard. Les visages bien reconnaissables. Bruno ayant ensuite sorti un certain nombre de tirages, avec sa petite imprimante photo. Choisissant les moments où ce qui se passait était bien embarrassant et où les visages étaient les mieux exposés. Tout ça prenant du temps.

Et là, à la clinique, neuf heures au bloc. Ressortant trois heures plus tard après une suspension endoscopique des pommettes parfaitement exécutée. Trois heures d'intervention, quinze jours de gêne sociale et la patiente aurait dix ans de moins. Et personne ne saurait dire qu'un chirurgien était passé par là. Mais elle, la patiente, chaque jour dans le miroir ou le regard des autres, elle saurait : Bruno Dubosq. Il avait le pouvoir.

La journée continuant bien. Deux coups de fil et il en savait déjà plus sur le mari de Solange Bluto. Son prénom. Sa profession. C'était bien, mais pas encore suffisant, Bruno en voulait plus. Donc appelant son copain Cyrille. Comme ça, à tout hasard, si par extraordinaire l'autre n'était pas déjà pris à déjeuner. Et là encore, la chance de son côté. Cyrille disant, « Oui, okay, mais alors, c'est toi qui te déplaces parce que j'ai pas beaucoup de temps. Piscine du *Martinez*, treize heures. Je réserve, tu régales. À toute. »

Donc trente minutes plus tard, Bruno était attablé, attendant Cyrille en inventoriant sur le visage des femmes aux tables avoisinantes les différents travaux qu'elles y avaient fait exécuter. Botox et collagène, bien sûr, quasiment toutes. Mais pas mal de pommettes, aussi, moins bien finies, la plupart, que celles qu'il avait remontées le matin, et beaucoup de paupières. Bruno interrompu par l'arrivée de Cyrille, avec son costume gris à reflets brillants, sa chemise bleu sans cravate, ses chaussures bout pointu moutarde et ses cheveux plaqués au gel.

D'abord, écoutant Cyrille parler de ses affaires en attendant le filet de loup aux herbes et la César crevettes. Cyrille pleurnichant parce qu'il ne trouvait presque plus rien d'assez cher pour la clientèle russe.

« C'est surréaliste. On n'ose plus proposer des trucs à moins de cent millions. Sinon les mecs se vexent, on se fait jeter – et je te dis pas comment. Les émirs du Golfe, à côté, c'est Bisounours. Mais ils sont bien gentils, leurs cent millions d'euros, faut avoir le mandat d'un produit qui les vaut ! »

« Mais le jour où tu l'as, la com' doit être sympa. Tu te fais ton année. Donc m'en veux pas si, là, je garde mes larmes pour le Darfour. Tu vois ce que je veux dire ? »

« Oui mais quand même, je t'assure. Les mecs, faut se les farcir. »

« Chacun sa merde, mon pote. Au fait, d'ailleurs, moi, mon appart, tu pourrais pas me trouver un Russe, justement, pour me l'acheter ? »

« Ton truc à Baie des Anges ? Tu veux vendre ? »

« Ouais. En saison, c'est casse-couilles. Les locations de vacances, t'as des gamins partout. Si je trouve le bon acheteur, je vends tout de suite. »

« Et t'irais où après ? »

« Je sais pas encore. Ça dépend comment je vends. Le budget que j'ai après. C'est toi qui vas me dire. »

« Redis-moi à quoi ça ressemble ? »

« Quinzième étage, triple expo, T3, cent mètres carrés, transformé en loft, avec terrasse d'angle, soixante mètres carrés. Quand t'es face à la mer, c'est sur le côté gauche de l'immeuble *Ducal*, zéro vis-à-vis jusqu'à Nice et au-delà. »

« Et combien t'en voudrais ? »

« Je sais pas. C'est ça que je te demande : combien ça peut valoir ? »

« C'est dur à dire. À cause du côté loft, c'est un peu atypique. Ça peut ajouter de la valeur comme ça peut en enlever. C'est-à-dire, tant que t'as pas trouvé le mec qui va se prendre un coup de foudre et dire je le veux, je signe, ton truc il vaut que dalle. Le client classique en voudra pas. Mais le jour où tu lèves le gogo qui rêvait justement d'un baisodrome avec vue jusqu'à Vintimille, là, ça peut grimper haut. Un million, un million deux. Seule condition, comme je viens de te dire : pas être pressé. »

« Ça tombe bien, moi je le suis pas. Donc voilà : je te l'ai dit. Comme ça tu le sais. Tu vois passer le bon mec, n'hésite pas. Fais péter. »

« No problème. Juste, le mec, ce que je peux te dire, ça sera pas un Russe. »

« Pourquoi ? C'est très haut de gamme, aussi, comme résidence. Il y a bien des Saoudiens, tous les trucs au sommet, les triplex penthouse. »

« Les Russes, ils cherchent pas ça. C'est ce que je t'expliquais tout de suite : un Russe, un million deux, je propose ça, il me gifle. Il dit à ses gorilles de me jeter à la flotte. »

« Tant pis, c'est pas un Russe, c'est pas grave. Du moment que le type a de la maille à lâcher. Tiens d'ailleurs, propos de maille, je pense à ça, tu vas savoir me dire, toi. Philippe Bluto, tu vois qui c'est ? »

« Le roi de la piscine ? Oui, je vois bien. »

« Tu le connais bien ? »

« Bien, non. Mais on se croise, on se dit bonjour. Depuis le temps que je fais ça. Mais on n'est pas intimes. Pourquoi tu veux savoir ? »

« Non, rien. Un mec qui m'a parlé d'une partie, éventuellement. Des gars que je connais pas, dont peut-être Philippe Bluto, justement. Donc juste, je me renseigne, savoir si le gars est sérieux. »

« Sérieux, ça dépend ce que t'appelles sérieux. »

« S'il a du plâtre, si c'est le genre à relancer comme un gonzo. »

« Du plâtre, je sais pas, mais du marbre, ça, oui. Le nombre de piscines qu'il installe et le prix qu'il les facture, je peux te dire qu'il peut relancer, le gonze. Tu craqueras avant lui. »

« T'as déjà joué avec ? »

« Non. D'ailleurs je savais pas qu'il jouait, pour être franc. Mais il est dans la même bande que mon copain Gérard Gérant, du Lion's. Je peux te dire c'est pas des tristes les mecs. »

« Ah non ? »

« Pour te dire les mecs que c'est, ils sont quatre, cinq

comme ça, ils ont fait croire à leurs bonnes femmes qu'ils étaient francs-maçons. »

« Quel intérêt ? »

« Attends. Les mecs, cinq ou six ans de ça, ils avaient déjà bien cinquante, cinquante-cinq quand l'idée leur est venue. Et donc, un jour, comme par hasard, t'as cinq lascars en même temps qui se retrouvent à être "frères". Frères de touze, oui ! C'est ça, eux, leurs – comment ils appellent ça, leurs réunions ? Leurs *tenues*. Sauf, tu verrais la tenue des "tenues", justement ! Une ou deux fois par mois, les mecs, ils se font des javas pas possibles où ils partouzent des putes et tisanent comme des porcs. Et le lendemain, maman pose une question, ils disent qu'ils peuvent rien dire parce qu'ils ont prêté serment, pas trahir le secret des tenues de la Loge. Elle leur dit, mais t'as pas un peu mal aux cheveux ? T'es rentré, tu puais tellement l'alcool, ça m'a même réveillée. Le mec, il dit, Laisse, tu peux pas comprendre. C'est un des rites de chez les Frères. Passe-moi l'Alka-Seltzer et retourne à ta lessive. Elle est pas mal celle-là ? Non ? Qu'est-ce t'en dis ? »

« De fait. C'est ingénieux. »

« Tout ça pour dire, Philippe Bluto, c'est un super déconneur. Sauf son business. Là, il fait pas le con je peux te dire. Il a commencé, je crois, une petite entreprise, de maçonnerie carreleur, c'était son père qui avait ça. Et puis lui, il s'est mis à la piscine. Et très vite, me demande pas comment, c'est devenu le roi d'ici à Monte Carle. Et maintenant, d'ailleurs, c'est encore autre chose. Il fait de la promotion, des programmes dans l'arrière-pays avec des associés russes, tu vois ce que je veux dire ? »

« Ah vraiment ! À ce point-là ? »

« Philippe Bluto ? Laisse tomber. Il est bourrissime. Pété de thunes, ce fumier. Tu le vois comme ça, il ressemble à rien, mais je peux te dire, tous les mecs qui lui marchaient sur la gueule il y a encore dix ans, maintenant ils lui parlent mieux, l'autre s'est tellement goinfré. Non, ça, vraiment, Philippe Bluto, t'en fais pas pour lui. Le mec, il a ce qu'il faut. »

« Ah bon. Je me doutais pas que c'était à ce point-là. »

« Ah si. Bon, après, attention, me fais pas dire ce que j'ai pas dit. Moi Philippe Bluto, ça va faire à vue de nez pas loin de dix ans que je le croise. Première fois que je l'ai vu, je me suis dit, qu'est-ce que c'est ce gros con ? Et là, dix ans plus tard, c'est toujours un gros con. Juste que, maintenant, c'est un gros con blindé. C'est ça la différence. »

Nadj dit, « C'est là que tu vois, les peintres, avant d'être des peintres, c'étaient d'abord des mecs. »

Nadj disant ça alors qu'ils étaient debout devant un grand tableau, avec plein de femmes nues, un poil grassouillettes comme ils aimaient à cette époque-là. Le tableau s'appelant *Le Bain* et effectivement, certaines des bonnes femmes se trempaient dans une piscine, d'autres se séchaient les unes les autres, d'autres encore étaient en train de se rhabiller ou au contraire de se désaper, c'était dur de savoir exactement dans quel sens elles le faisaient, les fringues de style antique, romain un peu, mais avec aussi quelque chose d'oriental. Manu prenant la peine de s'intéresser d'abord à ce qu'il y avait au mur, pas foncer direct sur les vitrines de montres, même si c'était ça bien sûr le clou de l'exposition et le but de sa visite. Nadj pour le moment suivant le mouvement sans faire de commentaires, à part sur les artistes qui étaient d'abord des mecs.

En plus, de mater les tableaux – là, maintenant, ils étaient devant un autre, carrément rien à voir : une nature morte de fruits dans une corbeille avec un pichet en terre cuite posé sur le côté –, ça permettait mine de rien d'avoir le nez en l'air, de repérer les alarmes, mais surtout les caméras.

Nadj lui disant, « Ça te plaît, ce que tu vois ? »

« Pas tout. »

Les caméras étaient bien placées. Et pour l'instant, il avait vu deux gardiens. Un en bas, à l'étage des montres. L'autre au premier. Doutant qu'il y en ait beaucoup plus.

L'un dans l'autre, Manu jusqu'ici, de ce qu'il avait vu, trouvant le truc faisable. Comme ce que l'autre pourri de Plaisance lui avait dit : le musée était sécurisé, mais *light*, et un peu à l'ancienne. On sentait bien qu'avant les montres du Russe, les mecs s'étaient pas trop pris le chou, pas trop stressés que quelqu'un puisse vouloir leur chourer les meufes qui prenaient un bain ou la corbeille de fruits.

Nadj dit, « C'est la première fois qu'un mec m'emmène dans un musée comme premier rendez-vous. »

Premier *rendez-vous* ? C'était un « premier rendez-vous » qu'ils faisaient, là ? Elle manquait pas d'air, putain. Et en même temps, comme au port le matin, Manu incapable de dire si elle était sincère ou si elle se foutait de lui. Donc ne relevant pas.

Là, en fait, c'était bon : ils avaient fait le tour du premier. Il lui fit signe de le suivre et ils redescendirent le grand escalier jusqu'au rez-de-chaussée, l'ascenseur réservé aux personnes à mobilité réduite.

Arrivé en bas, rebelote, même manège, Manu

recommença à admirer les objets exposés. Quelques tableaux aux murs, mais surtout des grands meubles vitrines, dans lesquels toutes sortes de montres étaient alignées, repérant au passage certaines des pièces que l'autre avait cochées dans le catalogue, Manu se demandant du coup si le mec s'y connaissait ou s'il était juste parti du principe que c'étaient les plus vieilles qui vaudraient le plus cher.

Surtout, Manu ravi de voir que les montants des vitrines étaient bien en bois et le verre sans doute pas plus sécurit qu'un simple retardateur d'infraction – et encore, peut-être même pas tous. Mais moins content, par contre, en repérant les détecteurs de mouvements et les fils des alarmes. De temps en temps, lançant quand même un coup d'œil aux gardiens. Celui d'en haut avait quitté son poste et tapait à présent la discute avec son collègue des salles du rez-de-chaussée.

Au bout d'un moment, il entendit Nadj à côté de lui qui poussait un gros soupir et dit, « Bon, j'ai compris. »

Elle s'emmerdait, c'était tant pis pour elle. C'était elle ce matin qui avait minaudé pour venir.

Manu la vit alors reprendre l'escalier, remontant à l'étage. Manu se disant, sûrement pour aller aux toilettes devant lesquelles ils étaient passés plus tôt. Manu, lui, continuant à traîner en bas, essayant de bien mémoriser la disposition des pièces.

Deux minutes plus tard, il la vit redescendre, la regardant approcher et lui trouvant quelque chose de changé, mais sans savoir tout de suite dire ce que c'était.

Nadj dit, « Tu sais quoi ? Tu vois, en venant, le bar-tabac, on est passés devant ? »

Manu dit, « Oui, et alors ? « , pensant qu'elle allait dire qu'elle voulait l'y attendre.

Et elle, là, lui disant, « Je t'y rejoins dès que j'ai fini. Je serai pas longue. »

« Mais pourquoi ? Qu'est-ce tu vas faire, toi ? »

« Chut. Vas-y. Je t'expliquerai après. Discute pas. » Manu sentant qu'elle lui glissait en douce quelque chose dans la main, un bout de tissu plié. « Tiens, garde-moi ça, s'il te plaît. » Manu baissant les yeux pour voir ce que c'était mais Nadj lui disant, « Pas maintenant. Vas-y. J'arrive tout de suite. »

Curieux de voir où ça menait, Manu hocha la tête et traversa le hall vers la sortie. Résistant à l'envie de se retourner pour voir ce qu'elle fabriquait toute seule.

Ce n'est qu'une fois dehors qu'il voulut regarder en douce ce qu'elle venait de lui donner, sortant le bout de tissu, commençant à le déplier, mais s'arrêtant tout de suite et le rechiffonnant vite pour le remettre dans sa poche. Vérifiant autour de lui qu'aucun des visiteurs qui remontaient l'allée n'avait rien remarqué.

Ça, c'était plus clair, maintenant. Ce qu'elle avait fait, c'est qu'elle était montée enlever son soutien-gorge et qu'elle venait de le lui donner à garder. Manu comprenant du coup ce qu'elle avait de changé en la voyant revenir. Ses seins qui bougeaient un peu sous son petit t-shirt col en V pendant qu'elle descendait les marches, les tétons dessinés sous le tissu.

Manu se demandant pourquoi elle avait fait ça et en même temps, presque sûr d'avoir deviné.

Manu était donc attablé au café bar-tabac-journaux à cinq ou six cents mètres du musée, le commerce le plus proche en direction de Tésauris et du début du cap, tout le reste n'étant que des grandes villas et leurs parcs.

Pensant à plein de choses.

Par exemple, à aucun moment, ni ce matin sur le port, ni là, en visitant le musée, ils n'avaient clairement parlé de ce que Manu était censé y faire, prononcé le mot *vol* ou *braquage* ou quelque chose dans le genre. En même temps, quand même, Manu, obligé de se dire qu'elle était au courant, sinon, ça n'était plus de la coïncidence, c'était du monde parallèle.

Mais même envoyée par l'autre enculé, Manu n'arrivant pas à la trouver antipathique. Se disant que, elle aussi, si ça se trouve, le mec, Plaisance, l'obligeait, avait un truc sur elle et faisait pression avec. Peut-être un membre de sa famille en zonzon ou en conditionnelle, et pareil, un chantage.

Manu gambergeant comme ça pendant une bonne demi-heure avant de la voir revenir s'asseoir en face de lui, disant direct : « Ils ont des caméras, des détecteurs d'intrusions, des alarmes photoélectriques. Et les écrans vidéo sont au rez-de-chaussée, dans le petit bâtiment près de l'entrée du parc. »

Donc c'était bien ce qu'il s'était dit, elle s'était dégagé les seins pour aller ambiancer les gardes.

Manu pour autant décidant de faire l'innocent, le mec pas au courant. « Ah bon ? Pourquoi tu me racontes ça ? »

« Comme je t'ai dit ce matin. Hier, j'ai porté un dossier à Plaisance, ton catalogue traînait sur le bureau. »

« Et alors ? »

« Okay, je te le dis autrement : t'aimes mieux que je vienne te voir pour te parler des gardiens, ou que j'aille voir les gardiens pour leur parler de toi ? »

Lui faisant l'âne jusqu'au bout. Juste pour la faire chier. « Me parler des gardiens ? »

« Oui. Te répéter ce qu'ils m'ont dit sur la sécurité du musée. »

« Ah oui. Et pourquoi ils t'ont raconté tout ça ? »

Manu, en même temps, ayant les raisons sous le nez, droit en face de lui, libres sous le tissu, le décolleté en V prenant toute sa valeur, Manu obligé de faire un effort pour ne pas regarder que ça et fixer Nadj dans les yeux pendant qu'elle lui parlait. Elle, lui disant, « Les gardiens, avant d'être des gardiens, c'est d'abord des mecs. »

« D'accord. Et à part te pencher sous leur pif, tu leur as dit quoi ? »

« J'ai dit que c'était pour mon frère. » Nadj prenant alors un air naïf et la voix qui allait avec, forçant l'accent niçois, imitant ce qu'elle avait dit aux gardiens : « Non je vous demande ça parce que mon frère aussi il est Sécurité, mais lui, en centre commercial. Moi, je trouve c'est plus intéressant de garder un musée. Juste, c'est quoi les horaires ? Parce que mon frère il en peut plus d'être décalé comme ça. »

« Okay. Et donc, c'est quoi les horaires ? »

« Ils sont deux équipes, en fait. Deux dans la journée, pendant les heures ouvrables. Et un vieux qui habite à l'étage du petit bâtiment à l'entrée du parc. La nuit et le week-end, le vieux est tout seul parce qu'à ce moment-là, toutes les portes sont fermées, toutes les alarmes sont mises, reliées directement au commissariat de Tésauris. En principe, en moins de trois minutes, la police peut être là. Donc c'est surtout dans la journée qu'ils surveillent. Il y a les deux qu'on a vus, là. Le petit jeune et puis l'autre. Mais ils vont embaucher bientôt. Parce que là, ce qu'ils m'ont dit, ils ont ouvert l'expo un petit peu à l'arrache, sans être complètement prêts. Mais dans les semaines qui viennent, le système va être modernisé et quand il y aura des plus grosses collections exposées, il faudra plus de monde. C'est pour ça, le coup de mon frère qui cherchait du boulot, j'étais pile dans le sujet. Ils m'ont pas trouvée chelou. D'ailleurs, j'ai pris les coordonnées du responsable à la mairie, savoir qui il faut contacter pour l'entretien d'embauche, si jamais t'as quelqu'un que ça peut intéresser. »

Manu se dit c'est ça, fait la maline. Elle, repartie à prendre l'accent : « Et il y a pas de chien, au moins ? Parce que là, à l'hyper, mon frère il a un chien qu'il emmène sur ses rondes et ça il en peut plus. Mon frère, ce qu'il aimerait bien, c'est être un peu tranquille. C'est quelqu'un que la solitude lui fait pas peur. Que moi, c'est le contraire, il faut toujours que j'aie quelqu'un avec. Sinon, je rentre en dépression. »

Manu la voyant prendre du plaisir à refaire son numéro. De fait, elle le faisait bien.

« Et alors, il y en a un, de chien ? »

« Non. »

« Donc reprenons, ils arrivent à quelle heure ? »

« Un peu avant neuf heures. Le musée ouvre à neuf heures et demie et ferme à dix-huit heures, avec juste une coupure entre treize et quatorze. »

« D'accord. » C'était pas mal, en fait, de bosser avec une fille. Du moins une fille comme elle. Ou plutôt, ça aurait pu l'être.

Manu dit, « C'est super. Il y a juste un truc qui me chagrine, en fait. »

« Ah oui ? C'est quoi ? »

« C'est pourquoi une fille comme toi fait ça pour ce gros enculé ? »

Huit

Solange Bluto savait que l'heure de connexion la plus commode pour Sophie était le milieu de matinée, quand Sophie venait de finir avec sa gymnastique et son massage et n'avait pas encore attaqué toutes les activités qu'elle semblait avoir, avec ses amies de la communauté expatriée de Libreville, les autres épouses de cadres de chez Total Gabon ou bien des femmes de diplomates occidentaux, des gens qui avaient l'air importants quand Sophie en parlait à Solange.

Solange très attentive depuis que Sophie y vivait à tout ce que la télévision disait sur le Gabon ou sur le président Omar Bongo. Entendant parfois des choses préoccupantes sur la façon dont le pays était dirigé et géré, mais n'osant plus en parler à Sophie, s'étant fait recevoir les premières fois. Sophie disant à Solange de ne pas répéter n'importe quoi. Que, elle qui y vivait, elle pouvait dire que c'était le président qui tenait le pays et que sans lui ce serait le bazar comme presque partout en Afrique. Et qu'elle espérait bien que Jean-Denis aurait déjà été muté ailleurs le jour où le problème de l'après-Bongo se trouverait posé. Parce qu'alors là, bonjour ! Sophie préférant ne plus être là pour voir la catastrophe que ça serait forcément.

Sophie, quel que soit le sujet, ayant ça en commun

avec son père : de manquer de patience chaque fois que Solange essayait de donner son avis. Solange habituée, ne se vexant plus. Au contraire : très fière de l'intelligence et de la force de caractère de sa fille.

Elles se parlaient donc tous les jours ou presque, d'ordinateur à ordinateur, pour presque rien et en se voyant en prime grâce à la webcam. C'était d'ailleurs pour communiquer avec Sophie que Solange s'était équipée et familiarisée avec l'Internet. Ce n'est qu'après, les après-midi où elle ne faisait rien, ou les soirs où Philippe avait des dîners de travail ou ses réunions à la Loge, qu'elle s'était retrouvée à surfer sur des sites d'un autre genre, rechercher des dialogues, juste comme ça, se laissant courtiser en ligne, pour voir si elle savait encore – si elle pouvait encore –, se sentant à l'abri derrière son pseudo. Et puis de fil en aiguille, un dialogue en entraînant un autre…

Bref, tous les matins, Solange se connectait vers dix heures et demie, onze heures, l'heure qui arrangeait le mieux Sophie. Ou qui la dérangeait le moins – Solange sentant bien certains jours que ça faisait suer sa fille, mais faisant semblant de ne rien remarquer. Trop contente de la voir et de papoter un peu, même de mauvaise humeur.

Là, exceptionnellement, c'est en fin d'après-midi qu'elles se parlaient, Sophie n'étant rentrée que ce matin d'un week-end à Dakar avec Jean-Denis. Sophie, là, comme chaque fois, demandant à sa mère ce qu'il y avait de neuf depuis la dernière fois. Solange embarrassée, bien consciente de ne jamais rien avoir de bien passionnant à dire, comparé à ce que racontait ensuite sa fille : les soirées dans la résidence de l'ambassadeur des États-Unis, tout près de là où Sophie et Jean-Denis habitaient, dans le quartier de la Sablière, le plus chic de Libreville. Le tennis des enfants au club Saoti. Le golf ou les cours de pilotage que Sophie avait commencé à prendre.

Et là, ce qu'il y avait de « neuf » ? Tant de choses et en même temps rien que Solange puisse dire, ne se voyant pas parler à sa fille de sa séance de la veille à l'hôtel *Syracuse*. Ni d'ailleurs de son rendez-vous à la clinique de chirurgie esthétique.

« Non hier soir, qu'est-ce que j'ai fait ? Ton père n'était pas là, Gérard et lui, ils sont partis pêcher pour quelques jours avec des clients, tu sais comme ils font tous les ans. Et moi, non, rien, du coup. Je suis rentrée tout de suite après le tennis. » Se sentant rougir en disant ça. Espérant que ça ne se verrait pas à l'image ou que, si ça se voyait, Sophie se dirait que c'était la connexion ou les pixels de son écran. « Non mais sinon, ce matin j'avais ma permanence à mon association. »

« Le Rotary ? »

« Mais non, le Rotary c'est le soir. Ça, c'est *Saturnin*, l'association qui vient en aide aux mères célibataires. Tu sais, je t'avais dit. »

« Ah oui, peut-être. »

Solange, pourtant, se souvenant très bien d'avoir tout raconté à Sophie. Chaque étape, les unes après les autres, au fur et à mesure :

L'article dans *Nice-Matin* qu'elle avait lu et qui l'avait émue.

Donc le chèque que, du coup, elle avait envoyé à l'adresse indiquée. Puis comme le montant était un peu élevé, la lettre qu'ils lui avaient envoyée pour la remercier et lui demander aussi si elle ne voulait pas participer activement. Solange se gardant bien de répondre.

Mais peu après, recevant un coup de téléphone, une des responsables, soi-disant pour la remercier encore. Mais aussi lui redemander si vraiment elle ne voulait pas donner un peu de son temps. Ou si, au moins, elle ne pouvait pas trouver une petite heure, passer les voir, qu'ils lui expliquent comment l'argent qu'elle avait si généreusement envoyé allait être employé.

La bénévole au bout du fil réussissant à faire culpabiliser Solange. Solange se réentendant l'expliquer à Sophie : « Tu comprends, c'est sûr : entre le tennis, le shopping, les massages et l'esthéticienne, je n'ai pas osé lui dire que je n'avais pas le temps de passer à leur local. Donc j'y suis allée, j'ai vu des gens très gentils, et voilà, j'y suis retournée. » Depuis, ça allait faire trois mois, elle y passait deux demi-journées par semaine.

« Et papa il dit quoi ? »

Solange un peu étonnée – et en fait, non, pas étonnée du tout – que, tout de suite, Sophie demande ça, l'opinion de son père, au lieu, d'abord, de chercher à savoir ce que faisait sa mère dans le cadre de l'association.

« Il m'a dit, Qu'est-ce que j'avais besoin d'aller aider des immigrés ? C'est pas étonnant, avec des gogos comme moi, qu'ils continuent à venir. Ils seraient cons de se gêner. Je lui ai dit, Oui c'est sûr, c'est des immigrés, mais là c'est pas pareil, c'est des enfants. Les enfants, ce n'est pas de leur faute si leurs parents ne sont pas restés dans leur pays d'origine. Il m'a dit, Oui, enfin bon, les enfants, ça grandit. Et une fois que c'est grand, là c'est plus des enfants, c'est juste des immigrés. Donc avec des idiotes comme toi – tu connais ton père, toujours aimable – donc qu'avec des idiotes comme moi, à quoi ça sert alors que Hortefeux il se décarcasse. Voilà ce qu'il m'a dit. »

Sophie riant de bon cœur, ce qui en fait n'arrivait pas si souvent lors de leurs conversations quotidiennes. Solange contente de voir sa grande fille rire, même si c'était un peu pour se moquer d'elle. Sophie disant après avoir bien ri, « Ça m'étonne pas de lui. » Solange soupçonnant Sophie de partager l'avis de son père.

« En tout cas, moi, j'aime bien faire ça. Franchement, ces pauvres enfants si je peux les aider un peu, je n'ai pas l'impression de faire une mauvaise action. »

« Écoute, ça, je ne sais pas. Mais peu importe. L'important c'est que ça t'occupe. »

« Oh ça, tu sais, ce n'est pas la question. Je n'aurais pas besoin de ça pour être occupée. Rien qu'avec la maison, regarder un peu quand même ce que font la bonne et le jardinier, les dîners que ton père veut que j'organise avec ses clients, le Rotary, le tennis, m'occuper un peu de moi, faire deux trois courses, un film le mercredi, et voilà : c'est bien simple, la semaine est passée, je n'ai pas touché terre. » Solange se retenant évidemment d'ajouter à tout ça le temps qu'elle passait en ligne avec Maître Stéphane, ce qui certaines semaines, pouvait finir par chiffrer. « Bon et toi ma chérie alors, parle-moi de toi. C'était comment Dakar ? »

Sophie alors lui disant que c'était comme chaque fois. Sympa pour le shopping, des choses qu'on ne trouvait pas à Libreville ou alors beaucoup plus cher. Que les enfants allaient bien. Solange, avec le changement d'heure de connexion, ayant espéré du coup avoir une chance de voir aussi ses petits-enfants, que Sophie les fasse venir devant la caméra pour dire un mot à leur mamie, mais non. Ils étaient à une répétition d'un spectacle pour l'école.

Tout allait bien donc ?

Oui. Sophie disant juste que là, c'était un peu le bazar, du fait qu'il fallait qu'elle sélectionne les candidates pour remplacer sa femme de ménage, ayant été obligée de renvoyer l'ancienne parce qu'elle était vraiment trop gourde. Lessives à la mauvaise température, petits hauts de marque ruinés. Bibelots cassés. Un festival. Sophie disant, là, qu'elle n'avait pas beaucoup de temps. Qu'elle devait s'habiller et rejoindre Jean-Denis en ville pour un cocktail au palais présidentiel. Donc qu'elle n'allait pas tarder à devoir raccrocher. Solange ne disant rien mais ayant déjà remarqué que Sophie avait souvent une raison pour ne pas rester longtemps – alors que la communication ne coûtait presque rien et qu'en plus elles se voyaient sur l'écran. Donc c'était un peu bête de ne pas en profiter davantage, mais bon.

Solange disant à Sophie de bien embrasser Jean-Denis et les enfants de sa part, presque sûre que Sophie oublierait, Solange s'en moquant un peu pour ce qui était de Jean-Denis, mais le regrettant plus concernant les enfants.

Mimant plein de baisers, laissant Sophie mettre fin à la connexion et restant face à l'ordinateur, repensant alors à sa soirée de la veille. Se redemandant, une fois de plus, dans quoi elle s'était embarquée.

Les premières séances en ligne, Solange s'était dit qu'elle était détraquée, malade, possédée du démon. Aimer des trucs comme ça, le rôle que l'autre lui faisait jouer. Solange se disant qu'elle allait consulter un médecin. Une fois, pensant même à un prêtre, elle qui pourtant n'allait pas à la messe en dehors des mariages, des baptêmes et des enterrements. N'allant voir ni l'un ni l'autre. Et puis le lendemain, retournant sur Internet. Avec la webcam branchée. Et puis une autre fois. Et puis une autre. Et chaque fois se le reprochant ensuite. Mais y retournant quand même.

Sauf que là, ce n'était plus juste du virtuel, des jeux en ligne comme faisaient ses petits-neveux. C'était réel. Elle avait vu quelqu'un. Dans une chambre d'hôtel. C'était de la folie. Il fallait arrêter tout de suite, il était encore temps. Et puis se disant arrêter pourquoi ? Elle ne faisait pas de mal. À peu près sûre, depuis quarante et un ans qu'ils étaient mariés, que Philippe avait dû faire bien pire. N'empêche : pensant à ce qui se passerait si Philippe l'apprenait.

Tirée de ses réflexions par son portable. Linda.

Linda qui avait cherché à la joindre plusieurs fois depuis ce matin, laissant quelques messages et raccrochant les fois suivantes. Solange n'ayant pas pris les appels exprès, sachant très bien ce que Linda voulait. Pas prête. Mais là se disant, tant pis, comme ça ce serait fait. Décrochant et entendant tout de suite Linda dire, « Alors ? »

Solange faisant l'innocente, juste pour le principe. « Alors quoi ? »

« Ben, *alors* ? C'était comment ? »

« Très bien. »

« Très bien ? Sans plus ? »

« Non. Si. C'était très bien. »

« Mais c'était pas génial. »

« Non. C'était très bien. »

« Tu vas le refaire alors ? »

« Oui. Enfin peut-être. Ça dépend. Je sais pas. On verra. »

« Et là, cette fois-ci, donc, qu'est-ce que vous avez fait ? »

« Ah non. Ça, je peux pas te dire. »

« Bien sûr que si tu peux me dire. »

« Non. Je peux pas, comme ça, au téléphone. » La veille, à l'hôtel, certaines des… Non, les faire, c'est une chose, sur le moment, dans l'humeur. Mais en parler après, ça, c'était –

« Il faut que je te fasse boire d'abord, c'est ça ? »

Linda disant ça en référence à la première fois où elles s'étaient retrouvées à, comment dire, aborder « certains sujets » ensemble.

« Oui. Peut-être. Je sais pas. Mais juste, là, non, vraiment, je t'assure… »

« D'accord, mais compte sur moi. Tu ne t'en tireras pas comme ça. »

Ça, Solange faisait confiance à Linda.

« Et Philippe ? Ça va ? Il ne t'a pas fait la vie ? »

« Comment ça ? »

« Du style, c'est quoi, là, ces traces rouges sur tes fesses ? Quelque chose comme ça ? »

Linda incorrigible. Incapable de comprendre que non, parfois, voulait dire non. « Non. D'abord, je n'ai pas de « marques ». Et de toute façon, même si j'en avais, Philippe est parti à la pêche pour cinq jours. Donc tu vois ? »

« Ah mais, c'est parfait, ça ! Tu vas pouvoir le revoir alors. »

Qu'est-ce qu'elle n'avait pas fait le jour où elle avait confié à Linda qu'elle avait entamé une relation virtuelle sur Internet. Elle n'avait pas fini de le regretter, maintenant. Tout ça à cause des cocktails au bar du *3,14*. Et parce que, depuis toujours, Linda l'avait agacée avec toutes ses histoires, ces amants qu'elle emmenait dans un petit hôtel de Villeneuve-Loubet. L'hôtel choisi exprès, très commode parce qu'on pouvait aller du parking à certaines chambres sans risquer de croiser qui que ce soit. Linda, chaque fois revenant avec des détails pas possibles, des trucs à raconter. Et Solange jamais rien. Donc là, ce jour-là, elle avait voulu égaliser, ne pas être en reste. Sur le coup, d'ailleurs, ça avait marché, Linda n'en revenant pas. Bluffée. Répétant, « Ben dis donc ! » Ou « Toi alors ! » Solange fière, sur le coup. Et le payant depuis, d'une certaine façon – Linda ne lui parlant quasiment plus que de ça.

Solange regrettant, donc, et en même temps, se disant, c'est normal. C'est dur de tout garder pour soi. De temps en temps, il faut bien parler à quelqu'un. Après le problème, c'était peut-être de n'avoir personne à qui parler à part Linda Ponderoux.

La veille, par exemple : après, dans la voiture, sur le chemin du retour – Solange, bien sûr, se haïssait, s'insultant pendant l'essentiel du trajet, se disant, juré, non mais cette fois, sérieux, qu'elle ne recommencerait plus jamais. Mais elle aurait bien aimé, dans un moment comme ça, pouvoir appeler quelqu'un, se confier, un peu. Quelqu'un, d'accord, juste mais qui ?

Passant ses connaissances en revue, famille, amis, et ne trouvant que Linda.

Passant à *ça* de composer son numéro, du coup. Pour lui raconter et surtout entendre Linda lui dire que non, tout allait bien, elle n'était ni folle ni malsaine, qu'entre adultes consentants, tout pouvait arriver sans qu'on y voie à mal. Que là c'était logique que ça la bouscule un peu, mais que ce n'était pas grave, qu'elle était tout ce qu'il y a de plus normale.

Et la veille, donc, de justesse, les doigts sur l'appareil, à la dernière minute, elle s'était ravisée n'appelant pas, pas assez sûre de Linda, tout bêtement – pas assez sûre que Linda saurait dire ce qu'elle voulait entendre.

Linda, là, en train de dire, « Et donc tu le revois quand ? »

Solange fatiguée, soudain. « Ce soir. Enfin, en principe. »

« Ah ben, tu vois ? T'as raison, en même temps. Avec Philippe à la pêche, profite, ma fille. » Solange ne trouvant rien à répondre. Linda disant, « Et puis demain, on se voit pour que tu me racontes. »

« On verra. »

« Si. Promets que tu me raconteras. »

« Linda, je vais te laisser, là. On sonne à la porte. »

« Et alors ? Quel rapport ? La bonne va aller ouvrir. »

La Philippine était en haut en train de faire la chambre et le dressing de Solange. Solange entendait l'aspirateur.

« Elle est en haut. »

« Eh bien ouvre. T'es pas obligée de raccrocher pour autant. Tu peux appuyer sur le bouton et continuer à me parler. Enfin j'espère pour toi, parce que sinon c'est grave. Faut consulter, ma pauvre. »

Solange dit « Quitte pas » et alla dans la cuisine regarder l'écran du vidéophone qui commandait l'ouverture du portail, voyant un type avec un casque de moto sur la tête, un scooter arrêté derrière lui, une enveloppe grand format à la main. Solange disant, Oui ? Le type disant qu'il avait un pli pour, lisant le nom sur l'enveloppe, Solange Bluto, puis le montrant à la caméra. Solange appuya sur le bouton qui déclenchait le portail et sortit sur le perron pour attendre le coursier tout en disant au téléphone : « C'est un coursier qui a une lettre pour moi. Zut. Je n'ai pas un sou de monnaie. Tant pis, qu'est-ce que tu veux. Il s'en passera. Attends, quitte pas. »

Ça y est, le type arrêtant son scooter en bas du perron, sans couper le contact. Solange descendant les marches jusqu'à lui. Le type lui tendant l'enveloppe.

Solange lui faisant une mimique désolée, écartant le bras pour lui faire comprendre qu'elle n'avait rien à lui donner. Le type faisant signe que ce n'était pas grave et repartant sans rien dire, Solange le regardant remonter l'allée vers la sortie et le portail se refermer derrière lui. Au bout du fil, Linda disait, « Alors ? Ça y est ? »

« Oui. Attends, je rentre. »

« Et sinon, tu vas jouer, tout à l'heure ? J'ai une chance de te croiser ? Ou bien tu gardes tes forces pour ton rendez-vous secret ? »

Solange retournée dans la maison, regardant l'enveloppe sur laquelle était inscrit *Solange Bluto*. Pas d'adresse mais, en grosses lettres dans le coin à gauche, *Personnel et urgent*.

Solange coinça le portable de son mieux entre sa joue et son épaule et décacheta l'enveloppe, sortant ce qui se trouvait à l'intérieur et disant aussitôt, « Linda ? »

« Oui ? »

« Il faut que je raccroche, là. » Solange terminant la communication sans attendre la réponse de Linda.

Obligée de s'appuyer au mur, ne croyant pas ce qu'elle venait de sortir de l'enveloppe : des tirages photos d'elle en « Opale » dans la chambre de l'hôtel *Syracuse*, en train de se plier aux caprices de « Maître Stéphane ».

Neuf

En principe, Manu devait attendre que tous les membres soient douchés, rhabillés et même partis du club pour utiliser les installations. Donc, là, après ses quatre heures de cours, il avait laissé ces messieurs passer devant. Mais les mecs prenant leur temps, comme par un fait exprès, juste le soir où il était plus pressé que d'habitude. Donc au bout d'un moment, tant pis, trois d'entre eux encore en train de se rhabiller, Manu était allé se doucher quand même, pensant que les mecs seraient partis quand il aurait fini.

Sauf que non. Mal calculé. Manu sortant de la cabine et les trouvant encore là en train de discuter. Manu du coup pas à l'aise pour sortir ses propres affaires des deux placards du bas qui lui servaient de penderie, au risque que les membres comprennent qu'il habitait sur place.

D'autant que parmi les trois, il y avait le craignos, là, Monsieur Dubosq, celui que Manu ne pouvait pas encadrer. Le mec comme toujours, prenant son temps pour se fringuer, content de se trimbaler tout nu, faire bien voir son kiki et son pubis toiletté comme celui d'un hardeur. Manu imaginant le mec faisant ça là-haut, à sept cent quarante-trois mètres, le jour d'une des deux douches hebdomadaires. Au cas où, le mec le faisant peut-être une fois, mais pas deux. Ou alors, le mec, tant pis, ça devenait son problème.

Là, le mec comme chez lui, parlant fort. Refaisant le match qu'il venait de gagner. Expliquant à son adversaire comment il avait perdu, à quel moment la partie avait basculé. Manu trouvant le perdant patient. Le mec inscrit au club pourtant. Pas obligé du coup de s'écraser devant les autres membres. Contrairement à un employé comme Manu, le mec tout à fait autorisé à envoyer chier Monsieur Dubosq. Mais n'en profitant pas. Peut-être pas l'envie de commencer une engueulade avec un mec à poil.

Manu, donc, s'habillant vite, enfilant son blouson et sentant quelque chose dans sa poche, se souvenant ce que c'était pendant qu'il le sortait, mais trop tard : le truc déjà dehors. Le soutien-gorge de Nadj. Elle ne l'avait pas réclamé et il avait oublié de le lui rendre. Et là, voilà, les trois clients le regardaient avec le soutif noir déplié à la main.

Deux des mecs ne disant rien, faisant juste une petite mimique, mais Monsieur Dubosq, lui, sortant une vanne sur les trophées de chasse et les prises de guerre. Demandant à Manu s'il faisait collection, faisant marrer les deux autres.

Manu ne répondant rien, prenant son temps, maintenant, au point où il était, pour bien replier le truc comme il fallait avant de le remettre dans sa poche.

Monsieur Dubosq disant alors que Manu n'avait pas besoin de se justifier, cherchant le regard des deux autres types, voir s'ils se marraient toujours. Disant, au cas où ce serait à Manu pour son usage perso, ce n'était pas un problème. Il n'y avait pas de mal. Chacun faisait ce qu'il voulait de sa sexualité.

Manu laissant l'autre dire, juste, se disant qu'il

rendrait son soutien-gorge à Nadj tout à l'heure, avant ou après le dîner – oui, puisque là, il allait dîner avec elle. Et donc c'était pour ça, en fait, Monsieur Dubosq pouvait faire ses plaisanteries. Manu s'en foutait un peu, juste intéressé par un truc : il allait dîner avec elle. Nadj. La Beurette qui ressemblait à Nâdiya et qui voulait présenter la météo du *Grand Journal* de Canal Plus.

Manu conscient qu'il n'avait rien fait d'autre, depuis qu'elle l'avait déposé au club dans sa petite Fiat *Punto*. Que ça : penser à elle. Même pendant les leçons. Pensant à elle beaucoup plus qu'au casse du musée d'ailleurs, ce qui n'était pas forcément malin. Mais plus fort que lui. Ayant passé une heure de cours, puis l'autre, puis encore deux, à se rejouer ce qu'elle lui avait dit.

Lui, au café, près du musée, croyant la déstabiliser en lui disant qu'il ne voyait pas ce qu'une fille comme elle faisait à marcher dans les vilaines combines de Plaisance le ripou.

Elle, pas du tout mal à l'aise, juste fronçant les sourcils, faisant la moue et disant, « Je ne comprends pas. »

« Tu comprends pas quoi ? »

« La question. »

« Ben la question, pourtant, elle est pas compliquée. La question, c'est qu'est-ce qu'une fille comme toi fait à marcher dans les combines de l'autre enculé. Là, venir avec moi, faire parler les gardiens – comment tu te retrouves à faire ça ? Il t'a promis une part ou quoi ? Ou alors c'est comme moi ? Il te fait chanter ? »

« Ah. C'est bien ce que j'avais peur d'avoir compris. Tu sais que je pourrais me vexer, penser que je puisse marcher avec un mec comme lui ? »

« Okay, tu marches pas avec lui, qu'est-ce tu fais là, alors ? »

« Là ? Je fais comme t'as dit. Je viens avec toi, je t'obtiens des infos. Etre sûre que ça se passe bien. »

« Attends, il y a juste un truc que t'as peut-être pas compris. Moi, le musée, perso, j'ai aucune envie de le taper. C'est l'autre pourri, là, qui essaye de me forcer. »

« Je sais. C'est bien pour ça. »

« Bien pour ça quoi ? »

« C'est bien pour ça : puisque le coup, là, tu peux dire ce que tu veux, tu vas être obligé de le faire, à partir du moment où tu le fais, je me dis, autant en profiter. M'associer avec toi. »

« T'associer. »

« Oui. Moi, je fais ma part. Je t'aide. Là, regarde, j'ai déjà commencé. Pas comme Plaisance qui lui ne fait rien, à part te menacer. Je t'aide avant. Je t'aide pendant, s'il y a besoin. Et surtout, je t'aide après. »

« Tu m'aides après. » Manu ne voyant pas de quoi elle parlait, là. Mais alors pas du tout.

« Ben oui. Une fois que le coup sera fait, c'est toi et moi. Plaisance, il ne mérite rien. »

« Ça, d'accord. Mais comment ? Forcément, je fais le coup, si je lui donne pas sa part, il va me faire des emmerdes. Comment faire pour garder le truc pour moi – okay, en admettant, pour nous. »

« Ça, tu verras. Une chose à la fois. »

Elle avait regardé sa montre et lui avait dit que s'ils traînaient encore, il allait être en retard pour ses cours. Manu disant, « Et tu me diras quand ? »

« Je ne sais pas. Mais pas là. Là, il faut que tu ailles donner des leçons de tennis. »

« Ce soir ? Tu vois le *Vesuvio* ? Tésauris centre, la rue qui fait le coin avec celle du casino ? »

Elle avait hésité une seconde, puis dit oui. Et Manu avait dit, « Ben voilà, neuf heures et demie. » Et elle disant d'accord, mais sans trop d'enthousiasme non plus.

Là, donc, il allait peut-être savoir ce qu'elle avait en tête, comment elle comptait s'y prendre pour le débarrasser du CIP. Cette fille qui ressemblait à la chanteuse Nâdiya, voulait faire la météo chez Michel Denisot et tentait de s'incruster sur le casse d'un musée. Manu bien décidé, une fois qu'elle le lui aurait dévoilé, à la convaincre d'utiliser son moyen de pression sur Plaisance, non pas après le cambriolage du musée, mais *avant*, justement, pour que Manu n'ait pas à le faire.

Mais pour autant, avec elle, rester en contact, même après s'être débarrassé du CIP et de son plan pourri.

La carte postale du Suquet qui accompagnait les photos disait juste ça : *50 000 €/24 h.*

Là, Solange attendait à l'hôtel dans la même chambre que la veille, paniquée à l'idée de se retrouver face au type, mais ne voyant pas, dans sa situation, ce qu'elle pouvait faire d'autre.

Les mêmes pensées, les mêmes images revenaient la torturer en boucle. Philippe recevant les photos, au bureau. Là, des larmes venaient à Solange. Ou mon Dieu, pire : *Sophie* ! Sophie voyant sa mère comme ça ! Là, chaque fois, elle manquait de vomir.

Solange, aussi, suffoquée par la haine. Ce sale type qui s'était servi d'elle et maintenant, en prime, voulait la faire chanter. Solange, donc, haïssant ce salaud, cette ordure de mec, de toutes ses forces, mais revenant toujours au même point : le type, cette pourriture, n'aurait pas de moyen de pression sur elle si, elle-même, au départ, n'avait pas été aussi faible. Aussi bête. Aussi *vicieuse*, disons le mot.

Pire que la panique, là, plus que la colère, la *honte*. Qu'est-ce qu'elle avait eu besoin d'aller faire sa coquette – pour ne pas dire pire ! – sur Internet, rechercher des « dialogues », jouer à se laisser draguer. Comme elle regrettait à présent ! Mais trop tard. Eh oui ma belle ! Trop tard ! Parce que là, tant pis pour elle. Elle avait fauté. Elle était punie.

Comment avait-elle pu ? Du plaisir à *ça* ! C'était bien fait pour elle. Pas besoin de chercher loin. C'était *ça* qu'elle payait à présent. Ça ! Elle avait fait des choses qui ne se font pas Et voilà : elle était punie. C'est simple. C'était logique.

Et en même temps, non. C'était sévère. Pourquoi *elle*, elle allait être punie si fort au premier faux pas et d'autres qui faisaient bien pire et à qui il n'arrivait rien ? Comme Linda, par exemple.

Solange, donc, l'espace de brefs instants, voulant croire qu'elle avait encore une chance de s'en tirer. Si elle se repentait, si elle promettait de ne plus jamais. Jamais. Juré.

Mais il y avait une autre possibilité. L'autre, là, le mec dont elle ne connaissait pas le nom mais qu'elle se refusait à présent à appeler par son pseudonyme idiot, lui, donc, si ça se trouve, il n'y était pour rien. Si ça se trouve, lui aussi avait reçu les photos et une demande d'argent. Lui aussi était victime. Et c'était quelqu'un d'autre qui voulait les faire chanter tous les deux.

Mais, à ce moment-là, qui ? Comment ?

Personne ne savait.

Personne, à part Linda. Linda savait. Linda savait où. Linda savait quand. Linda savait tout et elle était la seule.

Oui mais en même temps, non. Linda, cinquante mille ! Elle n'avait pas besoin de ça. Avec ce que Jacques gagnait. Oui. Ce que *Jacques* gagnait. Donc pas forcément ce que Linda avait à sa disposition. Si on allait par là, Philippe aussi gagnait beaucoup d'argent. Solange ne manquait de rien. Mais dès qu'une somme excédait un certain montant, elle devait lui demander. Dire pour quoi c'était faire. Une voiture neuve ? Pas de problème. Philippe l'emmenait l'acheter. Mais c'était lui qui déboursait les cent quinze mille euros chez le concessionnaire Audi. Pas elle avec de l'argent qu'elle aurait eu. Donc, peut-être oui, après tout, cinquante mille euros, ça pouvait tenter Linda. De l'argent de poche au black, en quelque sorte. Va savoir.

Non seulement ça, déjà, mais surtout, telle que Solange la connaissait, Linda tout à fait capable de faire ça juste pour s'amuser. Voir Solange s'affoler. Linda assez tordue pour ça.

En même temps rassurée par cette pensée. Si c'était Linda, c'était moins grave. Juste une mauvaise farce pour tromper son ennui. Mais ça pourrait s'arranger.

Des coups légers frappés à la porte de la chambre la firent sursauter. Quelques secondes pour se ressaisir puis elle alla déverrouiller la porte, revenant aussitôt se placer au milieu de la pièce, se retournant et regardant l'autre, le type, qui avançait vers elle, l'air visiblement surpris de la trouver toujours habillée, pas encore harnachée selon ses instructions. Il ne manquait pas d'air, ce fumier. Solange le voyant froncer le sourcil et dire, « Eh ben ? Qu'est-ce qu'il y a ? »

Et là Solange, plus du tout envie de vomir ou de pleurer, juste envie de tuer le mec, pas de couteau hélas – ou heureusement –, juste les photos posées sur le téléviseur, les attrapant et les lui jetant à la gueule. « Ce qu'il y a ? Ce qu'il y a, c'est ça ! » L'autre en ramassant une, puis deux, l'air effaré, bouche ouverte, l'œil affolé, allant et venant des photos à Solange, jouant super bien, le fumier. Ayant le culot, là, de montrer les photos qu'il avait ramassées et de dire, « Mais c'est quoi ? »

« C'est quoi ? C'est ce que j'ai reçu tout à l'heure. Chez moi ! Avec une petite note. Cinquante mille euros. Vingt-quatre heures. Sauf que tu as dépensé de l'argent en tirages grand format pour rien. Je ne paierai pas. »

Solange la première surprise de s'entendre dire ça, ne sachant pas d'où ça venait, mais l'air faussement surpris de l'autre l'avait trop énervée.

« Qu'est-ce que tu vas essayer de me dire, maintenant ? » Le tutoyant, alors que jusqu'ici, dans leur système sur Internet et encore la veille dans cette même chambre, il lui avait dit tu mais elle lui disait vous. Sauf que là, terminé. « Que c'est pas toi, peut-être, qui m'as fait porter ça ? »

« Mais non ! C'est pas moi ! » L'autre secouant la tête, les yeux et la bouche grands ouverts.

« Ah non ? C'est qui, alors ? »

« Mais j'en sais rien, putain ! Attends, réfléchis une seconde ! Comment je t'aurais fait porter ça ? Porter où ? Je sais pas où t'habites. Je sais même pas ton vrai nom. » Et là, Solange, soudain extralucide, l'entendant penser très fort et se retenir d'ajouter, pour moi t'es juste une vieille salope que j'ai levée sur Internet.

« Ah oui ? Pourquoi t'as pas reçu pareil, alors ? Pourquoi moi et pas toi ? »

« Mais je sais pas. Je sais pas. Je t'assure, je sais pas. » L'autre se frottant le visage, maintenant, répétant qu'il ne savait pas. Solange, malgré elle, commençant à lui trouver l'air sincère, mais disant quand même, un peu pour le tester, à présent : « Tu sais pas ? Ben moi, ce que je sais, c'est que je ne paierai pas. »

« Mais non ! Ne dis pas ça ! Attends. Tu te rends pas compte. Réfléchis aux conséquences ! »

« Ah tu vois. Tu veux me forcer à payer, là. Ça prouve bien que c'est toi ! »

« Mais pas du tout ! Réfléchis, nom de Dieu. Calme-toi et réfléchis ! Comment j'aurais fait. J'étais là, dans la chambre, avec toi. Tu m'as vu prendre des photos ? »

Solange disant, « Oui, ça, ça prouve rien. C'est ton complice qui les a prises, je sais pas comment, mais c'est pareil. Et là, que je sache, c'est bien toi, comme par hasard, qui essaye de me convaincre qu'il faut que je paye. »

« Non, non ! Attends ! Est-ce que tu sais ce qui va se passer si jamais tu ne payes pas ? »

« Non. Enfin, si. J'imagine. Si je ne paye pas, vous allez envoyer les photos à mon mari. C'est comme ça que ça se passe, non ? »

« Eh ben justement. Ça, ça n'est pas possible. Tu ne peux pas laisser faire ça. »

« Ah bon. Et pourquoi ? Après tout, c'est mon problème. »

« Oui mais, toi, toi, toi. Il n'y a pas que *toi*, dans l'histoire. Et moi, là, je te dis non. Moi, je ne peux pas me permettre. Pas là. Pas en ce moment. »

« Eh ben très bien ! Paye, toi, alors, si tu ne peux pas te permettre. Vas-y. Ne te gêne surtout pas. »

« Mais non. Moi, c'est impossible ! »

« Ah bon ? Pourquoi ? »

« Mais cinquante mille euros ! »

« Oui. Cinquante mille euros. Et alors ? Ne me

regarde pas comme ça. C'est pas comme si c'était moi qui avais fixé la somme ! »

« Putain, tu comprends pas, bordel ! Cinquante mille euros, je ne peux *pas* ! »

Solange haussant les épaules, avec une petite moue. Et là, le type qu'elle connaissait sous le pseudonyme désormais très inapproprié de « Maître Stéphane » disant :

« Tu sais ce que ça gagne, un directeur de service pénitentiaire d'insertion et de probation ? »

Dix

Manu dit, « Et pourquoi la pénitentiaire, alors, au départ, si t'aimes pas ça ? »

Nadj dit, « Je suis comme Rachida Dati, en fait. J'ai plein de frères. Et dans le lot, moi aussi, j'en ai un ou deux qui ont fait des petites conneries. »

« Ah bon ? »

« Non. Je plaisante. »

« Ah. Okay. Et donc, la pénitentiaire ? »

« Comme ça. Concours de circonstances. Branchée par une copine. Ils embauchaient, j'avais les bons diplômes. Et voilà. Et puis peut-être, pendant cinq minutes, au tout début, l'idée de faire évoluer les choses, d'aider à corriger un peu les trucs qui n'allaient pas. Mais ça, très vite, malheureusement, tu te rends compte… Tu vois ce que je veux dire ? »

Donc c'était ce que Manu ne pouvait s'empêcher d'appeler dans sa tête leur *premier dîner,* mais sans l'ironie qu'il avait cru entendre l'après-midi quand elle avait parlé de « premier rendez-vous ». Manu n'ayant pas eu de premier dîner avec une fille depuis longtemps. Là, tout beau dans sa meilleure chemise, pantalon beige et mocassins en daim. Des sapes qu'il avait d'avant et dans lesquelles il rentrait encore. Pas très à la mode, mais suffisamment classiques pour pas faire trop ringardes non plus.

Nadj, elle, toujours habillée comme elle était au début de la journée. Manu repérant qu'elle était toujours sans soutien-gorge, se disant qu'il faudrait penser à lui rendre celui qui était dans sa poche, mais pas là, pas au milieu du restau avec des gens autour. Dès qu'ils seraient seuls, là, oui. Et selon le mood où, elle, elle se trouverait et si, lui, il avait bien su choisir le moment, allez savoir ?

Nadj, là, en train de dire, « Ce qu'il faut comprendre, c'est que les cités – les "quartiers", comme ils disent maintenant à la télé. Je déteste cette expression. Les quartiers quoi ? Avant, c'était les quartiers "difficiles". Après ça a été les quartiers "sensibles". Maintenant c'est juste "les quartiers" – qu'est-ce que je disais ? Je ne sais plus. »

« Tu disais, t'as fait un deug de psycho, puis une capacité en droit. Je t'ai demandé pourquoi la pénitentiaire. Tu m'as dit que t'avais plein de frères comme Rachida Dati. Puis que c'était pas vrai. Et puis t'es partie sur les quartiers. »

« Oui. Les quartiers, les cités, t'appelles ça comme tu veux, ce qu'il faut comprendre, c'est que, tant que t'es dedans, c'est plus dur pour les filles que pour les mecs. Les mecs, eux, ils se font jeter dès qu'ils essayent de mettre le nez dehors. Donc ils y restent. Et, de ne pas avoir pu en sortir, ils reportent leur frustration sur les seules personnes encore plus faibles qu'eux dans le système : les filles de leur immeuble. C'est pour ça, tant qu'elle y reste, pour la fille, la cité, c'est encore plus dur pour elle que pour ses frères. »

« Ouais, c'est sûr. C'est relou. » Manu pas trop sûr de ce qu'il était censé dire.

« Mais par contre, pour se sortir du quartier, là, pour une fille, ça va être un peu plus facile que pour son petit copain ou son grand frère. Elle, elle a une petite chance de trouver du boulot. Le mec, lui, non. Zéro. Le mec, lui, il menace le patron petit Blanc. »

« Mais ouais mais bon. Il est pas obligé de le menacer, non plus. »

« T'as pas compris : il le menace même en faisant rien. Juste par sa présence. Parce qu'il est jeune, souvent plus athlétique – moins instruit, okay, mais souvent plus malin, parce que dans son quartier, il a vite été obligé d'apprendre à réfléchir vite. Donc, il n'a rien besoin de dire ou de faire. Le patron petit Blanc va se sentir menacé juste par la présence d'un grand gaillard noir ou reubeu, musclé et débrouillard, que toutes les filles regardent. Du coup le patron petit Blanc, embaucher un Noir ou un Arabe, s'il peut éviter, il préfère. »

Donc c'était ça la drague avec les filles qui avaient fait des études. Manu réalisant qu'il n'en avait pas connues beaucoup. Les clientes ou les joueuses classées croisées dans les tournois, même si dans le tas il y en avait qui avaient des diplômes, Manu ne se souvenait pas d'avoir déjà eu ce genre de conversation avec aucune d'entre elles.

Là, c'était nouveau, du coup. Une Arabe. Et une intello. La première fois dans les deux cas et les deux en même temps. Manu aimant bien le mélange, pour l'instant.

« La fille, c'est le contraire. La fille qui vient de cité, le patron petit Blanc, s'il l'embauche, comme ça il peut se dire qu'il n'est pas raciste – la preuve : il a une secrétaire ou une standardiste beur – sans se sentir menacé par la virilité de l'Arabe ou du Noir. Et en plus, le patron petit Blanc, il se dit, la Beurette, va savoir, elle va être tellement reconnaissante qu'elle va lui témoigner sa gratitude, s'il demande gentiment. Parfois, ça marche pas gentiment, il demande carrément cash. Tu regardes bien, c'est juste le colonialisme qui se perpétue. Mais hypocrite et ramené en métropole : on humilie les indigènes et on leur pique leurs femmes. »

Manu pas forcément en désaccord avec ce qu'elle expliquait, trouvant même que dans l'ensemble ça se tenait. Mais trouvant ça un peu chiant comme conversation de premier dîner, essayant de voir comment il allait recentrer plus sur elle.

Nadj dit, « Sans déconner, pour la société française, tu te rends compte le gâchis ? »

Non. Manu n'avait jamais réfléchi à la question. Manu à deux doigts de lui dire qu'il réfléchissait rarement à la société française. Mais elle, déjà repartie.

« Les caïds dans les cités, ceux qui s'en tirent, qui réussissent à vraiment gagner de l'argent, si tu regardes bien, ils ont énormément de qualités. Ils sont malins, ils sont courageux – je veux dire, toutes leurs guerres de gangs, leur trucs de territoire et tout ça, c'est débile. Mais dans leurs affrontements, ils font preuve de courage physique. Ce courage-là, appliqué à d'autres choses, tu vois bien, ça pourrait faire des étincelles. Donc leur courage, leur sens de la débrouille, leur intelligence du bizness, leur ingéniosité pour toujours contourner la loi ou exploiter ses failles, tu imagines si ces qualités-là étaient appliquées à des activités légales, utiles ? Ces mecs-là iraient loin, ils feraient de grandes choses. Seulement, évidemment, du coup, ils risqueraient de dépasser des Français, de réussir mieux qu'eux, dans des domaines traditionnellement réservés aux Français. Et ça, les Français veulent pas. Ils préfèrent se passer de l'intelligence et de l'énergie de citoyens d'élite plutôt que d'avoir un Noir ou un Arabe qui dirige une entreprise, un hôpital ou bien un porte-avions. C'est pour ça, un mec de valeur dans une cité, s'il ne fait pas footballeur, rappeur ou comique de stand up, il ne lui reste pas grand-chose. Il fait du bizness et puis c'est tout. »

Manu repensant aux caïds qu'il avait vus à Grasse, trouvant drôle de les considérer comme des citoyens d'élite, mais voyant ce qu'elle voulait dire.

« Alors attention, faut pas rêver. Une fois dehors, pour la fille de cité, c'est pas le Club Med non plus. Déjà pour les Françaises, souvent c'est dur. Pour la Beurette ou la Reune, ça va l'être encore un petit peu plus. Simplement, elle, c'est de la rigolade comparé à ce qu'elle a connu : subitement, elle s'habille comme elle veut. Elle voit qui elle veut. Elle gagne son propre argent. La fille, il y a pas photo, du moins au début. »

Manu hochant la tête, se sentant obligé de trouver quelque chose à dire, et ne trouvant pas mieux que, « C'est vrai. C'est un tort, tu vas me dire, mais j'y avais jamais pensé comme ça. Le fait d'être un mec, blond aux yeux bleus avec un nom français, c'est sûr, on se rend pas compte. »

« Ben oui. »

Et là, merde, un blanc. Manu cherchant sur quoi rembrayer, quelque chose de plus fun et ne trouvant rien au niveau. Du coup, pour meubler, il lui rajouta un peu de vin dans son verre. Elle le porta à ses lèvres, prit une gorgée et dit, « Et au fait, en ce moment, t'as une petite amie ? »

Ben voilà. Ça, c'était plus intéressant, déjà, comme sujet. Plus dans l'esprit de ce que Manu avait prévu. Il dit, « Là, depuis que je suis sorti, non. J'ai rencontré des filles, mais rien de sérieux. Pourquoi tu me demandes ça ? »

« Comme ça. Pour savoir. »

« Et toi ? »

« Et moi ? »

« Ben oui. Et toi ? T'as un petit ami ? »

« Pas en ce moment, non. »

« Ah. » Manu content de l'entendre et en même temps, se disant, une belle fille comme elle, c'était pas normal.

Et merde. Un autre blanc. Non. Sauvé. Elle repartie à dire, « Je sors d'une histoire un peu compliquée. Donc, là, non. Je suis un peu en réserve, on va dire. »

Oui, en même temps, elle allait pas lui dire direct, là, je suis open bar, fête au slip à tous les étages. En réserve, ça voulait dire dispo, mais sélective. Et inversement. Rien de décourageant, donc. Au contraire.

Non, en fait, là, pour l'instant, le premier dîner, c'était plutôt un sans faute. Manu assez content de tout.

Du choix du restau. L'italien un peu classe et branché de Tésauris. Nadj disant que c'était la première fois qu'elle y venait. Manu content aussi de la table qu'on leur avait donnée, collée à la baie vitrée, bien isolée des autres.

Ensuite, partageant l'antipasti à 14,90. De fait copieux pour deux. Mais bon – des légumes avec de l'huile d'olive. Manu n'arrivant pas à s'y faire, les tarifs sur la Côte. Encore augmentés pendant qu'il était en altitude. Derrière, lui, enchaînant avec une reine, elle avec le *frito mixo*. Manu notant qu'il n'y avait de jambon dans rien de ce qu'elle avait pris, mais se gardant bien de faire la remarque pour l'instant. Il verrait ça plus tard. Si elle était pratiquante et jusqu'où. Et puis de toute façon, même si elle pratiquait, un truc était sûr, c'était pas pour autant qu'elle était coincée. Le plan du soutif et tout, ça prouvait bien. Du coup, si elle était pas coincée, elle pouvait bien ne pas manger de cochon. C'était son droit. Au cas où, ce serait comme si elle était végétarienne – en nettement moins casse-couilles, d'ailleurs. Végétarienne, c'était l'enfer pour aller au restau avec. Que musulmane pratiquante, rien ne les empêchait une autre fois d'aller se partager une belle côte de bœuf. Où était le problème ?

Eh ben là, peut-être. Peut-être il venait de surgir, le problème justement. Là, elle venait de dire, « Donc moi, la pénitentiaire, c'est fait. Et toi ? Les musées de montres, t'as passé le diplôme où ? »

Manu face à un choix, là.

Okay, elle était belle et futée et pas comme les autres filles qu'il avait draguées jusqu'ici dans sa vie. Mais même si elle s'entraînait devant la glace avec des cartes de températures, jusqu'à nouvel ordre, elle était quand même toujours conseillère d'insertion et de probation au SPIP de Grasse – la veille, Manu l'avait vue à l'accueil, mais c'était en dépannage de la grosse brune à cheveux courts partie chez le dentiste. Et à lui débiter toutes ses belles théories sur la discrimination et les minorités, elle ne lui avait pas encore dit clairement ce qu'elle comptait faire par rapport à Plaisance. Donc le show, l'après-midi, les gardiens sans soutif ou le dîner, là, ça faisait peut-être juste partie du plan de l'autre pourri pour bien le vaseliner. Manu pensant à toutes les fois où des mecs s'étaient mis en calèche en ouvrant grand leur bouche pour épater une fille.

Et puis se disant, à l'inverse, s'il ne donnait pas de noms, restait flou sur les dates, il n'y avait pas grand-chose qu'elle –

« Excuse, question grossière. » Manu la voyant faire un petit sourire gêné. « Pendant une seconde, j'ai oublié le contexte. Désolée. Ça doit être le vin. »

Et là Manu jouant le mec l'air de rien : « Non, c'est pas ça, mais je cherchais comment enjoliver le truc. Parce que franchement, c'est pas très intéressant. »

Elle faisant une mimique, l'air de dire, okay, pas de problème. Oublie.

Manu se disant, Et merde, et y allant.

« Comment te dire ? Ça a commencé, j'étais encore dans le circuit, les tournois en été. Je savais déjà que j'accrocherais jamais tête de série à l'ATP. Du coup je faisais le kakou dans les clubs de la Côte. Et donc parfois, dans les beaux clubs, il y avait des femmes qui me ramenaient chez elles après les épreuves. Divorcées ou mari absent. Parfois, des très belles villas. Et un jour, un joueur que je connaissais vaguement, pas très bon, qui se faisait sortir vite à chaque fois, mais ce jour-là j'ai compris pourquoi il s'en foutait – bref, le mec me branche et me dit, la maison où t'étais hier soir ? Ouais, eh ben ? Eh ben, tu saurais me décrire l'intérieur, me dire où sont les chambres, le bureau et tout ça ? Je lui dis pour quoi faire ? Il me dit, comme ça. Un petit billet pour toi. Je lui dis va mourir et puis j'y repense plus. Mais quand même j'y repense. Et puis un autre jour, un club un peu prout-prout, après Nice, vers Monac', un dîner de clôture, j'en vois une, un collier pas possible et les boucles assorties. »

« Tu te l'es faite et tu t'es fait le collier. »

« Non. Ça jamais. Jamais rien pris à une femme avec qui j'avais… Quand même. Non mais, au dîner, je vois que ça mord avec une autre et au moment de partir, t'as celle avec le collier qui demande à celle que j'allais me faire de la déposer en route, son mari parti je sais pas où avec leur voiture, je sais plus. Bref : nous voilà tous dans la BM de l'autre et pendant le trajet, les deux, ça discute, ça discute. Et sans faire exprès, je ramasse plein d'infos, mais je réalise pas encore. À ce stade, moi, je suis juste sur la blonde rencontrée au dîner. On arrive devant chez celle avec le beau collier, mais elle a oublié son bip pour ouvrir le portail, donc elle réveille le gardien. Du coup, je vois un vieux qui habite avec sa femme dans une maison à part. On la largue, on repart. Et trois maisons plus loin, c'est bon, on est déjà arrivés. Là, moi, j'ai toujours rien décidé. La dame et moi, on fait ce qu'on a à faire. Une fois. Deux fois. Elle s'endort. On n'a rien précisé sur comment ça s'organisait après, donc j'en déduis qu'*a priori* je suis le bienvenu jusqu'au lendemain matin. Sauf, là, je ne dors pas et c'est là que l'idée me vient. Je saurais pas te dire pourquoi, mais soudain, je suis à bloc. Je me lève, j'enfile un calebar et je sors. Je passe par le bord de mer. Trois cents mètres, pas plus, et je me retrouve sur la terrasse de l'autre. Tout est éteint. Ça dort. Portes fermées, mais une fenêtre ouverte. Hop. Me voilà dedans. Mort de trouille mais en même temps, je kiffe. Je monte à l'étage. La bonne femme dort, toute seule dans son grand lit. Et là, moi, j'ai pas de matos, rien, pas de gants, pas de lampe-torche. Donc je fouille pas trop. Et je reste pas longtemps, surtout. Cinq minutes et je repars. Pas avec le collier – lui, elle avait dû le mettre au coffre ou je sais pas où. Mais tous les autres bijoux que j'ai pu attraper sur sa coiffeuse et dans les boîtes dessus. Je repasse par les rochers. Je mets les bijoux dans mon sac de raquettes, ce qui, si t'y penses, était complètement con. Et je remonte. L'autre dort toujours. Je suis en sueur, crado.

Je vais prendre une douche. Le bruit de l'eau réveille la dame. Elle vient me voir. Je lui dit pardon, je t'ai réveillée, mais j'avais chaud. Elle dit moi aussi j'ai chaud. Elle me rejoint dans la douche. Rebelote. Et après, elle me dit, Bon, eh ben tu vas pouvoir y aller maintenant, je t'appelle un taxi. Juste, je lui dis de te prendre au coin de la nationale, je voudrais pas qu'on jase après. J'ai dit pas de souci. Merci pour tout. Je me suis rhabillé, j'ai pris mon sac et je suis rentré vers Villefranche à mon hôtel *Etap*. »

« Et le lendemain ? Elles ont fait le rapprochement ? T'as été soupçonné ? »

« Rien du tout. Un miracle. Parce qu'entre nous, j'avais fait ça comme un gol, sûrement laissé des paluches partout. Aujourd'hui encore, je saurais pas te dire ce qui m'a pris. Mais bon, voilà. C'était fait. »

« Et ça t'avait plu, donc ? »

« Tais-toi ! Presque aussi bon que le sexe. Meilleur, même, certaines fois. Là, style, pas pour paraître goujat, mais le meilleur moment de la nuit, c'était pas dans le lit de la dame. Donc ouais, j'ai remis ça dès qu'une occase m'a semblé se présenter. Mais toujours, uniquement des bijoux. »

« Ah bon, pourquoi ? »

« Parce que j'aime pas ça. Je trouve pas ça beau. Ça me dépasse, les prix que ça peut atteindre. Donc je me dis, quelqu'un d'assez con pour mettre ça dans des cailloux qui brillent, c'est tant pis pour sa gueule s'il se le fait chourer. C'est pas comme le sac d'une vieille dame qui vient de toucher sa pension, tu vois ce que je veux dire ? Pis je sais pas, voleur de bijoux, ça a un côté pas crapuleux – comme tu disais ce matin, un peu : glamour, paillettes –, festif, presque. »

« Ouais, à fond dans ton film, quoi. »

« Voilà. Et donc j'ai commencé comme ça, voler des bijoux chaque fois que je repérais un plan. Sauf, j'y connaissais rien, je prenais des vrais, du toc, je faisais pas de différence. Surtout, après, une fois que je les avais, je savais pas quoi en faire. À qui les revendre ni rien. Donc fin de l'été, je reprends mes entraînements, un club près d'Orléans. Les bijoux que j'avais volés toujours planqués, puisque je savais pas quoi faire avec. La saison passe, je bouge pas une oreille – j'y pense à peine, sérieux. Et puis l'été arrive, je recommence les tournois et là, je recroise le mec, celui qui m'avait demandé des infos sur une villa. Il me dit, dis donc, toi, blond aux yeux bleus, en fait, t'as du sang manouche. Je dis de quoi tu parles ? Il me dit, c'est marrant : partout où tu joues, une villa se fait taper. Je dis, Ah bon ? Il me dit, Oui. Et parfois c'est du beau. Donc je sais pas avec qui tu traites, mais si t'as des projets, la saison qui commence, je connais des gars, peut-être t'aurais envie d'entendre leurs conditions. Donc voilà, il m'a mis en cheville avec deux bijoutiers. Un, Marseille, l'autre à Lyon. J'ai écoulé ma camelote de la saison d'avant. Six mille euros. Du coup j'ai recommencé. Comme un sport, en fait. Le défi. Le frisson de la balle de match, à chaque fois et sans t'être fait chier aux éliminatoires. Le Central, direct. »

« Bien sûr. »

« Si ! Je t'assure. Tu me crois pas, c'est pas grave. Mais c'est la vérité. Enfin bref, je te fais court, je fais la connaissance d'une équipe de manouches – des vrais, là, pour le coup. Mais pas des Romanos avec des grosses mercos et les mômes qui mendient. Des jeunes mecs qui se la jouaient Steve McQueen dans *L'Affaire Thomas Crown.* Des seigneurs, je peux te dire, par rapport aux crapauds que tu croises le reste du temps. Eux, ils faisaient les musées. Des collectionneurs qui leur passaient commande : telle toile, tel vase chinetoque, le pot de chambre où Napoléon... Paf, ils allaient le chercher. C'est comme ça, avec eux, j'ai fait deux petits musées d'horlogerie en Suisse. Toujours commandités par des collectionneurs. Enfin pas eux direct, un antiquaire à Grenoble qui faisait l'intermédiaire. Donc deux musées, tranquille. Et le troisième, on fait le coup, on se sépare – c'est moi qui devais aller livrer à l'antiquaire, un bled près d'Aix-les-Bains. Et je me fais flasher par un radar. Le gardien du musée me retapisse sur la photo et terminé. Une semaine plus tard, j'étais serré. Rien vu venir. Comme quoi les bourres, parfois... Mais là, dans ma malchance, le coup de bol que j'ai eu, c'est que le même jour ou presque, l'antiquaire se faisait crever par les mecs de l'OCBC, la lutte contre le trafic de biens culturels. »

« Oui, oui, je connais. »

« Oui, je suis con. Bref, l'autre se fait pécho, ce con, mais Dieu merci avant d'avoir écoulé les montres. Et ça, le fait qu'ils récupèrent la camelote intacte, ça m'a un peu allégé le cartable. Tout le monde était moins nerveux. Et l'antiquaire et moi, vu qu'on était déjà morts, on s'est chargés l'un l'autre. Ce qui du coup m'a aidé à jouer au con sur le reste et rien dire à la juge. Les collègues, là, ils ont apprécié le geste et fait passer le mot. Du coup, là-haut, ça a été tranquille. Personne a essayé de trop me mettre la misère. »

Manu écarta les mains et dit : « Voilà. C'est ma carrière de voleur de bijoux. À peu près aussi brillante que ma carrière de tennisman professionnel. »

« Et tes seigneurs, là, les Steve McQueen, tu les as revus depuis ? »

Attention. Super warning ! Là, on entrait en plein dans le motif de révoque. Sauf que là, sur le sujet, Manu était très à l'aise avec la vérité.

« Zéro. Pas un coup de fil. Ce serait pas prudent, pour tout un tas de raisons. Et puis surtout, pour quoi faire ? On faisait équipe, mais on n'était pas potes. Là, je me dis qu'on est quittes. Je me suis bien comporté, ils se sont bien comportés et basta. Chacun sa vie, maintenant. Tu sais, quand je disais que là, je suis sorti du jeu, c'est la vérité. La cambriole, les keufs, le placard, ça va. J'ai donné. C'est pour ça, le plan foireux de Plaisance, vraiment, je m'en passerais bien. »

Elle, ne disant rien là, juste hochant la tête. Lui rajoutant, du coup : « En même temps, cette partie-là, c'est pareil : t'es pas forcée de me croire. »

« Si. Je te crois. Bien sûr que je te crois. Pourquoi je te croirais pas ? »

Le serveur venait d'apporter l'addition. Elle dit, « Un grand grand merci. C'était super bon, vraiment. »

Manu disant qu'il était content que ça lui ait plu et en disant ça, repensant que non, décidément, elle ne ressemblait à aucune fille qu'il avait déjà vue. Avant la prison ou depuis. Manu comme au spectacle, se lassant pas, la voir si belle ou l'écouter sortir des trucs qu'il n'avait pas vus venir. La météo Canal. L'employeur petit Blanc. Des trucs qu'il n'avait jamais entendu une fille dire. Une fille ou un mec, personne. Comme par exemple là, après avoir mis soixante-cinq euros dans la soucoupe, Manu dit, « Et on va où maintenant ? » – pensant chez toi ou chez moi, espérant qu'elle propose d'aller chez elle plutôt que d'avoir à lui montrer comment il était installé. Et là, donc, entendant cette fille pas comme les autres dire, limite l'air étonné qu'il pose la question : « Là ? Ben on va aux putes. »

Onze

Pendant le trajet vers Nice, tout en conduisant sa Fiat *Punto*, Nadj avait dit, « Ben oui. J'avais oublié de te dire. D'ailleurs en fait, même moi, entre le vin et la conversation, j'avais complètement zappé. Mais là, c'est un des deux soirs de la semaine où je suis de permanence bus. »

« Permanence bus ? »

« Oui. Un bus garé la nuit sur la Promenade des Anglais pour accueillir et aider les prostituées. Elles viennent prendre un café, se fournir en prézos –

« En prézos ? »

« Préservatifs. On les distribue gratuitement. Donc ça, le travail de prévention, et puis aussi, on essaye d'assurer un soutien psychologique. Et de l'aide médicale ou administrative. »

« Ah ouais ? Je savais pas que ça existait. »

« Oh si. Dans plusieurs villes de France. Partout où t'as une grosse prostitution. À Nice, en fait, depuis très longtemps, il y a le SPRS, une association qui fait un super boulot. Eux, ils ont un local d'accueil et un bus qui patrouille deux fois par semaine. Pareil que nous, distribuer des capotes, faire de la prévention, maintenir un lien avec les filles. Mais là, c'est un autre bus, à l'arrêt celui-là. C'est Maïté, une ancienne prostituée, qui a lancé son assosse, *Keserasera*.

« Et alors, toi, là-dedans ? »

« Moi, je fais partie du roulement de bénévoles qui lui donnent un coup de main. »

« Ah ouais. D'accord. » Pas plus renseigné que ça, en même temps.

« En principe, dans le bus, on est trois accueillants. Un éducateur ou un travailleur social, qui fait passer le message de prévention et renseigne sur tout ce qui est accès aux droits, formation, réinsertion. Un médecin ou une infirmière. Et Maïté ou une autre ex-prostituée, pour mettre les filles à l'aise. Moi, donc, principalement, j'aide pour tout ce qui est démarches administratives, rapports avec les flics et tout ça. »

« Je croyais que t'avais pas la fibre humanitaire ? Que tu voulais faire chanteuse ? »

« Oui mais bon. En attendant, si je peux rendre service. Là, franchement, ça me prend quoi ? Deux soirs par semaine. Si je faisais pas ça, je ferais quoi ? Je regarderais Cauet ? Tu vois ce que je veux dire ? Bon, d'accord, ça me fait coucher un peu tard les deux soirs. Mais bon, tant que je tiens… Et puis comme ça, plus tard, même si je fais plus rien pour personne, que je pense juste à ma gueule, au moins je pourrai me dire que j'ai fait ça avant. »

« C'était pas une critique. Juste une question. »

« Mais tu sais quoi ? Toi aussi, en fait, tu vas rendre service. »

« Ah bon ? »

« Oui. Les montres, là, que Plaisance t'oblige à aller voler sinon il te renvoie en taule. Si c'est juste pour Plaisance, c'est normal que tu ne sois pas trop chaud. Mais si, pour une partie, ça peut aider des pauvres filles à se sortir de leur esclavage, du coup, c'est plus pareil, là, non ? Là, je suis sûre, tout de suite, t'es déjà plus enthousiaste à l'idée. C'est pas vrai ? »

Manu un peu scotché quand même par ce qu'elle venait de dire, pas sûr de bien comprendre, cherchant quoi répondre qui ne fasse pas trop nœud. Nadj recommençant à parler avant qu'il ait trouvé, disant : « Tu vois ? J'étais sûre, tu serais d'accord. Tiens, regarde. »

Effectivement, au début de la Promenade après l'aéroport, stationné côté ville, Manu vit un vieux *Master* Renault, avec *Keserasera* et un numéro de téléphone marqués sur la carrosserie.

« C'est un camion de la Caisse d'épargne, à l'origine, récupéré à la casse. Maïté l'a fait un peu surélever et aménager l'arrière, tu vas voir. »

Elle fit demi-tour au feu suivant et se gara. Manu un peu intimidé, en fait, en arrivant au bus avec elle, soulagé de n'y trouver aucune prostituée, juste deux des bénévoles de l'association. Un type de trente-cinq ans, déjà chauve, avec des grosses lunettes, Jean-Louis, et une grande fille un peu forte, Marion. Nadj le présentant en disant, « Manu, un ami qui va peut-être bientôt nous donner un coup de main. » Les deux autres disant, « Ah c'est sympa, ça ! Bienvenue Manu. » Nadj demandant, « Maïté est pas là ? » Le mec, Jean-Louis, disant, « Non. Elle a dû aller voir sa fille. » Nadj disant alors à Manu, « Viens, je vais te faire visiter. »

C'était bien branlé, leur truc. Chaque centimètre carré d'espace optimisé au max. L'arrière du petit camion divisé en trois compartiments, deux au fond, comme des isoloirs de bureau de vote, pour les entretiens médicaux ou les conversations qui réclamaient un peu d'intimité. Et puis le plus grand, celui où ils se trouvaient, pour l'accueil, tapissé d'affiches incitant à la prévention antisida ou détaillant les risques. Et puis, sur une étagère, des corbeilles avec des préservatifs, du gel en tube ou en dosette et des brochures en plusieurs langues. Mais surtout plein de capotes.

Nadj interrompue par trois filles qui venaient d'arriver. Enfin, des filles… Nadj glissant à Manu « C'est des trans péruviens. Super sympas », juste avant d'aller embrasser les filles. Enfin, les mecs. Enfin, non, d'ailleurs, les filles, à présent qu'ils s'étaient fait… Manu ne sachant pas comment dire.

Nadj, elle, très à l'aise, montrant Manu resté prudemment à l'écart, près du rideau de séparation avec l'espace intimité. « Et ça, c'est Manu. Un ami qui va bientôt venir nous aider. » Remettant une couche. Les trans en faisant des caisses. « Hmm, *mignon* ! Manu ? Enchantée ! » Manu disant bonsoir en agitant la main, mais sans bouger de son coin, ne se voyant pas tout de suite aller faire la bise aux trans.

Nadj, elle, très à l'aise. Complimentant les mecs sur leurs tenues et leurs coiffures. Demandant des nouvelles d'un autre trans pas vu depuis longtemps. « Si. Elle est là, ce soir. Derrière le *Negresco*. Peut-être elle passera plus tard. » Les trans refusant le café, mais restant un peu comme ça, à taper la discute le temps d'une de leurs cigarettes extralongues et toutes fines, et puis repartant, chacun avec une plaquette de capotes.

Manu du coup repensant aux trois qu'il avait mises dans sa poche avant de partir du club, à tout hasard, au cas où ça se passerait bien, loin de se douter que Nadj en distribuait gratos à ses moments perdus.

Manu se disant aussi, à présent, en la voyant faire avec les filles, que la petite Beurette ne serait pas le genre à être choquée qu'il ait prévu le matos. Au contraire. Même plutôt le genre de meufe à en avoir sur elle, au cas où un truc inattendu surgirait avec un mec pas prévoyant. Elle toujours prête à faire face. Un peu comme Madame Ponderoux en fait, dans un genre différent. Madame Ponderoux, elle, encore un autre style, avec sa boîte de Manix dans son sac Dior la première fois qu'ils étaient allés à l'hôtel ensemble. Manu sur le coup bluffé par l'approche cash de la bonne femme.

Donc là, dans sa poche : trois. Plus ç'aurait été trop. Et moins, c'était le risque de se retrouver marron, tu sais jamais, si l'une des trois craquait ou une connerie comme ça. Non, trois, c'était le bon chiffre. Quitte à pas tout utiliser.

Là, les trans étaient repartis, mais deux autres filles s'étaient pointées presque tout de suite après. Deux filles de l'Est, d'après leur type d'accent et les noms que Nadj avait prononcés, Dimhichka et Katia, au moment de les présenter. Nadj cette fois lui épargnant le « qui va bientôt venir nous aider ». Les filles pas très jolies, mais très jeunes. Tout juste majeures. Une des deux en train de dire à Marion et à Nadj, « J'ai papier qui c'est analyse. Il y en a tampon, oui. » L'autre disant, « C'est interdit pour étranger, carte vitale. Tout le monde dire, c'est Sarkozy. »

Manu ne comprenant pas trop de quoi elles parlaient, mais Nadj et Marion voyant très bien, visiblement. Expliquant des démarches aux filles et leur donnant des capotes. Les deux petites repartant, aussitôt remplacées par deux autres, de l'Est aussi. Très jeunes aussi. Un peu plus jolies. L'une disant, « Je partir et venir à la place, c'est onze heures. La pute beaucoup dormi. Même pas client. » L'autre disant, « Beaucoup police. Pour ça. Cliente zéro. » Et l'autre : « Ça donne moi rien. Ça fait m'énerve. » Manu fasciné. La deuxième en train de dire. « Moi un cliente à la voiture.

Un cliente à la plage. Le cliente à la plage, c'est gars gentil. Pas frapper. Plus bien-bien. Mais le cliente, il boire beaucoup whisky avant. C'est problème. »

Et puis après d'autres comme ça. Un roulement, pendant plus d'une demi-heure. Manu essayant de se faire tout petit, pas être dans le chemin, regardant les filles à peine habillées boire leur thé ou leur café dans des gobelets en plastique quand toutes les vraies tasses étaient utilisées.

Manu ne se souvenant pas d'avoir déjà été comme ça, en contact aussi direct avec des putes. N'ayant jamais imaginé ce que ça pourrait être, mais voyant bien que là, ça n'avait rien à voir avec l'idée qu'il aurait pu s'en faire.

Déjà, en venant, Nadj avait un peu ruiné le truc en expliquant que celles qu'il allait voir étaient toutes des esclaves, forcées de se prostituer, empêchées de s'enfuir ou même de se suicider, par les menaces de représailles sur des membres de leur famille restés dans le pays d'origine. Plus vraiment de rapport avec Julia Roberts dans *Pretty Woman :* la fille un peu délurée, qui connaît bien la vie, mais encore romantique pour celui qui sait s'y prendre.

Les tenues, par exemple. Les tenues où elles étaient toutes, super court et moulant, même celles qui s'étaient reboutonnées en montant dans le bus, le temps de prendre un café et de fumer une clope. Eh bien, leurs shorts, leurs mini, les transparences et tout, au bout du compte, c'était pas du tout sexy. Manu pourtant d'habitude pas le dernier pour attraper au vol un bout de sein ou de culotte visibles par accident, se payer un petit jeton. Là, tout le contraire, faisant bien gaffe à regarder les filles dans les yeux. Dans les yeux et nulle part ailleurs.

Un moment, entre deux mouvements de filles, Nadj se rapprocha et lui demanda si ça allait, sur un ton, presque, de maîtresse de maison qui vérifie que les invités s'amusent. Manu n'osant pas dire qu'en ce qui le concernait, c'était bon, ils pouvaient y aller, il avait fait le tour. N'osant pas non plus demander jusqu'à quelle heure elle prévoyait de rester. Manu, de toute façon, dispensé de répondre par Jean-Louis, le mec chauve à lunettes, venu dire à Nadj : « Les filles se tiennent à carreau ce soir. Il paraît que Kruelo est là. »

Nadj disant, « Oh non ! »

« Si. Avant que t'arrives, Tatiana est passée, tu sais, la petite Bulgare. Elle était presque sûre d'avoir vu son Chrysler tout à l'heure, rue de France. »

Nadj dit, « Ah putain, celui-là ! » L'air vraiment contrarié, soudain. Manu du coup curieux de savoir. « Kruelo ? »

« Oui un proxo taré, extrêmement violent. D'où son surnom. »

Jean-Louis dit, « Au départ, il s'appelle Othello Zsadic. »

Manu dit, « *Othello* Zsadic ? Mais il est quoi pour s'appeler Othello Zsadic ? »

Nadj dit, « Germano-yougoslave – enfin, germano-serbe, maintenant. Né en Allemagne mais élevé en France. Un jour, pour parler de lui, une fille a dit Kruelo. Ça lui a été répété. La fille croyait qu'il allait la défigurer. Pas du tout. Il a adoré. Très fier de lui. Depuis, il paraît, il demande à tout le monde de l'appeler comme ça. »

« Kruelo. Ça fait méchant dans un cartoon. »

« Oui ben je peux te dire, c'est un vrai psychopathe. En 98, à la fin de la guerre au Kosovo, il s'en est fallu de peu pour qu'il figure sur les listes de criminels de guerre recherchés par le TPI. »

« Ah ouais ? » Manu ne se souvenant plus exactement ce qu'était le TPI, mais se disant qu'il poserait la question à un autre moment.

« Depuis, comme la plupart de ces mecs-là, il s'est reconverti dans les trafics. Avec une préférence, lui, pour celui des êtres humains. »

Jean-Louis dit, « C'est le pire qu'on ait vu depuis longtemps. À Turin, où il était avant, il a fait couper le bras d'une fille qui avait commencé à parler à la police. Et après, le soir, il s'est promené en bagnole en agitant le bras par la fenêtre, devant les autres, pour bien leur faire comprendre. »

« Ça, encore, on est pas sûrs que ce soit vrai. Mais ici, il y a un an, quand il a commencé à s'implanter, il convoitait les bouts de trottoir occupés par les filles de réseaux déjà établis. Les autres, bien sûr, ne se sont pas laissé faire. Et puis un jour, les flics de Cannes ont arrêté un Bulgare qui trimbalait deux litres d'acide dans sa valise. Tout le monde a compris que c'était Kruelo qui l'avait fait venir pour asperger les filles des réseaux concurrents. Les jours suivants, il a récupéré les emplacements qu'il voulait. »

Manu dit, « Ah ouais. Il a l'air sympa, le gars. »

Jean-Louis dit, « En principe, les macs évitent d'être vus sur les lieux de prostitution. Ils contrôlent tout au téléphone, par "premières filles" interposées. Mais lui, non. Ça le prend, de temps en temps : il rôde, dans son *minivan* noir avec les vitres teintées. Il inspecte son troupeau, comme s'il était sûr d'être intouchable. Les filles sont mortes de peur. Attends, excuse-moi. »

Une fille, une jolie Black, était debout devant la porte latérale du camion. Nadj et Jean-Louis rejoignirent Marion en train de l'accueillir. La fille, pour ce que Manu pouvait comprendre, venant au bus pour la première fois : craintive, sur ses gardes. Jean-Louis commençant quand même à noter le peu d'éléments qu'elle fournissait – « *Diana... From Nigeria... I be here three weeks... I nineteen...* » –, commençant à lui établir une fiche à son nom. Nadj, pendant ce temps-là, lui expliquant le fonctionnement.

Nadj pas géniale en anglais, mais se faisant à peu près comprendre quand même. La fille, elle, super timide, hochant la tête plutôt que de faire des phrases. Manu au moins, comme ça, comprenant tout ce qui se disait, lui qui n'était pas spécialement bilingue non plus, Nadj faisant les présentations.

« *This is Marion.* »

« Marionne ? »

« Ma-ri-on, *yes. She is a nurse.* »

« *Hi* Marionne. »

« *This is Jean-Louis. He is a social worker. Yes* ? »

« Joan-Louwie. »

« *Hello.* »

« Voilà. *And I am* Nadj. *Nadj. N. Ay. Dee. Jay.* Nadj. *I help with the papers. Immigration. Social security. You understand ?* »

« *Yes.* »

La fille hochant la tête et regardant à présent Manu, le seul que Nadj n'avait pas encore présenté. Nadj suivant le regard de la fille et disant, en le montrant : « Oh. *And this is Manu* », s'en tenant là.

La fille, elle, fixant toujours Manu, comme si elle attendait une suite. Manu alors se sentant obligé de dire quelque chose. Et se trouvant con, mais trop tard, en s'entendant dire :

« *I give tennis lessons.* »

Douze

Après le départ de l'autre conne, Thierry Plaisance était resté dans son Opel garée sur le parking de l'hôtel *Syracuse*, enfin seul, essayant de mettre un peu d'ordre dans sa tête, de comprendre ce qui lui tombait dessus, tout à coup.

Regardant partir la vieille salope friquée dans sa voiture de sport – le prix qu'elle devait coûter, elle n'avait qu'à la vendre et ce serait réglé. Elle aurait à l'aise de quoi payer le mec qui la faisait chanter.

Thierry Plaisance convaincu d'ailleurs que c'était ce qu'elle allait faire, en dépit de son bluff, là, plus tôt, dans la chambre. Elle allait payer. Évidemment ! Il n'y avait qu'à voir son obsession de la discrétion et de l'anonymat depuis le début de leurs échanges. Ce n'était pas l'attitude d'une femme relax, embarquée dans un mariage « moderne », chacun fait ce qui lui plaît et on se raconte après. Au contraire. C'était la parano d'une mémé morte de peur que son couple puisse exploser en vol. Donc elle allait casquer. Ça ne réglait pas tout, mais c'était déjà ça.

De même, ça ne changeait pas grand-chose sur le fond, mais ne serait-ce que pour le principe, Thierry Plaisance espérait aussi avoir réussi à la convaincre qu'il n'avait rien à voir dans la magouille. L'autre conne ne voulant rien savoir, persuadée que c'était lui qui tirait les ficelles.

Comment il aurait fait ? C'est simple : il ne savait ni comment elle s'appelait, ni où elle habitait. Un moment, tellement elle l'énervait avec ses soupçons débiles, sur le point de le lui dire, « Mais je ne sais *rien* de toi, connasse ! À part que t'es une vieille qui traîne sur Internet. »

Là, en principe, calmée, la salope. Sans pour autant que ça règle le problème initial : c'était quoi ces photos ? Qui donc les avait prises ? D'après l'angle de vue, quelqu'un qui était dans la chambre à côté, celle de droite par rapport à la direction du lit.

Mais qui savait qu'ils étaient dedans ? Personne, à part le ou la réceptionniste qui avait donné la clé à l'autre. Thierry Plaisance se représentant alors une espèce de malade comme celui dans *Psychose*. Le mec se faisant chier derrière son guichet et donc, pour s'occuper, allant mater les couples illégitimes. Donnant exprès une piaule dont il a troué le mur. Sauf que là, le mec avait vu la bagnole sur le parking – le cabriolet Audi de cette grosse conne de bourge pouvant pas s'empêcher d'afficher son pognon. Et le mec s'était dit, allez, l'utile à l'agréable. Au lieu de juste mater, il allait filmer en prime. Peut-être, si ça se trouve, le mec filmait à chaque fois. Peu importe. Et donc là, le numéro d'immatriculation de la tire ou va savoir, le mec s'était débrouillé pour loger l'autre salope. Et voilà. Tous les coups, c'était ça. Le réceptionniste.

Thierry Plaisance décidant donc d'aller voir la gueule qu'avait le mec, descendant de voiture, marchant vers la réception.

En chemin, se disant qu'il allait être très attentif à la réaction de la personne derrière le guichet. Par exemple, repérer si elle donnait l'impression de le reconnaître, n'ayant aucune raison de l'avoir déjà vu. À moins, bien sûr, d'avoir filmé la séance et envoyé les photos.

Il poussa la porte vitrée et entra dans le petit hall d'accueil, trouvant derrière le comptoir un mec qui n'avait rien à voir avec ce qu'il avait imaginé. Jeune mec, peau foncée. Une espèce d'Hindou, en train de lire. Thierry Plaisance guettant un signe, un trouble, sur le visage du mec et franchement, ne voyant rien, à part peut-être de la contrariété d'être sorti de sa lecture.

Ils se dirent bonsoir l'un l'autre et Thierry Plaisance demanda au mec si c'était lui qui était de service la nuit d'avant vers la même heure.

Le mec l'air étonné par la question, disant oui et attendant la suite. Pas du tout troublé de le voir. Plutôt blasé et supérieur. Comme si, dans son pays, le mec était fils de maharadjah.

« Parfait. Donc, est-ce que vous pouvez me dire s'il y avait quelqu'un, hier soir, vers cette heure-ci, dans la chambre 43 ? »

Là, Thierry Plaisance croyant voir comme une hésitation passer dans l'expression de l'Hindou. Mais sans plus. Le gars secouant la tête avant de dire Non.

« Non : il n'y avait personne ? »

« Non : je ne peux pas vous le dire. »

« Ah non ? »

« Non. Je ne sais pas qui vous êtes. Je n'ai aucune raison de vous fournir ce type d'information. »

Thierry Plaisance trouvant l'Hindou décidément très antipathique, mais décidant de l'éliminer comme suspect possible. Et, tant pis, on n'a rien sans rien, sortant son portefeuille et l'ouvrant pour laisser voir sa carte professionnelle, le liseré bleu blanc rouge et l'en-tête *Ministère de la Justice* en haut, la laissant trois secondes sous le nez du gars, puis la rangeant.

« Thierry Plaisance, directeur de l'antenne SPIP de Grasse. Je ne peux pas vous dire pourquoi, mais il faut qu'on vérifie certains détails à propos de votre clientèle d'hier soir. Donc, à présent, vous savez qui je suis, est-ce que vous pouvez me dire si la chambre 43 était bien occupée ? »

Là, sans avoir besoin de vérifier sur son ordinateur, l'Hindou dit, « Absolument. »

« D'accord. Et vous pouvez me dire par qui ? »

« C'est-à-dire, j'ai deux noms. »

« Ah bon, ils étaient deux ? »

« Non. Un seul. Mais le nom qu'il a donné pour réserver la chambre était différent de celui sur la carte de crédit. » Et, pareil, sans avoir besoin de regarder sur son ordinateur, l'Hindou disant, « Le nom qu'il a donné, c'était Estrosi. Mais la carte, là, c'était écrit Dubosq. »

Dubosq. Dubosq. Dubosq comme le – putain, non. C'était pas vrai. C'était pas possible. Thierry Plaisance dit, « Dubosq ? *Bruno* Dubosq ? »

L'Hindou dit, « Oui, je crois, c'est ça. Bruno Dubosq. »

Et là, Thierry Plaisance obligé de poser la main sur le rebord du guichet, pris d'un vertige. Écrasé par le poids de sa propre connerie, soudain.

Se revoyant dans les toilettes du restaurant à Hyères en train de faire le beau, allez savoir pourquoi. Qu'est-ce qui lui avait pris de parler à ce mec. Qu'est-ce qui lui avait pris de parler de *ça*, nom de Dieu ? Quel besoin d'ouvrir sa gueule ? Thierry Plaisance se refaisant la conversation en accéléré, cherchant à se rappeler ce qu'il avait pu dire au chirurgien esthétique qui le mette sur la piste.

L'hôtel, putain. Comme un con, sans faire gaffe, il avait quasiment donné l'adresse de l'hôtel. Et après, se réentendant en train de faire long sur la situation financière de l'autre conne. Quel besoin, putain, de dire tout ça ?

Juste de parler à quelqu'un. De frimer un peu, après cette partie trop chère pour lui où il s'était fait tondre tout de suite, par des mecs plus thunés. L'envie de ne pas rester là-dessus, huit cents euros en moins, ne pas juste rentrer chez lui derrière, tout seul comme une merde.

À la table de Thierry Plaisance, un gros type avait dit du jeune chirurgien esthétique en train de perdre à celle d'à côté, « Aux cartes, il est zéro, mais les femmes il ramasse. Il tire tout ce qu'il veut. » Un autre disant, « Normal, le job qu'il a. » Là, Thierry Plaisance disant, « Ah bon ? Il fait quoi ? » Et ainsi de suite. Donc, en tombant sur le beau gosse au moment d'aller pisser, Thierry Plaisance avait eu envie, non, *besoin*, de dire à ce petit frimeur que lui aussi, avec son Opel *Corsa* et son salaire de directeur dernier échelon à la Pénitentiaire, il avait du pouvoir – tous les PPSMJ, personnes placées sous mains de justice, qui défilaient devant lui, chiant dans leur froc. Et pas juste du pouvoir ! De la *puissance* aussi ! De la puissance *sexuelle* ! Et, lui aussi, de la bourgeoise oisive là pour le confirmer !

Mais quel con, putain de merde, quel con ! Envie de se gifler, de pleurer, de casser quelque chose, de hurler. Là, juste, Thierry Plaisance laissant échapper comme une plainte, s'entendant dire, devant l'Hindou, tant pis, « Aaaaah mais *putain,* je suis trop *con* ! Je suis trop con putain. Ah putain je suis con ! »

Croisant le regard de l'Hindou, l'Hindou attendant que ça passe. Thierry Plaisance s'en foutant, l'opinion de l'Hindou plus aucune importance, là, comparée au reste, repartant vers la sortie, les mots sortant malgré lui : « Mais c'est pas vrai putain d'être aussi con, bordel ! Ah mais quel con putain, c'est pas possible, quel con ! »

Sortant sur le parking. Quel con, c'était pas vrai. C'était pas possible d'être aussi con.

Juste, s'il récapitulait : Le chirurgien esthétique avait le nom et l'adresse de l'autre vieille conne. C'est-à-dire plus d'informations sur elle que lui n'en avait jamais eues depuis le temps qu'ils correspondaient. Un comble. En revanche, pour l'instant, rien n'indiquait que le type ait son identité ou ses coordonnées à lui.

Mais il y avait la bagnole. Thierry Plaisance était venu en voiture. Le type avait sûrement dû noter le numéro. Donc, si ce n'était déjà fait, tôt ou tard, il s'en servirait pour obtenir son nom et son adresse avec.

Une pensée vexante lui venant à l'esprit. Le type savait déjà très bien qui il était, où il vivait, ce qu'il faisait. Et c'est pour ça que lui n'avait pas reçu de photos. Le type avait jugé qu'il n'avait pas de revenus suffisants pour que ça vaille la peine de le faire chanter aussi.

Thierry Plaisance mourant d'envie d'aller trouver le mec tout de suite, avec une barre à mine, un club de golf ou une batte de base-ball et lui détruire sa gueule. Voir si un de ses collègues pouvait la lui rafistoler, après.

Mais se disant non. Réfléchir, d'abord. Thierry Plaisance se disant qu'il avait déjà assez merdé comme ça.

Après, en repartant, une fois dans la voiture Nadj avait dit, « Alors ? »

Elle semblant bien s'amuser, se régaler de son trouble. Manu disant, « Alors ? Je sais pas. C'est bizarre. »

Oui, bizarre, parce que, contre toute attente, Manu avait passé un bon moment. Les filles étaient gaies, curieusement, même si on se doutait bien qu'elles faisaient un effort, par pudeur. Mais quand même : elles avaient la pêche. Elles *donnaient* presque la pêche, même. Grâce à cette force qu'elles semblaient toutes avoir pour supporter leur vie de merde. Mais Manu ne se sentant pas de dire à Nadj que de voir des esclaves sexuelles prendre une pause-café lui avait filé la niaque. Donc à la place disant, croyant bien dire, « Non, sérieux, ça fait drôle. Tu sors de là, t'as presque honte d'être un mec. »

Nadj prenant l'air étonnée, disant, « Ah oui ? »

« Oui. Tu vois ces filles, les clients, après, tu te demandes comment ils font. »

« Ah bon ? »

Enervante, tout à coup, avec ses petits airs je sais tout et ses questions comme s'il passait un examen. Manu décidant de le dire autrement, plus cash, voir comment elle allait le prendre. « Oui. C'est un peu comme la saucisse, en fait : faut pas visiter l'usine, savoir ce qu'ils mettent dedans. Tu vois comment c'est fait, t'as moins faim, subitement. Ben là, pareil : une fois que t'es au courant, ça te coupe un peu l'envie d'aller te faire sucer. »

« Ah oui mais, tu veux dire, ça te coupe l'envie, te faire sucer par *elles* ? » Comme si elle n'avait pas compris. « Mais, sinon, rassure-moi, tu restes ouvert à des propositions ? »

Maintenant, pour faire court, au final, personne n'avait sucé personne. Juste un truc qu'elle avait dit pour le chambrer, mais derrière, ça n'avait pas du tout suivi. Elle l'avait raccompagné au club et elle était repartie. Deux bises sur les joues et c'est tout. Le laissant avec toutes les images qu'il avait ramenées de leur petite promenade. Tout seul.

Un peu de compagnie aurait été bienvenue, pourtant. Une femme, qui aurait su que lui, il n'était pas comme ça : comme les proxos, les Kruelo Zsadic ou les clients. Pas à mettre dans le même sac. Qu'il n'avait pas à se sentir coupable.

Et, pour le coup, cette femme, là, si ça avait pu être Nadj. Tant qu'à faire…

Il installa son sac de couchage et essaya de trouver le sommeil. S'endormant finalement après avoir beaucoup pensé à elle. Cette drôle de fille qui ne ressemblait à rien de ce qu'il avait encore connu jusqu'ici.

Manu avec encore ses trois capotes, pardon, ses trois prézos, dans sa poche, intactes. Et le soutien-gorge aussi, que, la façon dont les choses s'étaient enchaînées, il n'avait pas trouvé le bon moment pour rendre.

Treize

Pour la première fois depuis qu'il travaillait au Sporting Tésauris, Manu était ravi de se réveiller et d'entendre qu'il pleuvait. Sortant du vestiaire pour vérifier et voyant une pluie fine qui tombait sur les courts. Fine, mais persistante. Les fois précédentes, ça avait voulu dire leçons annulées, donc moins d'argent. Là, ça voulait dire leçons annulées, donc quartier libre. Il attrapa son téléphone et appela le numéro de Nadj, rentré la veille dans son répertoire.

« Je te réveille ? » Il était sept heures quarante et une.

« Non. »

« Écoute, là il pleut, donc mes deux premiers cours du matin vont sauter. Si tu veux, on peut aller planquer devant le musée, voir si ça ressemble à ce que tes amis les gardiens t'ont raconté hier. » Manu intéressé par le musée, bien sûr, mais aussi, ravi d'avoir le prétexte.

Nadj disant à l'autre bout du fil : « À ton avis, là, je suis où ? »

Elle était garée exactement où Manu se serait mis. Cinquante mètres un peu en retrait, mais bien dans l'axe de la grille du parc de la fondation, fermée pour l'instant, et de la petite porte piétonne adjacente, fermée aussi.

En même temps, dans les allées du Cap-Cinjus, Manu savait que le mec qui voulait se poser quelque part en surveillance avait intérêt à la jouer très très fine. Les riverains étaient paranos, mais d'une force ! Toute présence inhabituelle était jugée suspecte et signalée dans la seconde aux shérifs endimanchés de la municipale, trop heureux de faire prendre l'air à leurs beaux équipements.

Encore, là, au cas où, un gars une fille, si une patrouille les contrôlait, ils pourraient toujours jouer les amoureux. Mais avec son CV, à cinquante mètres d'une expo de vieilles montres, le mieux c'était quand même de ne croiser personne, Manu se disant que la pluie risquait en l'occurrence d'aider.

Et donc ils étaient assis dans la petite Fiat, fixant la rue déserte à travers le pare-brise inondé, attendant ce que Manu avait appelé en arrivant « la relève de la garde » – le changement d'équipe dont les gardiens avaient parlé la veille à Nadj et à son décolleté.

Et puisqu'ils n'avaient rien de mieux à faire et pas d'autre conversation en cours, Manu en profita et dit, « Au fait ? »

Elle assise au volant, toujours le regard fixé sur l'entrée du musée : « Hm-hm ? »

« J'ai repensé à ce que t'as dit hier soir. »

« À quoi ? J'ai dit plein de choses hier soir. »

« Faire le casse et donner une partie de l'argent aux – » Manu s'arrêtant à temps. « Aux prostituées. »

« Oui. Et alors ? »

« Déjà, t'as pas été très précise : la part qui leur reviendrait, c'est en quel honneur, exactement ? »

« Pour faire simple, avec, elles rachèteraient leur liberté. Ça servirait à récupérer le passeport que les trafiquants leur ont confisqué, rester en France si elles veulent, chercher un autre boulot – bref, repartir à zéro. Il y en a une petite douzaine comme ça, avant de raccrocher, j'aimerais bien pouvoir me dire que j'ai réussi à les tirer d'affaire. »

Manu ayant plein de commentaires qui lui venaient, mais les gardant pour l'instant. « Et ça, ça coûte combien, à chaque fois ? »

« Ça dépend des réseaux. Disons, entre trente et cinquante mille euros. »

« Ah bon ? C'est quoi, le barème ? Comment ils arrivent à ces sommes-là ? »

« C'est très pervers. Un peu comme les nazis, au début, faisaient prendre en charge les frais de leur extermination par les Juifs qu'ils déportaient, là, les trafiquants ont mis en place un système de dette que les filles n'ont en réalité aucune chance de rembourser. Par exemple, ils leur facturent cent cinquante euros par jour la "location" – Nadj faisant les guillemets avec ses doigts, comme au restau la veille – du bout de trottoir de la Prome où elles sont obligées d'aller faire la chandelle. C'est absurde et en même temps, ça singe la rationalité. Comme un besoin qu'a souvent l'infamie de se donner des – »

« D'accord. Donc, "une partie" pour elles. Une partie grande comment ? »

« Dans le journal, combien c'était déjà l'estimation de la collection de montres ? Trois millions ? »

« Oui mais ça, trois millions, oublie. Des pièces volées, tu divises par deux, minimum. La plupart du temps, à la revente, sauf un super coup de bol ou un collectionneur accro, tu divises même par trois. Et encore, même des fois, si tes trucs sont trop chauds, personne va y toucher à plus de dix pour cent. »

Nadj attendant qu'il ait fini et disant, « Oui. Je sais tout ça. »

« D'accord. Et donc ? »

« Donc ce qu'on peut en espérer oscillera entre neuf cent mille et un million deux. Ça tombe bien. Dans les deux cas, c'est des multiples de trois. »

« Des multiples de trois ? »

« Oui. Tu me demandais comment je voyais le partage. Je te réponds. Un tiers, un tiers, un tiers. »

Manu traduisant : un tiers pour lui, un pour elle et le dernier pour les filles. Pour le principe, il dit, « Et pourquoi pas cinquante/cinquante plutôt ? Et toi après tu leur donnes sur ta part ? »

Manu se trouvant déjà classieux, grand seigneur, presque, de lui proposer à elle cinquante/cinquante, alors qu'*a priori*, c'est lui qui allait prendre tous les risques. Et manger le plus cher si le truc partait en couille. Récidive légale. Violation de conditionnelle. La totale. Donc merci.

Nadj avait gardé l'œil sur l'entrée du musée jusqu'à présent, parlant sans le regarder. Là, elle se tourna vers lui. « T'étais plus ému par leur sort, hier soir, quand tu parlais de la façon dont on fait la saucisse. »

Okay. Manu choisissant de lui laisser le point et de poser plutôt une autre question qui lui était venue : « Dis-moi, les trafiquants, là – d'un seul coup, t'as plusieurs filles qui se pointent pour racheter leur passeport, ils vont pas être surpris ? Ils se retrouvent sans rien, eux. »

« Ça, t'inquiète. Les filles, ils les ont déjà amorties au centuple. Et hélas, ils n'ont aucun problème pour les remplacer. »

« Oui mais, ils ne vont pas se demander d'où vient l'argent ? »

« On sait pas. Le cas ne s'était jamais trouvé. Mais il y a des chances que non. C'est tellement facile pour eux d'en trouver d'autres, malheureusement. »

« À ce point-là ? »

« Oui, dans tous ces pays de merde, t'auras toujours des pauvres gourdes qui croient passer à l'Ouest pour être jeunes filles au pair ou vendeuses chez Zara. Qu'est-ce tu veux que je te dise ! »

« D'accord. » Hochant la tête, laissant passer quelques secondes avant de changer de sujet. « Maintenant, un autre truc, si tu permets. »

« Oui ? »

« Plaisance. »

« Oui ? »

« Eh bien, même en admettant, je dis bien, en admettant, qu'on fasse le truc et qu'on réussisse à écouler la camelote. Depuis hier qu'on discute, tu m'as toujours pas dit : qu'est-ce que tu fais de l'autre enfoiré ? Dans tes trois tiers, là – auxquels j'ai pas dit oui, entre parenthèses, mais c'est un autre sujet –, donc dans tes parts, là, lui, tu l'as pas vraiment compté. Comment t'espères t'y prendre pour qu'il soit pas vénère et qu'il nous lâche la grappe ? Enfin, surtout la mienne. J'aimerais bien que tu m'expliques, parce que, mine de crayon, c'est quand même déterminant dans le succès de ton projet. Et, soit dit en passant, de ma participation au truc. Donc vas-y, je t'écoute. »

« Évidemment ! Je ne suis pas folle – je me doute bien que t'as besoin de savoir avant de t'engager. Alors, je sais que ça risque d'être frustrant pour toi, mais là, je ne peux pas encore tout te raconter. Je veux dire, pas tout de suite tout de suite. Il y a deux trois petits points qu'il faut que je précise d'abord. »

« Ah ? Et donc, en attendant, moi, je suis censé me contenter de ça ? »

« S'il te plaît, oui. »

Manu ne répondant rien, regardant devant lui.

Elle disant, « Je sais que c'est relou. C'est juste… Je te demande juste un peu de patience. Et de confiance, aussi. »

« Hm-hm. »

Après ça, ils restèrent un petit moment à observer l'entrée du musée sans rien dire. Manu trouvant qu'elle ne manquait pas d'air, quand même, compte tenu de sa situation à lui. Donc pas loin de bouder, en tout cas ne parlant pas, attendant que ce soit elle qui relance un sujet. On verrait à ce moment-là si lui avait envie de répondre. Le silence durant, du coup.

Un peu avant la demie, la pluie cessa de tomber. Manu tranquille quand même, sachant qu'il avait bien une heure avant que les courts du Sporting redeviennent utilisables.

Presque aussitôt après, à croire qu'ils avaient attendu la fin de l'averse pour mettre le nez dehors, ils virent approcher les deux de l'équipe de jour. Les gars en tenue de ville, mais Manu reconnaissant ceux que Nadj était allée ambiancer – le soutien-gorge, bordel ! Il l'avait oublié dans sa poche de blouson. Manu allant pour dire à Nadj de ne pas s'inquiéter, que ce n'était pas qu'il voulait garder le truc, mais la petite porte piétonne venait de se rouvrir, laissant passer ce qui devait être le gardien de nuit, en uniforme, et le plus âgé des deux lascars de l'équipe de jour, toujours en civil.

Les deux gars marchant en rigolant, prenant tout de suite à droite au premier embranchement.

Huit heures quarante-deux. Manu dit, « Pas dur de

savoir où ils vont. Le rade où on était hier. C'est le seul à un kilomètre. Note l'heure, tu veux bien. »

Lui, pensant Note-le dans ta tête, mais, du coin de l'œil, voyant Nadj attraper un stylo sur le tableau de bord et griffonner sur un papier trouvé dans le vide-poche. Manu, même si c'était idiot, content de la voir obéir, elle dix fois plus instruite que lui – sauf là, admettant que c'était lui le plus qualifié. Manu aimant bien la sensation.

Jusqu'à ce que Nadj dise, « Les minutes ça te suffira ou il te faut les secondes aussi ? »

Manu alors gardant à nouveau le silence pendant plusieurs minutes. Commençant à imaginer des plans, prudent encore. Mais prenant ça pour un signe d'encouragement quand, une dizaine de minutes plus tard, il vit la petite porte s'ouvrir, cette fois pour laisser sortir une femme d'origine arabe. Environ cinquante ans, marchant vite une fois dehors, comme quelqu'un qui a un bus à prendre. « Oh, tiens, regarde… »

« Sûrement la femme de ménage. »

Manu ne résistant pas. « Tu dis ça parce qu'elle est arabe ? »

« Hélas oui. Elle doit arriver à cinq ou six heures du matin. Et là elle repart pour faire un autre boulot. »

Huit heures cinquante-trois. « Note l'heure, tu veux ? » Manu recommençant à gamberger, étudier des possibilités. Nadj demandant au bout d'un moment, « Pourquoi tu souris ? »

« Hein ? Non. Rien. Comme ça. »

Au bout de la rue, entre-temps, un facteur arrivait dans leur champ de vision. Jeune mec, sans uniforme à part un gilet sans manches aux couleurs de la Poste avec plein de grosses poches, poussant un chariot. Le mec s'arrêtant devant la petite porte du parc et sonnant.

« Note : facteur, huit heures cinquante-six. »

L'ouverture de la porte pouvait sûrement être déclenchée à distance, mais le petit jeune resté à garder la boutique pendant que ses deux aînés s'en allaient au troquet préféra venir ouvrir lui-même, vêtu de son uniforme à présent. Restant sur le pas de la porte, le facteur sortit un paquet cartonné de son chariot, il le donna au gardien, puis lui tendit un reçu à signer.

Dans la voiture, Manu et Nadj regardaient sans rien dire. Le gardien déjà retourné à l'intérieur, la porte se refermant derrière lui. Le facteur, lui, en train de repartir, poussant son petit chariot.

Manu dit, « Huit heures cinquante-huit. Maintenant, il faut voir combien de temps les deux autres restent barrés. » Un temps. Puis, continuant à parler tout seul. « Et puis surtout, voir si ça se passe tous les matins pareil… » Nadj le laissant faire, attendant sans doute qu'il ait fini. « Mais bon. Effectivement. Il y aurait peut-être quelque chose à tenter. »

Et là, quand même, Nadj craquant : « Oui. Alors, ce serait trop te demander, me dire un peu ce qui te passe par la tête ? »

Manu faisant alors une grimace : « Hmmm, c'est un peu tôt, là. Promis, dès que j'y verrai plus clair, tu seras la première prévenue. Mais là, désolé, je vais te demander encore un peu de patience. Et de confiance, aussi. »

Nadj leva les yeux au ciel. « Je le crois pas ! T'as quel âge ! »

À certains égards, Bruno Dubosq était fier de son incapacité à organiser l'échange des photos qu'il détenait contre l'argent qu'il réclamait.

Preuve, s'il était besoin, qu'il n'avait rien de commun avec la racaille ordinaire. Un voyou comme, au hasard, Claude-Moïse Casta, aurait tout de suite su coordonner la transaction avec Solange Bluto. Bruno, lui, peinait et, même si c'était fâcheux, trouvait ça tout à son honneur. Lui, par exemple, plutôt très très très bon, autant le dire, en salle d'op, sur un court de tennis, en ski alpin hors piste, au lit avec une femme ou au volant d'une voiture de sport, là, il devait avouer : comme maître chanteur, il était assez nul. Comme quoi qui peut le plus ne pouvait pas toujours le moins.

Autre différence de taille entre lui et un racketteur de profession, Bruno Dubosq était résolu à jouer franc jeu avec sa patiente adultère et à lui remettre tous les éléments compromettants qu'il possédait sur elle en une seule et même fois, pour solde de tout compte. Pas, comme d'autres n'auraient pas manqué de le faire, en garder une copie pour revenir à la charge encore et encore. Bruno, d'ailleurs, se trouvant mal récompensé de ce *fair-play*, jugeant que cette honnêteté-là aurait bien mérité qu'une bonne idée lui vînt.

Problème : échanger les photos contre l'argent de Solange Bluto sans que celle-ci ne puisse le reconnaître. Après avoir envisagé et éliminé divers scénarios – des histoires chaque fois compliquées de « boîtes aux lettres », dans des endroits discrets, où tantôt l'un, tantôt l'autre, ils auraient déposé ce que l'autre voulait –, Bruno avait dû se rendre à l'évidence : dans tous les cas de figure, il serait obligé d'être en présence de sa patiente, même pour un moment très court, le temps de vérifier que la somme qu'elle lui apportait était la bonne, tandis qu'elle s'assurerait, en retour, qu'il lui remettait bien les tirages et la carte mémoire de sa caméra. Or, ça, comment s'y prendre sans risque d'être reconnu, qu'un détail le trahisse ?

Depuis une heure qu'il y pensait, cela semblait impossible. À force, Bruno pas loin de se dire qu'il allait devoir renoncer, incapable de transformer l'essai.

C'était trop bête, vraiment. L'avant-veille, sur le parking, il s'était trouvé plutôt bon. Concentré, calme, précis, imaginatif – le coup de l'endoscope, par exemple, toute plaisanterie mise à part, il fallait y penser. Si ! Sérieusement, c'était bien trouvé ! Donc la remise de l'argent, c'était pareil. Il n'y avait pas de raison. Qui peut le plus *peut* le moins. Il allait y arriver. S'il s'y collait vraiment, s'il mobilisait à fond les neurones du cerveau qui avait décroché ses diplômes, c'est bon, il allait trouver, c'était évident.

Cherchant, alors, dans ses souvenirs de polars lus ou vus à la télé comment faisaient les types. Des scènes dont il pourrait s'inspirer. Dans les films, les échanges avaient lieu soit dans des lieux déserts – usine désaffectée, chantier naval abandonné, parc d'attractions fermé, ce genre de décor –, et l'échange ne se passait jamais bien. Ou au contraire, dans des endroits bondés : gare centrale, aéroport international, grand magasin, parade militaire. Cette solution semblait paradoxalement favoriser la discrétion, l'incognito des protagonistes s'avérant mieux protégé au milieu de la foule que dans un hangar vide. Oui. Voilà. Ça ne réglait pas encore tout, le détail restait à affiner, mais une petite voix venait de dire à Bruno qu'il aurait intérêt à procéder ainsi, en fait. Entre l'usine en ruine et le centre commercial, il avait intérêt à choisir le second, plutôt.

Il avait intérêt à choisir le second *plutôt*.

Plutôt. *Pluto*.

Des images de publicités pour Disneyland Paris passant alors devant ses yeux. Des gosses idiots en train de sourire bêtement, tout heureux de se faire photographier en compagnie de Pluto, Donald, Mickey ou Minnie – ou du moins, à côté de malheureux affublés de costumes ridicules et de masques forcément étouffants en échange d'un salaire de misère.

Et là Bruno Dubosq, disant à son cerveau qui avait eu tous ces diplômes, pardon d'avoir douté, putain. T'es vraiment le meilleur.

Quatorze

Un peu avant onze heures, la Philippine vint trouver Solange allongée au bord de la piscine, profitant que ce ne soit pas le jour du jardinier pour bronzer sans maillot. La Philippine disant, « *Am so sorry, excuse me* Madame, *there man at the gate, say he want money.* »

Solange dans un premier temps pensant, encore ! Ça n'était pas assez d'en avoir tous les deux mètres quand elle allait en ville, maintenant ils venaient carrément sonner aux portes. Solange, ce n'était pas la question, pleine de pitié pour ces gens, bien sûr – du moins ceux qui étaient vraiment dans la misère. Pas les jeunes, là, avec les anneaux partout et des gros chiens. Mais bon, même en ayant pitié, elle ne pouvait pas donner à tous. Ce n'était pas à elle, citoyenne ordinaire, de régler ça. C'était à l'État, bon sang. Philippe payait assez d'impôts pour qu'au moins, elle soit tranquille chez elle.

Et soudain – *a man at the gate say he want some money* – prenant peur. Se disant c'est *lui* ! C'est le maître chanteur.

Solange affolée soudain, par réflexe se redressant, se couvrant de son mieux avec ses mains et ses avant-bras, comme si le type pouvait la voir, disant à la Philippine, « Non, là, c'est pas possible. *Tell him you just the servant.* Madame *not here. He go away.* »

« *Yes* Madame. *I tole him. Man say he want see mister. Mister give him money for work.* »

« *Mister money for work* ? » Solange soulagée, se détendant aussitôt, reprenant sa position de bronzage initiale. « Mais bon, qu'est-ce que j'y peux, moi ? *Tell him mister not here. He go away.* »

« *I tole him*, Madame. *Tole him mister not here today. Man don't leave. Ring bell again.* »

« *Tell him... Tell him he come next week. At mister*, heu, comment on dit – *mister* bureau. *Office* ! Voilà. *Mister office. Tell the man he go at mister office. Next week. You remember* ? »

« *Yes* Madame. *Excuse me.* »

Solange, pendant que la Philippine repartait, inquiète, choquée soudain par la coïncidence : elle venait de refuser de l'argent à quelqu'un, alors qu'elle-même, pour la première fois depuis longtemps, redécouvrait à quel point il était difficile de s'en procurer. Solange, sur son lit de jardin au bord de sa piscine, cherchant depuis tout à l'heure comment elle allait faire pour trouver du liquide.

Cinquante mille euros – à la fois, ça n'était pas grand-chose. Du moins par rapport aux montants qu'elle avait l'habitude d'entendre Philippe évoquer, et à l'argent de poche qu'il la laissait dépenser comme elle voulait, non, ça n'était pas énorme.

Et en même temps, quand tout à coup on ne les avait pas alors qu'on en avait besoin, c'était bête à dire, mais cinquante mille euros, c'était malgré tout une somme.

Solange essayant de se rappeler comment elle faisait avant, quand ils étaient plus jeunes, que les enfants étaient petits, que Philippe débutait et qu'ils n'avaient pas leurs moyens d'aujourd'hui. Ils se privaient, elle faisait attention, voilà comment ils faisaient. Ce qui, dans la situation présente, ne l'avançait pas à grand-chose.

Solange avait regardé. Elle avait douze mille euros et des poussières d'économisés sur le petit compte livret à deux pour cent qu'elle s'était ouvert toute seule. Mais quand elle avait appelé la banque pour leur dire de les lui préparer en espèces, la chargée de clientèle lui avait d'abord demandé le motif. Solange commençant par mal le prendre. La chargée de clientèle au bout du fil disant que c'était le règlement au-dessus de dix mille.

Solange alors inventant qu'elle allait faire des dons et partir en voyage. Un peu n'importe quoi, mais la chargée de clientèle semblant s'en contenter, juste satisfaite d'avoir un motif à noter pour être ensuite en règle avec sa direction. Solange obtenant qu'on lui tienne les douze mille à disposition pour le lendemain matin, contrairement aux deux jours en principe exigés en procédure normale.

Donc douze mille. Pour le reste, elle n'avait pas la moindre idée de comment elle allait s'y prendre. S'y étant toujours perdue dans les différents comptes, tous les trucs et les machins que Philippe avait mis à son nom, lui faisant signer des formulaires qu'elle ne lisait jamais, Philippe ne lui en laissant d'ailleurs pas le temps, pressé de repartir avec les papiers signés. Les bazars, donc, à son nom à elle. Mais en fait, Philippe le seul des deux à savoir ce que c'était et comment ça marchait.

Solange interrompue dans ses pensées. La Philippine était de retour.

« *Yes* Christina ? »

« *Am so sorry* Madame. *Man at the gate he don't leave. I tole him like you say. Mister not here. You go to Mister office next week. Now leave. He don't go. Ring bell again. Say want money for work he done.* »

« Bon eh bien tant pis pour lui. *Tell him he ring again*, Madame *call police, okay* ? »

« *Yes* Madame. *Thank you. So sorry.* »

La Philippine repartant.

Solange, à court d'idées et sentant bien qu'elle n'en aurait pas de meilleure toute seule, attrapant son téléphone posé à côté d'elle, décidée après bien des hésitations à appeler Linda. Sachant que ce n'était pas très prudent, que Linda était loin d'être la personne la plus discrète du monde. Pire ! Que Linda était peut-être de mèche avec celui qui la faisait chanter. Peut-être même que Linda *était* celle qui la faisait chanter. Mais tant pis. Et même si c'était Linda qui lui avait envoyé les photos, au moins comme ça elle verrait que Solange n'avait pas l'argent. Peut-être qu'elle arrêterait son canular, alors. Prenant une grande inspiration et appuyant sur la touche correspondant au numéro de Linda.

Linda décrochant et disant, « Allô ? »

« Oui c'est moi. Oh attends. Ne quitte pas, chérie. Oui, Christina ? » La Philippine était revenue.

« Madame, *so sorry, excuse me. It is police. Policeman say please want talk to you.* »

« La police ? Vous êtes sûre ? »

« *Yes* madame. »

« Okay. *Open*, alors. *I come.* » Et à Linda : « Je te rappelle dans deux minutes. »

« Qu'est-ce qui se passe ? »

« Rien. Il y avait un mendiant qui faisait du scandale devant mon portail et maintenant la police est là. »

« Non mais tu sais que ça devient plus possible, là. L'autre jour, comme ça, je rentre – »

« Je vais voir ce qu'ils veulent et je te rappelle. À tout de suite. »

Raccrochant, passant à la hâte son maillot de bain et une tunique robe de plage, chaussant ses mules et rejoignant le perron devant lequel patientaient un grand type roux en civil et une jeune femme en uniforme décoré de plusieurs écussons de la police municipale de Cinjus-Tésauris.

Plus loin au bout de l'allée, près du portail ouvert, deux autres policiers en uniforme encadraient un grand type mal habillé.

Le grand à cheveux roux dit, « Bonjour, Madame. Lieutenant Vachowski. Désolé de vous déranger, mais est-ce que vous reconnaissez l'individu, là-bas, entre les deux fonctionnaires de police ? »

Solange regarda alors de son mieux le type en question. Un grand gaillard costaud, donc, avec des cheveux noirs mal coupés et, pour ce qu'elle pouvait en voir d'où elle était, des traits grossiers. Il portait un vieux sweat-shirt à motif, presque effacé par les lavages, un vilain jean trop grand et des grosses chaussures. Solange essayant de se souvenir, mais non, Solange disant au policier qu'elle ne l'avait jamais vu.

« C'est un Roumain que nous avons attrapé alors qu'il s'apprêtait à escalader votre clôture à un endroit où elle est abîmée. Heureusement, nous avons été prévenus par un de vos voisins. Il passait en voiture et il a vu l'individu qui traînait à pied tout seul devant chez vous. La patrouille est donc venue contrôler son identité et l'a intercepté juste à temps. Tout va bien à présent. Mais je voulais vous rassurer personnellement. »

« C'est très aimable. Merci beaucoup, Monsieur – lieutenant. Cette clôture, je savais bien ! Trois fois qu'ils doivent venir et qu'ils me décommandent. Je vais les appeler, là, ils vont m'entendre. »

« Vous devriez, oui. Ce serait plus prudent. »

« Et donc moi, là, qu'est-ce que je dois faire ? Je dois porter plainte ou quelque chose ? »

« Non, non. Ne faites rien. Nous nous chargeons de tout, Madame, nous avons l'habitude. À votre service, Madame. Bonne journée. »

« Bonne journée. Et merci. »

Solange regardant le grand policier roux repartir vers le portail, la femme en uniforme marchant derrière, puis les deux sortir de sa propriété, suivis alors par les autres agents emmenant le Roumain qui avait voulu entrer chez elle, le portail se refermant ensuite derrière eux.

Solange, là, se disant, Bon, à présent, Linda.

Linda dit, « Cinquante mille euros en espèces d'ici à demain matin ? », redisant ce que venait de lui dire Solange. Solange ayant une seconde l'impression que Linda le répétait plus pour le plaisir d'insister que pour être sûre d'avoir bien compris. « T'as appelé ta banque ? »

« Oui. Normalement il faut quarante-huit heures, mais là comme je suis bonne cliente, ils vont faire un effort. Mais tu le crois, ça ? Ils m'ont demandé pour quel motif je voulais retirer autant. J'ai failli leur dire que c'était pas leurs oignons, que ça ne les regardait pas. Et puis je me suis dit, si je leur parle comme ça, jamais j'aurai mon argent demain. Donc j'ai dit que c'était pour faire des donations et des étrennes en retard. »

« Tu as bien fait. De toute façon le fisc, ce qui les intéresse, c'est tes rentrées – enfin, celles de Philippe. Tes dépenses, ça les préoccupe moins. Mais bon. Tu vas retirer combien demain ? »

« Douze mille. »

« Reste donc trente-huit mille. C'est ça ? »

Peut-être que Linda, à un moment donné, allait se décider à dire des choses que Solange ne savait pas déjà.

« Oui. Je ne sais pas comment faire. Je me demandais, je ne sais pas, ça m'embête de te demander ça – »

« Si j'ai trente-huit mille en liquide à te prêter ? Tu penses bien ma choute, si je les avais, je t'aurais déjà proposé. Non. Je n'ai pas ça. Un chèque ce serait sans problème. Mais du liquide, désolée. »

« Oh mon Dieu, mon Dieu, comment je vais faire ? »

« Tu veux pas me dire ce qui se passe ? »

Plutôt mourir. « Non ça désolée, vraiment, je ne peux pas. »

« Ça a à voir avec ton sadique ? »

« Mais non. Arrête de l'appeler comme ça. »

« Excuse-moi. Ne te fâche pas. J'arrête. Réfléchissons. »

Un blanc. Solange regrettant vraiment, à présent, d'avoir appelé Linda. Ça n'allait servir à rien, la preuve. Juste à mettre quelqu'un au courant. Quelqu'un qui parlait beaucoup. Au bout du fil, Linda dit : « Il y a bien un moyen, mais bon… »

« Oui ? »

« Non, ce n'est pas très glorieux, mais tu pourrais, comment dire… Tu pourrais "perdre" un bijou. »

« Perdre un bijou ? »

« Oui. Un de tes beaux bijoux. Je connais quelqu'un à Monte Carle qui pourrait te le racheter – dix ou vingt pour cent de sa valeur, bien sûr, mais en te payant tout de suite. Et toi, après, tu ferais une déclaration de perte ou de vol à la police, puis à ton assurance. Tu ne perdrais pas d'argent et tu aurais tes espèces. »

« Dix pour cent, ça veut dire “perdre” un bijou d’au moins trois ou quatre cent mille euros. »

« Oui. Je sais, ça commence à être cher. Mais tu as ça, je crois, non ? Il me semble avoir entendu Philippe dire une fois… »

Philippe plus fort que lui, parlant toujours du prix des choses, fier d’avoir pu les payer. Là, un soir qu’ils dînaient juste tous les quatre à la *Palme d’Or*, au premier étage du *Martinez*, Philippe disant à Jacques Ponderoux, « Vas-y, dis un prix, ce qu’elle a autour du cou, Minouche. »

Jacques Ponderoux disant, « Je ne sais pas. Très cher, certainement. »

« Oui non mais ça, “très cher”, évidemment, “très cher” ! Mais “très cher” *comment*, c’est ça que je te demande. Vas-y. Essaye. Dis un prix, voir. »

Jacques Ponderoux se tournant vers sa femme, échangeant avec elle un regard entendu qui avait mortifié Solange, puis revenant à Philippe et disant, « Je ne sais pas. Deux cent mille euros. »

« Deux cent mille, écoutez-le, lui ! Non. C’est plus. Vas-y. Deuxième chance. Je te donne un indice : c’est un Boucheron. Que t’aies une idée du braquet, comme ça. Alors ? »

Linda pendant ce temps-là regardant Solange avec un sourire compréhensif, l’air de dire, ce n’est pas grave, c’est Philippe. Solange morte de honte quand même.

Jacques Ponderoux disant alors, « Cinq cent mille ? »

« Cinq cent mille ! Bravo ! T’étais pas loin. Quatre cent vingt. Bon, moi je l’ai eu pour moins, mais c’est pas la question. C’est ça que le truc te coûte si tu vas place Vendôme. Ça pète, non ? Tiens, penche-toi donc. Minouche, montre à Jacques de plus près. »

Sans regarder, Jacques Ponderoux disant, « En effet. C'est magnifique. Et il te va très bien, Solange. C'est un très beau cadeau. »

« Eh ouais. Son soixantième anniversaire. Je peux dire ton âge, Minouche, ils le connaissent déjà. C'est pas grave, toute façon, puisque tu les fais pas. »

Jacques Ponderoux disant, « Ça non. Vraiment pas. »

Et Philippe disant, « Tout ça pour dire, il y a pas d'amour mon petit vieux. Juste des preuves d'amour. Donc, là, excuse-moi : c'est pas une preuve, ça ? Alors ! » Puis se penchant vers Solange et disant, « J'en ai une autre de preuve, Minouche. Mais ça, faudra que t'attendes qu'on soit à la maison. On dîne avec nos amis, d'abord. Un tout petit peu de patience. » Philippe clignant de l'œil vers Jacques et Linda au cas où ils n'auraient pas compris ce que Philippe voulait dire. Voilà, donc, comment Linda avait entendu Philippe dire le prix.

Solange dit à Linda, « Oui, mon collier de perles. Mais il est au coffre. Je ne le sors jamais. Je le porte juste parfois, toute seule à la maison, pour empêcher les perles de se déshydrater. »

« Des perles ? Épatant. Le prétexte tout trouvé ! Eh ben voilà. Écoute-moi. Tu as cours aujourd'hui au club ? »

Quinze

En se levant, Manu avait d'abord vu la journée plutôt bien commencer : le moment à passer avec Nadj en planque devant le musée. Et en fait pas vraiment. Le moment avec Nadj en planque devant le musée pas super, au final. Intéressant d'un point de vue « professionnel » – si on pouvait appeler ça comme ça : instructif, des idées venant à Manu en observant la routine des gardiens. Mais un peu décevant d'un point de vue personnel – pour appeler ça comme ça : Nadj et lui ne parlant que du casse, de trafiquants de filles et du partage, avec même des moments de tension. Manu n'ayant trouvé aucune occasion à saisir pour progresser un peu, comment dire, au niveau « séduction ». Donc repartant déçu vers les neuf heures et demie, une fois les deux gardiens rentrés du café et le musée ouvert. Nadj et lui prévoyant de se rappeler en fin de journée pour faire le point, mais sans l'espèce d'humeur complice qu'il y avait eu la veille au dîner et ensuite, quand elle l'avait raccompagné.

Manu rentrant au Sporting à pied, rendu en cinq minutes, le musée juste à côté. Se changeant et se posant au soleil, sur la terrasse du club-house, devant les bâtiments roses et blancs à toit de tuiles rouges, attendant son client de dix heures, passant le temps en regardant les ouvriers qui creusaient la piscine. Les types autorisés depuis la veille à travailler plus tôt, la phase des travaux qu'ils avaient atteinte jugée moins bruyante que les précédentes. Manu ayant entendu David dire à Karine que les gars n'avaient pas le droit de parler entre eux pour autre chose que le boulot, ni de regarder les membres jouer.

Là, au lieu de travailler, les six ouvriers en futes et pulls dégueulasses et grosses godasses boueuses étaient en grande conversation avec un type en blouson et cravate. Conversation animée, des éclats de voix parvenant à Manu depuis l'ancien emplacement du court numéro six.

Manu intrigué, à force, décidant d'aller voir ce qui se passait. Se levant et d'un pas tranquille, comme ça, l'air de rien, s'approchant du groupe, entendant bientôt un des ouvriers dire : « C'est nous faire plus les boulots toi tu donnere plus pognon. »

Le type en cravate disant, « Tu vas voir ça avec Monsieur Bluto. Moi, il m'a dit c'est ça qu'est convenu au départ. »

« Okay, c'est pas problème. Dire Monsieur Bluto il venir parler nous. Tu compris ? »

« Il est pas là, Monsieur Bluto. »

« Toi appeler téléphone. »

La façon de parler des mecs faisant penser Manu à celle des filles de la veille. Les mecs venant sans doute des mêmes pays de l'Est. Le type en cravate argumentant en bon français, lui : « Mais non. Là où il est, je vais pas pouvoir le joindre. Moi, voilà ce que je propose : la semaine prochaine, Monsieur Bluto sera rentré, vous verrez avec lui. Moi, là, j'ai des consignes : je vous paye le prix qu'on m'a dit. Je fais juste mon boulot. Vous avez qu'à faire pareil : vous faites juste votre boulot et tout va bien se passer. »

Là, un autre mec, un grand brun avec une tête de boxeur, avait dit : « Non. Nous péter toi ta gueule. »

Le mec à cravate, lui, disant, « C'est ça. Tu vas péter moi ma gueule, qu'est-ce ça va t'avancer ? Tu veux péter la gueule à quelqu'un, pète la gueule à Bluto, c'est lui qui fixe les prix. »

Et là, le grand mec à tête de boxeur avait juste dit, « D'accord. C'est pas problème », et avait quitté le groupe, laissant ses copains et le type à cravate continuer sans lui.

Manu, amusé par la réaction du mec, le regardant s'éloigner vers la sortie du club, marchant tranquillement, et Manu, du même coup, le voyant croiser des flics en train d'arriver, avançant dans l'allée qui desservait les courts en direction du groupe d'ouvriers mécontents, David ouvrant la marche, très agité, leur montrant le chemin.

Manu reconnaissant alors, juste derrière David, en civil au milieu des flics et fliquettes en tenue, le grand rouquin qui l'avait serré l'avant-veille.

Manu prenant vite la tangente, retournant s'asseoir discretos sur la terrasse en faisant un détour par-derrière le court numéro cinq pour ne pas croiser les flics. Même si là le grand rouquin ne venait pas pour lui, Manu pas trop pressé de le revoir, le mec lui ayant laissé un mauvais souvenir.

Après, les flics avaient embarqué les Roumains. Manu s'amusant de loin à regarder David soupirer de soulagement après le départ de tout le monde, juste à temps pour ne pas croiser les membres qui avaient réservé à dix heures.

C'est sûr, la clientèle civilisée du club venait

d'échapper aux revendications salariales d'une équipe de Roumains. Mais ce n'était pas aujourd'hui que les travaux de la piscine allaient trop avancer non plus.

Manu avait donné une leçon. Et là, il en terminait une autre, faisant travailler le lift de la cliente. La cliente jouant avec une prise trop ouverte et le tamis pas assez orienté vers le bas pour vraiment faire tourner la balle. Manu fatigué de le lui dire, du moins pour cette leçon-ci, lui envoyant les balles, l'esprit un peu ailleurs. Et puis, à un moment, l'impression d'être observé, tournant la tête et là, voyant Thierry Plaisance de l'autre côté du grillage, assis sur un banc, qui le regardait finir son cours. Manu se demandant depuis combien de temps le mec était là à le mater.

Manu revenu à sa leçon, mais mal à l'aise, à présent.

D'habitude, c'était les élèves qui étaient troublés si quelqu'un les voyait taper la balle, les gens qui avaient loué le court pour l'heure d'après ou alors de la famille ou des amis venus les encourager. Manu trouvait ça idiot, lui qui avait joué devant des gradins bondés et appris à faire le vide dans sa tête, complètement abstraction de ce qu'il y avait autour. Mais là, se sentant pareil, pour une fois, déstabilisé par la présence de l'autre enfoiré de CIP ripou. Pressé de finir, soudain. Pas naturel dans ses conseils à la cliente pendant les cinq minutes qui restaient.

Plaisance ayant quand même la politesse de laisser Manu finir et bien dire au revoir à la cliente avant de s'approcher de la porte grillagée.

« Et donc, c'est là où tu travailles ? C'est ce que je disais l'autre jour : tu t'es vraiment bien démerdé mon salaud. »

Le mec faisant tache dans l'enceinte du club, avec sa pauvre veste et surtout ses pauvres pompes, trop habillées ou pas assez, pile-poil dans cette espèce d'entre-deux qui ne pardonne pas. Manu prenant plaisir à voir qu'il possédait ces codes, lui, et pas le CIP – pour la belle jambe que ça pourrait lui faire à la fin de la journée si l'autre décidait de le renvoyer en taule.

« Au fait, c'est combien l'inscription, ici ? J'ai cherché à l'accueil, voir s'il y avait un petit panneau avec les tarifs, mais c'est pas affiché. »

Manu se retenant de dire que c'était exprès. Qu'à partir d'un certain montant, ça ne s'affichait plus.

« Hein ? C'est combien ? Tu dois bien savoir ? »

Manu travaillant alors le ton détaché pour dire, « Déjà, il faut qu'une place se libère, du fait que le nombre de membres est limité. Après, une place vient à se libérer, il faut être le suivant sur la liste, et ça non plus c'est pas forcément évident. À partir de ce moment-là, il faut se trouver deux parrains. »

« Oui, donc et c'est combien ? »

Le mec obsédé par la thune, décidément.

« Après, ça, les tarifs, je sais pas exactement. Je crois que c'est vingt mille la première inscription et après dix ou douze mille les années suivantes. Les enfants payant inscription pleine, mais cotisation demi-tarif ensuite jusqu'à ce qu'ils soient majeurs. »

« Ah ouais. Faut déjà vraiment avoir envie de jouer au tennis, dis donc. Et pour tes vingt mille, après, t'as quoi ? »

« Vous pouvez profiter des installations du club, dans la limite des disponibilités. Sachant que le premier à réserver est le premier servi. »

« Et toi, les leçons que tu donnes, là, c'est compris dans le prix aussi ? »

« Non. »

« C'est pas vrai ! C'est en plus, ça ? Et c'est combien du coup ? »

« C'est quarante euros, je crois. »

« Putain, pas mal. Quarante de l'heure, ça te fait des belles journées, on va dire. »

Manu, là, se sentant obligé de préciser. « Mais moi je touche pas quarante. Le club prend la moitié. Et moi, le reste, c'est du brut. »

« Arrête, je vais pleurer. Vingt mille euros, putain. Laisse-moi deviner : ici, la présidentielle, Sarko, il a fait cent deux pour cent, non ? Les mecs, au résultat, ils ont fait la chenille et jeté les raquettes en l'air ? »

« Je saurais pas dire. J'étais retenu ailleurs. »

« Ça va, fais pas le malin. Sans déconner, où ils trouvent le pognon ! Et le temps, surtout ! Les bonnes femmes, encore, je dis pas. Les *désespérate housewives*. Elles ont que ça à foutre. Mais les mecs. Ils font quoi dans la vie ? Rien. C'est ça le secret. » Le mec montrant les courts autour d'eux, « Tout ça, là, je suis sûr, ça te fait envie ? Vas-y, sois franc, ça te plaît, hein ? Pour toi, c'est ça la vie ? Non ? »

Manu haussa les épaules, laissant le mec dire. Plaisance fit la moue. « Moi ça me dégoûte. Enfin bon, c'est pas le sujet. On n'est pas là pour parler politique. Ça va, je te dérange pas, là ? T'as pas une autre leçon derrière ? »

« Si. Dans deux minutes. Le client va arriver. »

« T'inquiète. Deux minutes, je serai reparti. Là, juste, je voulais voir où tu travaillais, si c'était pas des bobards ce que tu m'as raconté. »

« Et donc ? »

« Non, là, pour ce que je vois, apparemment, ça a l'air okay. »

« Eh ben super alors. »

« Et le musée, sinon ? T'as repéré ? Qu'est-ce t'en dis ? C'est faisable ? »

« Pas vraiment, non. C'est beaucoup mieux sécurisé que ce que vous avez dit. Les meubles d'exposition sont pas si pourris que ça. Il y a des alarmes partout. »

« Oui mais bon, pas plus que dans des trucs que t'as déjà tapés. Donc ça, je m'inquiète pas. Je sais que tu feras ce qu'il faut. Ça, vraiment, je suis tranquille. Non, là, ce que je voulais te dire, c'est un autre truc en fait. Je voudrais que tu me rendes un petit service. »

Manu se retenant de dire, c'est quoi ce coup-ci, le Louvre ? La Banque de France ? S'attendant au pire.

« Dis-moi, deux ans de placard, même si tu les as faits tranquille, aujourd'hui, une baston qui se déclenche, tu sais tenir ta place, non ? »

Manu ne voyant pas où l'autre voulait en venir. « Je sais pas. En règle générale, je tâche plutôt d'éviter. »

« Mais par exemple, un cave total, un baltringue, un petit bourge – genre tes clients d'ici. Imagine si jamais, il y en a un, il fallait lui faire peur, ça, quand même tu saurais ? Non ? »

Manu n'aimant pas la tournure que prenait la conversation. « Je sais pas. Pourquoi vous me demandez ça ? »

« Il y a un gars, là, j'aimerais que t'ailles le bouger un peu. »

« *Bouger* ? »

« Bousculer. Redresser. Un trompette. Un bouffon. À mon avis, une gifle, il se chie dessus. Il faut juste lui faire peur. Mais faire peur pour de vrai. Le mec, qu'il comprenne bien, il nage là où il a plus pied, là. Juste ça : ce petit message à faire passer. »

Manu voyant alors le CIP ripou sortir une enveloppe papier Kraft, moyen format cette fois, de sa poche latérale de veste. Le mec et ses enveloppes ! Manu n'ayant aucune envie de savoir ce que contenait celle-là.

« Pourquoi vous demandez pas plutôt au crétin que vous avez envoyé l'autre soir au *Crystal* pour me chercher l'embrouille ? Le tondu à barbiche ? Il ferait ça très bien, lui, je suis sûr. »

« Je vois pas qui tu parles. Peut-être le lieutenant Vachowski connaît, mais pas moi. Donc c'est à toi que je demande. Juste une petite leçon à donner à un mec. »

« Les leçons, moi, c'est le tennis. Et c'est aux membres du club. Vos conneries, ça suffit. Un jour, c'est le musée. Là, c'est secouer un mec. Ça va être quoi, demain ? Un contrat, carrément ? Fumer je sais pas qui ? Vol effrac, c'est une chose, mais violence volontaire, ça c'est pas ma raquette. Donc faites ce que vous voulez, moi, là, je marche pas. C'est clair comme ça ? Maintenant, je vais vous laisser, je vois mon client qui arrive. »

Le notaire niçois qu'il avait à midi était en train de remonter l'allée. Plaisance tournant la tête pour vérifier mais revenant vite vers Manu, plus la même tête, soudain, disant : « C'est pas grave. Je te laisse bosser. On se parle plus tard. »

Et s'en allant tout de suite, super pressé tout à coup, rangeant son enveloppe dans sa poche de veste tout en marchant vers la sortie avec des foulées rapides, la tête dans les épaules, croisant le notaire à mi-chemin.

Manu regardant autour de lui ce qui avait bien pu faire cet effet-là au mec et voyant juste Madame Bluto et Madame Ponderoux qui venaient d'entrer sur le trois, occupées à déballer leurs raquettes, poser leurs portables et leurs bouteilles d'eau près du fauteuil d'arbitre.

Manu se disant, c'était quand même pas Madame Bluto et Madame Ponderoux qui avaient fait fuir l'autre. Manu cherchant la connexion, ne trouvant pas. Et puis se disant non : Madame Ponderoux ne s'était *quand même* pas fait un blaireau comme Plaisance ! Qu'elle aurait croisé où, d'abord ? C'était la meilleure, ça, alors ! Linda Ponderoux, décidément, mangeant de tout. Mais *Plaisance*, putain. Même l'autre endive de Dubosq, c'était mieux. Manu faisant une grimace écœurée, imaginant Linda Ponderoux et Plaisance dans un pieu, chassant vite l'image et allant accueillir le client qui venait de passer la porte. « Monsieur Parapet, comment allez-vous aujourd'hui ? »

Et en même temps, un truc qui faisait fuir Thierry Plaisance comme ça, pardon, mais ça valait forcément la peine d'en savoir un peu plus. Manu ne sachant pas encore comment, mais se disant qu'il allait se renseigner.

Seize

À la réouverture après le déjeuner, Bruno Dubosq était le seul client dans la boutique de farces et attrapes, costumes et articles de fêtes, dans la petite rue à Cannes près du marché Forville.

Bruno faisant d'abord un petit tour de repérage dans le magasin, le vendeur au téléphone derrière sa caisse lui faisant signe de faire comme chez lui. Bruno tombant un peu des nues devant certains des articles exposés, se demandant qui pouvait bien avoir envie d'acheter une pince à glaçon *Mamie Dracula*, de la « pâte dégueu rouge *avec organe* » ou un « cache-sexe Mister Jack ».

Le vendeur venait de raccrocher et l'avait rejoint, demandant à Bruno s'il pouvait le renseigner. Bruno disant, « J'espère. En fait, c'est un peu particulier. C'est pour faire une farce à un ami dans un centre commercial. Je cherche un costume, quelque chose qui puisse passer pour une animation comme ils font de temps en temps. »

« Style, comme un Père Noël au moment des fêtes, vous voulez dire ? »

« Voilà. Exactement. » Bruno encouragé par le fait que le vendeur ait tout de suite compris ce qu'il recherchait.

« Je vois… » Le type réfléchissant un moment puis disant, « Oui, j'ai peut-être ce qu'il vous faut. C'est deux articles assez rares, que je garde de côté pour les connaisseurs. Vous venez avec moi ? »

Bruno suivant alors le type jusqu'au fond de la boutique, le type ouvrant une porte et entrant dans une espèce de remise encombrée de cartons et de costumes protégés par des housses en plastique. Le type dit, « Maintenant, où est-ce que je vais avoir mis ça ? Attendez… » Le type balayant le réduit du regard, faisant des mines pour bien montrer qu'il cherchait à se souvenir, puis disant, « Excusez-moi, vous pouvez m'aider à bouger ça, là ? Je crois que c'est rangé derrière. »

Bruno se retrouvant comme ça à bouger des cartons dans la réserve d'un magasin de fausses crottes en plastique et de déguisements d'Harry Potter – pris d'un doute soudain. Mais empêché d'atteindre une conclusion par le vendeur qui venait de sortir d'un grand sac une espèce de combinaison de garagiste – mais jaune et avec les manches arrachées, un maillot à rayures horizontales rouges et blanches, une grande collerette et des chaussures de clown géantes.

L'ensemble disant quelque chose à Bruno, mais sans qu'il puisse dans l'instant retrouver exactement quoi. Le vendeur, lui, en train de dire, « Alors bien sûr, ça, il faut l'imaginer avec le maquillage. La figure blanche avec du rouge autour de la bouche et du noir sur les yeux. Et la perruque. » Le type sortant alors du sac une sorte de serpillière rouge frisée. « Certains mettent une casquette dessus pour l'aider à tenir. Mais moi je dis, le vrai costume c'est sans.

« Attendez, c'est un costume de quoi ? »

« Ça ? C'est le clown des McDo. Ronald McDonald. C'est un gars qui faisait pas mal d'animations comme ça dans la région qui me l'a revendu quand il a arrêté. Aux États-Unis, les gosses adorent. En France, le personnage prend moins, à part sur les tout-petits, pour les anniversaires. »

Bruno circonspect, là, quand même. « À l'instant, vous disiez que vous aviez deux articles. L'autre, donc, ce serait quoi ? »

« C'est ça. Tenez, aidez-moi si vous voulez bien. » Bruno se retrouvant à nouveau à bouger des caisses avec le type. Finalement accédant à un gros carton, le type sortant des clés de sa poche pour tailler dans le gaffer, ouvrant la boîte et sortant cette fois-ci une énorme tête en caoutchouc moulé. Bruno reconnaissant celle du petit personnage des jeux vidéo en vente un peu partout, le nabot moustachu avec la casquette rouge : Super Mario.

Super Mario – le doute revenant illico titiller Bruno. Se rendait-il bien compte, là, qu'il envisageait de se déguiser, soit en clown McDonald, soit en Super Mario, dans les allées d'un hypermarché encore à définir, afin d'y échanger avec l'une de ses patientes cinquante mille euros contre des photos d'elle nue dans une chambre d'hôtel ? Était-ce digne d'un homme comme lui ? Était-il bien sûr, surtout, que ce soit la chose à faire pour apurer ses dettes ?

Bruno balayant dans la seconde ces quelques hésitations, détestant toujours ça quand il lui en venait. Bruno, depuis longtemps, ayant fait le choix de l'audace et de l'excès.

Et là, en face du vendeur qui le laissait réfléchir, se disant oui, bien sûr ! McDo ou Super Mario, dans les galeries d'un centre commercial, c'était parfait ! Ça n'étonnerait personne. Tout le monde le prendrait pour une animation idiote, une espèce d'homme-sandwich, et passerait sans le voir, comme s'il était un meuble, juste un pauvre malheureux obligé de porter un costume ridicule pour gagner un demi-Smic. Peut-être juste des enfants qui lui diraient bonjour, réclameraient une photo. Au cas où, pas de problème. Ce serait simple à gérer.

Maintenant, toutefois, il fallait se décider. Clown McDo ou Super Mario ?

Bruno réfléchissant à toute vitesse, essayant de bien lister les avantages et les inconvénients des deux.

Avantage McDo : pouvoir donner rendez-vous à la mère Bluto sur un parking devant l'un des restaurants de la banlieue de Cannes, Antibes ou Nice. Et même si sa patiente essayait tout à coup d'arracher sa perruque – on ne pouvait jamais être sûr avec ces vieilles hystéros –, le maquillage blanc et rouge continuerait à le rendre méconnaissable.

Inconvénient McDo : les chaussures cinq tailles trop grandes. Allez savoir si, pour X raison, il se trouvait obligé de courir, avec les godasses de clown, ça ne ferait pas un pli, il se casserait la figure.

Mario ensuite, c'était quoi les avantages ? Eh bien, de ne pas être le clown McDo, déjà. N'importe quoi était moins humiliant que ça. Même cinquante mille euros, Bruno n'était pas sûr que ça justifiait de s'avilir ainsi, grimé en marchand de malbouffe.

Bruno optant donc mentalement pour Mario, se disant que c'était quand même plus facile, avant et après l'échange. Contrairement à McDo, Mario était habillé presque normalement – la salopette bleue quand même plus passe-partout que la combinaison jaune ! Tu lui enlevais sa tête avec les grosses moustaches et son gros nez, c'était presque facile de se fondre dans la foule.

Bruno dit, « Je vais prendre Super Mario, je crois. »

Le vendeur dit, « Excellent choix. Vous en serez très content, je suis sûr. »

Un peu avant seize heures, Solange confia ses clés à l'un des voituriers de l'*Hôtel de Paris*, comme elle le faisait chaque fois qu'elle allait déjeuner au *Louis XIV*, se disant que l'Audi valait assez cher pour que les types s'en occupent et la garent en devanture entre les Rolls, les Mercedes blindées et les Ferrari.

Solange traversant la place du Casino et allant s'asseoir en face à la terrasse du *Café de Paris*, commandant un express, serrant son Chanel noir matelassé sur ses genoux, les anses en chaîne dorée accrochées à l'épaule. Le vol à l'arraché était rare en plein jour à la terrasse de l'établissement le plus célèbre de la Principauté. Mais avec ce qu'elle transportait dedans…

Les minutes passant comme ça, Solange ne touchant pas au café qu'on venait de lui apporter, coinçant juste dix euros sous la soucoupe, attendant l'antiquaire avec qui Linda lui avait pris rendez-vous en urgence. Solange oppressée, paniquée par ce qu'elle était en train de faire, persuadée que ça allait atrocement mal finir – au moins, là, espérant qu'elle serait un peu moins gourde avec l'ami de Linda que tout juste deux heures plus tôt, avec les policiers, au commissariat de Tésauris.

Par exemple, quand elle s'était sentie devenir rouge écarlate en faisant sa déposition, comme elle croyait qu'on disait, au grand lieutenant roux qui était venu chez elle dans la matinée pour emmener le vagabond roumain. Solange espérant que le policier avait mis son trouble sur le compte de la perte du collier.

Solange récitant de son mieux ce que Linda lui avait fait répéter. Que c'était une fois dans les vestiaires pour dames du Sporting qu'elle s'était aperçue qu'elle avait oublié d'enlever ses perles. « Non, d'ailleurs c'est avant, sur le parking, en arrivant, quand Linda – Linda Ponderoux, mon amie – m'a vue descendre de voiture. Elle aussi, elle venait juste de se garer. Elle me voit et elle me dit que j'avais un beau collier. J'ai dit un collier ? J'ai touché et j'ai dit oh mon Dieu, mes perles, je les ai toujours ! Quelle idiote, j'ai oublié de les enlever ! Je les avais sorties du coffre pour qu'elles s'hydratent au contact de la peau. Il faut le faire régulièrement, sans ça, la nacre jaunit. Donc là, je suis avec mon collier. Je l'enlève, mais je ne sais pas quoi en faire. Ça m'embête de retourner le déposer chez moi parce que le temps de faire l'aller-retour, ça veut dire que je renonce à la partie que mon amie avait prévue. Je ne veux pas le laisser dans ma voiture, parce que, sur un parking, quand même, on ne sait jamais. Donc, moi qui normalement n'utilise presque jamais les vestiaires du club, là, je demande une clé. Maintenant, je me rends bien compte, c'était idiot. J'aurais dû garder le collier près de moi, sur le court où je jouais, glissé dans l'étui de ma raquette ou quelque chose comme ça, mais sûrement pas le quitter des yeux. Mais bon, sur le moment, c'est ce qui me semble le plus rassurant. Je cache le collier dans un des casiers du vestiaire dames. Je vais jouer avec Linda, normalement. Et quand je reviens une heure plus tard, le collier n'est plus là. Voilà. Je m'en veux, je m'en veux. »

L'autre policier, celui qui prenait des notes, lui relisant ensuite une version plus concentrée de ce qu'elle venait de dire et la lui faisant signer. Après ça, Linda aussi avait fait une déclaration, Solange ne sachant pas ce qu'elle avait dit, mais là, sans inquiétude : faisant confiance à Linda pour mentir sans se démonter. Et voilà. Après ça, Solange avait pu vite rentrer chez elle, passer prendre le collier qu'elle avait à présent sur ses genoux, au fond de son sac Chanel.

Solange tellement concentrée qu'elle sursauta en entendant quelqu'un dire à côté d'elle : « Madame Bluto ? »

Levant la tête et voyant un homme un petit peu plus jeune qu'elle en dépit de ses cheveux prématurément blancs. Plutôt élégant. Une bonne allure générale.

« Oui ? »

« Hervé Volker. »

« Oui. Bien sûr. Enchantée. Asseyez-vous, je vous en prie. »

« Merci. Non. Marchons plutôt, si vous voulez bien. Venez. »

L'antiquaire ami de Linda emmenant Solange vers les jardins panoramiques face à la mer derrière le casino, lui expliquant en chemin qu'il y connaissait un endroit, une sorte d'angle mort, qui n'était pas couvert par les caméras de surveillance placées partout sur le territoire de la Principauté. « Nous avons besoin de discrétion. Et je ne peux pas me permettre de vous accueillir au magasin. Donc compte tenu de la *short notice*, je n'ai pas pu trouver mieux. J'espère que vous me pardonnerez. »

Solange l'assurant que ce n'était pas un problème. Se laissant guider. L'impression d'être une somnambule.

Une fois assis à côté d'elle sur un long banc de pierre, l'antiquaire lui dit, « Alors. Racontez-moi. » Solange affolée. Exactement ce qu'elle ne voulait surtout pas faire. Linda lui avait promis pourtant. Tout serait arrangé. Elle aurait juste à se présenter, faire l'échange et repartir. « Linda ne vous a pas dit ? »

« Si. Elle m'a dit que vous étiez contrainte de vous séparer dans l'urgence d'un bijou de prix – un collier Boucheron, je crois. »

« C'est ça. Je l'ai là. » Solange tapotant le sac qu'elle avait à nouveau enfoncé sur ses genoux, les bras croisés dessus. « Vous voulez le voir ? »

« S'il vous plaît, oui. »

Solange ouvrit le sac et en sortit un autre, en tissu celui-là, et le tendit à l'antiquaire.

Elle remarqua avec quelle délicatesse il desserra alors le lacet et sortit une partie du collier, jetant quand même de temps en temps un regard devant lui pour s'assurer qu'aucun des promeneurs ne les observait. Il fit rouler les perles entre ses doigts un petit moment puis dit, « Oui, effectivement. C'est un classique Boucheron. Les premiers datent je crois de 1934. Mais depuis ils le rééditent assez régulièrement. Dans des tirages toujours très limités, cependant. Vous avez de la chance d'avoir pu en acquérir un. Vous êtes sûre de vouloir vous en séparer ? »

Solange hocha la tête. L'antiquaire hocha alors la sienne en retour, avec de la, comment dire, avec comme de la compassion sur son visage.

« Et notre amie commune m'a dit que vous aviez signalé sa disparition à la police, c'est bien ça ? »

« Oui. Je suis obligée. Vis-à-vis de l'assurance. »

« Bien sûr. » Il réexamina les perles au fond du sac un instant avant de dire : « Ça va être dommage de le démonter, mais bon. »

« Ah bon ? Vous allez être obligé ? »

« Enfin, moi non. Mais d'autres, oui. Certainement. À partir du moment où vous avez porté plainte… »

« Ah. »

Solange catastrophée, honteuse. Presque plus encore de ça que de tout le reste. Cela dut se voir sur son visage car l'antiquaire dit, « Oui enfin, ne faites pas cette tête-là, chère madame. Ce sont juste des perles. Pas des chatons qu'on noie ou des jumeaux qu'on sépare. »

« Oui bien sûr. Et donc… » Solange avala sa salive et se racla la gorge. « Vous m'en donnez combien ? »

« Ah ça, j'espère que Liliane vous a prévenue. »

« Liliane ? »

« Linda. Quand j'ai fait sa connaissance, il y a longtemps, elle s'appelait encore Liliane. Elle vous a expliqué, j'espère. Je lui avais bien dit de le faire. »

« Expliqué ? Non. Elle m'a juste dit que vous achetiez moins cher que la valeur normale. »

« *Considérablement* moins cher. Pour une pièce sensible comme celle-ci, dix pour cent de la valeur va être un maximum. »

« Dix pour cent ? Mais ça fait tout juste – »

« Vingt-cinq, trente mille. »

Vingt-cinq mille ? Mais, et Philippe alors ? Qui disait que le collier en valait plus de quatre cents. Que c'était un cadeau certes, mais aussi un placement. Une façon de « sortir » l'argent. Solange paniquée, soudain. Ne sachant plus quoi faire. Sentant qu'elle était en train de commettre une abominable bêtise, une de plus.

« Vingt-cinq trente mille mais – »

« Disons trente, allez, parce que vous êtes une amie de Liliane. »

« Non mais, trente mille, moi je – »

« Mais vous n'êtes surtout pas obligée d'accepter. Je comprendrais très bien. D'ailleurs, je ne saurais trop vous conseiller de ne pas vendre. À ce prix-là, c'est tout à fait déraisonnable. »

« À ce moment-là, pourquoi vous – »

« Pour autant, pardon de vous brusquer, je vais vous paraître très mufle, mais si nous devons faire affaire, je dois le savoir vite. Ce n'est pas par rapport à moi – encore que je ne puisse pas rester trop longtemps absent du magasin. Mais c'est en fonction de la banque où se trouvent les liquidités – les heures de fermeture, si je dois aller au coffre. »

« Au coffre ? »

« Oui, vous chercher votre argent. Les trente mille en espèces. »

« Non mais trente mille, je vous ai dit, ce n'est pas possible. »

« Alors c'est ce que je vous dis, ne vendez pas. »

« Non mais je dois – »

« Vous devez, vous devez – vous êtes sûre que vous devez vraiment ? »

« Mais oui. » Tout ça pour en arriver là. Et la police prévenue à présent. Sûrement en train de tout retourner au Sporting à l'heure qu'il était, fouiller partout, interroger toutes sortes de gens pour rien. Eux, encore, les policiers, elle pouvait toujours les appeler dire qu'elle avait retrouvé ses perles, qu'elle était désolée, passer pour une idiote. Tant pis, ils se foutraient bien d'elle, diraient ah ces vieilles bourgeoises, râleraient pour le temps perdu, mais bon, quelle importance. Simplement, en faisant ça, elle n'avait plus de quoi racheter les photos.

La fermeté de sa voix l'étonna elle-même quand elle s'entendit dire, « Quarante mille. Je n'envisagerai rien à moins de quarante mille. »

L'antiquaire en face d'elle la regardant quelques secondes avant de dire, « Même quarante mille, je vous assure, c'est du gâchis. Réfléchissez bien. Vous n'avez aucun autre moyen de vous les procurer ? »

Solange à nouveau étonnée de la sécheresse de son ton. Très grande dame, tout à coup, elle se demandait bien au nom de quoi. « Je ne serais pas là si j'avais le choix. Donc, s'il vous plaît, soyez aimable. Cessez de poser la question. »

« Je vous prie de m'excuser. »

« Il n'y a pas de mal. Donc quarante mille. À prendre ou à laisser. »

L'antiquaire fit la moue, donnant à Solange l'impression d'être en train de réfléchir. Solange ne disant rien, lui laissant le temps, à présent qu'elle avait dit ce qu'elle avait à dire.

Finalement, l'antiquaire empocha le sac avec le collier dedans.

« Vous savez quoi ? On va dire que vous êtes une amie de Liliane. »

Dix-sept

Nadj but une gorgée de mojito et dit au petit tennisman cambrioleur, tous les deux attablés tranquilles au fond du *Blue Lady* à Tésauris, « Helmut le Hollandais, ça te dit quelque chose ? »

« Non. »

« Et Hervé Volker ? »

« Non plus. C'est qui ces mecs ? »

« C'est le même, en fait : Hervé Volker, dit Helmut le Hollandais. »

« En même temps, s'il est hollandais, c'est un peu normal que je le connaisse pas. »

« Il est pas hollandais, il est luxembourgeois. Et son vrai nom, je te disais, c'est Volker. Hervé Volker. Mais c'est dans sa jeunesse, il était grand et blond comme un Allemand, donc il s'est retrouvé à être surnommé Helmut. »

« Et "le Hollandais" ? »

« Ça, c'est à cause du chef-lieu de Limbourg, à la frontière belge avec les Pays-Bas. Là-bas, il paraît, tu trouves plus d'antiquaires que de commerces d'alimentation. Tu sais qu'en Belgique, le recel d'œuvre volée est prescrit après cinq ans, contrairement à ici où il n'y a pas de limitation. Donc, avant de tomber pour une connerie, Helmut était commissaire-priseur à Nice, mais aussi marchand d'art à Hasselt. Au bout de cinq ans, des pièces volées réapparaissaient là-bas, dans sa vitrine. Ça marchait super bien, pendant un temps. Mais à force ça s'est vu. Tes amis de l'OCBC ont monté une cheville pour le piéger et il a foncé dedans. »

« D'accord. Et pourquoi tu me parles de lui ? »

« Parce que. Il est comme toi, en LC contrôlée par l'antenne SPIP de Grasse. Il a fait plus d'un an là-haut, pendant que tu y étais. Donc je me disais, vous vous êtes peut-être croisés. »

« Tu sais, là-haut, t'as près de sept cents bonshommes pour tout juste cinq cents places, donc moins tu connais de monde, mieux tu te portes. »

« C'est pas grave. Je demandais, au cas où. L'idée, en fait, c'est que, avec le congé maladie de la collègue qui suivait vos dossiers, c'est moi qui aurais dû les récupérer. Et puis l'autre jour, Plaisance me dit qu'il va s'occuper de vous personnellement. Sur le coup, j'ai pas tilté. Juste contente d'avoir deux clients en moins. Trouvant même sympa le directeur qui donnait un coup de main. Mais quand même, ça devait me trotter un peu parce que le jour d'après, je vais voir Plaisance pour lui demander je ne sais plus quoi. Il n'est pas là, mais la porte est ouverte. Sur le bureau, je vois vos deux dossiers. Et là, ne demande pas pourquoi, un sixième sens ou ce que tu veux – puis le fait que j'ai toujours aimé fouiller, aussi. Toute petite, quand j'allais chez les gens, j'ouvrais tous les tiroirs dès qu'ils avaient le dos tourné. Pas pour voler quelque chose. Je prenais rien. Juste voir ce qu'il y avait dedans. Bref, là, j'en profite, je rentre, je vais regarder ce qu'il a sur son bureau. Je vois ton dossier, donc, ouvert. Celui d'Helmut à côté et, dessous, le catalogue de l'expo. Et là, alors qu'*a priori* il n'y avait pas lieu, je flaire un truc pas net : un casseur, un fourgue, et le catalogue d'un musée rangé dans le même casier. Tss-tss. C'était chelou. J'ai rien touché, je suis ressortie, mais j'ai commencé à surveiller le truc de près. »

« Et donc, Helmut, d'après toi, il ferait quoi dans notre histoire ? »

« À tous les coups, c'est à lui que Plaisance pense pour écouler les montres une fois que tu les auras volées. »

« Ah. »

« Et, comme je t'ai dit ce matin, je ne vais pas rentrer dans le détail maintenant, mais rapport à ce que tu me demandais dans la voiture, c'est par ce biais-là qu'on va niquer Plaisance. »

« Okay. »

Le petit tennisman cambrioleur semblant content avec ça, moins inquiet de savoir la suite que le matin dans la voiture, l'air de lui faire confiance comme elle le lui avait demandé.

Nadj à présent pressée de changer de sujet. Pas trop envie de s'attarder en l'état actuel de sa réflexion. Là-dessus, au moins, elle ne lui avait pas menti : trop de détails encore vagues dans sa tête. Réduite à espérer que les divers éléments se mettent en place tout seuls, comme par enchantement, dans les deux jours à venir.

Pas très fière d'elle, en même temps, de promettre au petit tennisman cambrioleur des choses qu'elle n'était pas encore sûre de pouvoir tenir. Nadj trouvant le petit tennisman cambrioleur sympa. Plutôt envie de bien se comporter avec lui.

Elle dit, « Ce matin, quand on s'est quittés, en allant au bureau, je me disais que ça allait être dur d'être comme d'habitude avec Plaisance, faire comme si de rien n'était. Heureusement, quand je suis arrivée, il était pas là. On ne l'a pas vu de la matinée. »

« Tu sais où il était ? »

« Non. »

« Au Sporting, à me casser les couilles. »

« Ah bon ? Qu'est-ce qu'il voulait ? »

« Soi-disant, voir où je travaillais. Mais surtout, savoir si j'étais allé repérer la fondation machin. Et aussi me demander d'aller casser la gueule à un mec. »

« Ah bon ? À qui ? »

« J'ai même pas voulu savoir. Je l'ai envoyé chier. Qu'est-ce que tu veux qu'il fasse ? S'il me révoque pour ça, il l'a dans le cul pour que je lui vole les montres. Là, pendant quelques jours, il a plus vraiment de levier. »

L'entendre parler de levier faisant repenser Nadj aux photos qu'elle avait trouvées bien planquées au fond d'un des tiroirs de Plaisance le matin même, profitant de son absence pour inspecter son bureau cette fois de fond en comble. Et pas déçue du voyage. Une enveloppe avec dedans une demi-douzaine de tirages grand format, qualité pas super, mais assez bonne pour bien reconnaître Plaisance en train de jouer à des jeux un peu SM – soft, mais quand même. Par moments, pas tant que ça – avec une assez belle femme blonde un peu plus âgée que lui. Plaisance décidément gratiné, comme mec. Nadj n'en revenant pas et en même temps frustrée de ne pouvoir rien faire de ce trésor inattendu. Résistant à la tentation de prendre les photos. Mais se disant que ce n'était pas le moment d'affoler l'autre. Surtout pas. Regrettant juste de ne pas avoir moyen de faire des copies. Donc tant pis, les rangeant, pour l'instant, bien décidée à y revenir le plus vite possible, tout en se promettant de ne surtout pas en parler au petit tennisman cambrioleur pour l'instant. Qu'il n'ait pas l'impression qu'ils pouvaient dès maintenant faire pression sur Plaisance – et donc se dispenser d'aller casser le musée.

Or elle *voulait* casser le musée. C'était trop bien.

Discrètement, pendant que Nadj fouillait dans son porte-monnaie pour payer leurs consos, disant que c'était son tour, Manu s'arrangea pour regarder l'heure sur son portable posé devant lui.

Vingt-deux heures quatorze. La nuit était jeune, comme dirait l'autre. Nadj de bien meilleure humeur que le matin, Manu retrouvant l'espèce de feeling qu'ils avaient eu la veille – peut-être qu'il valait juste mieux la croiser après le coucher du soleil.

Manu cherchant donc comment enchaîner, là, derrière les deux mojitos, comment lui vendre un dîner. Connaissant déjà la réponse, il lui demanda si elle allait au bus.

« Ah tu vois ? On y prend goût ! »

« Pas exactement, non. C'est plus pour savoir si t'es libre, au contraire. »

« Non, je t'ai dit : c'est juste deux fois par semaine. Que ça reste un plaisir. Pas que ça devienne un métier. »

Manu aimant bien l'expression, se promettant de la ressortir. « Ben donc on peut dîner, du coup. »

« Non, je crois plutôt que je vais rentrer me coucher. Je suis crevée. D'ailleurs, tu ferais bien d'en faire autant. Mais on peut se retrouver demain devant le musée si tu veux. »

« Demain matin, ça va être dur. Ils annoncent du beau temps, donc mes cours vont être maintenus. »

« C'est pas grave. J'irai toute seule, avant d'aller au bureau. »

« Quand tu dis que tu vas rentrer, c'est rentrer où ? »

« Rocheville, juste la limite avec Mougins. Un petit deux-pièces de la taille d'un studio, mais commode pour aller au bureau. Vingt minutes quand ça roule, c'est-à-dire presque jamais. Pourquoi tu me demandes ça. »

« Comme ça. Pour voir comment tu vis, essayer de te cerner un peu. »

« Me cerner ? »

Manu regrettant immédiatement le mot. Pensant à Lino Ventura dans le film *La Bonne Année* qu'ils repassaient une fois par an, quand il dit *confortable* à la belle brune qu'il drague, là, et que ça nique d'un coup les chances qu'il aurait pu avoir. Nadj clairement le genre de meufe que l'idée d'être « cernée » n'allait pas faire kiffer. Manu du coup sortant les avirons, sentant bien qu'il s'était mis dans les grosses vagues tout seul. « Ben oui, parfois, avoue, c'est dur de s'y retrouver, avec tes différentes casquettes. »

« Casquettes ? », limite exaspérée, là.

Casquette, putain ! Il avait pas plus con, comme expression ? La casquette, là, c'était lui qui était en train de la prendre. Il avait qu'à parler de « râteau », aussi, tant qu'il y était.

« Non mais je veux dire, t'es pas commune comme fille. C'est pas souvent qu'on rencontre quelqu'un comme toi. »

La sentant se redétendre un peu, donc poursuivant. « Je veux dire, miss météo, psychologue à la Pénitentiaire, bénévole bus de putes. Et maintenant voleuse de montres de collection. C'est pas tout le monde qui est capable d'être tout ça à la fois. »

Et là Nadj lui disant – Manu la sentant presque contente d'avoir une occasion de le dire, sa bonne humeur revenant, du coup, sérieuse et gaie à la fois : « Je sais pas. Peut-être. Les autres font ce qu'elles veulent. Mais moi, c'est juste que, aussi bien en tant que femme qu'en temps que "Française issue de la diversité", je ne m'interdis aucune possibilité. » Ramassant son portable et ses clés de voiture sur la table et disant, « Bon. On y va ? »

À vingt-trois heures quinze, n'y tenant plus, tant pis pour l'heure qu'il était, Solange appela Linda, Linda décrochant presque aussitôt.

« C'est moi. Désolée, il est tard. Je te réveille ? »

« Penses-tu. Jacques s'est endormi devant la télé et moi je suis dans le jacuzzi en haut. Je fais du shopping sur Internet en finissant la bouteille du dîner. Qu'est-ce qui se passe ? »

« La police vient de m'appeler, ils ont arrêté un suspect. »

« Un suspect pour quoi ? »

« Un suspect pour quoi – un suspect pour le soi-disant vol de mon collier ! »

« Ah oui. Et alors ? »

« Et *alors* ? Tu sais qui c'est ? Tu ne devineras jamais ! »

Solange très agitée, déçue de voir que Linda, elle par contre, pas du tout. Peut-être le mélange bain à remous-fin de bouteille du dîner.

« Emmanuel, le prof du club avec qui je prends mes leçons ! »

« Tu rigoles ? »

« Il paraît qu'il a fait de la prison. Tu savais ça, toi ? »

« Bien sûr que non ! De la prison ! Au prix qu'on paye, ils nous collent un ancien taulard ! Putain, ils vont m'entendre à la prochaine assemblée ! »

« Ce que j'ai compris, c'est, en fait, là, il est en

liberté conditionnelle. Tu sais pourquoi il était en prison avant ? »

« Arrête, tu me fais peur. »

« Vol de bijoux dans un musée en Suisse. »

« Ah ben voilà. Cherche pas plus loin. Tu te rends compte ! Un voleur de bijoux ! C'est énorme, ça ! Ils sont forts quand même t'as vu ? On te vole ton collier et, quelques heures après, eux ils trouvent le coupable. »

« Linda – »

« On se plaint toujours de la police en France. Mais tu vois, ça ne marche pas si mal. »

Solange n'en croyant pas ses oreilles. Linda avait pété les plombs.

« Linda – »

« Tu te rends compte ? Emmanuel ! Il cachait bien son jeu, dis donc. Comme quoi, tu vois, il faut toujours se méfier, en fait. Sous prétexte qu'ils sont pas mal physiquement, on se laisse – »

« Linda, ça va pas ? De quoi tu parles ? Le collier, tu sais bien, personne ne l'a volé. Je suis allé le vendre cet après-midi à Monte Carle chez ton ami antiquaire. »

« Ah oui c'est vrai. Tu as raison. Ben tu vois : la réalité dépasse la fiction. Là, en fait, ton collier il n'a pas été volé, mais il aurait très bien pu l'être. La preuve : la police a même trouvé un voleur de bijoux. C'est dingue ça, quand même. Moi je trouve ça très troublant. »

« Mais enfin Linda, arrête. Tu n'as pas écouté ce que je t'ai dit. Ils sont en train d'accuser ce pauvre garçon qui n'a rien fait. »

« Rien fait, rien fait… Tu viens toi-même de dire qu'il sort juste de prison. »

« Oui mais bon. Il sort de prison, ça ne veut pas dire qu'il mérite d'y retourner s'il n'a rien volé d'autre. »

« Alors, excuse-moi, mais ça, tu n'en sais rien. Si ça se trouve c'est juste une question de jours. Mais tôt ou tard, tu sais bien, ces types-là, ça récidive toujours. Donc là, d'accord : il est arrêté alors qu'il n'a pas pris ton collier ? Mais qui te dit qu'il n'allait pas voler celui de quelqu'un d'autre demain matin ? »

« Linda, tu dis n'importe quoi. Je ne peux pas le laisser aller en prison alors que je sais très bien qu'il n'a rien fait. »

« Écoute, c'est toi qui vois ma chérie. Mais bon réfléchis. Tu préfères quoi ? Que Philippe, en rentrant, te soupçonne d'avoir vendu le bijou ? Ou que les policiers viennent t'arrêter pour fraude à l'assurance ? Alors que là, tu te rends service. Et en plus tu débarrasses la société – la société et, pardon, le club de tennis où, toi et moi, nous allons tous les jours – d'un dangereux kleptomane. Excuse-moi, mais tu devrais être fière, au lieu de te poser des questions idiotes. »

« Linda, tu n'es pas dans ton état normal. Si tu entendais ce que tu dis. »

« Écoute, je ne sais pas si c'est mon état normal, mais ma chérie, ne le prends pas mal, j'allais sortir de l'eau et aller dans mon lit quand le portable a sonné. Vraiment, je crois que tu devrais faire la même chose. Dormir. Et remercier le ciel de si bien faire les choses. On se parle demain, d'accord ? »

« Mais – »

« Kiss kiss Darling, on s'appelle au réveil. Fais de beaux rêves. »

Solange restant un peu bête, Linda ayant raccroché.

Dix-huit

Manu dit au mec à tête de boxeur, « Alors ? T'as pu casser la gueule au mari de Madame Bluto ? »

Le mec prenant son temps, tournant la tête vers lui, sans expression, faisant, « Hm ? »

« Non, je veux dire, je donne des leçons au Sporting, le club de tennis. Ce matin, je vous ai vus, tes potes et toi, réclamer votre argent. Et je t'ai vu te barrer, juste avant que les flics arrivent. Donc là, je te recroise, je te demande si t'as pu casser la gueule de ton patron ou si ils t'ont chopé avant. »

« Non. Je pas casser Monsieur Bluto sa gueule. Je venir : lui pas maison. Police venir et c'est arrêter moi. »

C'était la même cage que deux jours avant, mais cette fois avec le mec à tête de boxeur dedans. Le gars déjà sur la banquette quand Manu avait été amené en cellule. Donc Manu pas chiant, s'asseyant par terre. Essayant de comprendre ce qui lui tombait dessus.

Nadj, donc, repartie vers Rocheville dans sa petite *Punto*, Manu, lui, rentrant au club à pied. Et au moment où il ouvrait la porte sur la rue avec sa clé, entendant un bruit de portières dans son dos. Se retournant et revoyant les deux mêmes flics que l'autre fois, le grand rouquin et l'autre, sortir de la même Peugeot banalisée.

Manu sur le coup se disant, quoi encore ? Qu'est-ce qu'ils veulent ce coup-ci ?

Et là, un comble, le grand rouquin l'engueulant. « T'as vu l'heure ? Tu crois, j'ai que ça à foutre, te serrer quand ça t'arrange ? On est à ton service ? Putain, tu joues au con mon pote, crois-moi, tu vas me trouver. »

Manu disant qu'il ne comprenait pas. Le flic le regardant avec l'air dégoûté, disant, « C'est plus fort que toi, hein ? T'as pas pu t'empêcher. Allez viens. » Le prenant par le bras et l'entraînant vers la Peugeot. Manu ne résistant pas, surtout ne pas donner de prétexte au mec. Juste, demandant, « Mais pourquoi ? »

« Fais pas le malin. Tu le sais très bien. » Ça pouvait durer longtemps. Manu disant que *non*. Il ne savait pas très bien.

« Te fatigue pas. On a la déposition de, comment elle s'appelle ? »

L'autre flic démarrant la bagnole et disant, « Ponderoux. Linda Ponderoux. »

Manu se disant, Ouh là ! Linda Ponderoux, c'était forcément galère. Linda Ponderoux qui avait fait peur à Plaisance plus tôt, sur les courts. Linda Ponderoux qui, là, était allée baver allez savoir quoi aux flics sur lui. Faisant ça pour rendre service à Plaisance alors ? Pff. Manu largué, là. Ne voyant pas la martingale.

Pendant le trajet, Manu essayant d'en savoir plus : « Mais attendez, vous m'accusez de quoi, là ? J'ai quand même le droit de savoir. »

Le rouquin soupirant. « Tu sais très bien pourquoi. Donc vas-y, fais pas chier, dis-nous plutôt où est le collier, comme ça ce sera réglé. »

Le collier. Ils cherchaient un collier. « Le collier ? Quel collier ? »

« À ton avis ? Le collier du chien de Michel Drucker. Le collier de ta *cliente*, connard – comment elle s'appelle, la dame déjà ? »

L'autre flic disant, « Solange Bluto. »

Solange Bluto ? Manu ne se souvenait pas de lui avoir déjà vu un collier. Par contre, se souvenant d'avoir revu les flics traîner encore dans les locaux en début d'après-midi, pensant sur le coup que c'était juste la suite de l'embrouille avec les ouvriers. Alors qu'en fait non. Qu'est-ce que c'était que cette histoire de collier de Madame Bluto ? « Oui, okay, c'est ma cliente, je lui donne des leçons trois fois par semaine. Je l'ai vue qui est venue jouer ce matin, ce midi plutôt, avec Madame Ponderoux. Mais de ce que je me souviens, elle avait pas de collier. Pourquoi vous m'accusez, en fait ? C'est elle qui vous a dit que c'était moi ? Ou c'est Madame Ponderoux ? »

« T'occupe, va. Dis-nous juste où est le truc. »

« Mais je sais pas. »

« Okay. Tu veux le jouer comme ça, très bien. Tu te lasseras avant nous. »

Madame Bluto avait perdu un collier. Madame Ponderoux avait fait une déposition. Les flics venaient l'arrêter lui.

Manu, au moins, sachant à qui reprocher le fait que Madame Ponderoux connaissait son passé. Revoyant la scène : la première fois, à l'hôtel, Linda, Madame Ponderoux, allongée sur le lit, à poil et très à l'aise, sans se couvrir avec le drap ni rien, s'allumant une Philip Morris fine alors qu'ils venaient d'utiliser la troisième capote de la boîte, disant, « T'es toujours comme ça ? »

Relâchant la fumée tout en parlant, jolie à regarder faire avec une cigarette. « Non, surtout ne te méprends pas, c'est pas un reproche. Même, au contraire. Mais, comment dire, on a l'impression que tu n'as pas fait ça depuis des mois. »

Manu au lieu de fermer sa gueule disant, « C'est presque ça. »

Madame Ponderoux disant, « Un beau garçon comme toi, c'est dur à croire. Prof de tennis en plus ! Il n'y avait pas de clientes intéressées au club où tu travaillais avant ? »

Et là, Manu, faisant le malin, disant, « En fait, c'était un club, il n'y avait pas de clientes. Uniquement des clients. Et on va dire, aucun qui me tentait. »

Et voilà, Madame Ponderoux intriguée par le concept, un club de tennis interdit aux femmes, en France, en 2008. Et de fil en aiguille, Manu, trop tard pour reculer, obligé d'expliquer. Madame Ponderoux tiquant sur le mot *prison*, mais redevenant intéressée en entendant le mot *bijoux*. Manu regrettant de ne pas avoir mangé sa langue. Okay, Madame Ponderoux le prenant bien, excitée peut-être même, un peu, par l'idée. Disant, « J'ai bien senti aussi que t'avais quelque chose de plus que les professeurs de tennis avec qui je couche d'habitude. »

Manu agréablement surpris par la suite, cela dit. Madame Ponderoux semblant garder ça pour elle et n'en reparlant même pas les fois d'après. Y compris quand il lui avait fait comprendre qu'il préférait arrêter, Manu soulagé de voir qu'elle ne se servait pas de ça pour lui apprendre la vie. Jusqu'à aujourd'hui, du moins.

Sauf que là, un collier, on était tout à fait dans le cadre d'une récidive. Là pour Plaisance, subitement, ça devenait l'autoroute. Même plus besoin de truquer une procédure. Le soupçon suffisait.

Manu se disant que si, en fait, au bout du compte, il serait en prison le jour de ses trente ans.

Une fois au poste, Manu s'attendant à un interrogatoire soutenu avec les deux bourrins, préparé même à se manger deux trois tartes dans la gueule. Et en fait non, pareil que la fois d'avant. Pas d'audition, pas de PV, pas de notife au proc', rien. Juste la vidange des poches et mise en cage direct. Le flic en tenue qui emmenait Manu lui donnant au passage un matelas en plastique bleu et une couverture – les deux pas racontables, mais bon. Le flic ouvrant la porte en plexi. Manu entrant dans la cage et y trouvant le mec à tête de boxeur déjà installé sur la banquette. Posant le matelas par terre, s'asseyant en tailleur, dos au mur. Se refaisant le film et concluant qu'il était marron. Et, pire encore, que pour l'instant, il ne pouvait rien y faire. Donc décidant de parler au mec pour penser à autre chose.

« C'était quoi le problème ce matin, en fait ? Pourquoi vous gueuliez, exactement ? »

« C'est Monsieur Bluto il pas payer combien il dire. Il dire boulot c'est cinquante. Après il dire son mec il payer trente. Nous dire ça c'est pas bon. Tu compris ? »

Manu se disant, décidément ! La famille Bluto, c'était un couple à emmerdes. « Et t'es en garde à vue pour ça ? Juste parce que t'es allé chez Bluto pour réclamer ta thune ? »

« Oui. »

« Bienvenue en France mon pote. Tu dois regretter d'être venu, maintenant, non ? »

« Non. »

« Et tu disais, t'es d'où, au départ ? »

Le mec disant un nom de bled que Manu n'avait jamais entendu avant. Craidorolt, un nom comme ça. « C'est où ça ? »

« C'est à Romanie. »

Oui ça d'accord. Manu se doutait bien que c'était pas au Zimbabwe. Le mec n'y mettant pas du sien pour la conversation. « Et tu faisais quoi là-bas ? En Roumanie je veux dire. »

« À Romanie, je faire la merde. Pas beaucoup travaillere. Je faire répare maison quand c'est boulot. Un peu sécurité porte night-club Satu Mare. »

« Satou Maré ? »

« Oui. Satu Mare. Grande ville à Romanie. Craidorolt village. Petit. C'est pas boulot. Je venir Satu Mare. Boulot sécurité porte night-club. »

« Videur. »

« Oui. Videur. Je faire videur sécurité porte night-club. »

Manu renonçant à dire au mec qu'il aurait pu dire juste videur. « Et là, en France, pourquoi t'as pas cherché à refaire videur de boîte ? Je connais pas, mais peut-être c'est moins chiant et mieux payé que bosser au black pour un mec comme Bluto. »

Déjà, le mec avait le physique. Au moins un mètre quatre-vingt-dix. Quasi que du muscle, pour ce que Manu pouvait voir. Et avec ses cheveux courts mal coupés et son nez cabossé, une tête de mec qu'il fallait pas faire chier.

« Moi je venir la France, je travaillere répare maison. Français comprendre c'est pas problème. Mais parlere pas bien-bien. Moi c'est beaucoup Roumains avec, je pas discute français. Tu compris ? »

« C'est sûr, tu vas en taule, tu verras plus de Français. Mais là, ce que tu me racontes, ils t'ont mis en garde à vue juste pour te faire chier. Demain t'es dehors, ils vont pas te déférer pour ça. »

Le mec haussant les épaules, l'air de s'en foutre.

Manu lui demandant depuis combien de temps il était en France. Le mec disant huit mois : « Tout de suite Romanie, c'est Europe, moi je venir. »

« Et, je veux dire, sinon, quand tu parleras français, après, tu veux faire quoi ? »

« Après je parlere français bien-bien ? Moi c'est je faire délinquante gangster. »

« "Délinquante gangster". »

« Oui. *Scarface*. Al Pacino. Tony Montana. »

« Ah ? C'est ça ton idée ? Faire Tony Montana en France ? »

« Moi, immigré, je venir, je faire la merde. Répare maison, piscine. Je regardere, parlere langue. Après c'est moi faire délinquante gangster. »

« Délinquante gangster, ouais. D'accord. Juste, c'est vague. Délinquante gangster, t'as plein de façons de le faire. Tu veux faire délinquante gangster comment ? Tu veux vendre de la drogue ? Tu veux braquer des banques ? Tu veux racketter des mecs ? T'as une spécialité que t'aimes plus que les autres ? »

« Racket, c'est pas problème. Mec donner pas pognon, moi je venir, péter mec sa gueule. Moi je faire à Romanie. Quand moi c'est je faire sécurité porte night-club. Mec pas payer patron, moi je venir toujours. Péter mec sa gueule. »

« D'accord. Donc, une orientation "délinquante gangster". Mais avec au départ, plutôt une préférence pour les filières du racket et de l'extorsion, on va dire. »

« Voilà. Racket et storsion. Moi je faire, c'est pas problème. »

« Eh ben écoute. Super. Comme on dit, dans la vie, l'important, c'est d'avoir un projet, t'es pas d'accord ? »

Le mec hochant la tête, super sérieux. « Oui. »

En même temps, Manu, l'air de déconner, comme ça, mais en fait commençant à avoir une idée en train de se former dans son cerveau. Pas encore complètement claire, mais un bon début. Disant au mec, « Au fait, Manu. » Se posant la main sur la poitrine, pour que le mec comprenne qu'il parlait de lui. Mais le mec le regardant sans donner l'impression d'avoir pigé. « Non, je dis, moi, mon nom, c'est Emmanuel, mais tout le monde dit Manu. »

« Ma*nu* ? »

« Oui. Manu. Et toi ? Toi ton nom, c'est quoi ? »

« Radu. »

« Radou ? »

« Oui. Radu. »

« Eh ben, enchanté, Radu. Et j'ai envie de te dire, bonne chance dans tes projets. Juste là, toi je sais pas, mais moi, je vais essayer de dormir. »

Disant ça mais, entre les lumières dans le couloir, le bruit des rondes toutes les demi-heures, les odeurs du matelas, et tous les trucs qui trottaient dans sa tête, mettant du temps, quand même.

Dix-neuf

Franchement, dans la catégorie « très fréquenté » et « se fondre dans la foule », Bruno Dubosq voyait mal comment il aurait pu faire mieux – du moins dans les limites du département des Alpes-Maritimes.

La veille, en l'appelant d'une cabine publique, il avait donné rendez-vous à Solange Bluto à dix heures du matin à Cap 3 000, le centre commercial géant pris entre l'A8, la RN7 et le bord de mer à Saint-Laurent-du-Var. Cent quarante enseignes dont les Galeries Lafayette. Parking de trois mille cinq cents places. Trente-cinq mille visiteurs par jour en moyenne. Bruno s'étant dit, si je ne réussis pas à passer inaperçu là…

Il avait profité de la fermeture à vingt et une heures pour repérer le terrain, voyant exactement où il allait stationner – section E du parking, près de l'entrée *Nice* du centre. Donnant à l'inverse l'instruction à Solange Bluto d'aller se ranger à au moins trois cents mètres de là, au fond de la section D, juste devant le *Mercure*. Une fois qu'elle y serait, il l'appellerait et lui dirait de marcher jusqu'à la porte *Saint-Laurent-du-Var*. D'entrer dans le centre et de remonter la galerie. Arrivée à l'escalator, elle monterait au premier niveau, puis irait s'asseoir sur le banc placé juste en face de la boutique Façonnable. Là, elle devrait attendre qu'il l'appelle à nouveau.

Lui, pendant ce temps-là, enfilerait vite son déguisement et irait se poster à l'emplacement qu'il avait choisi pour procéder à l'échange : premier étage aussi, mais dehors. Une espèce de coursive ou de terrasse en L, Bruno ne savait comment appeler ça – bref un espace à l'air libre, ouvert au public, mais où personne n'allait vraiment car donnant sur les souffleries de la clim et différents locaux techniques. Commode du point de vue de Bruno, cependant, car accessible, en plus des deux passages vers la galerie marchande à chaque extrémité, par un grand escalier extérieur qui redescendait jusqu'au parking.

Bruno serait donc sur place, passé par le parking et les installations techniques, appelant Solange Bluto, lui disant de le rejoindre. Là, très vite, sans parler si possible, ils procéderaient à l'échange, les photos et la carte mémoire contre l'argent.

Solange Bluto, ensuite, repartant bien gentiment en passant par l'intérieur pendant que Bruno, lui, reprendrait l'escalier et vite, irait rejoindre la *Twingo* qu'il avait de nouveau empruntée à sa secrétaire, promettant, comme la fois précédente, de lui remplir le réservoir.

Là, dix heures passées de trois minutes, pour l'instant, tout s'était passé exactement comme il voulait. Solange Bluto venait de se garer là où il avait dit, trouvant assez vite une place libre. Seule dans son cabriolet et personne ne semblant la suivre. Bruno la regardant faire au loin depuis la *Twingo* et composant son numéro sur le portable qu'il avait pris dans le sac de l'une des infirmières de la clinique tout juste une demi-heure plus tôt – la fille occupée en salle d'op, donc Bruno presque sûr d'être rentré à temps pour replacer le portable là où il l'avait trouvé, après avoir supprimé toute trace des appels qu'il aurait passés et rétabli l'affichage du numéro. Bruno pas si mauvais que ça, finalement, comme maître chanteur, passé un démarrage un petit peu laborieux. Non, sérieusement, il s'étonnait lui-même.

La mère Bluto, elle, semblait dans tous ses états, les nerfs sens dessus dessous, Bruno l'entendit à sa façon de dire Allô, décrochant dès la première sonnerie, surprenant presque Bruno. Bruno alors se mettant à lui parler dans le micro de son oreillette Bluetooth, mais en utilisant, comme lors de ses appels précédents, le modificateur de voix qu'il était allé acheter dans la galerie du Grey d'Albion, juste après avoir fait l'acquisition de son costume de Super Mario.

Donnant donc les indications à la pauvre femme, Bruno la plaignant presque, à présent. La voyant se faufiler entre les voitures stationnées vers la porte *Saint-Laurent-du-Var*. Bruno allant vite ouvrir le coffre. La grosse tête prenait quasiment toute la place. Il enfila le maillot rouge sur son t-shirt, puis la salopette par-dessus son jean. Et enfin, la tête. Il l'avait testée, bien sûr, manquant d'étouffer à chaque fois. Mais, là, c'était pire, le micro de l'oreillette Bluetooth écrasé contre sa joue. Seul avantage, l'écho suffirait sans doute à déformer sa voix.

Simplement, sa grosse tête de Mario sur le crâne, il avait soudain la flemme de faire tout le trajet sous le soleil pour rejoindre les escaliers extérieurs. Ça allait être bien plus rapide d'entrer par la porte *Nice* et de prendre l'escalator. Bruno marcha donc rapidement vers l'entrée la plus proche, s'engageant dans la galerie, prenant vite un plaisir enfantin aux regards qu'il attirait. Heureusement malgré tout qu'il n'allait pas rester longtemps accoutré comme ça, parce que c'était franchement pénible. Bruno pensant aux malheureux qui devaient endurer ça des journées entières pour gagner leur vie chez Disney ou dans des conventions Nintendo. Bruno se félicitant d'avoir fait médecine.

Tout en marchant vers l'escalator, une centaine de mètres devant lui, devant le magasin Macromédia, il entendit des voix derrière lui, mettant un moment à comprendre que c'était lui qu'on interpellait, pas habitué à répondre en entendant appeler Mario.

Il se retourna enfin et allons bon ! Se retrouva face à trois jeunes, trois jeunes de banlieue comme Bruno n'en voyait en fait qu'à la télévision : deux Arabes et un Noir, en survêtement, casquettes et blouson à capuche. Le Noir l'air brutal. Les deux Arabes, mauvaise peau, vilaines têtes, celui qui ne portait pas de casquette s'étant fait faire une de ces coupes idiotes, rasé partout sauf sur le dessus du crâne, les cheveux hérissés en pointes, collés avec du gel. Le type visiblement très fier de son style.

Bruno, lui, dégoûté sous sa tête en plastique. Toute sa vie d'habitude bien organisée pour précisément ne jamais être en contact avec cette population-là. Bruno décidant de ne rien dire, faisant juste un petit geste amical, bougeant son gros gant en plastique moulé blanc et repartant déjà.

Trop simple.

Les trois jeunes le doublant et se plaçant sur son chemin, l'empêchant d'avancer. « Hey Mario ! » Pas menaçants pour l'instant. « Hey Mario, où tu vas ? » Bruno voyant les gens passer autour d'eux, jeter un regard et continuer sans s'arrêter. Bruno réalisant que sans savoir comment, il était à présent adossé à un mur, entre deux vitrines.

« Hey Mario. »

« C'est quoi l'astuce pour le cinquième niveau,

Mario et Sonic aux Jeux olympiques ? » Quoi ? De quoi lui parlaient-ils ?

« Hey Mario vas-y fais voir comment tu cours enculé. » Bruno pas sûr de bien entendre avec la mousse qui lui comprimait les oreilles. « Il répond rien ce gros bouffon. Vas-y, c'est comme à Disney une fois. »

« Comme à Disney une fois. Je le crois pas le gros mytho ! »

« Tu me crois pas j'y ai été par le comité de l'entreprise du travail à ma sœur, avant qu'elle se fasse virer ? Vas-y, t'as tous les déguisés, n'importe quoi tu leur dis, ils ont pas le droit de répondre. Genre Bernard, on lui disait, vas-y Bernard, est-ce que parfois Bianca elle aime la sodomie ? »

« Va mourir je te crois pas. »

« La vie de ta mère, Blanche-Neige on disait, tu veux une éjac faciale ? Tu veux pas nous sucer ? Morts de rire et la meufe, dans le costume, interdit de nous répondre, obligée de faire genre, continuer à sourire, c'était mortel putain. »

Mais qu'est-ce qu'ils racontaient ?

Bruno pressé de partir à présent. Se demandant depuis combien de temps il écoutait ces bêtises, l'impression que ça faisait une éternité. Et Solange Bluto avec ses cinquante mille euros qui devait s'affoler, attendre des instructions. « Hé vas-y grosse tarlouze t'as pas vingt euros, là, tu peux nous prêter ? » Il n'allait quand même pas se faire détrousser habillé en Mario ! « Vas-y fais voir ce que t'as dans ton enveloppe là. » « Vas-y démerde-moi une console culé je te casse ta tête. » « Fais voir l'enveloppe bâtard, je te défonce. » L'enveloppe. Bruno ne pouvait pas leur donner l'enveloppe. Pas avec ce qu'il y avait dedans. Se sentant dégouliner sous sa grosse tête en mousse. Et là, l'Arabe à cheveux grotesques, baissant le nez et sifflant aux autres, entre ses dents : « Schmidts. » Bruno ne voyant d'abord pas de quoi ils voulaient parler, mais sentant l'attitude changer, les trois voyous s'étant légèrement reculés. « Culé de Mario. » « On te retrouvera. » « Qu'on te revoie pas ici. » « C'est chez nous ici t'as compris. » « C'est pas pour les Mario. »

Bruno apercevant enfin la raison de leur soudaine reculade. Trois agents de sécurité, deux types et une jeune femme en costumes gris, talkie-walkie à la main, arrivaient dans leur direction, d'un pas tranquille. N'ayant visiblement encore pas remarqué le petit attroupement qu'ils formaient. Mais encore quelques foulées et ils auraient le nez dessus. « On te revoit on te nique. » « Culé. »

Les trois commençant à reculer, sans le quitter des yeux, haineux – tellement *haineux* ! Bruno se demandant pourquoi –, puis tournant sur eux-mêmes, ne lui montrant plus que leurs dos, s'éloignant avec des démarches de grands singes, l'un d'eux, juste, se retournant encore une fois pour lui jeter un dernier regard atroce.

Bruno en nage sous sa grosse tête, s'en voulant d'avoir eu si peur, à présent que le danger était passé, humilié par ces trois, ces trois… ces trois – ces trois *racailles*.

Les agents de sécurité étaient arrivés à sa hauteur et le regardaient en passant devant lui. Bruno faisant un petit signe avec sa grosse main en plastique moulé blanc. Les deux types répondant d'un signe de tête. La jeune femme, elle, souriant, disant, « Ça va Mario ? » Irréel.

Bruno hochant sa grosse tête et reprenant vite son chemin. Se félicitant d'avoir choisi Mario. À l'évidence, c'était un personnage aimé. En Ronald McDonald, les agents en patrouille auraient laissé les voyous lui faire un mauvais sort, ou se seraient peut-être même associés à eux pour le rouer de coups.

Ça y est. Bruno était en haut de l'escalator, les portes vitrées donnant sur la terrasse juste devant lui. Mais avant de les franchir, Bruno avançant dans l'allée, juste assez loin pour deviner Solange Bluto assise sur le banc en face de la vitrine Façonnable, exactement comme il le lui avait dit. Voilà. Tout rentrait dans l'ordre. Bruno, à nouveau aux commandes, reprenant le contrôle de la situation. Sortant à présent sur la terrasse, marchant jusqu'au sommet de l'escalier par lequel il repartirait. Obligé de retirer l'un de ses gros gants en plastique rigide pour pouvoir atteindre le portable sous la salopette, dans sa poche de jean. Ça y est. Il le tenait. Il appuya deux fois sur la touche verte. Entendant une sonnerie, Bruno se disant, « Ça y est. C'est maintenant ! »

Une fois, il y avait trois ans de ça, Solange avait voulu faire une surprise à Philippe en s'inspirant de quelque chose qu'elle avait entendu à la radio : à l'approche des fêtes, une femme conseillait aux auditrices de fabriquer des calendriers personnalisés, illustrés de photos personnelles : photos de famille pour les parents ou les amis. Photos pourquoi pas un peu plus « intimes » pour le conjoint.

Solange trouvant ça tout à fait dans ses cordes, étant devenue par la force des choses assez à l'aise avec le déclenchement à distance de l'appareil photo numérique – Philippe très mauvais photographe, pas du tout intéressé. « Okay. Mets-toi là. Souris. Clic-clac. On la double. » Et voilà. Du coup, Solange avait un jour réalisé que, depuis des années, il n'existait presque aucune photo d'elle. Ses petits-enfants n'auraient aucune trace, aucune image d'elle encore jeune et un peu jolie.

Pendant quelques mois, elle s'était donc copieusement photographiée toute seule. Et puis perdant intérêt, à force. Mais ayant appris au passage à se servir du matériel.

Habituée aussi aux mises en page sur l'ordinateur, ayant maquetté comme ça plusieurs fois des albums de photos de ses enfants et des leurs, avant d'en commander la fabrication en ligne.

Donc là, en entendant cette femme à la radio parler de calendriers illustrés de photos « plus intimes », Solange s'était dit, Mais oui, tiens, pourquoi pas, après tout ? Se prenant vite au jeu. Profitant de moments où la Philippine était partie en courses pour se photographier, s'inspirant de *pin-up* des années cinquante et soixante trouvées sur Internet. Adaptant avec sa propre garde-robe ou sa propre lingerie. Des poses bien entendu jamais pornographiques, mais érotiques, ça oui : montrant chaque fois ses jambes, parfois un peu ses seins ou ses fesses, mais pas plus. Ça n'était pas l'esprit.

Et donc un soir, comme ça, elle travaillait en bas sur son ordinateur, à retoucher les images du jour, tellement concentrée qu'elle n'avait pas entendu Philippe arriver derrière elle, sursautant quand il avait dit, « Mais qu'est-ce tu branles, là ? C'est quoi ça ? »

Solange mettant quelques secondes à retrouver ses esprits. « Oh écoute, la peur que tu m'as faite ! Mais t'es pas bien, arriver comme ça sans faire de bruit. Un jour tu vas me tuer. »

Philippe tout nu, descendu de la chambre sans enfiler quelque chose, eux deux tout seuls dans la maison, donc Philippe ne se compliquant pas la vie. « Pas faire de bruit, tu voudrais quoi maintenant ? Que j'ai un petit grelot accroché quelque part quand je déambule chez moi, pour être sûr que t'entendes ? Là, tu veux tout savoir, je venais voir ce que tu faisais, pourquoi tu montes pas te coucher. »

« Mais j'arrive. Deux minutes. Je monte tout de suite. »

« Oui mais, qu'est-ce tu fabriques ? Ces photos de toi, là, moitié à poil ? »

« Oh eh ben voilà, tiens ! C'est malin ! Arriver comme ça, à pas de loup, t'as gâché la surprise. »

« La sur*prise*. »

« Oui. La surprise que je voulais te faire. Un calendrier avec des photos de moi. »

« Quelles photos ? *Ça* ? » Philippe montrant l'écran. Solange en train de poser en guêpière, bas et talons sur l'un des canapés du petit salon, recouvert avant d'un grand drap en satin. « Oui alors, merci ! Tu parles d'une "surprise" ! Je sais un peu à quoi tu ressembles toute nue, je te ferai remarquer. Depuis le temps, on va dire, je t'ai déjà vue deux trois fois ! Donc steuplaît, sois gentille. Arrête ça. Viens te coucher. »

Philippe faisant demi-tour sans attendre qu'elle réponde et repartant vers l'escalier en se grattant les fesses. Solange, elle, restant un long moment silencieuse devant l'ordinateur.

Solange, bien sûr, n'avait jamais fini le calendrier. Mais les photos avaient servi. Elle les avait envoyées par mail à « Maître Stéphane » au début de leurs échanges.

Solange ne sachant pas pourquoi elle repensait à ça, mais y repensant, assise sur le banc en face de la vitrine Façonnable, la boutique hommes du premier, l'autre banc dans son dos tourné lui vers le magasin Eden Park. Solange minée depuis hier. D'abord l'appel du maître chanteur lui donnant rendez-vous, puis le policier lui annonçant l'arrestation du professeur de tennis. Les deux combinés, Solange n'avait littéralement pas fermé l'œil, voyant le jour se lever comme une délivrance. Et là, alors qu'elle attendait d'être recontactée par le maître chanteur, toujours pas débarrassée de la honte de savoir un innocent accusé par sa faute. Dès qu'elle aurait fini l'échange, tant pis, elle allait appeler le commissariat. Retirer sa plainte.

Quoique non. Impossible. Que dirait Philippe ? Solange hier, au téléphone, obligée de lui annoncer, forcément et, là, le réentendant lui dire : « Tu sais Solange » – Philippe ne l'appelant Solange que quand quelque chose n'allait pas, restant du coup parfois plusieurs années de suite sans l'appeler autre chose que Minouche. Solange détestant ce surnom mais s'étant fait une raison. Et par conséquent, détestant presque plus encore à présent quand son mari employait son prénom. Comme hier soir, justement. « Tu sais, Solange, parfois, si je te connaissais pas depuis plus de quarante ans, des trucs comme ce que tu me racontes, je dirais que c'est pas juste "un peu nunuche" que t'es. Mais que t'es carrément conne. Excuse-moi, il y a pas d'autre mot. Un collier à quatre cent mille pour aller faire un set avec une autre mémère qui fout rien de ses dix doigts, excuse-moi, mais on peut se demander. Et la piscine, t'y vas comment ? Avec ton tailleur Chanel ou ton renard argenté pour sauter du plongeoir ? Non mais franchement je rêve. »

Solange obligée d'encaisser sans répondre, ne trouvant pas ce qu'elle aurait pu – Oh mon Dieu ! Son téléphone venait de se mettre à vibrer. Solange se disant, « Oh mon Dieu, c'est maintenant. »

Vingt

Ça venait de sonner une deuxième fois. Bruno prêt à parler à Solange Bluto, sachant exactement ce qu'il allait lui dire et sentant alors quelque chose le toucher à l'épaule.

Sursautant, le gant en plastique blanc et l'enveloppe qu'il avait coincés sous l'une ses aisselles tombant par terre, Bruno poussant même un petit cri sous sa grosse tête en mousse. Se retournant et se trouvant face à un grand type surgi de nulle part, sans doute monté par l'escalier pendant qu'il avait le dos tourné. Bruno ne se souvenant pas de l'avoir déjà vu. Bruno lui trouvant une tête de pauvre – un visage fruste, des traits un peu grossiers. De pauvre d'un autre pays, en plus. Quelque chose dans les pommettes et les yeux très légèrement bridés. Le type lui disant, « Toi c'est *estetic chirurg* ? »

Bruno disant « Quoi ? » à travers la tête en caoutchouc, coupant la communication et rangeant le portable dans sa poche. Pris de court par la question, ne s'attendant tellement pas à être abordé ainsi, alors qu'il était déguisé en Super Mario. Encore moins par ce type qu'il n'avait jamais vu.

Le type en face redisant, « Toi c'est refaire figure ? », bougeant la main devant son visage pour illustrer sa question. Insensé ! Le type voulait une reconstruction et choisissait entre tous ce moment précis pour l'aborder ! C'était un comble, ça. Cette fois Bruno dit au type, « Au cas où, je consulte à la clinique. Vous voulez un rendez-vous, appelez ma secrétaire. » Pas évident, toutefois, prendre quelqu'un de haut en parlant à travers le caoutchouc d'une tête de Super Mario.

Le type en face disant, « Oui. C'est moi aussi je faire. »

Lui aussi quoi ? Chirurgien esthétique ? Bruno trouvant que le type n'avait pas l'air, pourtant. Déjà la tête qu'il avait. Et puis ses vêtements, pitié. Le vilain jean de sous-marque, ses vieilles copies de Nike et le haut de survêtement. La pauvre coupe de cheveux. Ou d'accord, un chirurgien esthétique, mais à Timisoara, alors !

Le type en face faisant alors un geste de la main, Bruno mettant quelques secondes à comprendre. Le type voulait qu'il enlève sa tête de Super Mario. Quel emmerdeur, c'était pas vrai ! Le type refaisant le geste, mais cette fois à deux mains, mimant un motard qui enlève son casque, puis tapant deux fois avec le bout de ses doigts sous le gros nez en caoutchouc. Bruno hésitant. Le mieux pour se débarrasser du type, c'était peut-être de voir ce qu'il voulait.

Bruno coinça donc l'enveloppe entre ses genoux, porta les deux mains jusqu'à ses joues en caoutchouc, gêné par celle qui était encore gantée et souleva sa grosse tête de Mario, soulagé malgré tout de pouvoir prendre un peu l'air, même si c'était juste pour quelques secondes, le temps de se débarrasser du confrère roumain.

Et là, Bruno prenant une gifle. Bruno sous le choc et la surprise lâchant sa tête de Mario, la grosse boule de caoutchouc allant alors rouler jusqu'en haut de l'escalier et commençant à rebondir de marche en marche.

Giflé ! L'autre venait de le *gifler* !

Éberlué, Bruno porta l'une de ses mains à sa joue, oubliant dans l'instant que c'était celle qui portait toujours un gros gant en plastique moulé. Regardant le Roumain sans comprendre. Qu'est-ce qui lui avait pris ? Pourquoi l'avoir giflé, comme ça, sans prévenir, sans raison ?

Le Roumain dit, « C'est moi aussi. Le mec il casser les couilles, je refaire lui figure. » Puis montrant l'enveloppe par terre. « Toi c'est tu donnere. »

Bruno pas sûr d'avoir compris, disant, « Hein ? » Mais voyant le Roumain lever à nouveau la main pour lui remettre une autre gifle.

Bruno, vite, avançant le bras pour se protéger et pliant les genoux pour ramasser l'enveloppe, hélas avec sa main gantée, l'enveloppe glissant plusieurs fois entre les gros doigts en plastique avant qu'il ne parvienne à la soulever.

Bruno s'entendant alors dire d'une voix qu'il trouva lamentable, « Non, non. Tenez », tendant l'enveloppe au Roumain, avec les photos et la carte mémoire dedans.

Solange dit « Allô ? »

« Madame Bluto ? »

Une voix différente de celle qui l'avait appelée la veille et puis un peu plus tôt quand elle était dans sa voiture. Ces fois-là, la voix était trafiquée, comme celle des témoins qui ne veulent pas être reconnus dans les reportages à la télévision. Là, la voix était naturelle.

« Oui ? »

« C'est le lieutenant Vachowski. Vous savez, on s'est vus hier à propos de votre collier ? »

L'officier très gentil qu'elle avait vu la veille. Mais là, tombant très mal. « Oui, oui, bien sûr. »

« Je vous dérange peut-être ? »

« Heu, c'est-à-dire, j'attends un coup de fil très important. Ça vous ennuie de me rappeler dans… » Dans combien de temps, d'ailleurs ? Combien de temps cela allait-il prendre avec le maître chanteur ? « Dans une petite demi-heure ? »

« Pas du tout. Excusez-moi. À tout à l'heure. »

Solange raccrochant vite. Se demandant si le maître chanteur n'avait pas appelé pendant ses trente secondes de conversation avec le policier. Mais non. Ce serait jouer de malchance.

Recommençant à attendre.

Oh mon Dieu, envie de faire pipi, à présent. Mais impossible de se lever, de quitter le banc. Le maître chanteur pouvant rappeler d'une minute à l'autre. N'empêche, une très très grosse envie. Solange espérant ne pas perdre ses moyens, une fois en présence du maître chanteur, tétanisée comme elle n'allait pas manquer d'être – ne pas avoir d'accident à ce moment-là, de grâce.

Attendant. Son sac avec l'enveloppe d'argent liquide dedans sur les genoux, les chaînes accrochées à l'une de ses épaules, les bras croisés dessus, exactement comme la veille à Monaco.

Solange à présent, sans aucune raison logique, revoyant sa mère, dans la voiture, quand Solange l'avait emmenée à l'hôpital avant son opération. Entendant encore sa mère en train de lui dire, « Solange, ne fais pas comme moi. Ne reste pas toute ta vie sans – »

Non, il ne fallait pas. Chaque fois qu'elle repensait à ce moment, elle avait les larmes aux yeux. Et là, le maître chanteur qui allait appeler. Elle n'allait pas non plus lui répondre en sanglotant.

Solange regardant l'heure sur sa *Lady-Datejust*. Ça faisait dix minutes qu'elle était sur ce banc. Qu'est-ce que l'autre attendait donc ?

Solange n'y tenant plus. Serrant les cuisses, se tortillant. Mais sentant bien qu'en attendant plus longtemps, elle ne pourrait ensuite même plus se retenir jusqu'aux toilettes. Toilettes qui étaient où, d'ailleurs ? Il y en avait forcément à chaque niveau du centre commercial. Solange priant juste pour qu'elles ne soient pas à l'autre bout.

Se levant, entrant dans la boutique Façonnable, une vendeuse lui disant aimablement bonjour. Solange se trouvant un ton presque suppliant en s'entendant demander s'il y avait des toilettes à l'étage. La vendeuse lui expliquant. Solange disant merci et partant vite. Remontant la galerie en sens inverse jusqu'à l'arrivée de l'escalator, prenant à droite et repérant le panneau, après la pharmacie. S'engageant dans le couloir. Une porte. Deux portes. Voilà. Enfin. Faisant ce qu'elle avait à faire. Trouvant qu'elle mettait un temps infini. Pensant au maître chanteur qui, si ça se trouve, au même moment, la cherchait.

Ça y est. Elle était ressortie. Repartant vers le banc en courant presque. Priant à présent pour que quelqu'un d'autre ne s'y soit pas assis. Se voyant obligée de demander à la personne de changer de place. Au risque de passer pour une folle. Non tout allait bien. Son banc était toujours libre. Retournant vite s'asseoir.

Recommençant à attendre. Regardant l'heure. Elle était restée absente pas loin de cinq minutes. Et ça allait en faire vingt qu'elle attendait. Qu'est-ce qui se passait ? Qu'est-ce qui n'allait pas ? Il y avait un problème, c'était sûr, mais lequel ? Pourquoi le maître chanteur ne se manifestait-il pas ?

Solange se reprochant maintenant de s'être absentée. Et en même temps, se sentant quand même infiniment plus à l'aise pour affronter la situation, quelle qu'elle soit, à présent qu'elle avait pu… Guettant à droite, guettant à gauche, détaillant chaque homme ou femme qui déambulait dans la galerie, se demandant si c'était lui ou elle avec qui elle avait rendez-vous.

Et puis se sentant observée, tout à coup. Se disant ça y est, tournant la tête pleine d'espoir et d'appréhension à la fois, et ne croisant en fait que le regard de la vendeuse de chez Façonnable qui, depuis sa caisse, la fixait à travers la vitrine. Solange détournant les yeux, s'efforçant de prendre un air naturel et dégagé.

D'autres minutes passant comme ça. Solange se demandant combien de temps cela allait encore avoir du sens d'attendre. Imaginant à présent le maître chanteur pris d'un malaise. Ou renversé par une voiture sur le parking. Et les pompiers le fouillant pour connaître son identité, tombant alors sur les photos. Au moins eux n'auraient pas son nom. Solange alors tirée de ses pensées par deux hommes, deux jeunes, en costume gris, les deux le crâne rasé, qui venaient de s'arrêter à sa hauteur.

Solange sachant tout de suite que ce n'était pas avec eux qu'elle avait rendez-vous. L'un des deux se présentant comme la sécurité du centre, lui demandant si tout allait bien. La vendeuse de Façonnable les regardant faire depuis sa caisse. Certainement elle qui les avait appelés pour signaler une vieille folle assise devant sa boutique depuis une demi-heure.

Pendant que Solange disait que oui, tout allait bien, son téléphone se mit à vibrer et à sonner. Ça y est ! Enfin ! Solange faisant signe aux deux agents de sécurité de l'excuser et prenant la communication. « Oui ? »

« Madame Bluto ? » Eh non ! C'était de nouveau le policier. Elle n'allait pas lui demander de rappeler encore une autre fois. « C'est le lieutenant Vachowski. C'est bon, je ne vous dérange pas, là ? »

« Non, non, allez-y. Je vous écoute. Excusez-moi pour tout à l'heure. »

« Il n'y a pas de mal. Madame Bluto, je vous appelle parce que j'ai trois nouvelles à vous donner concernant votre affaire – deux assez bonnes et une peut-être un peu moins. Donc si vous permettez je vous les fais dans l'ordre, d'accord ? »

« Oui, bien sûr. Allez-y. »

Solange voyant les deux agents échanger un regard indécis, puis se tourner alors en direction de la vendeuse de chez Façonnable, en haussant les épaules. La vendeuse écartant les mains pour dégager sa responsabilité. Le policier, lui, en train de lui dire à l'autre bout du fil : « Voilà, Madame Bluto, d'abord, en fait, hier on s'est trompés. Ce n'est pas le professeur de tennis qui a volé votre collier. »

« Ah. J'en étais sûre. Je me disais aussi. » Solange soulagée qu'un innocent ne soit pas accusé injustement à cause de ses bêtises. Regardant les deux agents de sécurité s'éloigner, continuer leur ronde.

« Non, en fait, lui, comme je vous avais expliqué, les soupçons se sont d'abord portés sur lui à cause de ses antécédents police. Mais après examen, c'était en fait une fausse piste. »

« Ah ben voyez, je suis bien contente. »

« Oui. J'étais sûr que ça vous ferait plaisir. J'ai senti hier au soir que ça vous chagrinait de penser que c'était lui. Donc ça, on va dire, c'est l'une des assez bonnes nouvelles. L'autre assez bonne nouvelle, c'est qu'à la place du professeur de tennis, on a un autre suspect beaucoup plus sérieux. En fait d'ailleurs, je devrais pas le dire comme ça à cause de, vous savez, en principe, la "présomption d'innocence". Mais entre nous soit dit, pour nous, c'est même pas un suspect, c'est le coupable. On est sûrs que c'est lui. »

« Ah bon ? » Ah non ! Pitié ! Un autre innocent accusé injustement à cause d'elle. C'était qui cette fois-ci ? Solange accablée soudain. Ça n'allait donc jamais s'arrêter ?

« Et vous savez qui c'est ? Tout bêtement, c'est le Roumain qui est venu chez vous hier matin pour créer des ennuis. »

Mais enfin non ! Bien sûr que non. Le Roumain n'était même pas entré chez elle ! Comment en étaient-ils venus à accuser ce malheureux, à présent. Il n'y était pour rien ! « Ah bon ? Vous êtes sûr ? »

« Quasiment, oui, comme je vous disais à l'instant. Mais c'est là, Madame Bluto, j'ai bien peur, vous allez pas être contente. »

Non ça elle n'était pas contente. Mais le policier se trompait sur les raisons. Solange le coupant et disant, « Oui je sais, vous allez me dire que vous n'avez toujours pas retrouvé le collier. »

« Oui, ça, déjà. Effectivement. On n'a pas retrouvé le collier. Rien que ça, déjà, c'est normal, vous soyez pas contente. Mais il y a aussi autre chose. Quand je vais vous dire, vous allez être en colère. »

« Comment ça ? »

« Ben c'est-à-dire qu'à force de protéger les prévenus et les droits de la défense, ils nous collent des procédures tellement complexes, vous pouvez pas savoir. C'est à croire qu'ils font exprès pour arranger les délinquants, je vous assure. Nous, ça devient plus possible de faire notre métier, les règles qu'ils nous imposent. »

Solange ne voyant plus du tout de quoi le policier parlait.

« Et donc là, le Roumain qu'on a chopé chez vous, une fois en garde à vue, il parlait pas un mot de français. Nous, à ce moment-là, le code exige qu'on fasse venir un interprète dans un délai de vingt-quatre heures. Là, tel que ça s'est goupillé, la nuit dernière, ils ont eu une grosse bourre sur des Roumaines à Nice, des prostituées, si vous préférez, sur la Prome. Donc, l'interprète qu'on utilise d'habitude était coincée là-bas. Après, vous ajoutez à ça les trente-cinq heures, même si elle était venue, ce qu'elle demandait qu'à faire, ça aurait pas tenu parce qu'elle était en dehors de ses heures de service. Et comme sur le moment on n'en avait pas d'autre d'ici l'expiration du délai légal, eh ben c'est mort. Le Roumain, c'était même pas la peine qu'on le défère. On sait d'avance que, tout de suite, le juge nous casserait la procédure pour vice. Donc voilà : le Roumain est dehors. On a été forcés de le relâcher ce matin. Je suis vraiment désolé, Madame Bluto. »

Solange soulagée. Essayant de ne pas trop le montrer. « Ah bon. »

« Oui, Madame Bluto. Je sais, pour vous, c'est dur à accepter mais c'est comme ça. Nous, c'est les conditions qu'on travaille tous les jours. Et ça, faudrait qu'un jour les politiques comprennent qu'on va dans le mur à toujours vouloir favoriser les délinquants aux dépens des victimes et des fonctionnaires de police. »

Solange ne sachant pas quoi dire, ne trouvant pas mieux que, « Hé oui ! »

« Voilà. Il va falloir que j'y aille, Madame Bluto. Encore toutes nos excuses. »

« Non mais ce n'est pas de votre faute. »

« Oui je sais mais quand même. Vu que c'est pas le ou la garde des Sceaux qui a fait les procédures qui vous fera des excuses, je les fais à sa place. »

« Merci Monsieur. Vous êtes très gentil. Je vous remercie pour tout. »

« C'est normal, Madame Bluto. Merci de votre compréhension. Vraiment. Au revoir, Madame Bluto. »

Le type raccrochant enfin. Solange regarda sa montre. Quarante-six minutes qu'elle était là. Le maître chanteur était reparti, forcément. Elle n'avait donc guère mieux à faire que d'y aller aussi. Et attendre qu'il redonne signe de vie.

Elle se leva et d'un pas mal assuré, commença à marcher en direction de la sortie, ses cinquante mille euros toujours dans le petit sac Chanel.

Vingt et un

À dix heures, Manu profita de l'intervalle entre les deux leçons pour appeler Nadj vite fait et l'entendre dire : « Alors ? Eh ben pareil qu'hier. Les mêmes allées et venues, aux mêmes heures, à quelques minutes près. J'ai noté les timings exacts, rassure-toi. »

Manu ne relevant pas l'ironie qu'elle y avait sans doute mise, déjà passé à autre chose : « Okay. Ça sert à rien d'attendre éternellement, alors. Si toi tu penses être prête ce soir avec les trucs que je t'ai demandés, on a qu'à le faire demain. » La cueillant un peu, là, quand même. Content de son effet.

« Demain ? T'es sûr ? Pas besoin de préparer plus ? »

« Qu'est-ce tu veux préparer plus ? Comme on va procéder, de toute façon, c'est du saut à l'élastique sans élastique. Donc tu peux te préparer, il y a toujours un moment où t'auras rien sous le pied. »

« Okay. Tu sais mieux que moi. Et sinon ? »

« Sinon rien. On se voit tout à l'heure ? »

Nadj et lui se souhaitant une bonne journée, comme deux vieux potes. Manu n'ayant pas senti de lui raconter sa nuit et son début de matinée, comme ça, au téléphone, préférant attendre le soir pour le lui faire de vive voix. Trouvant que l'histoire méritait. Surtout le dénouement, quand le flic en tenue était venu ouvrir la porte de la cellule et lui faire signe de se lever.

Manu ne jugeant pas utile de réveiller le Roumain pour dire au revoir et suivant le flic à l'accueil. Là, comme la fois précédente, se retrouvant face au grand rouquin, le flic disant en le voyant arriver : « Tu sais quoi ? Tu vas rire – ou pas, d'ailleurs. En fait on s'est gourés. Désolé. Choses qui arrivent. Le collier, c'était pas toi. »

« Je me suis tué à vous le dire ! Vous auriez pas pu me croire, plutôt ? Ça m'aurait évité une mauvaise nuit. »

« Oui ben ça va. Là je te dis que c'est pas toi. N'en profite pas, non plus. »

« C'est quoi ? La mère Ponderoux qui a eu des remords ? Ou c'est la vieille Bluto qui a retrouvé son bazar et retiré sa plainte ? »

« Non. La plainte est maintenue. Mais on sait que c'est pas toi. »

« Ah bon ? »

« C'est le Roumain. Celui qu'on a en GAV, là. La même geôle que toi. »

« Ah *bon* ? »

« Ouais. Il était chez la vieille, hier, pour se venger du mari. On pensait l'avoir serré à temps. En fait non, cet enculé : il avait déjà réussi à piquer le collier. »

Manu scotché. « Vous êtes sûrs ? »

« Si je te le dis. Discute pas. »

Manu, là, ne répondant rien, pressé de s'arracher. Récupérant ses affaires, papiers, pognon, portable, etc. Pas du tout étonné cette fois-ci d'y trouver une enveloppe papier Kraft moyen format qui ne lui appartenait pas. L'ouvrant une fois dehors et en sortant l'impression couleur d'une photo sûrement chopée sur Internet, représentant – et ça, pour le coup, ça le surprenait plus – représentant Monsieur Dubosq, le chirurgien esthétique fou de son corps qui jouait au Sporting. Avec en dessous l'adresse de sa clinique à Tésauris et le domicile à Villeneuve-Loubet.

Monsieur Dubosq. Donc c'était lui que Plaisance voulait faire bousculer. Manu se demandant quelle embrouille Monsieur Dubosq et lui pouvaient bien avoir, les deux mecs aussi détestables l'un que l'autre, mais en principe pas du même monde – un peu comme Madame Ponderoux, en fait, que Plaisance semblait pourtant avoir reconnue la veille.

Manu encore sur le trottoir devant le commissariat, le jour se levant tout juste, quand son téléphone s'était mis à sonner. Numéro masqué. Manu prenant la communication, presque sûr de savoir qui c'était, disant du coup au flanc, « Justement j'allais vous appeler. J'attendais juste un peu, être sûr que vous étiez debout. Pas risquer de vous réveiller. »

Et à l'autre bout du fil, gagné, Plaisance. Vénère. Disant, « Espèce de petit merdeux, tu croyais m'enfiler tranquille, hein ? » Manu allant pour répondre et puis décidant de laisser l'autre s'exciter tout seul. « Voler un collier de merde et retourner en taule plutôt que de faire mon casse ? Mais tu te touches mon pote. C'est pas comme ça que ça se passe. T'iras en taule quand je dirai va en taule. Là, pour l'instant, t'es dehors et tu prépares mon casse. T'as compris ? » Plaisance disant ensuite, « Et même, pour commencer, tu vas faire mon autre truc. Tu vas bouger le mec, comme je te l'ai demandé. »

« Oui alors justement, c'est ça que je voulais vous dire, mais vous êtes parti direct à me pourrir la tête. »

« Me dire quoi ? »

« Le musée c'est d'accord. Mais l'autre truc, je vous ai dit, c'est pas pour moi. »

« Putain t'as pas écouté quand je te parlais ? Tu veux vraiment que je – »

« Non, attendez. Je dis c'est pas pour moi, mais j'ai trouvé quelqu'un pour le faire à ma place. Un mec bien mieux, beaucoup plus intimidant que moi. Je vous jure, vous gagnez carrément au change. »

« Ah ouais ? Et c'est qui ton mec ? »

« Un Roumain qui veut faire délinquante gangster dès qu'il parlera mieux. »

En arrivant chez elle, Solange était allée direct à la cuisine boire toute seule coup sur coup deux verres de vodka pure à onze heures du matin. La première fois de sa vie qu'elle faisait ça, en soixante et un ans.

Ensuite, elle était montée cacher l'enveloppe avec les cinquante mille et se faire couler un bain, à moitié assoupie dedans quand le téléphone se mit à sonner. Solange espérant une fois encore que ça allait être le maître chanteur. Eh non. Toujours pas. À la façon de dire « Allô », reconnaissant « Maître Stéphane » – non, il fallait arrêter avec ce nom idiot. Il lui avait dit son vrai nom. Thierry. C'était *Thierry* au bout du fil.

« C'est bon. Les photos sont en route. Je vais les avoir dans l'heure. C'est fini. Plus de chantage. T'as plus de souci à te faire. »

Solange n'osant pas croire ce qu'elle venait d'entendre, demandant au type comment il s'y était pris.

« C'est mieux que tu saches pas. Je me suis arrangé. Tu sais, toute cette racaille, hélas, c'est un peu mon métier. J'en vois toute la journée depuis plus de vingt ans. À force, je sais leur parler. »

Oh le soulagement. Solange sentant des larmes de joie monter, mais se contrôlant. Disant, « Oh mon Dieu, c'est pour ça, alors. »

« Pour ça quoi ? »

« Que le type n'est pas venu, finalement. Pendant trois quarts d'heure, j'ai attendu pour rien dans une allée de Cap 3 000 ! »

« Qu'est-ce tu dis, là, Cap 3 000 ? Quel rapport ? »

« Hier soir, celui qui me fait chanter m'a appelée et m'a donné rendez-vous ce matin à Cap 3 000. J'y suis allée et quand j'ai garé ma voiture, il m'a appelée et m'a dit d'aller m'asseoir sur un banc au premier étage, d'attendre qu'il me recontacte. Je suis restée trois quarts d'heure, il ne m'a jamais rappelée. Donc je suis rentrée chez moi. »

« C'est quoi, ça ? Pourquoi tu m'as pas prévenu ? Je suis quand même concerné ! »

« Oui mais comme c'est à moi qu'il demandait de l'argent… »

« Eh ben tu vois, t'as eu tort. Parce que moi, pendant ce temps-là, je réglais le problème. »

« Oui. » Solange ne sachant pas trop quoi dire. Ayant encore du mal à croire que c'était vraiment fini. « Et donc, là, vous êtes sûr, c'est bon ? »

« C'est ce que je te dis. Dans un quart d'heure, normalement, on m'apporte tout ce que le mec avait contre toi. C'est réglé, mon petit chou. » Mon petit *chou*. Mon Dieu. « Sinon, qu'est-ce je voulais dire ? Ah oui – c'est quoi, cette histoire ? Tu t'es fait voler un bijou hier ? »

Il était donc au courant. En même temps, c'était normal. Un directeur de service de l'Administration pénitentiaire, il devait avoir accès aux dossiers de la police. « Non. En fait, on ne me l'a pas volé. »

« On te l'a pas volé ? Mais t'as déposé plainte, non ? »

« Oui. Mais pour l'assurance. Le bijou, je l'ai vendu en fait. Pour réunir la somme. »

« Pour réunir la somme ? Tu veux dire, les cinquante mille pour le chir – pour le maître chanteur ? »

« Oui. Je l'ai vendu à quelqu'un que m'a recommandé une amie, un antiquaire à Monaco. »

« Un antiquaire à Monaco. Tu lui as dit que le bijou avait été déclaré volé ? »

« Heu oui. »

« Et il te l'a acheté quand même ? »

« Oui, mais moins cher, forcément. Dix pour cent de la valeur. »

« Attends, c'est quoi ce bordel ? C'est qui cet antiquaire, là ? »

« Je sais pas, je connais pas le nom du magasin. »

« Pas le magasin, banane ! Le mec ! C'est quoi son nom au *mec* ? Me dis pas que tu sais pas comment le mec s'appelle ? »

Solange saturait, soudain. « Si. C'est Hervé comment… Hervé Boker, Folker – un nom comme ça. »

Et là, Solange entendant l'autre, Thierry, éclater de rire au bout du fil. Se demandant ce qu'elle avait dit de si drôle. Solange attendant qu'il ait fini. L'autre, son ancien partenaire de jeux virtuels qui lui faisait horreur à présent, disant alors : « Tu sais quoi ? Là, c'est ton jour de chance. Ton bijou, il est pas à Monaco. Il est de retour chez toi. Dans ton coffre. »

« Mais non, je l'ai apporté à Monte Carle hier. »

« Tss-tss, t'écoutes pas ce que je te dis. Le mec qui te l'a acheté le sait pas encore, mais ton bijou, c'est comme s'il te l'avait déjà rendu. »

« Oui, c'est vrai, en fait : puisque je n'ai plus besoin de l'argent pour racheter les photos, je vais le rendre au monsieur pour ravoir mon collier. »

« T'as toujours pas compris, parce que tu m'écoutes pas. L'argent, tu vas pas le lui rendre. Et tu vas récupérer ton beau collier quand même. Qu'est-ce que tu dis de ça ? »

« Il n'y a pas de raison. S'il me rend mon collier, je lui rends son argent. »

« Non. Ce sera pour lui apprendre. Si tu veux pas de l'argent, tu me le donnes. Moi je saurai quoi en faire – les œuvres des orphelins de la Pénitentiaire, t'en fais pas, je trouverai. Mais l'autre, il s'assoit dessus. C'est comme ça. T'as compris ? »

Solange trop fatiguée pour discuter.

« Voilà. C'est ma Solange. » *Sa* Solange ? Solange se sentant agressée, en l'entendant l'appeler par son vrai prénom. L'autre en train de dire. « Et même j'ai envie de dire, ça c'est mon Opale. »

Solange trop fatiguée aussi pour lui dire qu'« Opale » c'était fini. Une erreur qu'elle n'aurait jamais dû commettre. Qu'elle s'était bien juré de ne pas rééditer. Donc disant juste « Je vais me reposer maintenant. Je vous rappellerai plus tard. »

Coupant la communication. Reposant le téléphone par terre à côté de la baignoire, se disant que normalement c'était fini – enfin presque.

Thierry Plaisance regarda sa montre. Ça allait être l'heure d'aller retrouver le Roumain.

Thierry Plaisance sortant de son bureau, fermant à clé derrière lui, croisant la jolie Beurette, là, Nadège Bouzelate, dans le couloir. Thierry Plaisance pensant encore à elle en sortant de l'immeuble, descendant vers le Leclerc, cent mètres plus bas sur la route du Plan. Les nichons qu'elle avait nom de Dieu la salope. Et une fois, baissée, de dos, la ficelle d'un petit string qui dépassait de son pantalon taille basse – Thierry Plaisance certain qu'elle était bon esprit, elle aussi, dans son genre. Pas la docilité molle de l'autre bourgeoise blonde. Plus orientale, plus ardente, la petite – Thierry Plaisance prêt à parier, se jugeant assez bon pour sentir ces choses-là, loin d'être feignante sous l'homme.

Donc là, se sentant en veine, invincible. Se disant qu'il allait voir, quand même, s'il n'y avait pas moyen. Emmener le petit faire un trekking dans le Hoggar.

Thierry Plaisance, une pensée en entraînant une autre, rendu au Leclerc, rentrant dans la galerie de l'hyper, passant devant la cafète dégueu où il déjeunait une ou deux fois par semaine, en alternance avec la pizzéria plus haut et la crêperie au-dessus du rond-point. Tout ça, plus pour longtemps.

Prenant la rampe qui descendait au parking souterrain. Et là, à l'endroit qu'il avait indiqué, un coin planqué tout au fond, loin des accès piétons, trouvant le Roumain déjà là à l'attendre.

Putain, le mec, bonne recrue. Fringué comme un clodo, mais costaud. Une armoire. Et une belle gueule de brute.

« Radu ? » Radu Popespar. Sérieux, le mec s'appelait comme ça. Après ça, qu'on ne vienne pas nous parler de l'égalité des chances.

« Oui. »

« C'est moi que t'as eu tout à l'heure, au téléphone. Donc raconte. T'as fait quoi ? T'es allé attendre le mec à la clinique ? »

« Moi à commissariat, flic donnere photo mec, dire je prendre scooter devant, c'est pas problème. Moi je venir clinique. C'est attendre, mec sortir. Moi je suivre. Mec venir Saint-Laurent-du-Var, Cap 3 000. Moi je suivre intérieur. Mec sortir à terrasse. Moi je venir. Je dire mec il tout donnere. Mec il chier lui dessus. Il donnere. »

Rien compris. C'était pas grave. « Putain, bien joué, dis donc. T'as pas traîné. » Thierry Plaisance désignant du menton la grande enveloppe matelassée que tenait le Roumain. « Ben vas-y. Fais péter, alors. » Tendant la main, le Roumain lui donnant l'enveloppe. Thierry Plaisance l'ouvrant, voyant qu'elle contenait une demi-douzaine de tirages grand format, ne les sortant pas mais plongeant la main à l'intérieur, farfouillant au fond, et assez vite relevant les yeux vers le Roumain. « La carte mémoire, où elle est ? » Le Roumain restant sans réaction. « Putain, je le crois pas, ça ! C'est comme si t'avais rien, pauvre con. Les tirages, on s'en branle. C'est la carte mémoire qui compte. C'est comme les négatifs ! Putain, une carte mémoire, ça se trouve, tu sais même pas ce que c'est. Vous êtes encore à l'argentique chez toi. » Thierry Plaisance insultant le mec deux fois plus costaud que lui, rien à foutre, sachant qu'il ne risquait rien. Le mec, Thierry Plaisance n'avait qu'un mot à dire, on le renvoyait chez lui. « Je t'avais dit, pourtant ! Les photos ET la carte mémoire ! Le mec, il t'a filé l'enveloppe, t'as pas vérifié qu'il y avait la carte mémoire ? »

« Oui. »

Le mec énervant, à rester calme comme ça. « Oui quoi ? »

« Oui. Mec il donnere *card memorie*, c'est pas problème. »

« Oui, il te l'a donnée ? » Putain c'était dur d'avoir une conversation avec le mec. « Okay ben donne-la-moi alors. »

« Non. »

« Comment ça, non ? Tu te fous de ma gueule ? T'es con ou quoi ? »

« Vous donnere moi cinquante mille euros. »

Putain, c'était quoi, ça, maintenant. « Attends, tu sais à qui tu parles ? »

« Oui. Je parlere mec c'est être sur photos. Avec femme Monsieur Bluto attachée toute à poil. »

Thierry Plaisance se disant, non c'est pas vrai. Se demandant comment il allait faire pour convaincre Solange Bluto de ressortir l'argent, cette fois pour quelqu'un d'autre.

Le Roumain venait de dire un truc, Thierry Plaisance, ne voyant pas du tout de quoi il voulait parler.

« Non, je dire, c'est quelque chose je pas compris. »

« Ah oui c'est quoi ? »

« Le mec donnere enveloppe, c'est il, comment s'appelle – déguise Super Mario ? »

Vingt-deux

Quand en début d'après-midi la secrétaire passa une tête dans le bureau et dit à Bruno, « Il y a un Monsieur Zadic, Jadic, un nom comme ça, pour vous à la réception », Bruno crut d'abord que c'était le Roumain de Cap 3 000. Bruno sentant la panique revenir.

Sur le pas de la porte du bureau, la secrétaire, elle, attendait sa réponse. « Vous voyez qui c'est, vous ? Il n'a pas de rendez-vous marqué. Qu'est-ce que je dis à Martine ? »

Bruno en début d'après-midi pas tout à fait remis de sa mésaventure de la matinée, et pris au dépourvu. La secrétaire, elle, attendant toujours. Bruno dispensé d'avoir à répondre par la porte qui venait de s'ouvrir complètement, laissant passer un type que Bruno ne connaissait pas, mais qui, au moins, soulagement, n'était pas celui qui l'avait frappé au centre commercial.

Le type, là, très différent : costume gris foncé, très bonne coupe, t-shirt noir, cheveux bruns. Plutôt beau mec, bien entretenu. Bruno lui accordant du coup un préjugé plutôt favorable, comme une complicité automatique entre garçons gâtés par la nature.

La secrétaire, elle, en train de protester, disant au type qu'il ne pouvait pas entrer comme ça. Le type l'ignorant, regardant Bruno et disant, « C'est bon, là ? Vous avez deux minutes ? »

Bruno retrouvant un peu d'autorité. « Je ne crois pas, non. C'est une clinique de chirurgie, ici. Pas un salon de coiffure. Là, je sors d'opération, j'ai des patientes qui arrivent à seize heures. Donc vous êtes très aimable, vous ressortez, vous voyez avec Charlotte sur l'agenda quand j'ai un moment de libre. »

« Seize heures ? » Le type consultant une grosse montre, Breitling ou Rolex, Bruno trop loin pour dire. « Trois heures et demie. C'est parfait. » Le type avançant alors vers le bureau, tout en disant sans se retourner à la secrétaire restée sur le pas de la porte, « C'est bon *Charlotte*, merci. Le docteur va me recevoir. »

La secrétaire interrogeant Bruno du regard, attendant une instruction. Bruno très las, tout à coup, faisant oui de la tête. La secrétaire repartant sans rien dire.

Le type lui déjà installé dans le fauteuil en face de Bruno, disant, « Ne dites rien. Je sais que c'est impoli ce que je viens de faire. Mais, la vie que j'ai, du fait de mon activité, c'est difficile pour moi de m'engager d'un jour sur l'autre. Toujours un imprévu à la dernière minute. Il faut décommander, prendre un autre rendez-vous. Et là, pareil, un empêchement. Donc, je fais ça dans l'autre sens. Je fais les choses quand je suis libre. Mais j'en tiens toujours compte au moment de la note. Je vous jure, vous regretterez pas. »

Bruno, d'instinct, aimant le style du type, en fait. L'assurance calme. Bruno se plaisant à croire que dans son genre, lui aussi, il savait dégager ça – Roumains et costumes de Super Mario exceptés. Bruno disant, « Oui mais enfin, Monsieur – » Quel nom avait dit Charlotte, déjà ? « Monsieur Jadic ? »

« Zsadic. »

« Zjadic ? »

« Non. Zsadic. Z.S.A.D.I.C. »

Bruno notant sur la feuille qui était posée devant lui, établissant une fiche pour le type, au point où ils en étaient. « … I… C… C'est yougoslave, ça, non ? »

« Non. »

« Ah. J'aurais cru. Pardon. »

« C'est *serbe*. »

Le type n'ayant pas l'air de prendre la nuance à la légère. Bruno se le tenant pour dit. « Bien sûr. C'est ce que je voulais dire. Donc Monsieur Zjadic… » Bruno sentant bien qu'il n'arrivait toujours pas à prononcer comme il aurait fallu, mais tant pis. « J'ai bien entendu ce que vous venez de m'expliquer, mais je voudrais quand même clarifier deux trois – »

« Non. »

« Pardon ? »

« Non. Pas Monsieur Zsadic. »

« Oui, je prononce mal, sans doute. Je suis désolé, ne le prenez pas mal, mais je ne parle pas serbe. »

« Non, je dis, pas Monsieur Zsadic. J'ai l'impression d'être chez le juge – je plaisante. Non, sérieux, Zsadic, c'est juste sur les papiers. Le reste du temps, tout le monde dit Kruelo. »

« Kruelo ? »

« Voilà. »

« Pas de problème. Juste, ce que je voudrais préciser avant toute autre chose, Monsieur Kruelo – »

« Non. »

Ça devenait agaçant. Bruno habitué à pouvoir finir ses phrases quand il parlait assis à son bureau. « Non *quoi* ? »

« Pas Monsieur Kruelo. »

« Attendez, c'est vous qui venez de me dire – »

« Oui, c'est ce que je dis : pas *Monsieur* Kruelo. Juste Kruelo tout court. »

Une fois qu'on l'appelait Kruelo, tout allait assez vite. Bruno obtenant sans difficulté les informations habituelles. Le type et lui avaient à peu près le même âge, à un an près, le type né en 72. Bruno juste obligé de raturer la ligne où il avait d'abord inscrit Kruelo, écrivant à la place *Othello* quand l'autre lui avait dit que sa mère l'avait prénommé comme ça. « C'est vrai, c'est rare, mais en Allemagne, on en croise quelquefois. »

Othello, donc. Bruno, intrigué malgré tout, séduit, en fait, curieux d'en savoir plus, demandant, « Et alors, vous n'êtes bien sûr pas obligé de me répondre, mais je vous demande, ce n'est pas pour être indiscret, juste pour mieux vous situer – vous me disiez tout à l'heure que vous aviez des activités très prenantes, et riches en imprévus. Donc, si je peux me permettre, vous êtes plutôt dans quelle branche ? »

« La sécurité. »

« La sécurité ? »

« Oui. J'ai une entreprise, Azur Security, protection rapprochée. Je travaille beaucoup, bien sûr, avec les vipes en période Festival. Mais aussi toute l'année avec des résidents qui désirent être tranquilles. Principalement pays du Golfe et communauté russe, on va dire. »

« Ah. Effectivement. Je comprends mieux. » Oui : Bruno se sentant incité à être accommodant avec le type, presque comme petit, à l'école, l'envie de « faire copain ». « En termes de gestion d'agenda, ça doit être compliqué, c'est certain. Et donc, Monsieur – pardon :

Kruelo, qu'est-ce qui vous amène à vouloir consulter un chirurgien plasticien, reconstructeur et esthétique ? » Bruno se disant, Okay, à moi maintenant.

« Attendez. Tout ce qu'on se dit, là, c'est secret ? C'est comme les avocats ? »

« Tout à fait. Tout ce que vous me dites est protégé par le secret médical. »

« Donc, on est d'accord, vous ne pouvez pas le répéter ? »

« Absolument. Si je le répétais, je pourrais perdre le droit d'exercer. »

« D'accord. » Un blanc. Et puis le type lui disant, « Comment vous me trouvez ? »

Comment répondre à ça ? « Comment je vous "trouve" ? »

« Oui. Physiquement, comment vous me trouvez ? » Première fois qu'une patiente, *a fortiori* un patient, lui posait la question comme ça. « Eh bien, écoutez, je ne sais pas, moi. Bien. Oui : bien. Enfin, je pense que vous le savez, d'ailleurs. On a déjà dû vous le dire. Il y a certainement déjà dû y avoir des femmes – ou des hommes… » Et là sentant le type tiquer. Le *politically correct* avec un Serbe, aussi ! Bruno se rattrapant aussitôt. « … Mais des femmes, surtout, j'en suis sûr, qui ont déjà dû vous le dire. »

Le type alors se levant et ramenant les pans de sa veste sur son ventre plat pour la boutonner, interrogeant Bruno du regard, l'air de dire « alors ? » et Bruno comprenant. « Vous n'aimez pas vos hanches. » Façon diplomatique de dire, Vous avez un gros cul.

Là le type se rasseyant, disant, « Vous avez tout compris. »

Bruno et le patient, Kruelo, étaient à présent à côté, dans le cabinet d'examen attenant au bureau de consultation. Le type debout en mini-slip noir et chaussettes assorties. Bruno trouvant le mini-slip pas mal mais n'osant pas demander la marque au type, de peur qu'il se méprenne. À la place, expliquant que ce petit défaut qu'il reprochait à sa silhouette avait deux explications. L'une squelettique – hanches fortes –, très délicate, sinon impossible, à rectifier. Et par ailleurs, une fixation inhabituelle chez l'homme, mais rencontrée parfois, des graisses dans la partie inférieure du corps – en gros, les femmes prenant plutôt des fesses et des cuisses pendant que les hommes, Bruno disant « nous », grossissaient plutôt de la région abdominale. Imperfection qui, là, en revanche, pouvait être facilement corrigée à l'aide d'une ou plusieurs liposuccions. Bruno choisissant alors le moment pour poser une question qui lui était venue plus tôt et lui trottait depuis. « Au fait, je me demandais, qu'est-ce qui vous a incité à vous adresser plus particulièrement à moi ? Une de mes patientes, peut-être, qui vous a recommandé la clinique ? »

« J'ai vu ce que vous avez fait sur Joël Serpia. »

« Joël Serpia, attendez... » Bruno cherchant, le nom lui disant quelque chose, de fait.

« Nichons. »

« Bien sûr. Joël Serpia. » Bruno revoyant le type et son adipo-gynécomastie particulièrement prononcée, obligé de porter des bandages sous ses chemises pour camoufler son 85B. Bruno l'avait soulagé du noyau glandulaire d'un coup de bistouri, en nettoyant autour avec une liposuccion. La vie du type changée. Pouvant se mettre torse nu à la piscine. Correction esthétique, reconstruction psychique – un cas d'école.

Juste, dans le souvenir de Bruno, un personnage assez louche. Avocat cité parfois dans le journal à propos de divers trafiquants d'Europe de l'Est. Bruno cherchant un truc aimable à dire. « Vous le saluerez, à l'occasion. »

« Ah non. »

« Ah bon ? »

« Il est mort. »

« Ah. J'ignorais. »

« Eh oui. » Le Serbe, Kruelo, pas l'air plus ému que ça.

« Dommage, il n'en aura pas profité longtemps, mais l'opération s'était merveilleusement passée. Et dans mon souvenir, il avait très bien cicatrisé ensuite. »

« Oui. Très bien cicatrisé. »

« Ah. Il vous avait montré ce que j'avais fait. »

« Montré, non. Mais j'ai vu. C'était très bien. Donc c'est pour ça, après, j'ai cherché qui l'avait opéré. »

« D'accord. Très bien. Donc, en ce qui nous concerne, comme je vous disais, si vous en êtes d'accord et si, à l'issue du délai de réflexion que j'aime laisser aux patients avant de programmer l'intervention, vous êtes toujours – »

« Je peux vous demander quelque chose ? »

Le type sympathique, c'est sûr, mais tout de même, un défaut : il interrompait beaucoup. « Bien sûr. Allez-y. »

« Vous qui êtes chirurgien esthétique… »

« Oui ? » Le type hésitant, moins à l'aise, tout à coup.

« Tous ces mails qu'on reçoit, là. » Bruno se disant, oh non. C'est pour *ça* qu'il vient me voir ! « Enlarger le pénis. »

« Non. »

« Vous n'en recevez pas ? Vous avez un filtre antispam super efficace, alors, parce que – »

« Non, je dis, pas “enlarger”. *To enlarge*, c’est anglais. En français, on va dire allonger, si vous voulez. Ou élargir. Mais pas *enlarger.* »

« Bon, okay, *enlargir*. Donc c’est sérieux ou pas ? Il y a vraiment moyen d’enlargir son pénis ? »

Là, Bruno était sur la pointe des pieds, le dos contre l’une des parois du cabinet. Le Serbe en chaussettes et mini-slip noir descendu sur les cuisses l’ayant attrapé par le col et, littéralement, cloué au mur le plus proche, le poing collé contre le larynx, Bruno commençant à manquer d’air, employant le souffle qui lui restait à demander au type de le lâcher. Le type moins sympathique à présent, disant, « Qu’est-ce t’as dit sur ma bite ? Faut la faire enlargir ? »

« Mais non. » Les mots ressemblant à un gargouillis, Bruno commençant vraiment à suffoquer. « Je vous jure. C’est un malentendu. »

« Tu la veux dans la bouche, voir si elle est trop petite, espèce d’enculé ? »

« Mais non ! Je n’ai jamais dit ça. »

Ce que Bruno avait dit c’était : « Bon. Eh bien, si vous voulez bien baisser votre caleçon, je vais vous examiner. » Enfilant des gants en latex tout en parlant.

Bruno, c’était flagrant à présent, parti sur une fausse piste. Se méprenant sur le sens de la question du Serbe, croyant que la taille de son sexe constituait le véritable objet de sa consultation. Donc, Bruno le considérant de face plus attentivement que de dos et lui disant, « Écoutez, même dans des cas très extrêmes, je déconseille vraiment cette intervention, qui pour moi relève plus du charlatanisme et de l’exploitation de la détresse humaine que de la chirurgie reconstructrice au sens où j'entends la pratiquer. Le gain, quand gain il y a, n'est guère que cosmétique au repos, en situation de flaccidité. Mais absolument inexistant en position érigée – l'intervention pouvant même dans certains cas compromettre par la suite l'érectilité. » Bruno voyant le visage du type changer au fur et à mesure qu'il parlait, mettant ça sur le compte de la déception, continuant malgré tout – Bruno farouche partisan de la transparence absolue vis-à-vis des patients. « Donc, je reste très circonspect quant à l'opportunité de cette intervention, y compris dans des cas de patients affligés de ce qu'on appelle vulgairement des "micropénis". » Bruno, là, sur le point de dire au Serbe que, pour ce qu'il pouvait en juger, il avait pour sa part été convenablement doté, mais n'ayant pas le temps, attrapé par le col et collé contre le mur.

Le Serbe venait de le lâcher, enfin. Bruno se rajustait, reprenant son souffle et parlant en même temps. « Pardon. Je me suis trompé. Je ne sais pas pourquoi, j'ai cru que vous vouliez mon avis sur une éventuelle augmentation pénienne. Augmentation dont, je vous le redis bien, vous n'avez *absolument* pas besoin. C'est ça que j'étais en train de vous dire. On se sera mal compris. Toutes mes excuses, vraiment. »

Le Serbe apparemment calmé, regardant Bruno sans rien dire, semblant réfléchir. Bruno le laissant faire, attendant. Et puis le visage de l'autre se détendant brusquement et Bruno le voyant alors pivoter sur lui-même, lui tournant à présent le dos – le dos et ses fesses effectivement larges et rebondies. Le type avait sans discussion possible un très gros popotin.

Le type tournant la tête pour regarder Bruno pardessus son épaule et disant : « Okay. Donc, et mon cul, alors ? Tu peux me le refaire ou pas ? »

Vingt-trois

La veille, en buvant les mojitos, Manu lui avait quand même un peu dit comment il comptait procéder, l'expliquer à haute voix l'aidant lui-même à préciser la manipe dans sa tête : « D'abord, le casse de nuit comme des barbares, en force, là, juste nous deux, c'est exclu. On n'est pas armés pour. Donc c'est de jour. Après la question c'est, pendant ou en dehors des heures d'ouverture ? Si tu voles un truc précis, le monde autour peut être un avantage, au moment de la remballe, tu te fonds dans la foule, tu prends les gens comme écran. Mais là, le sac rempli, le peuple va gêner. »

« Donc ? »

« C'est soit juste avant l'ouverture, soit juste après la fermeture. Nous, c'est plutôt le matin, puisque c'est là qu'ils font venir la femme de ménage. »

« Ah bon ? »

« Oui. Pendant qu'elle passe sa serpillière, forcément, ils coupent l'alarme. »

« Bien sûr. Pardon. »

« Pas de mal. Sauf, la femme de ménage, je commence à casser les vitrines, elle va pas rester sans rien faire. Elle va soit hurler, et rameuter les gardes, soit me regarder faire pour pouvoir bien me décrire après aux enquêteurs. »

« Tu vas faire quoi, alors ? » Nadj inquiète, soudain. « L'enfermer quelque part ? La menacer ? »

« Menaces, séquestration, circonstances aggravantes, merci bien ! »

« Par exemple si elle est à l'étage pendant que tu casses en bas… »

« Par exemple. Mais ça ne règle pas le problème principal. »

« À savoir ? »

« Pendant que la femme de ménage nettoie, ils coupent l'alarme, okay, mais pas les caméras. Le gardien, même s'il n'en reste qu'un dans le PC près de l'entrée, il a toujours les images du musée qui passent sur ses écrans. Je commence à tout péter, il va forcément me voir. Et là il donne l'alerte. »

« Donc faut faire quoi alors ? Saboter la vidéo ? Débrancher les caméras ? »

« Si je savais faire, peut-être que je le ferais, mais je sais pas. Et puis c'est pareil : si tout à coup il n'y a plus d'image, le mec donne l'alerte et ça revient au même. Donc pendant que je suis à l'écran en train de rafler les montres, c'est pas la vidéo qu'il faut neutraliser. C'est le gardien. Tu vois ce que je veux dire ? Le distraire pendant trois quatre minutes, être sûr qu'il regarde ailleurs. Sauf, comment tu distrais un gardien à neuf heures du matin ! »

« Oh ben ça, t'en fais pas. Gardien ou pas gardien, n'importe quel mec tu prends, certains trucs, il y a pas d'heure. » Manu aimant bien l'idée qu'elle avait eue à ce moment-là. Et donc, dans la foulée, lui faisant la liste des commissions pendant qu'ils finissaient leurs verres.

Là, Manu avait fait sa part. L'après-midi, avant de reprendre ses leçons, il était allé au Leroy-Merlin d'Antibes chercher tout ce qui était outils, coupe-verre huit millimètres avec molettes de rechange, marteau de vitrier, gants de manœuvre. Et puis certains des éléments de son déguisement. Faisant gaffe à ne pas tout acheter dans la même boutique, ni même dans la même agglomération. Enchaînant comme ça Antibes, Saint-Laurent-du-Var et plusieurs adresses à Nice. Le tout en scooter, la voiture de Karine étant au garage.

Et ce soir, pas de mojitos dans un *lounge* branché : un grec et des frites vite fait en haut de Tésauris. Et là, sur le parking du magasin de souvenirs fermé à l'heure qu'il était, l'inventaire du matos.

Nadj aussi avait fait son shopping de fournitures et ses devoirs à la maison. Là, éclairée par le lampadaire public et les phares de la *Punto*, elle venait de tendre un gilet de postier à Manu pour qu'il l'essaye.

Manu enfilant le truc en disant, « Tu l'as volé ? Tu l'as acheté à un postier ? »

« Non. Je l'ai fait. Oui, un moment j'avais pensé l'acheter sur Internet. Sur e-Bay, tu trouves carrément de quoi ouvrir un bureau de poste. Il y a tout : tenues, chariots, des balances, surtout. Le marché noir qu'ils font pas les postiers, laisse tomber. Mais, nous, acheter en ligne, c'était risquer que le vendeur additionne deux et deux après-demain en lisant son journal. Et puis de toute façon, vu les délais, ça aurait été djeust. Donc oui, je l'ai fabriqué. »

« Mais tu l'as fabriqué comment ? »

« Je suis allée à Nice-Est, un grossiste de vêtements professionnel, pour le gilet à poches. Et après le logo, c'est facile. Tu le chopes sur Internet et puis tu l'imprimes sur un calque spécial trouvé en papeterie. Après tu le transfères avec un fer à repasser. T'as jamais fait de t-shirt comme ça, quand t'étais gamin ? »

Là, Manu disant que non. Et c'était la vérité.

« J'ai un peu raté les premiers, sur des vieux t-shirts, justement. Et puis quand c'est devenu bon, je l'ai refait au propre sur le gilet. Et ensuite, pareil, sur la toile du caddy. »

« Putain, c'est dingue. Sans déconner. On dirait des vrais. »

« Espérons que le gardien demain sera aussi indulgent. »

Manu trouvait qu'elle avait bien assuré. Le gilet et le chariot de courrier, déjà. Mais aussi les deux portables clean, pour communiquer pendant le vol et qu'ils balanceraient aussitôt après.

« Je te demande pas comment t'as fait. »

« Oh tu peux ! C'est facile. Nice-Nord. Suffit de savoir où aller. »

Non, sérieux, c'était agréable de faire ça avec quelqu'un qui endossait sa part de boulot.

« Bon. Récapitulons. Je me pointe, je sonne. J'ai un recommandé pour la femme de ménage. Comment elle s'appelle ? »

« D'après ma nouvelle amie à la mairie de Tésauris, Khadîdja Meftah. »

« À tes souhaits. Madame Meftah, donc. À tous les coups, dans un premier temps, plutôt que me laisser entrer, le gardien va vouloir signer pour elle. Là c'est à moi d'être bon. L'un dans l'autre, je compte une minute de parlote dans le vide. Mais attention. Le gardien appelle Madame Meftah à la porte pour qu'elle vienne signer le truc, on est marrons. Donc c'est là que tes copines sont importantes. Une minute après moi, il faut qu'elles se pointent et commencent à ambiancer le mec, qu'il ait autre chose à penser. Là, si tout va bien, je traverse le parc jusqu'au grand bâtiment. Rebelote une minute. Bonjour, Madame Meftah, j'ai une lettre pour vous. Je lui dis de l'ouvrir. Là, elle sort vingt billets de cinquante euros, quasi un mois de salaire. Etonnée. Il y a deux autres lettres. Fais voir la première. Wow ! En français *et* en arabe. Joli ! Faut juste prier pour qu'elle sache lire au moins l'un des deux. »

« Sinon, tant pis, tu lui expliques. »

« Te vexe pas. Il y a pas de mal dans ce que je dis. Juste, ça peut arriver une femme immigrée de cet âge-là pas alphabétisée – »

« Absolument. Ma mère, par exemple. Poursuis. »

Manu, là, aurait eu plein de trucs à dire sur la susceptibilité des meufes en général et de celles issues de minorités visibles en particulier, mais ça n'était pas le moment.

« Donc, *Madame Meftah, voilà mille euros pour vous. Pour les garder, c'est simple, il vous suffit d'aller nettoyer les toilettes du premier étage pendant les huit minutes qui suivent. C'est tout. Mais si vous acceptez, vous devez aussi faire trois choses qui vous permettront de ne pas avoir d'ennuis.*

1°) Rendez la lettre que vous êtes en train de lire au facteur qui vous l'a remise.

2°) Cachez les euros dans un endroit où personne ne pourra les trouver et où vous pourrez les récupérer facilement dans quelques jours. Surtout ne les gardez pas sur vous, pas même un seul billet. Et attendez un mois avant de les dépenser.

3°) Quand on vous demandera quel courrier recommandé vous a remis le facteur, vous montrerez la lettre de relance qui se trouve également dans l'enveloppe. Bien entendu, ce courrier est factice. N'en tenez pas compte. Fais voir celle-là ? »

Nadj lui tendant alors une deuxième feuille, Manu commençant à lire l'en-tête. « CNAV ? »

« Caisse nationale d'assurance vieillesse. »

« D'accord. *Objet : demande de pièces supplémentaires nécessaires à la régularisation de votre relevé de carrière*. Putain, là aussi, on dirait une vraie. »

« C'est une vraie. Enfin, un vrai formulaire scanné et maquillé après. »

« T'es balèze quand même. » Le pensant. « Juste, l'autre lettre, t'es sûre c'est pas des mots trop compliqués. Je veux dire, *factice*. »

« Tu la prends vraiment pour une imbécile. »

« Non, mais avoue ce serait bête : l'avoir qui nous dit non juste parce qu'elle regarde pas *La Roue de la fortune*. Enfin bref. Là, elle lit, elle accepte. Je compte bien deux minutes. Ça nous fait quatre, déjà. Okay : elle est barrée, je m'équipe et je commence à péter les vitrines. Quand le chariot est plein, je repars. Trois minutes au bas mot. J'arrive à la porte sur la rue. Une minute de plus. En principe, les filles sont toujours avec le gardien. Je sors. Tu les appelles. Elles rappliquent. On dégage. T'as vu, t'as eu le temps de rien faire, t'es déjà à dix minutes. Dix minutes, douche comprise : on n'a pas droit à plus. Ça va être chaud, mais c'est la seule façon. Après, Madame Meftah redescend, elle voit le verre partout, les vitrines vides. Elle donne l'alerte. Et à partir de là, faut espérer aussi qu'elle est bonne comédienne. Enfin, espérer pour elle, surtout. »

Là, Nadj le regarda et dit avec un petit sourire : « T'en fais pas. L'âge qu'elle a, entre son père, ses frères, son mari, ses fils et ses divers employeurs français, depuis le temps, Khadîdja Meftah, quand elle veut, c'est sûrement Meryl Streep. »

Thierry Plaisance se résumant sa situation : normalement, là, il aurait dû être dans une chambre d'hôtel à jouer Maître Stéphane. À la place, il était chez lui avec Maître Kanter. Troisième cannette depuis une heure qu'il était rentré. Rien de suffisant pour lui passer le poids du Roumain sur l'estomac. L'enculé, comment il lui avait ruiné l'humeur.

Le téléphone sonna. Le fixe dont il n'avait toujours pas fait résilier la ligne, même si ça faisait un an et demi qu'elle ne servait à rien. Thierry Plaisance se disant en prenant la communication, pourvu que ce soit pas elle. Eh ben gagné. C'était elle. Nathalie. La voix qu'il avait fini par ne plus supporter disant, « Ah quand même ! Tu décroches. »

« Commence comme ça, tu vas voir, je peux raccrocher, surtout. »

« Je t'ai appelé au bureau, tu prends jamais l'appel. » Elle ne lui avait pas donné son nouveau numéro de portable. Du coup, il avait fait pareil. « Parce qu'au bureau je bosse. »

« Oui ! Bien sûr ! Enfin, bref. Je t'appelle parce que j'ai rien reçu. Ni le loyer, ni la pension. Ça fait trois mois. »

« C'est normal. »

« C'est *normal* ? »

« Oui : c'est normal que tu les as pas reçus. Je les ai pas envoyés. » Réprimant un bâillement, sans y arriver complètement. « Je suis un peu gêné en ce moment. »

« T'es gêné ? Gêné à quoi ? Qu'est-ce t'as comme frais ? T'es tout seul ! » Thierry Plaisance allant pour lui répondre, Ben justement connasse, les putes, l'alcool, le jeu, mais Nathalie ne lui laissant pas le temps. « Et moi alors, je suis censée faire quoi, en attendant que tu sois plus gêné ? En quoi c'est mon problème que tu sois gêné ? »

« Toi ça va, tu t'en branles. T'as ton *Jean-Claude*. »

« C'est pas le problème. Le jugement dit, tu es censé verser une pension. Et le loyer, c'est pas parce que c'est mon appartement et que je t'ai laissé dedans pour t'arranger. Ça serait un autre propriétaire, tu paierais, sinon tu te serais fait expulser. Là c'est pareil. Les trois premiers mois que je suis partie, je t'ai laissé habiter gratuit. Mais c'était temporaire, une fleur que je te faisais. Depuis, pas une fois t'as payé à l'heure et là, ça fait trois mois que tu payes pas du tout. Ça va plus. Ce loyer pour moi, c'est un revenu. Il faut que tu payes ! »

« Avec quoi ? Je peux pas ! Tout part dans ta pension. » Thierry Plaisance content qu'elle ait appelé, en fait. L'occasion de la faire chier. Evacuer un peu sur elle sa haine pour le Roumain.

« La pension non plus tu la payes pas, je te ferais dire. C'est bien pour ça que je t'appelle. La prochaine fois, je te préviens, c'est pas toi que j'appellerai – c'est la juge ! Ça va plus être pareil, là, tu vas voir. »

La juge ! Cette grosse pouffiasse. Comment elles s'y étaient mises à trois, là, les trois grosses connes, Nathalie, l'avocate et la juge, pour bien lui mettre profond. L'autre pétasse d'avocate en rajoutant des caisses sur le traumatisme, la trahison, la peur, soi-disant, que Nathalie avait de lui maintenant. Tout ça pour trois DVD SM amateurs – bon, okay, assez trash – que Nathalie avait trouvés en rangeant. Depuis quand c'était un crime ? Ils étaient en vente libre – enfin, sur Internet, pour le mec qui savait chercher. Mais c'était pas le problème. Mille euros par mois de pension alimentaire. Mille !

« La pension, en plus de ça, je te ferais remarquer, c'est même pas pour moi, c'est pour notre fils. *Ton* fils. »

« Mon fils ? Ce petit enculé de merde ? » Oh putain, c'était bon de le lui dire. « Quel fils tu parles ? Six mois que je l'ai pas vu. Il vient jamais, les week-ends c'est mon tour. Les vacances, même topo. Toujours plus intéressant à faire. Tant mieux pour lui, je vais te dire. Sauf, après, faut pas venir me faire chier ! Pas un coup de fil, pas *ça* – juste l'autre fois, pour Noël, un pauvre texto pourri, le même qu'à tout son carnet d'adresses. Mais sinon, *rien*, jamais ! Donc excuse-moi. "Mon" fils ? Merci ! »

« Écoute, il a dix-sept ans, il veut pas t'appeler, je peux pas le forcer. T'as un problème, parles-en avec lui. Si tu veux l'obliger, tu peux toujours voir ça avec la juge, mais je suis pas sûre que c'est ça qui va arranger votre relation. »

Sans doute pas, non. Thierry Plaisance gardant le silence.

« Enfin bref, pour revenir à l'appartement, ça va être réglé bientôt. Je vais vendre. Je voulais te prévenir. »

« Vendre ? » Et lui, alors ? Il allait aller où ?

« Oui. Vendre. Jean-Claude dit que c'est le moment. »

« Ah parce qu'il s'y connaît, lui ? Il est dans l'immobilier, maintenant ? Il fait plus moniteur d'auto-école ? »

Le mec en fait pas exactement ça, ayant pris un petit peu d'oseille avec des tests de code sur Internet, en plus de ses deux trois agences dans le Vaucluse. Thierry Plaisance se demandant ce qu'un mec ayant ces moyens-là se faisait chier la bite avec une emmerdeuse coincée comme Nathalie. Le mec avec toute sa thune aurait à l'aise pu lever plus jeune et plus délire. Quoique, coincée, l'autre connasse, plus tant que ça, si ça se trouve. Depuis qu'elle était avec le mec, méconnaissable, la grosse. Plus fringuée pareil, coiffée autrement, changé de couleur. Dix kilos en moins. Presque bonne, la salope, la dernière fois que Thierry Plaisance l'avait vue. Peut-être même, tous les trucs qu'elle lui refusait à lui, va savoir, avec l'autre. Putain, elle l'aurait vraiment enflé de bout en bout, cette grosse garce.

« Donc comme toi, t'as pas de bail, je te rappelle, ça va être très vite vu. »

Thierry Plaisance regarda autour de lui. Les meubles qu'il n'avait pas remplacés depuis que l'autre était partie avec. Payer un loyer, en plus du reste ? Pour cette merde ? Trois pièces à Cagnes-sur-Mer, tout en haut, dans une barre HLM à peine améliorée.

Heureusement qu'il avait ses projets, putain. Les montres que le prof de tennis allait aller lui chourer et que le commissaire-priseur allait lui écouler. Sinon, il se serait vraiment retrouvé dans la merde.

« C'est quoi le problème. Il te file pas de blé ton Jean-Claude ? Tu t'en occupes pas assez bien ? »

« Quel rapport ? De quoi tu parles ? »

« Essaye la pipe champagne, avec le petit doigt où je pense juste au dernier moment : tu vas voir, il va t'autoriser un découvert de oufe ! »

« T'as bu. Je vais raccrocher. »

« J'ai bu. Qu'est-ce ça veut dire, ça, "j'ai bu". » Trois bières. Il appelait pas ça boire. « J'ai pas bu ! »

Elle avait raccroché.

Une fois de retour dans le bureau, l'examen terminé, le Serbe rhabillé, le petit épisode « enlargir » oublié, chacun faisant comme s'il ne s'était rien passé, Bruno avait expliqué comment il procédait d'habitude. Les deux visites. Puis, une fois sûr que le patient avait pris sa décision en connaissance de cause, on programmait l'intervention.

« Vous avez pas écouté tout à l'heure ? » Bruno encore interrompu par le Serbe. « Je vous ai dit, je prévois pas. J'agis en temps réel. Là, j'ai une fenêtre de tir. Je suis décidé. Je suis libre. On opère dès que possible. Demain, si vous voulez. »

Bruno disant non, impossible, de mémoire, sa journée d'opération le lundi suivant était complète.

Est-ce qu'il ne pouvait pas bouger quelqu'un ? Le Serbe prêt à payer pour le dérangement qu'il causait. Bruno disant qu'il allait voir, mais ne pouvait rien promettre.

Bruno en train de dire ça quand son portable avait sonné. Cyrille. Bruno demandant à l'autre de l'excuser et prenant l'appel, Cyrille disant qu'il avait peut-être quelqu'un d'intéressé pour l'appart, voulant savoir quand il pouvait booker une visite. « C'est quel immeuble déjà ? Le *Commodore* ? Le *Ducal* ? Okay. Redonne-moi l'adresse exacte. » Bruno regardant son agenda, prenant date et bref, après avoir raccroché, le Serbe qui avait tout entendu, disant, Vous vendez un appartement à Marina Baie des Anges ? Bruno disant oui. Le Serbe demandant des détails et disant, Peut-être ça m'intéresse. Et voilà, à présent, le Serbe qui voulait visiter lui aussi.

Le type ensuite se levant, déposant un rouleau de billets de cent euros sur la table. « C'est bon, docteur ? On est copains ? Faut pas faire attention. Je suis impulsif comme mec. Mais si on sait me prendre, pas de souci, je vous assure. » À vue de nez, au moins quarante billets. Quatre mille euros. « Tenez, un petit acompte. Ah oui, j'ai oublié de vous dire : j'aime tout faire en espèces, le plus possible. Pas vous ? J'attends votre coup de fil pour confirmer les dates. Celle de l'opération et celle de la visite. Donc à très vite. »

Tout ça était donc très bien.

Sauf que là, Bruno avait googlé le nom de son nouveau patient, Bruno faisant ça de plus en plus souvent, avec les gens qu'il croisait. Surpris chaque fois de voir des gens *a priori* tout ce qu'il y a d'ordinaire déclencher des réponses du moteur de recherche : copain d'avant, arbre généalogique, facebook. C'était fou ce qu'on apprenait. Et là, avec le Serbe, pas déçu.

En tête des liens proposés, il y avait bien sûr le site de son entreprise de sécurité. Quelques articles sur la protection rapprochée des VIP, le Festival du film, le Midem ou le Mipcom. Jusque-là, pas de souci. Et aussi cette page, déjà ancienne mais Internet n'efface rien, du blog d'un journaliste indépendant, consacrée aux Français d'origine serbe qui, à la fin des années quatre-vingt-dix, allaient passer leurs week-ends au Kosovo pour y jouer à la guerre, ou plus exactement à l'épuration ethnique. Othello Zsadic cité parmi les paramilitaires qui auraient mérité d'être réclamés par le TPI de La Haye, s'il avait été plus gradé et si les listes n'étaient pas déjà si encombrées.

Bruno pour la troisième fois de la journée, se sentant envahi par la peur, cette fois rétrospective : il avait juste laissé entendre à un criminel de guerre qu'il avait une petite bite.

Alors qu'en fait pas du tout. Le type avait juste un très gros cul.

Vingt-quatre

D'où il était, adossé à l'avant du *Master* Renault customisé, Manu pouvait voir au loin les voitures ralentir, certaines s'arrêter, puis repartir, à vide ou non. Là, par exemple, une fille venait de monter.

Nadj dit, « Je crois qu'ils s'en foutent, en fait. C'est pas leur problème. Les trucs qu'on entend c'est : si c'est pas moi, ce sera un autre. C'est pas moi qui les ai mises là. C'est légal que je sache. Après t'as aussi tous les arguments du genre, sans ça, t'aurais encore plus de viols. C'est le seul moyen pour les mecs moches ou les timides, ou les handicapés, de pouvoir approcher une femme. Sauf que c'est pas le sujet. Ça, la prostitution, c'est encore une autre histoire. Mais là, comme tu l'as dit, c'est les conditions : l'*esclavage*, les *tortures*. »

Nadj et lui, donc, prenant le frais à l'avant du bus. Nadj descendue le voir entre deux passages de filles. Certaines les mêmes qu'à sa première visite – les trans péruviens, par exemple, qui l'avaient reconnu et lui avaient fait fête ! Mais Manu vite ressorti du *Master*, ne sachant pas trop où se mettre à l'intérieur, préférant laisser la place aux « accueillants » : Nadj, Marion, la grande infirmière à tête de cheval, Jean-Louis, le petit chauve à lunettes. Et surtout, prenant pour le coup de l'espace à l'arrière du bus, la fameuse Maïté. Cinquante-cinq, soixante ans. Pas grande, limite obèse. Les cheveux longs poivre et sel, fringuée confort avec un bas de survêtement et une grosse liquette en jean ouverte sur un t-shirt. Manu se disant, sans doute en réaction aux années où elle était forcée à coups de tartes dans la gueule de faire gaffe à sa silhouette et de s'habiller sexy. Là, elle était tranquille, aucun mec viendrait plus la faire chier.

Manu dit, « Au fait, ce que t'a dit Maïté tout à l'heure ? »

« Oui ? »

« Que certaines filles ont reçu la consigne de ne plus traîner au bus. »

« Oui ? »

« Elle t'a dit, "Elles disent, c'est la première fille, mais en fait, c'est Kruelo. Je sais pas pourquoi il nous a dans le nez." C'est quoi une première fille ? »

« Une fille qui surveille les autres en échange de certains privilèges. Moins de passes à faire, voire plus de passes du tout. Une chambre toute seule dans les gourbis où ils les parquent. Un régime moins craignos, quoi. »

« Et Kruelo, lui, qu'est-ce que ça peut lui foutre qu'elles viennent au bus ? »

Nadj haussa les épaules. « Je suis pas Jonathan Littell. Je n'ai pas la prétention de savoir ce qui se passe dans la tête d'un criminel de guerre. »

Jonathan *qui* ? Manu détestant quand elle faisait ça.

Elle disant alors, « Je reviens », et allant rejoindre les autres à l'intérieur.

Manu ne restant pas seul longtemps. Jean-Louis, le chauve à petites lunettes, venait de le rejoindre. Le mec s'allumant une Benson *light*, disant à Manu après sa première bouffée : « Alors comme ça, t'es prof de tennis. »

« Oui. »

« D'accord. »

Et s'en tenant là. Manu se demandant s'il était censé relancer. Lui et le mec restant comme ça, en silence, juste le bruit des voitures qui venaient de démarrer au feu plus loin. Manu inconfortable, finissant par dire : « Et toi ? Tu fais quoi dans la journée ? »

« Moi ? En plus du bus, tu veux dire ? J'ai deux autres boulots. Je suis assistant social. Et travailleuse du sexe. »

C'était quoi, ça, encore ? « Ah oui ? »

« Oui, j'ai un petit studio où je reçois des clients. Je suis trave dominatrice. »

« D'accord. » Manu ne sachant pas bien comment enchaîner derrière ça. Le mec, Jean-Louis, et lui restant un autre petit moment comme ça, à regarder les voitures approcher et passer devant eux. Manu dit, « Ça a fraîchi d'un coup, ce soir, non ? »

Le mec dit, « Oui. » Presque déjà arrivé au bout de sa clope, catapultant le mégot au milieu de la chaussée et disant à Manu, « À plus tard. »

« À plus. » Assistant social et travailleu*se* du sexe. Je suis *trave dominatrice*. Manu se demandant ce que ça pouvait donner dans le concret, le mec au naturel partant handicapé avec son crâne sans cheveu à tout juste trente-cinq ans, son nez un peu crochu et ses petites lunettes. Tout ça pour dire, Manu un peu loin de chez lui, là, quand même.

Nadj venait de revenir. « Ça va ? »

« Super. » Un blanc. « Je viens de discuter avec Jean-Louis. »

« Oui ? »

« Non, je veux dire, il est marrant ce gars-là. »

« Marrant ? »

Ça aussi c'était gonflant, sa manie de toujours retourner la question, pinailler sur les termes. « Pas commun. »

« Ah ça, on peut dire ça, oui. » Mais au bout de deux essais, ça passait. La preuve : elle avait presque ri en disant ça.

Manu repéra alors une voiture, une grosse Renault, arrêtée de l'autre côté de la Promenade, côté mer, là où pourtant c'était rigoureusement interdit. Mais ne gênant pas grand monde à l'heure qu'il était. Le conducteur les fixant, Nadj et lui. « C'est quoi, ça ? Un homme de Kruelo ? »

Nadj répondant sans avoir besoin de tourner la tête, preuve qu'elle avait repéré la voiture et le mec dedans bien avant Manu. « Non. C'est un capitaine de l'Ocrète. »

« L'ocrète ? » Manu constamment obligé de demander ce que voulaient dire les mots qu'elle employait.

« Office central de répression de la traite des êtres humains. OCRTEH, donc. Mais comme dans le bon ordre c'est imprononçable, ils disent Ocrète. C'est les flics qui sont censés démanteler les réseaux de prostitution. »

« Ah. Okay. Et ils y arrivent ? »

« Parfois, oui. Ça dépend des mecs. Et surtout des interlocuteurs politiques et juridiques. Il y a cinq ans, en 2003, Sarkozy était encore ministre de l'Intérieur, il a fait promulguer une loi dit de "Sécurité intérieure" qui contenait un volet consacré à la prostitution. Sauf qu'il a fait ça comme il fait tout, impulsivement, sans consulter personne sur le terrain. Donc, la loi, il y a plein de côtés pourris, vraiment catastrophiques. Comme par exemple l'instauration du délit de racolage passif. En gros, tu peux arrêter une fille juste parce qu'elle est sur le trottoir, la notion de "racolage" étant laissée à l'appréciation des forces de police. »

« Si le critère c'est la jupe ras le moteur et le décolleté Nichon-Parade, bonjour ! Par ici, ils vont rafler les ménagères qui sortent du Huit à Huit. »

« Voilà. L'idée, c'était juste de dégager les filles des beaux quartiers pour faire plaisir aux électeurs, que leurs bonnes femmes puissent recommencer à s'habiller en putes sans qu'on risque de confondre. Sauf que du coup, les filles s'éloignent des centres-ville et vont sur les grands axes routiers, ou carrément en plein champ, comme dans le Nord. Ou bien dans des apparts. Chaque fois, encore plus vulnérables qu'avant. »

« D'accord. » Manu ne se souvenant pas d'avoir entendu parler de cette loi. De fait, ne s'étant jamais intéressé au sort des prostituées avant de rencontrer Nadj.

« Donc, pour répondre à ta question, l'autre problème de la LSI, la Loi de Sécurité intérieure, c'est que c'est trop *intuitu personae*. »

Putain ! Elle lui refaisait le coup. « Tuitu-comment ? »

« Si tu préfères, ça dépend trop de la personnalité de ceux qui la mettent en musique. Ici, par exemple, à Nice, il y a deux ans, pendant quelques mois, ça a marché du feu de Dieu. T'avais un juge remonté contre les réseaux, un flic qui rigolait pas et un sous-préfet plutôt cool avec les filles, hyper dur avec les proxos. Là, ça a dépoté. La préfecture donnait aux filles des titres de séjour qui ressemblaient à quelque chose. Le juge et la police avaient des trucs concrets à offrir pour les faire témoigner. C'était trop beau. Là, va savoir pourquoi, le trio magique a été explosé : le juge est à Zagreb, le sous-préfet au placard et le flic a changé de service. On est revenu à dix ans en arrière : titres de séjour à deux balles même si les filles témoignent, clientélisme au service des riverains et consignes Hortefeux. Avant d'être une victime, la fille redevient d'abord et avant tout une étrangère en situation irrégulière, point barre. Le reste, ils s'en branlent. »

« Ouais. C'est relou. » Manu pas sûr de ce qu'il devait dire.

Nadj lancée à présent. Jetant des regards vers la voiture arrêtée, comme si elle parlait au mec assis au volant. Ou de lui.

« Du coup, même pour les flics, en fait, ce qui fait la différence, c'est de savoir qui se tape les interpelles, donc la gloire. Or, avec les réseaux, les chefs sont rarement sur le territoire. Ils restent au chaud, dans les pays d'origine. Donc, ici, les mecs bossent, ils ficellent bien le truc, surveillances, écoutes, une fille qui se met à table – ils sont gavés de charges contre les mecs. Juste, au final, ils en font cadeau aux Bulgares ou aux Roumains, sans aucune garantie que ça assure derrière, vu le niveau de corruption dans ces pays de merde. Enfin bref, t'as compris : entre l'indifférence des politiques et le découragement des mecs sur le terrain, tout mis ensemble, les trafiquants ont encore de la marge. »

Manu dit, « T'es calée, dis donc. »

Elle soupira. « À force, qu'est-ce que tu veux. Bien obligée. »

Manu regarda en coin de l'autre côté des huit voies de la Promenade. La voiture n'était plus là.

Nadj conduisait sur la RN98 vers Tésauris et le petit tennisman cambrioleur venait de dire, « Et toi, tu la connais d'où ? »

« Je connais quoi d'où ? » Nadj répondant plus sèchement qu'elle n'aurait voulu. S'en voulant, pour la énième fois de la soirée.

« Maïté. »

« De l'école. Quand elle a passé son diplôme de travailleur social. J'étais dans le même groupe qu'elle. » Nadj répondant en pensant à autre chose, préférant ne pas inquiéter le petit tennisman, mais encore contrariée par ce que lui avait appris Maïté : les deux filles qu'elle prévoyait d'employer le lendemain étaient parties avec un certain Bluto et d'autres notables gros porcs sur une croisière partouze. Nadj du coup obligée de se rabattre sur deux autres, moins jolies, moins futées – moins disponibles, aussi, dépendant du réseau de Kruelo.

« D'accord. Et pourquoi elle a fait son bus à elle, alors qu'il y avait déjà celui des autres ? Okay, le sien reste stationné et les autres font des rondes. Je veux bien. Mais quand même, ça ressemble. C'était pas plus simple de rejoindre la structure qui existait déjà ? »

« Peut-être. Après, c'est juste le caractère de Maïté. C'est quelqu'un, si tu veux, dans sa vie, un beau jour, elle a décidé que plus personne, jamais, ne lui donnerait d'instructions. »

Le petit tennisman cambrioleur pas très convaincu. Nadj dit, « Le SPRS déjà, si tu veux, comparé aux autres assosses, c'est les têtes brûlées. Les mecs et les filles, c'est eux qui vont se manger des proxos qui appellent chez eux la nuit pour leur foutre les jetons, eux qui se tartent les gamines violées et tabassées, les traves, les trans HIV positifs. Ce que les autres se mangent séparément : les sans-papiers, les mômes, les malades du sida, les violences faites aux femmes – eux ils ont tout ensemble. Donc déjà, eux, si tu veux, c'est un peu un groupe à part. Eh ben *Keserasera*, là, c'est des gens que même au SPRS, si ça se trouve, ils ne prendraient pas. Comme Jean-Louis, assistant social, militant associatif et prostitué. »

« Travailleu*se* du sexe. »

« Ça va, tu vois ce que je veux dire. »

« Oui. Je vois très bien. »

L'air sûr de lui, soudain. Au point de donner à Nadj l'envie de demander pourquoi. « Ah oui ? »

« Oui. Ce que tu me dis, en fait, c'est : le SPRS, déjà, eux, c'est *Les Sept Mercenaires*. Que le groupe Maïté, là, carrément, c'est *Les Douze Salopards*. »

Visiblement très content de sa comparaison. Nadj moins sûre, n'ayant vu aucun des deux films – si, comme elle le soupçonnait, c'était bien des titres de films. Mais faisant comme si, disant « Voilà. » Satisfaite alors de voir que son approbation venait de faire plaisir au petit tennisman cambrioleur.

À minuit et demi, Nadj avait dit, « Bon, maintenant, il faut aller dormir. On a école demain. »

Ils étaient repartis dans la petite *Punto*, Manu lui demandant comment elle avait connu la Maïté. Entre la fluidité du trafic à cette heure-là et la manie de Nadj de toujours faire un peu long, la réponse les avait amenés quasi devant la porte du Sporting. Là, ils étaient arrêtés devant, le moteur tournant toujours. Manu tentant le coup, parce qu'on ne peut pas en vouloir à un homme d'essayer et aussi parce que, disait son grand-père, qui ne risque rien n'a rien. « Si tu veux, c'est peut-être plus simple que tu dormes au club, je veux dire, comme ça on est sûrs de… » Ne sachant pas comment finir, en fait.

« Sûrs de quoi ? »

Manu pensant, d'être tous les deux à l'heure demain matin. Mais craignant que ça sonne vraiment nœud pour le coup, donc disant, « Je sais pas. Non. Je disais ça comme ça. »

« Demain matin huit heures. Là où on a dit. Dors bien. »

« Toi aussi. »

Manu faisant exprès de ne pas lui claquer la bise pour lui dire au revoir. Ouvrant la porte et juste quand il allait descendre, Nadj disant, « Au fait, mon soutien-gorge. » Non. Il avait encore oublié. « Je sais pas à quoi il te sert depuis trois jours et je préfère pas savoir. Mais quand t'auras fini, ça t'ennuierait de me le rendre ? À ton rythme, en même temps. Moi, ça va. En attendant, je peux tenir. J'en ai d'autres. »

Manu sachant très bien que là, ça ne servait à rien de chercher à se défendre. Juste disant, « Demain, promis. » Et descendant de voiture.

Pendant le trajet jusqu'à Rocheville, Nadj s'était encore reproché d'avoir été si garce toute la soirée avec le petit tennisman cambrioleur. Se demandant quel besoin elle avait eu, par exemple, de lui balancer comme ça un scud vraiment chelou en le déposant devant son club. Curieuse de savoir pourquoi elle le traitait comme ça, alors qu'en réalité elle le trouvait plutôt sympa.

Peut-être c'était ça le problème, en fait. Elle le trouvait sympa. Trop. Et tous ces plans de chieuse qu'elle lui faisait, c'était pour se protéger, en fait. Pas de lui.

D'elle-même. Nadj se disant qu'après le casse, ce serait peut-être différent. Ils y verraient plus clair. Enfin, elle, peut-être.

Arrivée devant son immeuble, elle se gara comme d'habitude, sur le parking extérieur, assez relax, le quartier plutôt *safe*, n'ayant jamais été emmerdée. Elle sortit de sa voiture et se trouva nez à nez avec deux types habillés tout en noir – jean, pull et veste en cuir. Carrure de lutteur, crâne rasé. L'un des deux portant le bouc. Des looks de videurs de boîtes ou d'acteurs de films X. Un peu les deux, en fait : des proxos.

Plus loin, des phares s'étaient allumés et un gros minivan avançait à présent vers eux. Nadj terrorisée, le cœur battant si fort qu'elle l'entendait. Le barbichu ayant dû l'entendre aussi, lui disant alors : « T'inquiète. C'est juste pour discuter ce coup-ci. Enfin, je crois. »

Le véhicule était rendu à leur hauteur. Un Chrysler *Voyager*, tout noir avec vitres teintées. La porte de derrière coulissa. Le proxo qui lui avait dit de pas s'en faire donnant un coup de menton, faisant signe à Nadj d'y aller.

Ses jambes menaçant de se dérober sous elle, elle monta dans le véhicule, découvrant un espace aménagé comme celui d'une limousine de clip de rap. Une banquette en cuir au fond et, tout de suite en entrant, un fauteuil pivotant monté sur un socle fixé au sol. Nadj s'assit dessus, reconnaissant sur la banquette en face d'elle le sadique psychopathe qui se faisait appeler Kruelo.

Le type la regardant avoir les jetons un petit moment avant de dire, « Qu'est-ce que je voulais dire… Oui, votre bus, là. Les autres, ça va. Ils distribuent les capotes et le gel, ils emmènent les filles se faire avorter et tout ça. Ça c'est bon. Rien à dire. Mais toi, je sais pas ce que tu racontes aux putes, tu fous la merde. Dès qu'elles parlent avec toi, les mamas me racontent, il faut deux jours après pour remettre les filles d'équerre. J'ai pas besoin de ça. Donc je veux plus te voir avec. C'est compris ? On me redit que t'es allée au bus ou que t'as parlé aux filles, même d'autres filles qui travaillent pas pour mes amis de là-bas, ça ira mal. Tu comprends ce que je te dis ? T'arrêtes. C'est tout. Sinon nous, on te fera t'arrêter. »

Nadj en train de se dire que ça allait, en fait. Là, peut-être, c'était juste ça : un avertissement. Qu'elle allait s'en sortir intacte. Juste la trouille de sa vie.

« Qu'est-ce t'as, là ? Tu dis rien ? Tu te dis que tu vas me niquer ? Aller te plaindre aux flics ? Plaindre de quoi ? On t'a rien fait, là. Qu'est-ce tu vas aller te plaindre ? Juste, ce que je te dis, moi, là, c'est prends-moi au sérieux. Là, c'est dernier avertissement. Après ce sera trop tard. Tu sais, nous, c'est pas dur : on t'embarque, personne te revoit jamais. Ton entourage te cherche, va aux flics, tu seras déjà très loin, dans des pays où on retrouve pas les gens. Les filles ont dû te parler, toi qui poses plein de questions : les stages de formation, avant de les mettre à travailler. Crois-moi, un séjour là-bas, tu feras moins la maligne. Tu seras plus pareil, après. Donc on est bien d'accord ? Je te revois dans mes pattes, direct dressage. T'as compris ? Dis que t'as compris. Sinon on t'y emmène tout de suite. »

Là quand même Nadj, se sentant obligée. « J'ai compris. »

« C'est marrant, t'as pas l'air. D'ailleurs, là, je te vois, je me dis, qu'est-ce qu'on se fait chier ? Pourquoi on t'emmène pas maintenant ? En venant, Ludo et Mathieu, sérieux, ils étaient chauds, te déboîter comme il faut. Bien gonzo, là, tu vois ? Barbare. Voir comment tu te tiens, après. Tu veux que je leur demande s'ils ont toujours envie ? »

Nadj secouant la tête, pas confiance en sa voix, sentant des larmes monter.

« Allez vas-y, rentre vite chez toi avant que je change d'avis. » Lui faisant signe avec la main qu'elle pouvait disposer.

Nadj trouvant la force de se lever et alors qu'elle était à moitié sortie, entendant Kruello qui l'appelait depuis sa banquette. « Hé ! »

Nadj tourna la tête. L'autre lui faisait un grand sourire. « T'as vu, là : comme dirait l'autre, "On sait où t'habites". » La congédiant à nouveau avec son petit geste d'empereur romain.

Nadj obligée de passer entre les deux autres, sentant leurs yeux sur elle, gardant les siens baissés, pour ne plus voir les petits sourires qu'ils faisaient. Se forçant à ne pas courir vers la porte de l'immeuble, ne pas leur faire ce plaisir. Soulagée en entendant dans son dos le monospace s'éloigner. Et là, sur le seuil de l'immeuble, vomissant le grec, les frites et toute la peur qu'elle venait d'avoir.

Vingt-cinq

Manu avait laissé Nadj et les deux filles dans la *Punto* garée un peu plus loin. Quatre minutes que les deux gardiens étaient partis au café, laissant le plus jeune tout seul. Manu ne voulant pas trop attendre non plus, risquer que la femme de ménage ait fini dans le musée quand il se présenterait. Donc, huit heures trente-huit, sonnant au portail de la fondation Lievenstein, perruque brune, grosses lunettes, son gilet de postier sur le dos, le chariot à côté de lui, et le faux recommandé pour la femme de ménage à la main.

Le jeune gardien prenant son temps pour venir ouvrir, passant la tête, l'air pas content d'être dérangé. Manu faisant alors semblant de lire le bordereau attaché à l'enveloppe. « Khadîdja Meftah ? »

« Qui ? »

Manu relisant. « Khadîdja Meftah ? C'est pas ici ? »

Le jeune mec gonflant d'abord ses joues en signe d'ignorance puis disant « Ah si. Ça doit être l'Ara – la femme de ménage. »

« Recommandé pour elle. »

« Elle reçoit son courrier ici, elle ? Elle est pas gênée. »

Manu fit une mimique pour dire qu'il n'y était pour

rien. Le gardien dit, « Okay vas-y, donne. Je vais signer. »

« Ah non. Faut que ça soit la personne. » Relisant sur l'enveloppe. « Khadîdja Meftah. »

Le gardien soupirant et disant, « C'est quoi ? »

Manu regardant sur le bordereau. « CNAV. C'est un truc de retraite, ça. Elle a pas dû payer ses cotises, à tous les coups. »

Le gardien soupira à nouveau et s'écarta pour laisser le passage. Manu entra, poussant son chariot devant lui. Le gardien le doublant et marchant vers la petite maison tout de suite près de l'entrée, Manu suivant derrière, entendant la porte se refermer toute seule dans leur dos.

Arrivé sur le seuil de la maison, le gardien dit, « Reste là, je vais l'appeler. » Manu voyant le matériel de vidéosurveillance, deux moniteurs et un enregistreur numérique, posés sur une table au fond de la pièce. Le gardien entré décrocher un téléphone. Manu se demandant ce que foutaient les filles, bordel.

Et puis, enfin, une sonnerie. Manu voyant le gardien consulter ses écrans. Manu trop loin pour voir, mais le mec ouvrant de grands yeux, surpris par ce qu'il avait à l'image. Manu se disant, putain, c'est pas passé loin.

Le gardien ayant raccroché, là, ressorti de la maison et tendant le bras en direction du bout de l'allée, le grand bâtiment. « Vas-y, elle est là-bas. » Repartant, lui, ouvrir la porte sur la rue.

Manu espérant que les filles allaient savoir s'y prendre pour embobiner le mec. Aucune des deux ne lui ayant fait l'effet d'être trop vive d'esprit, les filles un peu amorphes, l'œil triste et vide, comme sous médicaments. En même temps, Manu s'interdisant de trop juger, vu leur situation.

Il commença à remonter l'allée, poussant son chariot devant lui.

Nadj avait dormi – essayé du moins. Somnolé, en fait, recroquevillée sur son lit – trois petites heures et s'était relevée. Après une longue, longue douche, elle était allée chercher les filles à leur emplacement rue de France, paniquée à l'idée que le proxénète serbe vienne à l'apprendre – ou pire encore, de le croiser, se coiffant du coup dès maintenant avec la perruque blonde qu'elle ne devait au départ enfiler qu'une fois devant le musée. Le petit tennisman cambrioleur lui ayant dit, « On sait jamais. Okay, Tésauris, c'est pas encore *24 Heures*, mais quand même. Entre les vidéophones des particuliers, les banques et celles que la municipalité a accrochées un peu partout, c'est pas la caméra de surveillance qui manque. Donc une perruque, plus les fausses plaques que je te visserai avant d'y aller, ça devrait suffire à brouiller la piste. »

Après avoir chargé les filles, elle les avait d'abord emmenées prendre un petit déjeuner dans une boulangerie ouverte toute la nuit avenue Jean-Médecin, un peu avant la Fnac. Nadj regardant les filles manger leurs pains au chocolat, n'ayant pas la force de chercher quelque chose à leur dire. Flippant de nouveau à l'idée que quelqu'un aille raconter au criminel de guerre qu'elle avait été vue avec deux de ses esclaves. Se disant qu'au *Formule 1* où habitaient les filles à trois ou quatre par chambre, la Mama-San qui les surveillait allait bientôt s'étonner de l'absence de ces deux-là. Heureusement, vers dix heures, elle les verrait revenir, chacune avec deux cents euros en rabe de ce qu'elles avaient déjà fait dans la nuit, racontant qu'on les avait amenées dans une belle villa pour un plan à plusieurs. La première fille empocherait et n'irait pas vérifier plus loin. Du moins, en principe.

Après la boulangerie, Nadj les avait fait remonter en voiture et avait roulé sans but le long de la mer, pendant que le jour se levait, les filles assoupies, en attendant l'heure d'aller à Cagnes-sur-Mer, au point de rendez-vous donné par le petit tennisman cambrioleur. *Manu*. Nadj ayant décidément du mal à l'appeler comme ça. *Emmanuel* ? Non plus. Bonal, en fin de compte, son nom de famille, c'était encore le moins cucul. Cela dit, dans les heures à venir, ils avaient des choses plus urgentes à régler que de savoir comment elle trouverait approprié de l'appeler.

La preuve : là, ils y étaient. C'était *maintenant*. Cent mètres plus loin, le tennisman cambrioleur – *Bonal* ? Non, ça ne lui plaisait pas non plus – déguisé en postier sur le trottoir discutait avec le gardien, le gardien pas trop décidé à le laisser entrer, semblait-il.

Ah si. Voilà. Ils étaient à l'intérieur, tous les deux. La petite porte venait de se refermer derrière eux. Nadj dit aux filles de se tenir prêtes à descendre, programmant le chrono de son portable sur trente secondes, regardant le décompte défiler, puis levant le nez et disant aux filles que c'était bon, qu'elles pouvaient y aller.

Les filles ne bougeant pas. L'une disant à l'autre un truc dans sa langue. Arrêtées par ce qu'elles voyaient se passer devant le musée.

Pendant que Nadj regardait son portable, un gros monospace noir venu se ranger sur le petit parking de l'autre côté de la rue, en face du portail de la fondation. Et là, quelqu'un venait d'en descendre, les deux filles se cachant aussitôt derrière le dossier des sièges en le reconnaissant.

Kruelo était devant le musée, regardant autour de lui. Regardant dans la direction de la *Punto*.

Même à cent mètres de distance, Nadj, plus fort qu'elle, s'abaissant vite derrière le volant et le tableau de bord, s'arrêtant de respirer, prête à démarrer en trombe si l'autre donnait l'impression de l'avoir repérée. Mais non, il venait de retourner la tête vers le monospace, faisant signe à quelqu'un.

Nadj essayant de reprendre son souffle normal. Kruelo. Non, putain. C'était pas vrai. Qu'est-ce qu'il foutait là !

Un autre homme venait de sortir du monospace, Nadj sûre de l'avoir déjà vu mais ne retrouvant pas le nom tout de suite. Et à présent, les deux brutes avec qui Kruelo était venu la menacer plus tôt dans la nuit qui venaient d'apparaître – comment il les avait appelés ? Mathieu et Ludo ? Nadj se sentant frissonner en repensant aux deux mecs, leurs yeux sur elle pendant qu'elle descendait du Chrysler.

D'autres voitures étaient en train d'arriver, Mercedes, grosses Peugeot, presque un cortège officiel, remplissant vite tous les emplacements du petit parking.

Nadj retrouva alors le nom du type qui était descendu du Chrysler juste après Kruelo. Oleg Makharov, le Russe qui avait prêté sa collection de montres au musée pour l'exposition. Bien sûr ! Il faisait partie des clients du Serbe. Kruelo lui servait de garde du corps quand le Russe était au Cap-Cinjus.

De fait, Kruelo et les deux autres la jouant *secret service* à fond, scrutant les alentours à trois cent soixante degrés, encadrant Oleg Makharov comme si c'était le président américain dans une série télé, les passagers des autres voitures venant les rejoindre devant la porte du musée.

Un petit instant comme ça, et le gardien vint leur ouvrir. Le Russe et l'un des occupants des autres voitures obligés de parlementer un moment avec lui avant de le convaincre de les laisser passer. Puis entrant, les uns après les autres. Kruelo et ses deux brutes restant dehors à surveiller les véhicules.

À l'arrière de la *Punto*, les deux filles plus du tout, mais plus du *tout* partantes, du coup. Nadj pensant à l'autre, le petit Bonal, à l'intérieur, et se disant, « Putain, c'est la cata. »

En atteignant le bâtiment principal, Manu fut soulagé de voir à travers les vitres de la double porte la femme de ménage encore occupée à lessiver le sol du rez-de-chaussée. Il frappa au carreau. La dame leva la tête. Sans attendre de réponse, Manu essaya la poignée, heureux de sentir la porte s'ouvrir. Il entra avec son chariot et dit, « Madame Meftah ? »

La dame l'air sur ses gardes, peut-être habituée à ce que le courrier apporte plutôt des emmerdements. Manu lui tendit l'enveloppe. La dame la prenant et restant sans rien faire, son enveloppe à la main. Manu obligé de lui dire de l'ouvrir.

La dame obéissant, comme si le faux gilet de facteur dégageait une autorité officielle. Découvrant alors les billets de cinquante euros. N'en revenant pas, forcément, regardant Manu comme s'il allait lui donner une explication. À la place, Manu lui disant de lire la première lettre qui accompagnait l'argent.

Manu s'efforçant de rester détaché pendant que la brave dame lisait, voyant du coin de l'œil son expression changer. Manu, lui, travaillant à ne rien afficher chaque fois qu'elle levait les yeux vers lui, de plus en plus surprise. Manu vit le moment où elle allait pousser un cri, lui donner un coup de balai, un truc comme ça. Et finalement, non : sans un mot, la brave dame lui rendit la lettre, rangeant les billets, l'enveloppe et la convocation bidon dans la poche de sa blouse, puis raccrochant le balai et la serpillière au petit chariot sur lequel elle promenait un seau rempli d'eau savonneuse, ses ustensiles et ses produits d'entretien.

Manu, là, comprenant que c'était gagné, se disant qu'il allait juste attendre qu'elle soit dans l'ascenseur, les portes refermées, pour enfiler ses gants, sortir son équipement de vitrier et commencer sa razzia.

Entendant alors un bruit derrière lui et voyant la femme de ménage, Madame Meftah, prendre un air affolé. Il se retourna. Au moins une demi-douzaine de personnes venaient d'entrer dans le musée, Manu reconnaissant les deux qu'il avait vus en photo dans le journal : le Russe, là, Oleg Makharov, et le maire de Cinjus-Tésauris. Cinq autres bonshommes en costard suivant derrière eux.

Le groupe passa devant la femme de ménage et Manu sans trop les calculer – juste le maire, sans doute à force d'être en campagne, qui leur adressa un petit signe de tête. Le maire disant qu'ils allaient « commencer par l'étage ». L'un des mecs en costard parlant d'aller « voir sur le toit ». Manu comprenant tout de suite de quoi il s'agissait. Les mecs devaient être des experts en alarmes. Tout ce petit monde commençant à grimper le grand escalier.

La femme de ménage regardait Manu, hésitante, craignant sans doute de devoir rendre les billets, à présent. Manu n'ayant pas le cœur de les lui réclamer, faisant juste une grimace désolée et repartant vers la porte vitrée, avec son chariot. Une fois dehors, sortant son portable. Nadj décrochant dès la première sonnerie : « Ça va ? »

« Ouais. Enfin, non. C'est la merde. Il y a le maire et le Russe et plein de mecs qui sont là pour inspecter le système d'alarme ou je sais pas quoi. Vous êtes où, vous ? »

« Dans la voiture. Les filles sont mortes de peur. Il y a Kruelo dehors, devant la porte. »

« Mais qu'est-ce qu'il fout là ? »

« C'est le garde du corps du Russe. »

« Putain, je le crois pas ça. La scoumoune, bordel ! »

« Qu'est-ce qu'on fait, du coup ? »

« Comment ça qu'est-ce qu'on fait ? C'est facile qu'est-ce qu'on fait. On remballe et on se casse. C'est *ça* ce qu'on fait. Franchement je vois pas ce qu'on peut faire d'autre. » Voyant alors le gardien qui venait à sa rencontre, encore à une vingtaine de mètres. « Putain, voilà le gardien maintenant. »

« Qu'est-ce qu'il veut ? »

« Je sais pas. » Manu se disant, Et merde. Le gardien à sa hauteur à présent. Et là, Manu se redisant Et merde, mais avec un sens complètement différent, cette fois, faisant un geste au gardien pour le faire patienter. Manu disant dans l'appareil à Nadj sur le ton d'un mec pressé de finir, « Tout à fait, Madame Plankaert. Ben oui, normalement, les gardiens devaient pas être prévenus, je sais. Mais là… Tout à fait Madame Plankaert, je suis d'accord. Là on est obligés. Je suis d'accord avec vous, Madame Plankaert. Justement, il est en face de moi. Oui, le gardien. » Le gardien intrigué, forcément. Manu lui refaisant un geste avec la main, l'air de dire je suis à vous tout de suite. Manu disant pendant ce temps-là, « Vous voulez je vous le passe, que vous lui expliquiez vous-même ? Oui, non, "je peux le faire".

Pas de problème, Madame Plankaert. Je lui dis. On verra ça après avec Monsieur Makharov et les gens de l'assurance. D'accord. Je vous préviens dès que c'est fini. À tout de suite, Madame Plankaert. »

Manu, là, rangeant son portable et disant au gardien : « C'était Madame Plankaert. »

Le gardien en face ouvrant la bouche pour parler mais Manu ne lui laissant pas le temps. « Et donc là, ce matin, en accord avec le maire et Monsieur Makharov, on avait une simulation rupture dispositif prévue pendant la visite, justement pour bien montrer à l'assurance. »

Le gardien disant qu'il ne savait pas, que personne ne lui avait dit. Manu disant, « Je sais. Au départ, c'était l'idée : pas prévenir les effectifs sécurité, pour que ça soit au plus près des conditions réelles, que les gens de l'assurance puissent pas venir dire après, genre c'était arrangé, tu comprends ? »

Par réflexe le type hochant la tête, mais pas l'air trop sûr quand même. Manu disant, « Il y avait juste que le maire et Monsieur Makharov au courant, avec bien sûr certaines personnes chez nous, mais le moins possible. Par exemple, là, les collègues du commercial et de la technique qui sont avec le maire et Monsieur Makharov, ils sont pas prévenus – même eux, c'est pour te dire. Oui sauf que là, c'est ça qu'on se disait à l'instant avec Madame Plankaert : vu que, je sais pas ce qu'ils ont foutu, ils sont arrivés avec je te déconne pas, au moins *trois* minutes de retard – sur le moment j'ai vu ça, je me suis dit, c'est râpé, on annule et on se barre. Mais Madame Plankaert me dit que non, tant pis, on fait comme si. Juste, maintenant, elle m'a dit, forcément, il faut que je vous mette dans le coup, toi et ton collègue. Il est où, tiens, d'ailleurs ? Comment il s'appelle ? Attends, j'ai tous les noms sur la fiche qu'ils m'ont donnée. » Manu palpant ses poches de gilet.

« Bernard. »

« Oui, je l'ai pas encore vu, lui Bernard. Il est où ? » Le gardien cherchant quoi répondre, ne trouvant pas. « Attends – me dis pas qu'il est pas sur site, putain. Putain, il a mal choisi son jour, lui, je vais te dire ! »

Le gardien bafouillant. Manu le coupant vite. « Enfin toi, c'est pas ton problème. Toi, pour l'instant, je t'ai vu faire aucune faute. Donc continue comme ça et à lire mon rapport, il y a aucune raison qu'ils te gardent pas au moment de la réorganisation. »

Le gardien ouvrant la bouche pour poser une question. Manu disant avant que l'autre ait eu le temps, « Seul truc évidemment c'est rapport au chrono, c'est foutu pour que je le fasse tout dans la continuité. »

« Ah bon ? » Le pauvre mec largué, là, mais alors, tellement loin. Manu disant, « Ben ouais. Forcément. Seule solution, là, va falloir additionner les temps par rapport aux *time codes* de tes bandes, les séquences séparées, pour obtenir un global. Donc c'est pour ça, là, si tu veux, ce qui me rendrait service, c'est, même sans attendre plus tard que les autres dérushent les bandes, c'est que toi tu me chronomètres en direct, tu comprends ? »

Le mec en face ne comprenant pas bien, non. Manu repartant, disant, « Tes écrans de surveillance, c'est pas dur, tu regardes le *time code*, tu vois ce que je veux dire ? Là, tu retournes au PC, moi je vais dans la grande salle. Je te donne un top départ quand je commence à casser, toi tu notes sur l'écran le *time code* que c'est. »

« Quand vous – » Le mec le vouvoyant maintenant. « Attendez, je – »

« Et ensuite c'est pas dur, t'as rien à faire. Juste quand c'est fini, je te rejoins à l'entrée, tu renotes le temps et là on voit combien ça fait. »

Le type en face plissant les yeux, Manu le voyant chercher à suivre, ramant, la vitesse où parlait Manu, l'enchaînement de phrases qui ne voulaient rien dire, les mots débiles. Manu commençant à vraiment kiffer, là, à se dire que si ça se trouve… « Surtout que là, au lieu de faire tout le rez-de-chaussée comme c'était prévu, Madame Plankaert m'a dit tant pis, de juste casser les vitrines de la grande salle, que ça suffirait comme preuve après, pour Monsieur Makharov. »

« Preuve de quoi ? » Le mec essayant, quand même.

« Ben la preuve qu'il faut le top du top dans le développement alarme, en terme de technologie wi-fi et détecteur thermique. Donc là, j'y vais, vite, sinon le maire et Monsieur Makharov vont pas pouvoir les retenir là-haut pendant des heures, non plus. Les autres vont finir par se douter d'un truc. On est d'accord, dès que je te fais signe, tu notes les temps. »

Manu plantant le mec là, repartant en direction du bâtiment principal, n'entendant rien dans son dos pendant plusieurs secondes, visualisant le gardien comme il venait de le laisser : le mec hésitant, cherchant à comprendre.

Manu s'interdisant de se retourner, malgré la forte envie qu'il en avait et finalement entendant l'autre repartir vers l'entrée du parc. Manu se disant, Putain, si ça se trouve c'est en train de marcher, sortant les gants de sa poche et les enfilant vite fait.

Vingt-six

Nadj, dans la voiture avec les filles, le voyant ressortir enfin, se demandant ce qu'il avait bien pu fabriquer pendant tout ce temps, n'ayant rien compris à ce qu'elle l'avait entendu raconter au téléphone, ses histoires de « Madame Pancarte ».

Là, le voyant passer devant Kruelo et les deux brutes qui fumaient à présent, lui marchant normalement, poussant son chariot jusqu'au coin de la rue et là, ça y est, il venait de prendre la première à droite.

Nadj mit le contact, disant aux filles de rester couchées par terre à l'arrière, commençant à rouler, arrivant à la hauteur de Kruelo, bénissant l'idée de la perruque, espérant que ça allait suffire pour qu'il ne la reconnaisse pas, n'osant pas tourner la tête en passant devant lui. Puis voyant dans son rétroviseur qu'entretemps Kruelo s'était mis à parler dans son portable, occupé à autre chose.

Nadj tournant au coin de la rue et l'apercevant, déjà loin, accélérant, le dépassant, freinant, arrêtant la voiture, se penchant pour ouvrir la portière. Lui, ouvrant d'abord le hayon du coffre, rentrant le chariot à l'intérieur, claquant la porte et ensuite venant vite s'asseoir à côté d'elle, pendant que les deux filles derrière se redressaient.

Nadj repartant avant même qu'il ait eu le temps d'accrocher sa ceinture. Lui disant, « Putain c'était chaud. »

Nadj disant, « Madame Pancarte, là, faudra que tu m'expliques. »

Lui prenant une grande inspiration avant de dire, « Promis, mais pas tout de suite. »

« T'as intérêt putain. » S'en voulant d'avoir dit ça avec les deux filles à l'arrière. Mais aucune des deux ne semblant se formaliser. À l'heure qu'il était, elles devaient plutôt s'inquiéter de savoir si elles allaient toucher la somme promise, alors qu'elles n'avaient pas eu l'occasion de la gagner.

Ils venaient de passer devant le café, les deux autres gardiens justement en train d'en sortir, les types bien sûr à cent lieues de se douter de ce qui allait leur tomber dessus en rentrant au musée. Nadj presque pitié d'eux.

Il dit, « Voilà. Donc ça, c'est fait. » Elle hocha la tête. Il dit, « Et maintenant ? Il se passe quoi ? »

Nadj dit, « Je vais te dire. Mais tu veux pas qu'on dépose ces dames, avant ? »

Un peu avant dix heures, en avance sur l'horaire, Thierry Plaisance avait reçu l'appel du prof de tennis, disant qu'il l'attendait au parking du Leclerc.

Thierry Plaisance attendant d'être sûr avant de se réjouir. Okay, le mec était venu, mais peut-être pas avec les montres. Peut-être plutôt avec les photos, après avoir parlé avec le Roumain, le narguer, prendre sa revanche.

Thierry Plaisance donc ne sachant pas à quoi s'attendre en descendant dans le parking et en repérant le prof de tennis. Thierry Plaisance marchant jusqu'à lui. L'autre lui tendant un sac à dos et lui disant, « Voilà. »

« Voilà quoi ? »

« Ben regardez dedans. »

Ouh là ! Thierry Plaisance se méfiant maintenant, après ce qui lui était arrivé à hôtel, disant au prof de tennis de soulever d'abord son polo et de vider ses poches. « T'as pas de micro ? Il y a personne qui filme ? » Le mec le prenant pour un barje, mais tant pis. Obéissant en levant les yeux au ciel.

Non. Jusque-là, ça avait l'air correct. Thierry Plaisance, donc, ouvrant enfin le sac et voyant des montres dedans. Plein de montres.

Le prof de tennis disant, « Okay ? On est quittes, là ? »

Thierry Plaisance disant, « On dirait, ouais. Donc dégage. Et te fais pas remarquer, que personne te soupçonne. »

Thierry Plaisance laissant repartir le prof de tennis et se disant putain, ouf ! Le prof de tennis et le Roumain ne s'étaient pas parlé. Du moins, pas encore. Rentrant au service ranger les montres au coffre, dans son bureau.

Après ça, déjà plus en position de force, à onze heures, pour le commissaire-priseur. Volker. Helmut le Hollandais. Thierry Plaisance recevant le mec dans une des salles d'entretien, comme un rendez-vous normal. Disant, Madame Gauthier est en congé, donc je vais la remplacer. Feuilletant le dossier du mec, et au bout d'un moment, disant, « Putain, quel gâchis. » Le mec haussant un sourcil, surpris. « Non je dis, je regarde ton CV et je me dis quel gâchis. Les études que t'as fait, l'école du Louvre, maîtrise de droit, licence d'histoire de l'art ! Dix ans le roi des ventes à l'hôtel *Nice Riviera*. Normalement, jamais on aurait dû se croiser, toi et moi. T'es pas d'accord ? »

Le mec ne se mouillant pas, hochant juste la tête.

« Là, t'as fait une connerie, mais t'as eu trois ans de placard pour la regretter. Non ? Enfermé avec des crapauds ou des bringuezingues qui devraient être en HP. Un mec de ta classe, franchement. Non, je te connais pas, mais je sens bien : t'étais pas à ta place. Donc, je suis sûr, tu t'es dit t'allais faire ce qu'il faut pour plus y retourner. »

Le mec disant, « Absolument. »

« Et donc là, tu fais gaffe, j'imagine. Surtout pas repris contact avec tes relations d'avant. Tu marches droit, pas d'écart. C'est comme une deuxième chance, on va dire. C'est bien ça ? »

« Tout à fait. Là, je suis employé chez *Pierre, Antiquaire*, avenue Princesse-Antoinette. Un vieil ami à la moralité irréprochable, rien à voir avec mes anciens associés, qui a bien voulu m'embaucher. Que je puisse justifier de l'emploi nécessaire à une libération conditionnelle. »

« Oui, j'ai l'attestation. C'est bien d'avoir des amis comme ça. Je peux te dire, il y a plein de gars qui déposent une demande et qui rament pour trouver. Ou alors des boulots, je te dis pas, t'es encore mieux au trou. Mais toi, chapeau. Un employeur sérieux qui veut bien te faire confiance. Et du coup, nous aussi : on te fait confiance. Et je pense qu'on a raison, non ? »

« Si. Absolument. »

« Oui, je pense qu'on a raison, parce que, comme je disais, depuis que t'es dehors, tu bouges plus une oreille, tu te tiens à carreau. Surtout pas prendre le risque de te faire révoquer et retourner là-haut. Je me trompe pas ? »

Le mec devait commencer à le prendre pour un débile à tourner en rond comme ça, répéter la même chose.

« Non. Ben t'as raison je vais te dire. Parce que vraiment je le pense : la place d'un mec comme toi est pas en prison. Sérieux. Je vois comment t'es, d'où tu viens, natif du Grand Duché et tout, c'est pas pour toi. » Une courte pause et puis : « C'est pour ça, le coup du collier, franchement, c'est pas malin. »

Là, le mec encaissant : un petit battement de paupières, mais presque rien. Le mec entraîné.

« Mais oui. Recel de marchandises volées, vente illicite, complicité d'escroquerie à l'assurance – le recel, je m'excuse, te plaçant direct en situation de récidive. Eh oui ! Et ça, tu sais bien, t'as fait du droit : ça fait tout de suite très mal. Donc là, je te dis même pas combien de temps tu replonges. Rassure-moi, le collier, tu l'as toujours au moins ? Tu l'as pas déjà envoyé à se faire dépiauter ? » Le mec ne répondant pas, Thierry Plaisance prenant ça pour un oui. « Non ? Ouf. T'as de la chance. Ça arrange un petit peu tes ballons. Au moins, on va le récupérer intact. D'ailleurs, tant que j'y pense, prochaine fois qu'on se verra, t'oublies pas de le ramener, t'es gentil. »

Le mec sans réaction, laissant dire.

« Donc ça, okay, le faux pas du collier, on va dire, c'est un accident, une petite rechute. Mais quand même, ça prouve bien : le recel d'objets volés, t'as encore une idée de comment ça se pratique. Donc, je te donne un exemple : imagine, là, ce matin, à Cinjus-Tésauris, un musée de montres anciennes qui se fait dévaliser. »

« Ah j'étais pas au courant. Je vous jure. »

« Je sais. C'est pas la question. Là, je te demande, d'après toi, ton expérience de ta vie d'avant – avant que tu deviennes honnête, je veux dire –, le meilleur moyen pour écouler le matos, ce serait quoi ? »

« Sincèrement, je vous assure, je sais pas de quoi vous parlez. »

« Mais je sais ! Je te crois : t'as rien à voir dans l'histoire. C'est pas ça que je te demande. Ce que je te demande, c'est pour le mec qui *a* les montres, après, à ton avis, c'est quoi la meilleure filière ? »

Le mec hésitant encore quelques secondes, soupirant et disant, « Tout dépend du style des montres. »

« De la vieille. Breguet, Patek machin. Ce genre-là. Du bling bling, si tu veux, mais d'il y a deux ou trois siècles. »

« D'accord. Des pièces d'exception de ce type, trois pistes possibles : le collectionneur pas regardant. L'assurance. Ou la victime du vol. Les trois ont chacun leurs avantages et leurs inconvénients. »

« Tu préfères quoi, toi ? »

« Le propriétaire d'origine ou le collectionneur. Eux, d'avoir les pièces, ils sont contents. Le pire c'est l'assurance. Eux, ils ne lâchent jamais, après. »

« Et donc, là, la victime, si je te dis que c'est un Russe qui s'appelle Oleg Makharov, tu t'y prendrais comment ? »

« Ah, je ne m'y prendrais rien du tout. J'ai décroché je vous dis. Je suis vendeur chez un antiquaire. »

« T'as accepté de faire Mont-de-Piété aussi. Boucheron, quatre cent mille. »

« Non mais ça, c'est différent. C'était un service à une amie d'amie. »

« Tu me dis ça à moi, c'est de l'énergie pour rien. Moi, ça compte pas. La question, c'est plutôt, est-ce que t'as envie de voir si ça convainc un juge ? » Le mec ne répondant rien. « Donc voilà. C'est tout ce que je dis : là, je te demande pas la lune. Juste de faire consultant. Une analyse d'expert. Tu vas te renseigner, fondation Lievenstein, Oleg Makharov, et demain on se revoit, tu me dis ce que ça t'inspire. »

Le mec disant qu'il allait réfléchir. Thierry Plaisance disant « C'est ça. réfléchis bien, mais réfléchis vite. Et inversement, d'ailleurs. » Se levant pour montrer au mec qu'ils avaient fini. Le mec se levant aussi. Et juste avant d'ouvrir la porte, Thierry Plaisance disant, « Ah, et comme je t'ai dit, demain, quand on se revoit, si tu veux que j'oublie le collier, toi, par contre, l'oublie pas. »

Manu revivait la scène mais cette fois, pour Nadj, lui racontant alors qu'ils roulaient sur l'A8 en direction de Monaco.

« Donc je reviens à l'entrée du parc, le mec était à m'attendre devant la petite maison. Le mec, t'imagines, un milliard de questions, pressé de me les poser. Donc moi, pareil que plus tôt dans l'allée, je le laisse pas parler. J'enlève mon gant et je lui dis, « Au fait, pardon, tout à l'heure, la speederie que me mettait Madame Plankaert, j'ai oublié : Guillaume. » Lui, par réflexe, je lui tends la main, il me la serre et dit, « Kevin. » Tout de suite, je recommence à le saouler. Comment je lui ai dit ça, je sais plus. Attends… Ah si. Je ressors le portable et je lui dis, "Attends, j'appelle Madame Plankaert." »

Arrivant à la partie que Nadj connaissait déjà, pour l'avoir entendue au téléphone, la lui rejouant quand même. Pour leur plaisir à tous les deux.

« Tu décroches et toi non plus, je te laisse pas le temps. Tout de suite, je te fais genre, "Madame

Plankaert ? Oui. C'est fait. Non je suis avec le gardien, là, Kevin. Oui, comme vous avez dit. Je suis presque sûr, moins de quatre minutes. Quoi ? Vous appelez Monsieur Makharov ? Tout à fait, je reste en ligne." Là je fais comme si tu m'as mis en attente, toujours le portable sur l'oreille mais je reparle au garde : "Alors ? Combien ? Vas-y. T'as calculé ?" L'autre me dit trois minutes cinquante-deux. Je lui dis, "J'ai fait vite, dis donc, non ?" Puis je fais comme si tu viens de recommencer à me parler au téléphone. "Messagerie ? Peut-être son portable passe pas dans le musée. Parfois, il y a des interférences, les bornes d'alarme. Ou il a plus de batterie. Aller le prévenir ? Oui mais si moi j'y vais, les gens du siège et les gars de l'alarme vont se douter de quelque chose. Je dis ça, je pense à l'effet de surprise, je croyais que Monsieur Makharov et le maire voulaient… Le gardien ? Oui. Je peux demander au gardien. Faudra penser à une petite façon de le remercier d'ailleurs, parce que depuis tout à l'heure, il est juste impeccable, super coopératif. Sans lui, j'y serais pas arrivé." En disant ça, je fais un clin d'œil au mec. "Non mais juste, je disais, faudra pas l'oublier, quoi, c'est tout. Oui bien sûr, on pourra voir ça après. D'accord. Je lui dis. Juste, Madame Plankaert, redites-moi, c'est quoi déjà la phrase ? D'accord. Il dit juste ça, rien d'autre ? Monsieur Makharov saura… Et le maire aussi. Très bien. Je lui dis. Bien Madame Plankaert. Tout à fait. Je reste là, je bouge pas. J'attends les gens du siège et une fois qu'ils sont là, je rends les montres à Monsieur Makharov et personne d'autre. En personne, tout à fait. À tout de suite Madame Plankaert." »

Nadj rigolant tout en conduisant. Manu fier de ce qu'il avait réussi. Fier de la faire rire avec, maintenant.

« Et c'est là où, sans déconner, c'est devenu bon. Je raccroche et je dis au mec : "Donc tu m'as entendu, Madame Plankaert demande si des fois, t'es sympa, tu peux juste aller prévenir Monsieur Makharov que la simulation a réussi. Mais à part le maire, sans que les autres se doutent encore de rien pour l'instant. Tu montes et tu lui dis, son bureau vient d'appeler, le nécessaire est fait pour ses places d'opéra. Tu te souviendras ? *Votre bureau vient d'appeler. Le nécessaire est fait pour vos places d'opéra.* Vas-y." Là le mec sait pas trop, il hésite. Je lui dis, "Vas-y. Faut que je sois sûr." "Heu, votre bureau vient d'appeler. Le nécessaire est fait pour vos places d'opéra." J'étais obligé de me mordre pour pas éclater de rire, je te jure. Je dis, "Voilà. Vas-y. Moi je t'attends là. Les mecs du siège se pointent avant que tu sois revenu, pas de problème, je leur ouvre. Tiens, je mets ça là en attendant", je dis ça en rangeant le chariot dans un coin de la pièce. « Vas-y, là, sois sympa. Moi il faut que je rappelle Madame Plankaert. J'ai oublié de lui dire un truc, en fait.' Et voilà, il est parti vers le musée. Moi j'ai débranché l'enregistreur numérique des moniteurs, je l'ai mis dans le chariot et je suis parti. Si tu veux, plus tard, on le branche sur une télé, tu me verras en train de découper le verre comme un oufe et de piquer les montres. Tu verras ce que c'est. »

Le truc toujours dans le coffre de la *Punto* pour l'instant.

Elle dit, « Oui. Et puis, surtout, quand tu te seras bien revu, on pourra le détruire. Avoue, ce serait bête, retrouver les images utilisées comme preuve alors que t'avais réussi à repartir avec. » Mais disant ça avec le sourire. Pas du tout maîtresse d'école comme elle pouvait être parfois.

Repensant à ses hésitations à lui, dans le parking du Leclerc, en attendant Plaisance. Il s'était demandé s'il ne valait pas mieux en rester là, en fait. Donner les montres au mec et puis croiser les doigts. Espérer que les flics ne remontent pas jusqu'à lui. Et que l'autre s'en tienne là, lui foute la paix, ensuite. Fragile, mais tentant, sur le coup.

Sauf, en voyant l'autre arriver, son sourire d'enculé, la façon dont il lui avait parlé, c'était clair. Jamais cette merde humaine ne lui foutrait la paix. Il y aurait toujours un truc. Il fallait que ce mec paye.

Et puis il y avait, Nadj. Nadj, elle, à fond dans son plan pour tout prendre à Plaisance et lui mettre la misère.

Donc là, roulant vers Monaco, elle conduisant tranquille, cent, cent cinq max, Manu la regardant de profil et la trouvant juste trop belle, content d'être là à cet instant précis, content d'avoir décidé de continuer. Pour se venger de Plaisance. Pour libérer des filles. Pour, si tout allait bien, se prendre aussi au passage une jolie somme pour lui.

Et puis, comme c'était le cas depuis le début de l'histoire, en fait : juste pour rester en contact avec elle.

Vingt-sept

Vers quinze heures trente, le poste ne répondant pas, Thierry Plaisance appela l'accueil et demanda où était la petite Bouzelate. La réceptionniste dit, « Nadège ? En partant déjeuner, elle a dit qu'elle serait à l'extérieur cet après-midi. » Thierry Plaisance déçu. Les montres dans le coffre à trois mètres lui redonnant la niaque, après la nuit de merde à penser au Roumain et à son ex-femme. Là, il s'était bien vu inviter la fille à boire un verre après le service, tâter un peu le terrain – plus que le terrain, d'ailleurs, s'il était favorable. « Ah bon ? Elle est où ? » « Vérifes à domicile. » Dommage. Juste aujourd'hui qu'il se sentait à nouveau mâle dominant. « Okay. Merci. Je vais essayer son portable. » Thierry Plaisance allant pour raccrocher, mais la réceptionniste dit, « Par contre, ça tombe bien que je vous ai. J'allais vous appeler. Il y a quelqu'un pour vous. » « Ah bon qui ça ? » Il n'attendait personne. « Je sais pas, j'ai pas compris le nom, il parle pas bien français. Je crois qu'il est roumain. »

Manu n'était pas venu à Monaco depuis un petit moment, forcément. Et cette fois-ci comme les fois précédentes, il avait peine à croire ce qu'il voyait.

Qu'un endroit comme ça existe et que tout le monde semble trouver ça normal.

Les bagnoles, d'abord : deux tires sur trois étaient une Porsche ou une Merco décapotable. Les bonnes femmes : les sapes, les bijoux, les brushings – les *brushings*, putain. Une hallu ! Les lunettes de soleil à trois cents minimum. Toutes. Les boutiques : banque, yachting, couture, bijoux, immobilier, banque, yachting, couture, bijoux, immobilier, banque, et ainsi de suite.

Tout.

Manu se disant cette fois-ci qu'en fait Sarkozy était pomme : au lieu de s'être fait chier à se faire élire en France et, maintenant, se retrouver à gérer toutes les merdes et les sondages qui baissent, il aurait bien mieux fait d'épouser Stéphanie – lui que ça angoissait pas, même au contraire, donnant l'impression de kiffer ça, si ses gonzesses avaient déjà bien ramassé les balles avant de le rencontrer. Là, mari de Stéphanie, beau-frère d'Albert, logé au palais, vue sur mer, une Ferrari garée devant à l'attendre, chaque jour une autre couleur, rien d'autre à faire de ses journées que d'inspecter des yachts et de croiser des thunés, putain il aurait été au top. Bien plus heureux, sûrement. Manu content de sa théorie, sur le point de la dire à Nadj, voir si ça la faisait rire, mais Nadj disant avant, « J'espère que le type va marcher. Et qu'il assure derrière. Sinon, on n'est pas bien. C'est lui le maillon faible dans mon petit dispositif. » Concentrée sur ce qu'ils venaient faire, donc pas dans le mood pour apprécier sa blague, Manu la gardant pour lui.

Et cette fois comme à chaque fois qu'il était venu avant, l'enfer pour se garer, obligés d'aller chercher un parking à dache et ensuite revenir à pied jusqu'à l'adresse professionnelle du mec, un magasin d'antiquités de la rue Princesse-Antoinette.

Nadj et lui entrant dans la boutique. Des vieux meubles et des beaux objets partout, mais pas les uns sur les autres, bien espacés, mis en valeur. Plus galerie d'art que brocante bric-à-brac. Un grand mec élégant en train de lire derrière un petit bureau se levant pour les accueillir. Cheveux blancs coiffés Villepin, costard et pompes qui devaient valoir un rein. Manu l'imaginant mal là-haut avec les toxicos en manque et les gangs de barbares.

Le mec les recevant un poil sur la défensive, ayant sans doute reniflé tout de suite qu'ils n'avaient pas le profil. Nadj montrant sa carte. Le mec soupirant. Nadj demandant s'ils pouvaient se parler tranquilles. Le type disant qu'il n'était pas censé s'absenter avant la fermeture à dix-huit heures trente.

Nadj regardant autour d'elle, le magasin désert à part eux et dit qu'ils n'avaient qu'à se parler ici et s'interrompre si un client se présentait. Le mec écartant les mains en signe d'impuissance. Nadj dit, « C'est à propos de votre rendez-vous ce matin au SPIP de Grasse avec Thierry Plaisance. »

Le mec soupirant de nouveau. « Oui. Et alors ? »

« Les montres qu'il vous a demandé d'écouler. »

Le mec commençant à faire l'innocent, Nadj l'arrêtant tout de suite. Du coup le mec disant, « C'est très simple. Je voyais ce monsieur pour la première fois. À l'en croire, la conseillère que j'avais vue précédemment est en congé. Là, donc, il m'a menacé. Et dit que je retournerais en prison si je ne l'aidais pas à écouler de la marchandise volée à Tésauris ce matin. »

« Et alors ? Vous avez dit quoi ? »

« J'ai accepté. Je n'avais pas beaucoup le choix. »

« Vous avez bien fait. » Le mec surpris. « En même

temps, vous êtes d'accord, ce serait injuste qu'il s'en tire aussi facilement. »

« Oui enfin ça. Des injustices, ma foi, vous sortez dans la rue, vous en verrez plusieurs. »

« Raison de plus. Quand on peut en empêcher une, pourquoi se priver ? C'est pour ça, d'ailleurs. Là, nous, on a une proposition à vous faire. »

Le type se méfiant des « propositions », visiblement. Manu pouvant comprendre.

« En un mot, écouler les montres comme Plaisance vous l'a demandé – à une différence près : au final, lui, il ne touche pas un centime et se retrouve marron. Incapable d'exercer la moindre représaille sur qui que ce soit. »

« Vous m'en direz tant ! Ça existe, ça ? »

« Si vous faites ce qu'il faut, oui. »

« Si *je* fais ce qu'il faut. Et vous, dans cette étrange histoire, vous êtes qui ? »

« Des gens à qui Plaisance fait des misères. Et qui du coup ont envie de le mettre à l'amende. »

« D'accord. » Le type hochant la tête, le regard dans le vague, réfléchissant ou voulant en donner l'impression. « Et, pardon, mais juste pour m'aider à mieux comprendre, les gens qui ont volé ces fameuses montres, eux, quelle est leur position ? J'imagine que le musée, ce Monsieur Plaisance ne l'a pas cambriolé lui-même. »

« Non. C'est moi. » Les premiers mots que Manu prononçait depuis qu'ils étaient dans la boutique. « Bonjour. Emmanuel Bonal. Je crois pas qu'on se soit croisés, mais il paraît qu'on était en altitude vers les mêmes dates. » Tendant la main. Le mec faisant une moue, hésitant une seconde avant de la lui serrer. « Hervé Volker. Ravi. »

« Pareil que vous : Plaisance m'a obligé. Pour pas être renvoyé là-haut, j'ai dû taper tôt ce matin. Je suis passé lui livrer les montres après. »

« D'accord. Et donc maintenant, vous voulez "le mettre à l'amende". Grand bien vous fasse. Mais moi, en admettant, quel intérêt aurais-je à marcher avec vous plutôt qu'avec l'antipathique Monsieur Plaisance – qui tout antipathique qu'il est, me semble disposer pour l'instant d'un pouvoir de nuisance nettement plus immédiat. »

« Eh bien, j'ai envie de vous dire, d'abord la satisfaction de ne pas vous laisser retourner par une enflure comme lui. Et puis aussi, peut-être, si tout se passe bien, la perspective de rafler un petit peu d'argent de poche au passage. Je continue ou ça ne vous intéresse pas ? »

« Argent de poche. En même temps, à l'âge que je commence à avoir, vous vous rendez bien compte qu'il ne peut plus s'agir de Ticket-Restaurant pour aller au McDo. »

« Si les montants que j'ai en tête tiennent la route, votre intéressement devrait se situer quelque part autour des cent mille euros. Tout ça en trois rendez-vous. Ça s'étudie. »

Le type prenant une grande inspiration, hochant la tête plusieurs fois et disant, « Ça s'étudie. Donc étudions. Je vous écoute. »

« Sur le détail des circonstances exactes de l'échange, je reviendrai plus tard. Pour l'instant, ce qui compte, c'est que – pardon, juste une chose avant que je me lance, vous êtes restés sur quoi avec Plaisance, vous devez vous revoir quand ? »

« Demain. Je suis censé lui proposer des pistes pour écouler sa marchandise. Je dois avouer que, pour l'instant, je n'ai pas été très inspiré. À vrai dire, je cherchais plutôt des moyens de me faire exempter, si vous voyez ce que je veux dire. Quelque chose qui me protège contre lui. »

« Et alors ? »

« Chou blanc, hélas. D'où l'oreille bienveillante que je vous prête. Sinon, vous pensez bien... »

« Très bien. Alors, sauf avis catégoriquement contraire de votre part, votre première tâche consistera donc à persuader Plaisance que la meilleure solution pour écouler les montres serait de les revendre à leur propriétaire d'origine, l'oligarque russe Oleg Makharov. »

Le type faisant alors une petite grimace. « Extorquer de l'argent à des Russes. Les accidents du travail sont fréquents dans cette branche. »

« Certes, mais vous, vous serez juste l'intermédiaire. Si le Russe pique une colère, vous ne serez pas le premier concerné.

« Vous me permettrez de diverger sur ce point. Ces gens sont au contraire connus pour avoir la rancune qui ratisse au plus large. Mais admettons. Et donc ? »

« Vous devez ensuite le convaincre de vous laisser contacter le Russe. Lui rendre une des montres pour lui prouver que vous n'êtes pas un farfelu. Et lui proposer de récupérer sa collection pour moitié prix. Charge à lui de savoir ce qu'il veut faire ensuite vis-à-vis de l'assurance. »

« Et moitié prix, ça nous emmène où ? »

« À la louche, un million et demi. »

« D'accord et ensuite ? »

« Ensuite, si le Russe accepte, je vous communiquerai les détails de la procédure que j'ai imaginée. Dont certains que Plaisance devra alors ignorer. Mais nous verrons ça en temps utile. Pour l'instant, ce qui compte, c'est votre accord. Et votre aide pour orienter Plaisance dans la bonne direction. »

« Très bien. Et ce monsieur, comment avez-vous dit, Makharov, avez-vous une préférence concernant la façon dont je me rapproche de lui ? »

« Absolument. Une fois que Plaisance est d'accord, vous faites déposer la montre échantillon à son garde du corps. Il est dans les pages jaunes. Ville de Cannes. Rubrique Sécurité. Il s'appelle Othello Zsadic. »

Thierry Plaisance dit, « Mais c'est quoi cette connerie, débouler comme ça, sans prévenir ? À mon bureau en plus ? C'est pas ce qu'on s'était dit. Où t'as vu jouer que tu pouvais faire ça ? »

En trouvant le Roumain qui l'attendait à l'accueil, il s'était retenu d'entraîner le mec dehors, de peur d'intriguer la grosse du guichet. Il l'avait donc joué cool, faisant juste le mec surpris, disant au Roumain qu'il avait de la chance qu'il ne soit pas déjà en rendez-vous. Et que les fois d'après, il faudrait prévenir avant. L'emmenant comme si de rien n'était dans une salle d'entretien. Mais alors là ! Tout de suite la porte fermée et ce con de Roumain installé à la table, Thierry Plaisance commençant à le pourrir, faisant juste gaffe à ne pas parler trop fort. Engueulant le mec à voix basse, ce qui n'était pas si facile.

L'autre en face ne disant rien, attendant, avec sa gueule de con de Roumain. Comme la veille. Thierry Plaisance se disant, ça pouvait être du calme ou aussi de la bêtise. Peut-être en plus d'être roumain, le type était « différent ».

« Hein ? T'entends ce que je te dis ? Qu'est-ce que

tu fous là ? T'es malade, venir me voir au bureau comme ça. Qu'est-ce que tu veux, putain ? »

« Moi je dire. Vous c'est donnere cinquante mille euros moi. »

« Putain mais je t'ai dit hier, il me fallait quelques jours ! Quelques jours ! Tu sais ce que ça veut dire, *quelques* jours ? Ça veut pas dire le jour d'après. Ça c'est le *lendemain*, qu'on appelle ça. Quelques jours, c'est le lendemain, mais le lendemain du lendemain du lendemain du jour d'après le jour où on te l'a dit. Tu vois la différence ? »

« Vous c'est donnere cinquante mille euros moi. Ou c'est je faire problème. *Card memorie*. Photos vous et Madame Bluto attachée toute à poil. Tu compris ? »

« Putain mais je les ai pas les cinquante mille euros. T'écoutes pas quand je te parle ! Là, *aujourd'hui*, je les ai pas. Faut attendre *quelques jours*. Quelques jours – tu comprends ? »

« Okay. C'est je faire problème. » Le mec se levant.

« Non, non attends. »

« Vous donnere cinquante mille euros moi ? »

« Oui. Enfin, non. Je veux dire, *presque*. Tu vas voir. Assieds-toi. Assieds-toi je te dis ! Je t'explique. Imagine, par exemple, là, je m'absente deux minutes, toi tu restes là, mais quand je reviens je te donne, pas les cinquante mille euros, mais un très bel objet qui si ça se trouve vaut encore plus. Enfin d'ailleurs, non, je te le *donne* pas. Précisément. C'est tout le truc. Je te le *donne* pas. Surtout pas ! Mais, attention, écoute bien : un très bel objet que je te donne pas, mais que je te laisse en *garantie* pour te rassurer et que tu fasses pas de bêtises pendant les quelques jours dont j'ai besoin pour réunir les cinquante mille euros. Et toi, dans quelques jours, quand je te donne les cinquante mille, tu me rends le très bel objet. Tu comprends ce que je te dis ? »

Le Roumain le regardant avec son air idiot, ne disant rien.

« Tu comprends pas ? »

L'autre le regardant toujours.

Putain, ça partait en couilles, là.

Au retour, un peu avant la sortie Antibes/Juan-les-Pins de l'autoroute, le petit tennisman cambrioleur dit à Nadj, « Et donc, en fait, Kruelo, tu savais que c'était le garde du corps du Russe à qui j'allais piquer les montres. »

« Oui. Je le savais, mais sur le coup, j'avais pas vu le problème. »

« En tout cas, tu ne me l'avais pas dit. »

« Ben non, comme je te dis, sur le coup, j'avais pas vu en quoi c'était pertinent. Tu te doutes bien que je pouvais pas savoir qu'il serait devant le musée justement à ce moment-là. »

« D'accord. Et, je veux dire, il y a encore beaucoup de détails comme ça que tu ne juges pas "pertinent" de m'en parler ? »

Oui. Ça, il y avait. Et dans chaque cas, Nadj était sûre d'avoir raison de ne rien dire.

Par exemple, à propos des photos de séances SM *light* dans le tiroir de Plaisance, elle avait bien fait de ne pas créer de faux espoirs. Plus tôt dans la journée, quand Plaisance était allé chercher les montres, elle avait ouvert son bureau, comme chaque fois grâce au passe de la femme de ménage. Les photos en question n'étaient plus dans le tiroir où elles se trouvaient l'avant-veille. Elle avait donc eu raison de se taire.

Pareil pour les menaces du Serbe, la veille, devant chez elle. En retrouvant le tennisman ce matin, elle ne lui avait rien dit. Sur le coup, pour ne pas le perturber, risquer de le déconcentrer avant le casse. Là, le casse était fait, mais elle ne voyait toujours pas l'urgence à lui parler de tout ça. Donc d'autres choses qu'elle cachait au petit tennisman ? Nadj dit, « Bien sûr que non. Pourquoi tu dis ça ? »

« Non comme ça. »

Gardant ensuite le silence l'un et l'autre pendant qu'elle quittait l'autoroute et se mélangeait au trafic de fin de journée un vendredi, le petit tennisman flippé à l'idée d'être en retard pour sa leçon de dix-sept heures.

En même temps, Nadj bluffée, mine de rien, par la façon dont le petit tennisman l'avait joué au musée. Un peu tendu avant, mais supra cool pendant, improvisant avec un culot qu'elle n'aurait jamais su avoir, embrouillant le gardien en un rien de temps, juste à la tchatche. Supra cool pendant, donc. Et super cool après. Pas crâneur, ne se la pétant pas George Clooney ou Brad Pitt dans *Ocean's* quelque chose. Assez craquant, du coup. Plus intéressant qu'elle n'avait d'abord cru. Passant bien tous les tests.

Même avec elle, se débrouillant plutôt pas mal. Nadj voyant bien sûr qu'elle lui plaisait, qu'il ne demanderait que ça, mais sans être relou pour autant, trop insister, tout mélanger ou chercher à brusquer les choses. Laissant venir, tout doucement. Sauf là, que le coup était fait, il risquait d'avoir envie de célébrer.

Donc trouver une excuse pour le déposer à son club où ils seraient arrivés dans tout juste dix minutes, et repartir ensuite – mais alors pour faire quoi ? Est-ce qu'elle ne serait pas mieux, au fond, à se laisser draguer par le petit tennisman, baisser la garde, un peu ?

S'oublier. Profiter. Lâcher prise. Et là, son téléphone vibrant au fond de son sac.

Nadj décrochant et au bout du fil le patron du SPRS lui disant qu'il avait besoin d'elle, là, tout de suite, si elle pouvait se libérer.

« J'ai une victime à amener à l'hosto et personne de dispo. Est-ce que tu peux me dépanner ? Sinon, c'est moi qui vais devoir m'y coller et ce soir c'est mon vingtième anniversaire de mariage. Si je le plante, je risque de pas en avoir de vingt et unième l'année prochaine, tu vois ce que je veux dire ? Je te revaudrai ça. Je sais pas encore comment, mais je te promets de chercher. »

Nadj disant « Je suis là dans trois quarts d'heure. Peut-être moins, en fonction de comment ça roule » et raccrochant, rangeant son téléphone et disant ensuite à Manu : « Je te dépose et en fait, là, il faut que je retourne à Nice, ils ont besoin de moi au SPRS. »

« Ah bon ? Qu'est-ce qui se passe ? »

« Je sais pas bien. Il ne m'a pas dit. Juste qu'il y avait une urgence. »

Nadj émue malgré tout par l'air déçu que le brave garçon à côté d'elle ne cherchait même pas à cacher.

Mais se disant, rapport à son hésitation de deux minutes plus tôt, ben voilà, ça règle l'histoire, comme ça. C'est le destin, on va dire. Et pour la suite, eh ben, *que sera sera*.

Vingt-huit

En rangeant la 911 *Carrera S* sur le parking du club, Bruno se sentit soulagé ne pas y voir l'Audi de Solange Bluto. Sans toutefois que cela dissipe toute son appréhension de se retrouver face à elle, à présent qu'elle savait qu'il était responsable du chantage.

Le sale étudiant hindou de hôtel avait dû se faire un plaisir : raconter le comportement de Bruno ce soir-là et bien donner son nom. Bruno persuadé, du coup, que le Roumain qui était venu le brutaliser au centre commercial était un des ouvriers de l'entreprise du mari.

Pour autant, quand la mère Bluto et lui se croiseraient – tôt ou tard, ça allait se produire, donc autant le faire tout de suite et être débarrassé –, il y avait de fortes chances pour qu'elle fasse profil bas. D'accord, lui, il avait tenté de lui extorquer de l'argent. Mais il fallait voir ce qu'elle faisait ou qu'elle se laissait faire sur les photos. Pardon ! Et donc pas non plus en position de trop jouer les outragées.

Non, des deux, tout compte fait, c'était encore lui qui avait l'avantage. L'*ascendant psychologique*. Bruno regrettant aussitôt d'avoir associé ces termes, l'expression lui faisant venir Claude-Moïse à l'esprit. Et avec Claude-Moïse, les cinquante mille euros que

Bruno était toujours censé trouver d'une façon ou d'une autre.

Bruno, pour l'instant, gagnant le court où il avait rendez-vous avec Guy Mongalet, le gynécologue antibois qui parfois lui adressait des patientes, à charge de revanche.

Bruno battant le type, comme chaque fois. Entre les balles, repérant Linda Ponderoux sur un court voisin. Échangeant quelques regards avec elle. Solange Bluto lui aurait-elle déjà tout raconté ? Dur à dire. Là, la belle brune bronzée lui faisait plutôt des sourires.

Bruno gagnant les deux sets et ensuite n'allant pas au vestiaire, préférant pour une fois rentrer se doucher et se changer chez lui, ce soir où il n'avait pas de dîner à l'extérieur, expédiant le plus vite possible le Perrier que le gynécologue battu insistait pour lui offrir au club-house.

En regagnant enfin le parking, Bruno entendit des pas derrière lui. Il se retourna et vit alors Linda Ponderoux qui elle aussi marchait vers sa voiture. Bruno incapable de dire pourquoi, mais presque sûr que la rencontre n'était pas si fortuite que ça, comme si la belle brune l'avait guetté.

Linda Ponderoux et lui échangeant quelques banalités sur les parties qu'ils venaient de jouer, chacun debout à côté de sa Porsche, le *Cayenne* de Linda Ponderoux garé de l'autre côté de l'allée centrale. Tout en parlant, Bruno ouvrant la porte de la *911*, prêt à se glisser au volant dès qu'ils se seraient dit au revoir et voyant alors Linda Ponderoux marcher vers lui en disant « Au fait, dis-moi… »

Bruno, du coup, restant à l'extérieur du véhicule. « Oui ? »

Linda Ponderoux à sa hauteur à présent. « Tu es pris dans les deux heures qui viennent ? »

« Heu, non. Pourquoi ? Tu veux qu'on aille boire un verre ? »

« Un verre ? Non. Mais je me demandais si tu pouvais être dans vingt minutes sur le parking du Carrefour d'Antibes, la porte 3, celle près de l'escalator qui monte sur le toit. »

Le parking du Carrefour ? Quelle idée ? « Heu, oui, sans doute. Pour quoi faire ? »

« Pour que je monte dans ta voiture. Comme ça, après c'est plus discret pour moi une fois qu'on est à hôtel. » Bruno ne s'attendant pas à ça – pas comme ça, aussi direct. Et s'attendant encore moins à ce que Linda Ponderoux était en train d'ajouter : « Tu vois le *Best Western* boulevard Eric-Tabarly à Villeneuve-Loubet, juste après Marina Baie des Anges ? »

Bruno se sentant changer de couleur.

Et en même temps, non. L'expression et le ton de Linda Ponderoux ne semblaient exprimer rien d'autre que ce qu'elle venait de dire. L'envie d'aller se faire sauter par lui dans une chambre hôtel.

Soit. Mais alors, de grâce, pas le *Best Western* du boulevard Tabarly, Bruno faisant un détour depuis la veille pour ne plus passer devant. Et là, n'ayant aucune envie de retourner là-bas. Et de retomber peut-être sur le réceptionniste hindou, si jamais le type assurait aussi parfois la permanence de jour.

Non. Pas question. Bruno disant donc, « Un hôtel ? Et pourquoi pas chez moi, plutôt ? »

Linda Ponderoux disant alors, « Oui tiens, c'est vrai, en fait, après tout. Ça changera. »

Radu Popespar trouvait les Français complètement cons.

Une population qui choisissait un juif hongrois comme *Presedinte de Republica* ! Juif, déjà – Radu Popespar n'aimait pas trop les *Evrei*. Mais hongrois ! Radu Popespar *détestait* les Hongrois.

Les *Maghiari de Ungaria*, les pires ! Les Hongrois de Hongrie, toujours, sachant tout mieux que tout le monde. Même quand ils ne savaient rien. Radu Popespar bien placé pour dire : né tout près de la frontière avec les *Maghiari*, dans les Maramures.

Surtout, Radu avait fait son service militaire dans les douanes. Lui et les autres *Granicerii* trafiquant avec les *Maghiari de Ungaria* du poste en face. Trafiquant, oui, mais pas devenant copain. Les Hongrois les traitant toujours comme s'ils étaient des Roms, sous prétexte qu'ils étaient roumains.

Là, pareil, le *functionar* du *Ministerul* – Radu Popespar avait vu la plaque sur la maison où le mec était retourné après le parking, le jour d'avant. Radu Popespar suivant le mec et le mec ne voyant rien –, le *functionar* du *Ministerul* qui faisait faire des choses à *Doamna* Bluto sûr de lui comme un Hongrois, prenant Radu Popespar pour un *cretine*. Lui donnant une vieille montre à la place des cinquante mille euros pour le faire patienter. Comme si Radu Popespar allait être assez *câcat* pour croire que la vieille montre valait cinquante mille euros.

Radu Popespar se disant que demain il irait peut-être chez un marchand de montres neuves demander ce que valait la toute vieille que le *functionar* lui avait dit de garder tant qu'il ne lui donnait pas les cinquante mille euros. Bien voir comment le *functionar* l'avait pris pour un *cretine*, juste parce qu'il était roumain – pareil comme faisaient les Hongrois.

Là, la fin de journée, Radu Popespar fatigué de tous ces Français, avec leur *Presedinte* d'origine *Evreu Maghiar*, qui se comportaient supérieurs avec lui comme des douaniers hongrois et le traitaient comme un Rom juste parce qu'il était roumain.

Les Français persuadés d'être très malins et en fait très *câcat*. Les Français beaucoup de chance, pouvant bien être très cons, aussi cons qu'ils voulaient. Pas besoin d'être malins, ça ne changeait rien pour eux, avec tout ce qu'ils avaient.

Radu Popespar se souvenant d'avoir toujours entendu dire ça – les gens de sa région qui allaient en France à l'époque où c'était encore dur. Les boîtes à pièces pour stationner les voitures, c'était les gens des Maramures qui avaient eu l'idée de les casser en dessous et de prendre dedans quand elles étaient remplies. Et qui étaient rentrés après à Satu Mare se faire construire une maison – des belles maisons, comme en France : pas juste les parpaings. Payant pour poser un revêtement dessus.

Les gens de sa région disaient tous ça en rentrant : les Français étaient cons. Et les Français n'aimaient pas les Roumains. Pas pire que les Hongrois. Pareil. Mais les Français plus riches. Et bien plus cons du coup. Donc plus à prendre à eux qu'aux Hongrois.

Et plus facile. Radu Popespar se disant à l'époque qu'un jour il irait voir aussi. Mais depuis, les Français avaient supprimé les boîtes à pièces pour les voitures et mis à la place des boîtes à cartes.

Oui, là, Radu Popespar fatigué. Les policiers, le *chirurg estetic*. Le *functionar* du *Ministerul Justitiei*. Tous lui mentir. Tous le prendre pour un *cretine*. C'était assez, comme ça.

Là, Radu décidé à aller demander direct à *Doamna* Bluto, la femme de Monsieur Bluto, l'argent pour les photos et la *card memorie*.

Radu Popespar cherchant les mots français, préparant dans sa tête comment il allait dire à *Doamna* Bluto de lui donner l'argent, sinon il faisait des problèmes avec les photos et la *card memorie* quand Monsieur Bluto serait rentré à leur maison.

Radu Popespar donc prenant le bus de Grasse jusqu'à Cannes. Après encore un bus jusqu'à Tésauris. Trois heures pour tout le chemin alors qu'en voiture, pfft ! Une demi-heure, c'était possible.

Problème, Radu Popespar savait qu'il ne pouvait pas rester à attendre dans la rue devant la maison de *Doamna* Bluto. Ni en voiture même s'il en avait volé une. Tout de suite repéré. Aucune voiture en stationnement dans les petites rues du quartier où Monsieur et *Doamna* Bluto avaient la maison. Les Français et les Russes rentraient leurs automobiles allemandes dans leurs propriétés, de l'autre côté des hautes clôtures.

Radu Popespar se souvenant comment il s'était fait arrêter le jour d'avant le jour d'avant : un Français qui passait en automobile allemande et qui avait vu Radu, Radu marchant autour de la propriété, cherchant comment entrer. Le Français en automobile allemande avait appelé la police. La police arrivée juste quand Radu allait entrer par le trou qu'il avait repéré dans la clôture au-dessus du mur de pierre.

Là, le trou toujours là, toujours pas réparé. *Doamna* Bluto pas venir se plaindre après.

Radu cette fois n'attendant pas qu'un Français en automobile allemande le voie et appelle la police.

Radu escaladant, rentrant direct par le trou dans la clôture.

Une fois dedans, marchant entre les arbres vers la maison. Et là voyant une femme qui sortait de la maison avec un manteau sur elle et un sac à la main et un sac en plastique dans l'autre.

Pas *Doamna* Bluto. Radu se disant que c'était la *camerista* qui parlait moins bien français que lui dans l'interphone quand il était venu pour demander l'argent. Radu comprenant pourquoi la *camerista* ne parlait pas mieux en la voyant. La *camerista* sans doute *filipinez*.

La *camerista* marchant jusqu'à un abri à voiture. Deux automobiles allemandes, un 4 × 4 BMW et une Porsche décapotable garés dessous. Radu pas étonné de voir des automobiles allemandes chez Monsieur et *Doamna* Bluto. La *camerista*, elle, bien sûr, ne prenant pas l'une des automobiles allemandes. Ressortant de l'abri en poussant un vélo, montant dessus, gênée avec ses sacs et s'en allant dans l'allée.

Radu restant caché jusqu'à ce qu'elle soit partie vers le portail, le portail s'ouvrant tout seul, sûrement un petit *beeper* que la *camerista* avait. Radu laissant les portes se refermer et attendant. Pas un bruit, pas un mouvement. Radu sortant de sa cachette derrière les arbres et faisant le tour de la maison.

Derrière il y avait un très grand jardin et une très grande terrasse et dessus une très grande piscine. Radu pas étonné de trouver une très grande piscine chez Monsieur Bluto.

Radu regardant bien le jardin et la terrasse. Ne voyant personne. Personne non plus dans la grande pièce de l'autre côté des portes en vitre. Radu trouvant la porte en vitre pas verrouillée. La faisant glisser et entrant. Pas un bruit dans la maison. Radu commençant à visiter partout dans la maison. Certaines pièces, comme par exemple celle avec les portes en vitre, grandes comme une maison en Roumanie.

D'autres pièces à l'étage très grandes aussi. Des chambres grandes comme des appartements en Roumanie. Les *toilettes* grandes comme des chambres en Roumanie.

Radu intéressé par la visite. Depuis qu'il était en France, il avait travaillé sur plusieurs chantiers de belles maisons de riches – Français, Arabes et aussi, beaucoup, *Rusesc* – mais c'était la première fois qu'il en voyait une finie, habitée, avec les beaux meubles chers dedans. Radu se disant, un jour, il aurait la maison comme ça.

Radu regardant bien partout et revenant dans la pièce grande comme une maison roumaine, celle avec la grande piscine sur la terrasse de l'autre côté des portes en vitre.

Radu se disant, la *camerista* était partie sans fermer, sans brancher l'alarme. Donc pensant que *Doamna* Bluto allait revenir bientôt.

Radu se disant très bien, s'asseyant dans un des canapés chers. Radu commençant à attendre que *Doamna* Bluto revienne.

Vingt-neuf

Linda dit à Bruno, « C'est drôle, depuis le temps qu'ils existent, ces immeubles – ils datent de quand, d'ailleurs ? »

« Ça dépend. Celui-là, le *Ducal*, c'est l'avant-dernier. Mais les deux premiers, l'*Amiral* et le *Commodore*, ont été construits dans les années soixante-dix. Le dernier, c'est le *Baronet*, il date de 93, je crois. »

« Oui, voilà, c'est que je disais : depuis le temps, moi qui suis de la région pourtant, c'est la première fois que j'ai l'occasion de les voir de l'intérieur. Mais aussi, au début, ça beaucoup été du Saoudien qui a acheté, non ? Ça doit être pour ça, en fait. »

« Je ne saurais pas te dire. » Bruno s'en foutant pas mal, surtout.

« Tout ça pour dire, ils sont sympas, en fait, ces apparts. C'était comme ça d'origine, ambiance loft, juste une grande pièce et la terrasse ? »

« Non, là, c'est moi qui ai fait tomber les cloisons. C'était un trois-pièces, au départ. Cent mètres carrés, et soixante de terrasse. »

Linda Ponderoux hochant la tête. « Non, vraiment. C'est bien ce que t'en as fait. »

« Tu sais, même au départ, c'était pas mal conçu. À l'époque, tout le monde a hurlé, mais moi je te signe que dans dix ans, tout le complexe est classé par l'UNESCO, témoignage de l'architecture optimiste des années soixante-dix. Tu vas voir. »

« T'as peut-être raison. Ils classent tellement tout et n'importe quoi, maintenant. Pourquoi pas ça, après tout ? C'est vrai. En tout cas, toi, t'es vraiment très bien. »

« Oui. Mais là, je suis lassé. J'essaye de vendre, en fait.

« Ah bon ? Tu l'as mis dans quelle agence ? Je connais très bien le type de John Taylor à Saint-Jean-Cap-Ferrat, si tu veux. »

« Écoute, moi, pour l'instant, je l'ai juste filé à mon copain de Riviera Prestigimo à Cannes. Mais si ça se trouve, j'ai peut-être quelqu'un en direct. On va voir. Il doit visiter demain. »

« Et tu voudrais quoi, à la place ? »

« Une maison, sur les hauteurs, au calme. Ici, en été, avec les locations saisonnières, je te dis pas. C'est infernal. »

Ils se disaient tout ça après avoir fini, en fait, n'ayant pas perdu de temps à parler en arrivant à l'appartement et commençant direct, sans discuter pour rien.

Et après ça, trois bons quarts d'heure, pas moins. Bruno se donnant du mal pour la première visite de Linda Ponderoux, lui réservant une prestation soignée, des gestes fiables, enchaînés dans un ordre qu'il maîtrisait très bien et qui avaient déjà souvent fait leurs preuves, sortant son meilleur jeu – aussi bien, on va dire question vigueur, contrôle respiratoire ou endurance, que pour ce qui était, soit dit sans se vanter, de sa bonne connaissance du corps féminin. Donc les deux combinés, mine de rien, la puissance physique et la compétence anatomique, plus l'expérience, au final, le résultat était là : au bout de quarante-cinq minutes, Bruno était allé jeter le préservatif, laissant Linda Ponderoux allongée sur le *king size bed*, le drap pas ramené sur elle ni rien, à l'aise toute nue, ne se précipitant pas à la salle de bain, comme Bruno voyait souvent plein de filles et femmes le faire, même à une époque où l'usage réinstitué de la capote à réservoir avait achevé de ruiner les fabricants de bidets.

Bruno tout nu et très à l'aise aussi, sentant son regard à elle sur ses fesses de pub Calvin pendant qu'il était dans le coin cuisine à leur préparer deux vodkas tonic. Bruno regardant l'heure à l'horloge du four et se disant que l'honneur était sauf, qu'à dix-neuf heures passées, ça devenait acceptable de se servir un cocktail.

Il la rejoignit au lit, ils prirent chacun une gorgée et Linda dit : « Tu sais que tout à l'heure, j'ai bien failli ne pas pouvoir arriver à l'heure au club. »

« Ah bon ? Pourquoi ? »

Bruno modérément intéressé, mais faisant semblant, par politesse.

« À cause des barrages de police, tu n'as pas vu ? La fondation Lievenstein a été cambriolée ce matin. Tu n'es pas au courant ? »

« Si, si. Mongalet, le type avec qui j'ai joué, m'en a parlé. »

« C'est dingue, ça, quand même, un casse dans ce pauvre petit musée. Une exposition de montres anciennes. Ça prouve qu'il y a des types qui sont vraiment prêts à faire n'importe quoi. »

« Ça ! » Bruno toujours pas passionné par le sujet.

« Le pire c'est que, tu ne vas pas me croire, mais je suis presque sûre de savoir qui a fait le coup. »

« Ah bon ? Comment ça ? »

« Quand je vais te dire qui c'est, tu vas croire que je suis folle, mais en fait je suis presque sûre de ce que je dis. »

« Ah bon ? C'est qui ? »

« Le petit prof du Sporting, tu sais, le blond, là, comment il s'appelle ? Emmanuel. »

Bruno voyant bien : le petit blond qui semblait se foutre de lui chaque fois que leurs regards se croisaient, que ce soit sur les courts ou dans les vestiaires. Sauf l'autre fois, où Bruno avait fait rire à ses dépens quand le petit blond avait sorti un soutien-gorge de sa poche. « Emmanuel ? Pourquoi lui ? »

« Parce que. Peu de gens le savent, mais en fait, là, il sort juste de prison. Il est en liberté conditionnelle. La vérité, c'est qu'il vient de faire deux ans à la maison d'arrêt de Grasse. »

« Ah bon ? Et tu sais pourquoi il y était ? »

« Tout à fait. Et c'est là où je ne peux pas croire que c'est juste une coïncidence. Il a dévalisé un musée de l'horlogerie en Suisse. C'est sa spécialité, si tu préfères. Il y en a c'est les voitures, d'autres c'est les bijoux. Eh bien lui, c'est l'horlogerie ancienne. Comme par hasard. Et comme par hasard, il vient donner des cours dans un club tout à côté d'un musée qui expose une collection de vieilles montres. Je suis désolée mais, tu ne trouves pas ça un peu louche ? »

« Si. Si, sans doute. Mais au cas où, il est un peu con, le gars. Tu penses bien que les flics aussi vont faire le rapprochement. »

« C'est ce que je me disais. Mais là, il semble que non. Tout à l'heure, il était au club, normalement, à donner ses leçons comme si de rien n'était. »

« Non mais, tu crois, vraiment ? Comment il aurait fait, alors ? »

« Ça, je n'ai aucune idée. Mais demande à mes amis, je suis assez bonne pour sentir les gens. Si quelqu'un cache quelque chose, j'ai, je ne sais pas comment te dire – un *feeling*. Par exemple, ça ne rate jamais, je devine toujours avant tout le monde que Untel et Unetelle vont avoir une histoire. Ne me demande pas pourquoi. Et ça marche dans l'autre sens. Quelqu'un de louche, pareil : je le sens. Et je ne dis pas ça pour me vanter, mais avec le temps, je t'assure, je me suis rarement trompée. C'est comme un don que j'ai. Et, je peux te dire, bien des fois, ça m'a rendu service. Tant et si bien que donc, là, lui, le prof de tennis, les trois millions d'euros de montres anciennes, je suis prête à parier, c'est lui qui les a prises. » Reposant son verre vide sur la table de nuit et venant se coller contre lui, disant, « Pour te dire comme mes intuitions sont bonnes en général : par exemple, toi, tout de suite, je t'ai vu, je savais que ce serait délicieux. Eh bien, tu vois, là non plus, je ne m'étais pas trompée. »

« Ah non ? » Bruno prêt pour les compliments. Pas blasé, en fait. Chaque fois heureux de les entendre.

« Tout à fait. Et même, tu vois, ça n'est pas souvent que je dis ça, mais je crois que j'ai mon compte, là, pour aujourd'hui. Pfou ! Un moment, pendant qu'on discutait sur ton appartement, je pensais que j'allais vouloir recommencer. Et puis en fait, je n'aurais pas la force. Comme on dit, là, “plus, ce serait trop”. Tu m'as épuisée. Et je peux te dire, il m'en faut ! Donc tu peux être fier de toi. »

« T'es sûre ? Parce que c'est pas à toi que je vais apprendre que la deuxième fois… »

« Oui je sais, mais là, non, vraiment, je suis repue. Je – » Coupée dans sa phrase par la sonnerie de son portable dans son sac Dior posé sur la table du coin salle à manger. Linda se levant, traversant la pièce en courant sur la pointe de ses pieds nus, sortant le téléphone du sac et disant à Bruno, « Mon mari, désolée, je dois le prendre… Oui chéri ? » Parlant à son mari à présent, toute nue chez un mec qui venait de tout lui faire, se grattant entre les jambes avec la main qui ne tenait pas le téléphone, réglant avec le mari une histoire de gâteau à passer chercher chez le traiteur avant la fermeture pour le dîner qu'ils donnaient le soir même. Linda disant à son mari qu'elle serait chez eux à peu près en même temps que lui.

Bruno l'observant et avec l'œil du professionnel, lui trouvant deux trois petites choses qu'il aurait pu rectifier. La poitrine, un peu affaissée. Les fesses, aussi, un petit chouille descendues avec l'âge. Presque pas de cellulite mais un petit peu quand même quand on savait regarder. Mais sinon, très belle femme, mieux que bien conservée, prenant très grand soin d'elle, bronzée sur tout le corps, épilée, manucurée, les cheveux parfaitement coupés.

Linda venait de raccrocher et de ranger le portable dans son sac avant de dire, « Non ben tu vois, en fait, là, il faut vraiment que j'y aille. Désolée. On jouera la revanche une autre fois. »

« Comme tu veux. »

« Mais oui. Avec grand plaisir. » Faisant un grand sourire pour appuyer le mot. « Mais là, juste, je vais te demander où est la salle de bain que je fasse une toilette de chat, si j'ose dire. »

Bruno en profitant pour laver les verres, ouvrant la baie vitrée pour aérer un peu. Trois minutes plus tard, elle revenait, rhabillée, recoiffée, impeccable, attrapant son sac et palpant ses poches, disant, « Bon ça va, j'oublie rien ? »

« Écoute, même si tu oubliais quelque chose, ce ne serait pas perdu. »

Linda n'écoutant pas, déroulant sa check-list, « Mon sac, mon téléphone, mes clés de voiture, mes lunettes. Non c'est bon. Je peux y aller. À très vite, non ? Au club, de toute façon. »

« Tu sauras retrouver ta voiture ? Juste en bas, devant le port de plaisance. »

« Pas de problème. À droite en sortant, c'est ça ? »

« Voilà. » Marquant une pause et disant, « Tu sais quoi ? »

« Non. »

« À l'instant, là, pendant que tu te rhabillais, je me disais, pourquoi on n'a pas fait ça plus tôt ? »

« Ah bon ? Tu te demandais ça ? »

« Oui. Depuis le temps qu'on se croise au club, normalement, ça aurait dû se passer depuis longtemps. »

« Ben non, tu vois, la preuve. Jusqu'à aujourd'hui, ça s'était pas trouvé. »

« Oui, c'est ça justement que je disais : je trouvais ça étonnant. »

« Ben écoute, oui, peut-être. » Pas intéressée du tout. Pressée de partir maintenant, plus encore que Bruno de la voir dehors.

Portant deux doigts à ses lèvres et lui soufflant un baiser plutôt que de l'embrasser pour de vrai, Bruno la regardant sortir et aller appeler l'ascenseur. Galant, attendant qu'il soit arrivé à l'étage et qu'elle soit montée dedans après un dernier petit signe de la main avant de refermer sa porte. Soulagé, en fait, de ne pas avoir eu à remettre le couvert, préférant rester là-dessus pour cette fois. Assez fier par ailleurs d'avoir réussi à épater une cliente exigeante comme Linda Ponderoux. Linda Ponderoux qui, en fin de compte, avait quand même dû oublier quelque chose et qui, là, ressonnait à la porte. Bruno toujours tout nu allant ouvrir, disant en tirant le battant à lui, « Ah ben tu vois, en fait, t'as oublié un truc. »

Et là, sur le seuil, Claude-Moïse et un autre type, un gros Arabe avec le crâne tondu. Claude-Moïse disant, « Non, non. Moi ça va. C'est toi qu'as oublié un truc : me rendre les trente mille que tu me dois. »

Bruno, là, moins à l'aise d'être tout nu tout d'un coup. Claude-Moïse disant, « Tu te décales, là, qu'on entre, ou il faut que je te bouscule ? » Bruno, pas le choix, s'écartant, laissant passer Claude-Moïse et le gros Arabe tondu. Claude-Moïse s'arrêtant au milieu de la pièce, là où pas dix minutes plus tôt Linda Ponderoux était au téléphone.

Bruno disant, « Non mais attends, Claude-Moïse, c'est quoi, là, je comprends pas. C'est pas ce qu'on s'était dit. Pourquoi tu débarques comme ça, sans – »

Claude-Moïse avançant la main, paume visible. « Excuse-moi, je te coupe. »

« Oui ? »

« Non, je veux dire, là, avant, si tu préfères, d'entrer plus concrètement dans la conversation, il y a juste un truc que j'aimerais te demander, en fait. Je te jure, je serai plus à l'aise pour discuter, après. »

« Oui ? »

« Sois gentil, s'il te plaît. Va enfiler un bène. »

Trente

À l'assosse, des bureaux dans un bel immeuble art déco entre l'église orthodoxe et le parc Impérial, une fille que Nadj connaissait sans se souvenir de son nom avait eu l'air soulagée de la voir arriver et lui avait dit que c'était la folie : tout le staff sur le pont à trouver des hébergements safe, accompagner des filles à droite à gauche. Avec les flics en plus qui s'étaient réveillés un vendredi soir à dix-sept heures. Et leur « rendaient » pour le week-end une fille que ses proxos recherchaient.

« Et pour couronner le tout, là, une petite Black et la bénévole d'une assosse cannoise qui l'a amenée. J'en sais pas plus, j'ai pas pu m'occuper d'elles, avec tous les autres trucs. En plus de ça, là, c'est moi qui suis de perm. Je sais pas pourquoi, je sens que ça va sonner sans arrêt jusqu'à lundi matin. Donc je voudrais juste repasser chez moi avant que ça commence. » Autrement dit, embarque-les vite, que je puisse fermer derrière vous et m'en aller aussi.

Nadj entra dans l'une des salles d'entretien, beaucoup plus chaleureuses que celles du SPIP, rien à voir, et se trouva en face d'une petite Africaine, ratatinée dans un fauteuil, et de la bénévole, une belle blonde sur sa fin de cinquantaine, avec cher sur elle, rien qu'en bottines, jean, veste de cuir et chemisier blanc. Sa tête, d'ailleurs, disant quelque chose à Nadj, mais sans qu'elle arrive à retrouver où elle l'avait déjà vue. Nadj sur le moment se disant peu importe, demandant à la dame d'œuvre de lui expliquer ce qui se passait.

La dame d'œuvre blonde expliquant alors à Nadj qu'elle était de permanence dans les locaux de son association, toute seule, l'autre bénévole ayant eu une urgence familiale. « Et des gens sont arrivés avec la jeune femme, là, Madeleine, en disant qu'elle était victime d'esclavage domestique. Je leur ai demandé ce que c'était. Vous allez me prendre pour une idiote, mais je ne savais pas. Elle travaille chez leurs voisins à Cannes, une propriété sur les hauteurs de la Californie, et d'après eux, ils ne la paient pas, ils l'empêchent de sortir et la femme du couple la bat, parfois avec des objets. Les parapluies, les balais, ce qui lui tombe sous la main – parfois même un fer à repasser. Comment on peut faire des choses comme ça ? Un fer à repasser. »

« Pourquoi ils sont venus vous voir vous ? Votre association ne s'occupe pas de ça, d'habitude. Si ? »

« Non. C'est pour ça, je dois avouer, j'ai été un peu désemparée. »

« Pourquoi ils ne sont pas allés direct à la police, plutôt ? »

« Je leur ai demandé. Ils ont dit qu'ils voulaient bien aider, mais sans donner leur nom, pas être embêtés après. »

« Je vois. Et vous, alors ? Pourquoi vous êtes venue nous trouver, au lieu de l'amener au commissariat de Cannes ? »

« C'est-à-dire, je me suis dit, comme elle n'a pas ses papiers, puisque ses employeurs les lui ont confisqués, avec les histoires qu'on entend ces jours-ci, les reconduites à la frontière – je veux dire, la façon dont parfois même des femmes et des enfants sont traités par la police dès l'instant qu'ils sont en situation irrégulière, vous voyez ce que je veux dire ? Du coup, avec la police, j'ai eu peur de faire une bêtise, de lui attirer des ennuis supplémentaires au lieu de l'aider. Donc comme je ne savais pas, je me suis dit, le mieux, c'était demander à des gens qui ont l'habitude. Sur Internet, esclavage domestique Cannes, il n'y avait rien. Mais esclavage domestique Nice, j'ai vu que vous étiez partenaire avec le CCEM. »

« Le Comité contre l'esclavage moderne, oui. »

« Donc voilà. J'ai appelé et je suis venue avec elle. »

« Vous avez bien fait. Moi c'est Nadj. »

« *Nadje* ? »

« Oui. N.A.D.J. C'est mon prénom. »

« Ah d'accord. Moi c'est Solange. Solange Bluto. »

Décidément. Après le visage, le nom aussi, à présent, disait quelque chose à Nadj. Mais là, faisant tout de suite le rapprochement, se souvenant où elle l'avait entendu. « Bluto ? Ah oui ? C'est quoi le prénom de votre mari ? »

« Philippe. Pourquoi ? Vous le connaissez ? »

« Non mais ça me dit quelque chose. Attendez, qu'est-ce que ça peut être ? Il est dans quelle branche ? »

« Oh, il a plein d'affaires. Au départ, il est dans la piscine paysagée. Mais ça fait quelques années, il a aussi des supérettes et des investissements immobiliers. »

Les piscines. C'était bien ça. « Non. Ça ne me dit rien, en fait. C'est pas grave. Je dois confondre. » Sauf qu'elle ne confondait pas. Philippe Bluto : le type qui avait embarqué des filles sur son bateau. Nadj se demandant si la dame d'œuvre savait ce que son mari faisait à l'heure qu'il était. « En tout cas, c'est bien d'avoir pensé à nous chercher sur Internet – et d'avoir su nous trouver. Je veux dire, c'est pas toujours évident. » Nadj s'arrêtant là, avant de dire la fin de la phrase, se contentant de la penser : pour une femme de votre âge.

La dame d'œuvre, Solange Bluto, disant, « Oh non ça, ça va. Internet je me débrouille. » Disant ça avec une petite grimace, presque comme si elle le regrettait, Nadj ne demandant pas pourquoi. À la place disant, « Et donc là, votre association, c'est quoi exactement ? »

« On s'occupe d'enfants, en principe. Là, c'est la première fois qu'on se retrouve avec un cas comme ça. »

« Et vous faites ça à plein temps ? Vous êtes assistante sociale ? » Nadj se doutant de la réponse, mais posant la question quand même pour être aimable avec la pauvre dame d'œuvre cocue.

« Non. Je fais partie des bénévoles. Je fais ça deux demi-journées par semaine, sauf s'il y a besoin de plus. C'est-à-dire, maintenant mes enfants sont grands, je suis beaucoup seule à la maison. Mon mari, lui, est encore très occupé. Je ne vais pas non plus passer toutes mes journées chez l'esthéticienne ou à faire les boutiques, vous voyez ce que je veux dire ? »

Nadj n'étant pas sûre de voir, non. Mais disant oui quand même. Cherchant toujours où elle avait déjà vu cette femme.

Solange se sentait mieux depuis que la petite Noire et elle avaient été prises en charge par la jeune et jolie Arabe.

Il y avait juste eu un petit moment de flottement, du moins du point de vue de Solange, au moment de quitter les locaux de l'association et d'emmener la petite Africaine se faire examiner aux urgences à Saint-Roch, la jeune Arabe disant à Solange, « Comment on fait ? Vous me suivez ? » Solange, là, sans trop savoir pourquoi, se trouvant bête avec son Audi si chère et disant à la jeune Arabe, si ça ne l'ennuyait pas, qu'elles prennent plutôt la sienne, celle de Solange n'ayant que deux places. La jeune Arabe l'avait regardée avec un air pas convaincu mais n'avait pas insisté.

Là, elles roulaient dans la Fiat, la petite Africaine à l'arrière et la jeune et jolie Arabe disant que les gens de l'hôpital allaient se charger d'appeler la police après avoir examiné la victime. « L'idéal, ce serait qu'après l'avoir auditionnée, ils aillent faire une perquise au dom des employeurs, que les autres n'aient pas le temps d'aménager une chambre avec vue sur la mer pour dire après que c'est là qu'ils la logeaient. Le problème c'est qu'un vendredi, à cette heure-ci, ils vont tomber sur le substitut de perm : si le mec traîne trop et qu'on rentre dans les heures de nuit, il va falloir trouver un JLD – juge des libertés et de la détention – qui répond au téléphone. Sinon, ça veut dire attendre six heures demain matin. Tout ça en espérant que les employeurs n'ont pas de passeport diplomatique ou une chierie comme ça. »

« Ah bon ? Vous croyez ? Les gens qui l'ont amenée ont dit qu'ils pensaient que ses employeurs étaient libyens. »

« Alors là, oubliez. On va tout faire comme si quand même, mais le problème, c'est que tous les gros enculés de la région, dès que c'est des étrangers, ils deviennent quasiment intouchables. Rois nègres, Emiratis, Russes, ils ont toujours une connexion, un truc qui leur permet de faire n'importe quoi et de passer à l'as. Les seuls qu'on réussit à faire plonger sur des affaires comme ça, c'est encore les Français. »

« C'est déprimant, quand même, non ? » Solange pensant à haute voix, consciente que ce qu'elle disait était naïf, mais ayant besoin de le sortir. « Penser que c'est des diplomates qui font ça, des gens éduqués. Ou alors des Français aisés. Des gens qui ont les moyens de payer leur personnel. »

« Oh, il n'y a pas que des diplomates et des gens fortunés. Il y a aussi des Groseille et des Bidochon. Et je ne crois pas que ce soit une question d'argent. Ce qui se passe, le plus souvent, les filles sont recrutées sur place par des expats qui séjournent dans les pays d'origine. Quand ils rentrent en métropole, ils en emmènent une ou deux avec eux. Ils confisquent les passeports, soi-disant pour pas que les employées les perdent et là, le cirque commence. Les femmes sont autoritaires, violentes. Et les mecs profitent de l'occasion pour agresser les filles. Elles sont souvent battues, parfois violées et tous les jours ou presque, elles entendent la même chose : "T'es qu'une merde, tu devrais nous remercier tous les matins de t'avoir sortie du bidonville où tu vivais. T'as de la chance de pouvoir travailler dans une belle maison comme ça. Et en plus, t'as Maman qui te donne ses vieux joggings !" Voilà. C'est ça le tableau. »

Solange pensant alors à Sophie, et ses problèmes de domestiques à Libreville, constamment en train de se plaindre et d'en changer. Sophie était parfois assez brusque dans ses façons. Mais Solange ne la voyant pas frapper une de ses bonnes avec un fer à repasser.

Solange comparant ensuite avec la façon dont elle, elle se comportait avec la Philippine et se disant, non. Moi je la paye, je ne la frappe pas. Elle est bien logée – une belle chambre. Bon d'accord, au sous-sol, mais avec sa douche et ses toilettes pour elle. Donc sûrement mieux que ce qu'elle aurait chez elle. Et elle a des congés. Là, par exemple, ce soir, elle était à une messe avec d'autres Philippines. Et après elle dormait « *at* ma copine*'s* » comme elle disait. Solange lui laissant même le samedi libre, du coup, à la place du dimanche, profitant de ce que Philippe ne rentrait qu'après-demain. Donc rien à voir.

Mais quand même, les vieux joggings…

Non, d'abord, ce n'était pas des joggings, mais des vestes, des pulls ou des manteaux. Chaque fois des vêtements de marque et en parfait état. Juste Solange qui s'en était lassée. Mais dans une boutique *vintage* comme ils faisaient maintenant, ça vaudrait de l'argent. Et la Philippine avait chaque fois eu l'air contente. Alors !

Non, vraiment. Rien à voir.

Vers vingt et une heures trente, pendant que Manu finissait de ranger, il trouva deux types debout dans le club-house. Un petit brun à cheveux lissés en arrière, costard et chemise noirs, et un Arabe baraqué et tondu en survêtement Lacoste. Manu sentant l'embrouille, mais ne voyant pas laquelle. Donc prenant son ton le plus aimable. « Désolé Messieurs, on est fermés. »

« C'est pas grave. On est pas venus jouer. »

« Non mais, même boire un coup. On est fermés. »

« Pas boire un coup non plus. C'est toi qu'on est venus voir. T'es pas fermé, toi. Si ? »

Manu essayant de gamberger. Calculer ses chances d'aller attraper une raquette fibres de carbone et de la casser sur la tête du plus petit. Ou bien s'il valait mieux commencer par le grand. Essayant de deviner ce que ce genre de mecs pouvaient avoir sur eux. Se demandant ce qu'ils lui voulaient aussi. « Ah oui ? On se connaît ? »

« Non. Mais c'est pas grave. On est juste venus dire : nous on veut la moitié. »

« La moitié ? »

« Les montres que t'as raflées ce matin. Le moment que tu les fourgues, on veut la moitié de la somme. C'est tout. »

« Les montres que j'ai raflées ce matin ? »

« Oui. Ce matin, t'as bien volé des montres de collection au musée Lievenstein ? »

« Mais oui ! Évidemment ! »

« Ben voilà. C'est celles-là que je te parle. »

« Non, je dis, mais oui, *évidemment*, comme par hasard : des montres qui disparaissent, c'est moi qui ai fait le coup. »

« Ben oui. Enfin, c'est ce que mes sources ont dit. »

« Tes sources ? Elles sont pourries, tes sources. » Manu soupirant et secouant la tête. « Putain, c'est trop injuste. »

« Quoi ? Qu'est-ce que c'est qu'est injuste ? »

« Ben ça, là : *vous* ! Vos sources de merde, tout le cirque ! Parce que d'accord, je dis pas le contraire : il y a trois ans, j'ai fait le con. C'est un fait. Je peux pas nier. Sauf que, j'ai fait du placard pour le payer depuis. Deux ans et demi. Presque trois. Mais ça, non. Ça compte pas. Ça vaut rien. Le musée de ce matin, pas à chercher plus loin, c'est simple : tout de suite, c'est moi. C'est ça, en fait, l'idée, non ? »

« Ben oui. C'est ce qu'on m'a dit. Et de fait, ça se tient. » Se tournant vers le tondu. « Nan ? » Le tondu hochant la tête.

« Ça me dégoûte, ça, putain ! Trente-deux mois en cabane – là, j'ai même pas fini, je suis en conditionnelle. Mais non. C'est pas grave. Un musée se fait taper, c'est moi qu'on vient faire chier. »

« C'est-à-dire, t'es pas loin, avoue. Cinq minutes. C'est commode. »

« C'est ça ! Je vais y aller à pinces, en voisin – en promenant le chien aussi ! Vous savez quoi ? Vous seriez des keufs, je m'en foutrais. Les keufs c'est les keufs. Mais là, vous êtes des voyous. Et *ça*, ça fait mal. Je veux dire, vous, vous pourriez comprendre. Peut-être même *respecter* : le mec qui sort de calèche, qu'essaye de pas retourner. Ben non. À partir de maintenant, il y en aura toujours un pour me mettre le nez dedans. C'est ça ? Jamais j'aurai la paix ? Chaque fois, un môme perdra sa Swatch à cinquante kilomètres, c'est moi qu'on viendra voir. Putain, les flics fassent ça, je peux comprendre. Mais si les mecs qui savent ce que c'est, être constamment marqué, catalogué, si même eux ils s'y mettent, c'est foutu. Toute ma vie, je vais traîner ça. »

Manu s'asseyant, se mettant la tête dans les mains et arrêtant de parler. Il y eut un blanc. Et finalement, le petit brun dit, « Non mais attends, calme-toi. Nous, là, c'est juste un mec qui nous a dit – »

« Ouais c'est toujours un mec qui a dit. Sauf, je vais vous dire : ce matin quand les mecs ont tapé, vous savez où j'étais ? J'étais à Grasse, avec mon conseiller insertion-probation. Mais bon, vous allez me dire, ton CIP, ça se trouve, il couvre pour toi parce que tu le fais croquer. Genre, oui, attendez : j'ai trouvé – »

« Heu, je m'excuse, je te coupe – »

« Si, si, attends. Le CIP, en fait, je suis allé le voir pour lui porter le matos. Voilà ! Toutes les montres du musée, je les lui ai données pour qu'il les cache – puisque, la preuve, c'est moi que tout le monde va penser à venir voir en premier. »

« Non mais c'est bon, ça va. On s'est gouré. C'est pas la peine de – »

« Attends : le matos, le CIP, c'est pas juste qu'il le cache. Oui, en fait, le matos, il se charge de l'écouler. Avec un fourgue qu'il a aussi dans ses fichiers de conditionnelle. Comment vous trouvez ? C'est pas mal, ça, non ? »

« C'est bon, putain. Je te dis qu'on te croit. Arrête les scénarios qui tiennent pas une seconde. C'est pas toi, c'est pas toi, pis c'est tout. On s'excuse. On a été comment t'appelles ça, mal aiguillés. » Se tournant vers le tondu. « C'est pas vrai ? » L'Arabe hochant la tête. « Qu'est-ce tu veux que je te dise ? Même tu fais attention, c'est des choses qui arrivent : le mec te refile un tuyau pourri, toi tu peux pas savoir, tu parles mal sans raison, tu vexes les gens pour rien. Et total, dans l'histoire, c'est toi qui passes pour un relou. Tout ça, la faute du mec qui t'a mal rencardé. Alors bien sûr, toi, le mec, tu peux toujours dire, tu vas lui faire prendre cher, mais cher, je te dis même pas, l'enculé. Trop tard, le mal sera fait. Donc là, je peux pas mieux te dire : je suis désolé. Je suis désolé, pis c'est tout. Quand on est désolé, autant le dire. Et là, je suis désolé. »

« Il y a pas de mal. C'est juste, tu comprends, à force, c'est relou. »

« Je comprends. Je comprends très très bien. Non t'as raison. C'est sûr. » Regardant le tondu. « Nan ? » Le tondu hochant la tête. Manu repartant, s'amusant à présent. « Alors, après, tu comprends, ils passent à la télé, les mecs, ils te parlent réhabilite, insertion, tout le bordel. Mais c'est du vent, tout ça. Réinsertion mes couilles. Tel point, je vais te dire, par moments, c'est à te demander, ça vaut le coup de te faire chier, rester honnête et tout. Je te jure, ça coupe les jambes. T'es là, toi, tu fais gaffe, pas replonger. Et les gens, il y a un crayon qui manque dans le casier de l'épicier, t'es sûr que c'est pour toi. Je te jure, parfois, ça décourage d'être légal, du coup. »

« Tais-toi, c'est odieux. Moi, par exemple, oublie, j'ai renoncé. Je te dis la vérité : me réinsérer ? J'essaye même plus. Ils m'ont dégoûté, ces enculés, à force. » Se tournant vers le tondu. « Tu te réinsères toi, Moktar ? » Le tondu faisant une moue. « Tu vois, Moktar aussi, ces enculés l'ont écœuré. Toujours croire que c'est lui, un mec se fait casser les jambes parce qu'il était en retard. Donc du coup, qu'est-ce tu veux que je te dise ? Il a recommencé. » L'Arabe tondu hochant la tête. « En tout cas, toi, tiens bon. Et je te le dis comme je le pense, je t'admire. Si ! Je t'admire, essayer comme tu fais. J'espère, tu vas y arriver. Et si t'y arrives pas, tu sais quoi ? Ce sera pas ta faute. Ça sera la faute à tous ces enculés, la société, si tu préfères, qui t'auront pas donné ta chance, enfermé dans une case. Tu vois ce que je veux dire ? C'est eux, ces enculés, qui t'auront fait replonger. Mais là, tout ce que je peux te dire, t'en as un, il va prendre, je te dis pas, l'enculé. Crois-moi que dorénavant, il va faire attention avant d'ouvrir sa gueule. Et d'emprunter de l'oseille. »

« Je préfère pas savoir. »

« T'as raison. Je suis con. Toi qu'essayes d'être honnête et moi je te dis comment je vais égorger un mec et lui crever un œil. Excuse-moi. »

« Il y a pas de mal. »

« Eh ben salut, alors. Et encore désolé pour la comment ? L'intrusion. Tu sais quoi ? Tu vas à Cannes, la Chunga ou à Nice, Le Perron, tu demandes Claude-Moïse. Claude-Moïse, tu te souviendras ? On se fera une soirée. Parole, ça me fait plaisir. C'est promis ? Claude-Moïse. Donc à bientôt, alors. » Au tondu : « Allez viens. »

Manu les regardant partir, entendant la porte se refermer derrière et attrapant le téléphone pour raconter à Nadj. Content d'avoir un bon prétexte pour l'appeler et une histoire à raconter qui le mettait en valeur. Un peu comme au musée, où il s'en était sorti au culot. Mais tombant sur le répondeur. Raccrochant sans laisser de message.

C'était bizarre. Le matin, il avait cassé un musée, un beau score et en même temps, là, il n'avait personne avec qui faire la fête. Même pas le butin à admirer. Il était là, comme un con. Et il savait qu'il n'allait pas dormir tout de suite. Donc autant aller faire un tour, espérant qu'il restait assez d'essence dans le scooter pour faire l'aller-retour jusqu'à Nice.

Trente et un

Nadj et la dame d'œuvre patientaient sur des banquettes en faux cuir avec des boissons prises au distributeur pendant qu'une interne faisait passer toutes sortes de radios à la petite Madeleine.

Nadj, dans le bout du couloir qui servait de salle d'attente, se souvenant enfin d'où elle avait déjà vu Solange Bluto. Les photos dans le tiroir de Thierry Plaisance, deux jours auparavant. Et là, se disant, Merde, c'était quoi cette embrouille ? Ça ne pouvait pas être une coïncidence. Comme par hasard, la partenaire de Thierry Plaisance qui sortait de nulle part.

Et puis se raisonnant, se repassant l'enchaînement de circonstances et se disant que *si*, aussi dingue que ça pouvait paraître, c'était bien une coïncidence. L'esclave domestique était bien réelle. Ça, ça n'était pas du chiqué. Et jamais Thierry Plaisance ni Solange Bluto n'auraient pu être sûrs que le SPRS allait être sous-staffé au point d'appeler quelqu'un de l'extérieur. Ou que, justement, ce quelqu'un ce serait elle.

C'était juste une de ces bizarreries de l'existence. Solange Bluto, épouse du gros porc qui emmenait des putes sur son bateau, objet sexuel du directeur du SPIP et bénévole d'une association d'aide à l'enfance défavorisée.

Nadj trouvant le couple bien assorti, dans son genre glauque : l'un qui va partouzer au large, l'autre qui faisait du jeu de rôle avec Thierry Plaisance. Peut-être, parfois, ils mélangeaient ! Des bourges, obligés d'inventer des plans, tellement ils avaient déjà tout et plus envie de rien.

Et en même temps, non. La femme en face de Nadj dégageant autre chose. Nadj curieuse, en fait. Envie de savoir et se retrouvant à dire cash, sans prévenir, sans s'excuser de l'indiscrétion ni rien, juste, direct, « Solange ? »

« Oui ? »

« Qu'est-ce que je veux dire, ça fait longtemps que vous êtes mariée ? »

« Quarante et un ans cette année. » La bonne femme fière en disant ça.

« Et ça va ? C'est bien ? »

« C'est bien – en quarante et un ans, forcément, il va y avoir des moments meilleurs que d'autres. Et donc des moments un peu moins bien. Mais oui, dans l'ensemble, c'est bien. Bien sûr. Pourquoi vous me demandez ça ? »

« Non, je sais pas. Je me dis, à force, on doit s'ennuyer. »

« Ah ben ça, s'ennuyer, oui. Je peux pas dire qu'il y a pas des moments on s'ennuie pas un peu. Tant qu'il y a les enfants ou une femme qui travaille, encore, elle a pas trop le temps de se poser de questions. Mais c'est sûr, quelqu'un comme moi, qui a arrêté de travailler jeune, dès l'instant que les enfants sont grands et s'en vont de la maison, ça va lui faire un vide. Surtout si, dans le même temps, le mari, lui, continue son activité professionnelle. Il va y avoir de longues journées toute seule. D'autant plus si c'est une femme qui a un peu de moyens, voyez ce que je veux dire ? Qui peut se faire aider pour la maison. Le shopping, l'esthéticienne, le tennis, ça va un temps. Attention, je ne suis pas en train de me plaindre. Quand je pense la chance que j'ai et des femmes qui n'ont rien. Juste, je dis, si on regarde, c'est un fait qu'il me reste du temps, une fois que j'ai fait des courses, pris soin de mon physique et fait un peu de sport. C'est pour ça, tout ce temps libre, j'essaye d'en faire quelque chose, de me rendre utile, un peu. »

« Donc, s'ennuyer, quelque part, c'est presque positif. Ça vous amène à faire des bonnes actions. »

La dame d'œuvre faisant alors une petite grimace. « Oui enfin bon. Des bonnes actions, honnêtement, il n'y a pas que ça. Il y a des fois, l'ennui, comme vous dites, ça peut faire des bêtises, aussi. »

« Ah bon ? Comme quoi ? »

« Ben vous voyez bien ce que je veux dire. » Nadj faisant mine que non. La dame d'œuvre soupirant, hésitant à en dire plus et puis tant pis, se lançant. « On est toute seule chez soi, tout le temps, le mari très occupé. On a beau faire des efforts pour être toujours au top, il va pas forcément remarquer ou trop faire attention à vous. Donc on est là, on a que ça à faire de s'écouter, rêvasser, avoir des envies qui viennent et rien pour… C'est pas comme quelqu'un qui est occupé par son travail ou ses enfants. Là, ça peut arriver qu'un moment, on soit tentée de se trouver une distraction. Enfin pas une distraction, c'est pas ça. C'est – c'est plus compliqué que ça. »

La femme en face de Nadj sur les fauteuils en Skaï les yeux mouillés soudain, ravalant des larmes tout en disant, « Non, faites pas attention, c'est – je repense à quelque chose, là, à chaque fois, c'est plus fort que moi, j'ai les larmes qui me viennent. C'est, il y a trois ans, dans la voiture, le jour où j'ai emmené ma mère à l'hôpital pour son opération. Dans la voiture en y allant, elle m'a dit, Solange, écoute-moi, je vais mourir bientôt. Je dis, Mais arrête maman, qu'est-ce que tu racontes. Elle me coupe : Tais-toi Solange, je suis sérieuse, je veux que tu m'écoutes. Je vais mourir bientôt et d'une certaine façon, je ne sais pas qui je suis. Je me rends compte, j'ai passé toute ma vie sans savoir si j'étais capable de passion, sans savoir ce qu'on ressentait. C'est triste, mais maintenant, c'est trop tard. Donc toi, Solange, écoute-moi. Tu es une fille comme toutes les mères en rêvent, une épouse qui fait tout ce qu'elle peut, une mère aussi parfaite que possible, une grand-mère irréprochable, une merveilleuse amie à avoir, j'en suis sûre – mais tu ne sais pas qui tu es. Ne fais pas comme moi : ne meurs pas sans savoir qui tu es, si tu es capable de passion, ou de folie. » La dame d'œuvre s'essuyant le coin de l'œil. « Pourquoi je vous raconte ça. Ça ne vous intéresse pas. Ça doit être votre métier. Vous savez mettre à l'aise. On a envie de se confier. Je suis désolée. »

« Non, non. C'est moi qui vous ai posé la question. Et donc ? Ne pas mourir sans savoir si on est capable de passion ? »

« Oui, enfin bon. Après, à essayer de trouver des sensations nouvelles, on tombe plus ou moins bien. On tente, on tâtonne. Mais, aussi bien, la sensation qu'on trouve, parfois, ça se peut qu'au bout du compte, en fait, ça va être pire que certains des moments où on était toute seule à se dire qu'on s'ennuyait. On se lance dans quelque chose, on se dit, c'est juste comme ça – et en réalité, on perd vite le contrôle, vous voyez ce que je veux dire ? »

« À peu près, je crois. »

Nadj sûre qu'elle parlait de Plaisance, là. Et aimant bien l'entendre en parler comme ça. Trouvant cette Solange Bluto assez sympa, en fait. Touchante, presque, avec sa veste Gucci et sa ceinture Hermès. Et là, Nadj sur le point de lui dire ce qu'elle en pensait, de lui donner un conseil qu'elle trouvait approprié, dans son cas, mais empêchée par l'infirmière venue leur dire, « Excusez-moi. Les policiers sont là. Peut-être, vous voulez leur parler. »

« Okay, on arrive. »

Nadj laissant l'infirmière repartir et disant à Solange, « On va voir ce qu'ils disent, mais une fois que vous leur aurez raconté, c'est bon, vous pourrez y aller. Je prendrai le relais. J'ai l'habitude. »

« Vous êtes sûre ? »

« Mais oui. Ne vous en faites pas. Vous pourrez rentrer chez vous. »

Doamna Bluto toujours pas revenue, Radu Popespar se disant qu'elle était peut-être en train de faire des trucs comme sur les photos.

Pour s'occuper en attendant que *Doamna* Bluto ait fini ce qu'elle était en train de faire et rentre chez elle, qu'ils puissent régler leurs affaires ensemble, Radu Popespar se dit qu'il allait refaire un tour, revisiter mieux la maison.

D'abord en bas, les salons, le bureau et la cuisine. Ouvrant les deux grands réfrigérateurs, espérant trouver une bière. Les réfrigérateurs remplis, tout bien rangé dans des petites boîtes exprès ou des bols avec du film étirable dessus. Tout plein de choses dedans, de tout, presque comme un magasin. Mais pas de bière. Le seul alcool avait l'air d'être du champagne, deux bouteilles presque noires avec l'étiquette verte. Radu en sortant une. L'ouvrant. Trouvant un verre dans un placard. Pas un verre à champagne comme dans les films, mais tant pis. Radu regrettant en fait de ne pas avoir plutôt de la palinca à boire. Mais se doutant bien qu'il n'allait pas trouver d'alcool de prunes des Maramures – de prunes. Pas d'abricots comme faisaient ces pédés de Hongrois – chez Monsieur et *Doamna* Bluto. Radu donc buvant le champagne de la bouteille presque noire à la place.

Et puis repartant visiter, montant à l'étage, restant un moment devant la baignoire géante. Radu se disant, Monsieur Bluto installait des piscines. Normal que sa femme *Doamna* Bluto se lave dans une grande baignoire.

Radu un instant tenté d'essayer la baignoire géante de *Doamna* Bluto, faire plein de mousse, et puis se disant non. Si *Doamna* Bluto arrivait pendant qu'il était tout nu dans l'eau… Et alors ? Ce serait pas problème : Radu sortirait de la baignoire. Ou *Doamna* Bluto viendrait dedans. L'un ou l'autre. La baignoire assez grande pour deux.

Et puis en fait, non. Pas tout de suite du moins. Continuant sa visite.

Radu à présent dans la chambre de Monsieur et *Doamna* Bluto. Le lit presque grand comme la chambre qu'il louait quatre cent soixante euros, vers l'autoroute, là-haut.

Radu ensuite passant à côté, la pièce juste pour les habits et les chaussures. Les habits et les chaussures de Monsieur et *Doamna* Bluto mieux logés que Radu.

Radu ouvrant les tiroirs. Une bonne odeur s'échappant chaque fois. Les habits parfumés. Radu pas très intéressé par les chaussettes et les caleçons de

Monsieur Bluto. Plus par la *lenjerie intima*, les *chiloti* et les *sutiene* de *Doamna* Bluto. Les *chiloti* toutes petites en tissu qui devait laisser tout voir. Et les *sutiene* au contraire très gros, en tissu solide. Et puis des *port-jartiere*, des *corsete,* avec des dentelles et des rubans, mais contrairement aux toutes petites *chiloti* et aux gros *sutiene* à portée de main dans les tiroirs, les *port-jartiere* et les *corsete* rangés sur les étagères, dans des boîtes, comme si *Doamna* Bluto les avait, mais ne les portait pas tous les jours. Radu se demandant combien coûtait toute la *lenjerie intima* de *Doamna* Bluto, sentant que ça devait valoir cher. Radu essayant d'imaginer les petits vêtements portés, ce que ça donnait une fois sur *Doamna* Bluto.

De là, l'esprit de Radu dérivant. Se demandant si c'était juste avec le *functionar* que *Doamna* Bluto était d'accord pour faire les trucs qu'on voyait qu'elle faisait sur les photos. Ou si elle serait d'accord aussi pour les faire avec quelqu'un d'autre – là, par exemple, avec lui : Radu. Et même s'il y avait d'autres trucs qu'elle serait d'accord pour faire, en plus de ceux qu'on voyait qu'elle faisait sur les photos avec le *functionar*.

Radu soudain avec plein d'autres choses qu'il voulait demander à *Doamna* Bluto, en plus des cinquante mille euros. Donc Radu redescendant attendre dans le grand salon, avec la bouteille de champagne presque noire.

Peut-être *Doamna* Bluto accepterait d'essayer devant lui les petits habits qui étaient dans ses tiroirs. Et même ceux qui étaient dans les boîtes, en haut des étagères.

Oui. Radu décidé à présent à passer un bon moment avec *Doamna* Bluto une fois qu'elle serait rentrée à sa maison.

Le bus *Keserasera* était garé à l'emplacement habituel. Les membres du groupe, Jean-Louis et l'infirmière, Marion, réservant un bon accueil à Manu – même Maïté assez aimable avec lui. Mais pas de Nadj. Et personne n'ayant idée de où elle pouvait être. Manu du coup buvant juste un thé et reprenant son scooter, déçu, reparti à se tarter tout le trajet jusqu'à Cap-Cinjus.

Roulant un peu, comme ça, et juste après le pont du Var, voyant dans son rétro une voiture derrière lui, avec un gyro bleu branché, posé sur le tableau de bord, le conducteur attirant l'attention de Manu avec un petit coup de sirène.

Manu se disant, Putain, c'est quoi ça encore et, pas le choix, se rangeant sur le côté, arrêtant le scooter sur le parking devant un marchand de meubles.

La voiture se garant devant lui, Manu reconnaissant alors la grosse Renault qui était stationnée en face du bus à putes le soir d'avant, le mec qui les avait observés Nadj et lui en descendant. Le mec jeune, trente-cinq, quarante, max. Brun, plutôt bonne tête en fait, marchant jusqu'à Manu et lui sortant une carte de flic, la laissant dehors deux secondes et la rangeant en disant, « Capitaine Courlis, Office central de répression de la traite des êtres humains. Et toi ? »

« Moi ? Emmanuel Bonal, Tésauris Sporting Club. »

« Tésauris quoi ? »

« Sporting Club. Je suis professeur de tennis. »

« Ah bon ? » Le flic visiblement surpris par le métier de Manu, s'étant sans doute attendu à autre chose. « Et c'est quoi la connexion avec la petite Bouzelate ? »

« Qui ça ? »

« Nadj. *Nadège*. La fille avec qui t'étais au bus hier soir. »

« Ah oui. »

« Tu la connais d'où alors ? »

« Comme ça. »

« Comment t'as dit que c'était déjà ton nom ? »

« De son travail. Je l'ai croisée au SPIP de Grasse. »

« Au SPIP, tiens donc. Qu'est-ce t'y foutais ? »

« Je suis en conditionnelle. » Anticipant sur les questions que le flic allait poser ensuite. « Trente-deux mois, vol effrac. Sorti il y a trois mois. »

« Ah ben voilà. Tout de suite, c'est plus clair. Et donc, elle, elle te voit au SPIP et elle te dit, tiens, je fais partie d'une assosse, là. On fournit du prézo aux traves, la nuit, au bout de la Prome, tu veux pas venir aider ? »

« C'est presque ça, ouais. »

« Donc, t'es un nouveau membre du groupe de Maïté ? »

« Non, pas vraiment. Là, je passais juste dire bonjour. »

« Et Nadj, qu'est-ce qu'elle mijote ? »

« Je sais pas. »

« Si. Elle mijote un truc. Me prends pas pour un con. Je le *sens*. Des petits détails, le comportement de certaines des filles, des infos qui me remontent – je le *sais :* c'est clair qu'elle est sur un truc, là. Tu saurais pas ce que c'est, par exemple ? »

« Ben non. »

« Parce qu'au cas où, même sans savoir ce que c'est, je sais que c'est une connerie. Et que, contrairement à ce qu'elle pense, ça va faire plus de mal que de bien. Le climat est tendu, ces jours-ci. C'est pas le moment de faire le con. »

Le flic – comment il avait dit qu'il s'appelait. Coubris ? Coulis ? – restant un moment sans rien dire, fixant Manu, Manu attendant, les voitures passant à côté d'eux sur la RN7. Finalement le flic dit, « Tu lui diras qu'on s'est parlé, d'accord ? Et que j'ai dit qu'il fallait qu'elle se tienne peinarde. Que c'est surtout pas le moment de jouer au commando. Tu te souviendras. » Manu hocha la tête. « Tiens. Pour t'aider à bien te souvenir du nom, qu'elle sache que c'était moi. » Le type sortant de sa poche une petite boîte en fer avec des cartes de visite dedans, en sortant une et la tendant à Manu. « Et puis, va savoir, si jamais, un moment, à force de passer dire bonjour au bus, il y a un truc dont tu veux me parler. T'as mon numéro dessus. » Manu empochant la carte sans la regarder. Disant qu'il ne manquerait pas.

Et là, le mec sortant son téléphone de sa poche, prenant l'appel, disant Oui ? Écoutant et puis disant juste, « Saint-Roch ? D'accord, j'arrive », avant de raccrocher.

Le type jetant un dernier regard à Manu et retournant vers sa *Laguna*. Démarrant et repartant en sens inverse après un demi-tour en principe interdit. Manu ressortant alors la carte pour lire ce qui était dessus. Juste *Alexandre Courlis* et un numéro de portable. Manu remettant la carte dans sa poche et remontant sur son scooter.

Les autres clandestins n'avaient pas fait de difficulté pour indiquer à Thierry Plaisance et Vachowski la petite chambre où dormait Radu Popespar. La chambre facile à fouiller, vu sa taille : un placard de six, sept mètres carrés, sans fenêtre ni aération. Thierry Plaisance et Vachowski retournant le matelas en mousse posé par terre et les cartons, trouvant des fringues de merde, des papiers écrits en roumain avec Radu Popespar marqué dessus, prouvant qu'ils étaient au bon endroit. Mais ni la carte mémoire, ni la montre. Ni le Roumain.

Thierry Plaisance essayant alors de demander aux autres pouilleux où était le Roumain ou quand il rentrerait, mais les autres ne sachant pas ou ne voulant pas dire. Dans les deux cas, au bout d'un moment, Thierry Plaisance et Vachowski n'ayant plus rien à foutre dans cet endroit de merde. Obligés de ressortir et de repartir comme deux glands vers la voiture de Vachowski, sans avoir pu bousculer le Roumain comme prévu, l'emmener sous l'autoroute, l'arme de service de Vachowski dans la bouche et l'autre connard t'aurait rendu tout de suite la carte mémoire et la montre de collection, ça aurait pas traîné.

Arrivé à la Peugeot banalisée, Thierry Plaisance se retourna vers le pavillon, le garage et le hangar qu'ils venaient de visiter. « Combien t'as dit qu'il se faisait le papy qui leur loue ça ? »

« Dix mille par mois. »

« Putain ! »

Vachowski et lui montant en voiture. Vachowski démarrant. En venant, il avait expliqué à Thierry Plaisance comment ça fonctionnait : « Dans le vieux Nice ou dans le centre, en contrebas de la gare, les proprios, c'est plutôt des Italiens "investisseurs". Les taudis, t'imagines pas, les mecs ils louent ça un bras. Dans un deux-pièces, tu vas avoir cinq six mecs seuls ou alors la femme, le mari et trois garçons. Tous les quinze jours, le Rital vient de Vintimille pour encaisser sa thune, d'avance et en espèces. Des fois neuf cents euros la semaine pour un deux-pièces pourri avec des cafards partout. »

Là, la ruine qu'ils avaient vue, c'était tout au fond de Tésauris, loin du port et de Cap-Cinjus, juste avant les piliers de l'autoroute A8. Thierry Plaisance dit, « Mais là, le loueur, il est français, non ? »

« Tout à fait ! Michel Delhaye, soixante-trois ans, mécanicien. Il a divisé le pavillon, le garage et l'espèce de hangar, en vingt-trois lots, j'ai compté. Sans air, les sanitaires qui jouxtent un lit ou un évier, les gosses là-dedans et tout ! Et t'as vu ? Pas juste des immigrés. Les handicapés aussi : les deux, là, dans quinze mètres, avec leurs fauteuils pliants. J'ai demandé combien ils payaient. Six cent vingt-cinq euros. »

« Ah ouais. C'est sûr. »

« Ouais. T'as quand même des enculés, n'empêche. »

Un blanc.

Vachowski enchaînant. « À part ça, ça a pas de rapport, mais je voulais te dire : à la fin de l'année, ma sœur va quitter la Pénitentiaire. Son mari et elle, ils reprennent un bar-tabac-PMU dans la Creuse, un héritage de son côté à lui. Donc les cartes SIM et le shit des saisies, forcément, elle pourra plus continuer d'en faire passer là-haut. »

C'était comme ça, en fait, que Vachowski frère et sœur et Thierry Plaisance s'étaient retrouvés acoquinés. Un trompette en milieu fermé avait cru accélérer sa conditionnelle en lui parlant de la surveillante qui importait des téléphones et des barres de chichon fournies par son frangin le flic. Thierry Plaisance était allé les voir et avait dit qu'il voulait sa part, utilisant ensuite Vachowski pour d'autres trucs.

« Donc nos histoires à nous, pareil. Je vais lever le pied. Tu me dois rien, je te dois rien et on se quitte bons amis. Mais du coup, là, ce soir, la perquise illégale, tu sais ce que c'était ? »

« Non. »

« C'était la dernière séquence, c'était la dernière séance et le rideau sur l'écran est tombé. Tu vois ce que je veux dire ? »

L'autre qui citait Eddy Mitchell, maintenant. Encore heureux qu'il ne l'ait pas fredonné. Thierry Plaisance dit : « Regarde la route, plutôt. » Pensant, putain, il était pas aidé.

Se demandant ce que l'autre enculé de Roumain était en train de fabriquer.

Trente-deux

Le matin, Manu s'obligea à attendre huit heures avant d'appeler.

Heureux d'entendre que, là, ça sonnait, au lieu de directement basculer sur la messagerie comme la veille. Nadj décrochant au bout de trois sonneries.

« Je te réveille ? »

« Tu plaisantes. T'as vu le journal ? »

« Pas encore. Qu'est-ce qu'ils disent ? »

« Attends, bouge pas. Je me reconnecte… Donc, *Nice-tiret-Matin-point-com.* » Manu l'entendant taper sur un clavier. « Voilà. Déjà, c'est à la Une. Enfin, sur Internet, c'est dur d'être sûre, telle que la page est maquettée. Mais il semble bien. En tout cas, c'est dans les grands titres. *Tésauris : Rocambolesque vol de montres à la Fondation Lievenstein.* » Nadj commençant à lui lire l'article. Manu aimant particulièrement un passage : *Coïncidence ou goût de la provocation d'un cambrioleur particulièrement espiègle et audacieux ? Le maire de Tésauris et l'oligarque russe propriétaire des montres dérobées se trouvaient à l'étage supérieur du bâtiment au moment même où le vol était commis au rez-de-chaussée. Accompagnés d'experts en assurance et en sécurité, ils étaient venus préparer l'installation prochaine d'un système d'alarme et de surveillance plus performant. Un peu tard, semble-t-il.*

« *Espiègle et audacieux.* On va dire, c'est tout moi. »

Nadj ne relevant pas, continuant à lire. Manu se marrant en entendant le passage qui disait, *Aucun chiffre officiel n'a été communiqué mais le butin emporté par le voleur pourrait avoisiner plusieurs millions d'euros.* « Oui, ils se mouillent pas trop en disant ça. » Et aimant plus encore la conclusion de l'article : *Le magistrat instructeur et les enquêteurs de la SRPJ de Nice se sont pour l'instant refusés à tout commentaire et ont juste indiqué qu'à ce stade, ils ne négligeaient aucune piste.* « Ça, ça veut dire qu'ils sont en slip. Complètement à la rue. »

« Oui. Jusqu'au moment où ils vont additionner deux et deux, se servir de leur ordinateur et venir te demander où t'étais hier matin à neuf heures. Là on verra qui sera en slip, complètement à la rue. »

« Ah ben ça, pas de problème. Je peux leur dire : j'étais à Grasse, au SPIP, avec mon conseiller insertion-probation. »

« C'est pas parce que t'es *espiègle et audacieux* qu'il faut te croire invulnérable. Les prisons sont remplies de types qui ont cru que les flics étaient gols. »

« Tiens, d'ailleurs, à propos : j'ai essayé de t'appeler hier soir, mais c'était toujours ton répondeur. »

« Je sais. J'avais plus de batterie. Tu voulais me dire quoi ? »

« Ben d'abord, savoir comment s'était passée ton urgence, là, à l'assosse. »

« Ça a été. » Nadj lui résumant l'histoire : une petite Guinéenne battue par des Libyens à coups de fer à repasser. Manu au même moment se disant que la visite des deux cons, là, Claude-Moïse le bavard et de son ami Moktar, n'allait plus être aussi drôle, réchauffée le lendemain pour le petit déjeuner. Que le flic qui l'avait arrêté, par contre… Manu curieux de voir comment elle allait le prendre. Nadj ayant fini son histoire et disant, « Et toi ? Hier soir, t'as fait quoi ? »

« Moi ? Je me suis fait arrêter à l'entrée de Saint-Laurent-du-Var par un flic de l'Ocrète qui voulait me parler de toi. »

« Ah bon ? » Pas plus étonnée que ça. Ni inquiète. Manu dit, « Un certain, attends, je regarde sa carte. Alexandre Courlis. Tu vois qui c'est ? »

« Très bien. Et donc ? Qu'est-ce qu'il te voulait ? »

« Savoir qui j'étais. D'où est-ce qu'on se connaissait. Ce que je faisais avec toi… »

« Oui. Et ? »

« Et toi, si tu préparais pas un truc. Et au cas où, qu'il fallait que je te dise qu'il fallait pas le faire. Que c'était une connerie. »

« D'accord. Et sinon ? »

« Ben sinon, rien. Pendant qu'il parlait, il a reçu un coup de fil. Et il est reparti. »

« Bon ben c'est rien alors. »

« Non. C'est juste… »

« Oui ? »

« Non, comment te dire, un moment, il me parlait, la façon qu'il me regardait, c'était bizarre. »

« Comment ça ? »

« Ça avait l'air plus perso que professionnel. »

« Ça m'étonne pas. C'est son problème à Alex. Il a toujours du mal à distinguer le boulot et la vie privée. T'en fais pas. C'est pas grave. »

Alex. Manu repensant au premier soir. *Je sors d'une histoire un peu compliquée.* Ça, et la façon dont elle semblait par moments réciter des paroles de flic, répéter comme un perroquet des mots qui n'étaient pas les siens, à force de les avoir entendus plein de fois – *interpelles, perquises, gavé de charges*. Manu persuadé maintenant que l'histoire un peu compliquée en question avait à voir avec le flic. *Alex*. Mais sentant bien que ça aurait été relou de demander. Nadj, elle, très décontractée, en train de dire : « De toute façon, il peut toujours soupçonner ce qu'il veut. Si tout va bien, demain, tout sera réglé. Donc, en fait… » Là un petit blanc et puis : « Et tu sais quoi ? » Changeant de ton, là. De la gaieté dans sa voix, soudain.

« Non. »

« En fait, c'est très très bien qu'il soit venu te brancher. Si ça se trouve, on va même s'en servir. Je t'explique. »

Quand Radu ouvrit les yeux il était sur le canapé dans le salon de la maison de Monsieur et *Doamna* Bluto et il faisait jour.

Radu alla voir l'heure dans la cuisine. Huit heures et quart un peu passées. Pas de Madame Bluto. Radu se dit qu'il allait pas rester là. La *camerista filipinez* risquait de revenir commencer sa journée. Et elle, Radu ne voulait pas la voir.

Radu donc repartant par où il était venu, la brèche dans la clôture au-dessus du haut mur. Radu se disant que c'était bête. S'il avait su, il aurait pris un bain comme dans les films dans la baignoire géante de *Doamna* Bluto. Et dormi dans le grand lit au lieu du canapé.

Le temps de revenir de Nice, il était huit heures et demie quand Solange arriva chez elle, rêvant d'un long bain. Épuisée et fière.

Trouvant sur la petite table du grand salon un verre à eau et une bouteille de Dom Pérignon vide.

Solange étonnée, Christina ne l'ayant pas habituée à ça.

Solange, là, mesurant que, ne serait-ce que la veille, elle l'aurait encore très mal pris – la bonne qui se siffle du champagne à cent vingt euros dès que la patronne s'absente. Et qui, en prime, laisse la bouteille et le verre au milieu du salon, comme une provocation. Pardon ! Même en étant sympa, il y avait quand même des limites.

Mais là, au lieu de partir dans les tours, Solange se disant que, peut-être, Christina avait eu ses raisons. Peut-être reçu une mauvaise nouvelle des Philippines. Ou une bonne. Solange réalisant qu'elle ne savait rien de son employée de maison, en fait.

Et donc fière aussi de ça, ne pas se sentir insultée d'avoir à placer le verre elle-même dans le lave-vaisselle, retaper les coussins et ranger la bouteille dans le cellier, avec le verre à jeter. Espérant que ça suffirait à Christina pour comprendre le message. Savoir que ça allait pour cette fois, mais qu'il ne fallait pas recommencer.

Solange une fois dans son bain, heureuse et apaisée comme elle ne s'était pas sentie l'être depuis… Depuis si longtemps qu'elle n'était même pas capable de dire exactement quand. Ne voulant pas savoir tout de suite pourquoi, de peur de dissiper le charme. Au contraire, essayant de profiter, sûre que cet état délicieux n'allait pas durer, qu'il allait falloir le payer ensuite d'une façon ou d'une autre. Mais là, se laissant flotter, être bien. Juste, repensant à comment ça s'était fait très vite, en fin de compte – elle, passant comme ça la nuit mal assise sur une chaise dans une chambre d'hôpital.

Nadj, la jeune et jolie Arabe et elle revenaient vers la chambre de la victime, Solange voyant deux hommes de dos qui discutaient devant la porte, tout au bout du couloir, sans doute les policiers. Et là, à peine une minute après avoir dit qu'elle allait se charger de tout et que Solange allait rentrer chez elle, Nadj tout à coup s'arrêtant de marcher, lui prenant le bras et disant, « Vous savez quoi ? Vous allez me prendre pour une folle. »

Solange ne voyant pas de quoi elle parlait, bien sûr, disant, « Mais non, pourquoi ? »

« Eh bien en fait, je ne vais pas pouvoir rester, finalement. Il va falloir que vous parliez aux policiers sans moi. »

Solange paniquée soudain. « Ah bon ? Mais je leur dis quoi ? »

« Ce que vous m'avez dit tout à l'heure dans la voiture. Rien de moins. Rien de plus. Et il n'y aura pas de problème. Je vous appelle plus tard pour voir comment ça s'est passé, d'accord ? C'est quoi votre numéro ? »

La jeune et jolie Arabe sortant déjà son portable, prête à rentrer le numéro de Solange. Solange, par réflexe, dictant les chiffres, puis prise de court, ne sachant pas quoi dire d'autre. La jeune et jolie Arabe s'éloignant déjà, repartant dans le couloir en sens inverse de la chambre de la victime, retournant vers les ascenseurs.

Solange désemparée, tournant alors la tête en direction des policiers et les voyant qui la regardaient, attendant qu'elle les rejoigne. Solange se mettant donc à marcher vers eux.

Se présentant, une fois arrivée à leur hauteur. Les policiers disant leurs noms, mais trop vite pour que Solange les retienne, Solange n'osant pas les faire répéter. Et l'un des deux, un jeune brun plutôt pas mal lui demandant si elle était venue toute seule. Le policier ayant alors l'air déçu, curieusement, en entendant Solange dire que non, il y avait quelqu'un du, comment ça s'appelle, le SPRS, mais qu'elle venait de partir. Solange ensuite racontant son histoire. À la fin, les policiers la remerciant et lui disant qu'ils auraient peut-être besoin de lui reparler. Puis le jeune brun pas mal donnant des instructions à l'autre, employant les mêmes mots que Nadj. *Perquise au dom. Substitut de perm.* Les policiers partant après ça, le téléphone sur l'oreille.

Solange cherchant alors l'interne qui s'était occupée de la petite Madeleine. La trouvant occupée à remplir des papiers. L'interne disant à Solange que la jeune femme était malnutrie et contusionnée sur presque tout le corps. Pas de fractures mais de multiples fêlures pas très bien recollées, et qu'elle allait devoir rester en observation. Mais qu'heureusement rien n'était inquiétant, physiquement du moins. Pour le reste, un psychologue viendrait la voir, peut-être pas le lendemain parce que c'était le week-end mais au plus tard lundi.

Solange disant merci, ressortant dans le couloir et là, ne sachant pas trop quoi faire, retournant vers la chambre de la petite Africaine.

La trouvant couchée, ni vraiment endormie, ni tout à fait éveillée, peut-être à cause des médicaments qu'on lui avait donnés ou de la perfusion qu'elle avait dans le bras. Solange lui souriant. La petite Africaine souriant à son tour de son mieux. Solange ne parlant pas, pour ne pas la fatiguer, allant juste s'asseoir de l'autre côté du lit, dans un fauteuil pas très confortable, pensant rester là jusqu'à ce que la petite Africaine s'endorme. Solange, en fait, s'assoupissant avant elle, mal installée dans le fauteuil. Réveillée à une heure et demie par son portable qui vibrait dans son sac. Solange sortant vite de la chambre pour prendre l'appel, parlant le moins fort possible – écoutant Nadj, surtout.

Nadj la tutoyant, à présent, et, après lui avoir demandé comment ça s'était passé avec les policiers et comment allait la victime, lui disant : « Au fait, Solange, je repensais à ce qu'on disait tout à l'heure dans la petite salle d'attente. »

« Oui ? »

« Et voilà, en fait, ce que je voulais te dire, mais que j'ai pas eu le temps à cause des flics qui sont arrivés juste à ce moment-là, c'est, tu sais, par rapport aux "bêtises", comme tu disais, qu'une femme va parfois faire par désœuvrement et parce que personne ne s'occupe plus assez d'elle. »

« Oui ? »

« Eh ben les "bêtises", en fait, elle fait ce qu'elle veut, et puis des "bêtises" tout le monde en fait, mais le plus important c'est, dans toutes les "bêtises" qu'elle fait, que ce soit des choses que *elle*, elle a vraiment envie de faire. Et que, à tout moment, ce soit *elle* qui décide ce qui se passe et qui garde le contrôle, tu vois ce que je veux dire ? »

« Heu, oui. En fait, non, d'ailleurs, je suis pas sûre. »

« Eh ben, si tu préfères, c'est elle qui fait ce qu'elle veut, mais le truc, surtout, à toujours garder en tête, c'est quoi qu'il arrive – sauf de temps en temps, dans le feu de l'action où elle va faire semblant, jouer un rôle exprès. Mais sinon, pour le reste, quoi qu'il arrive, et là, écoute-moi bien Solange, parce que, je veux dire, chaque mot compte. »

« Oui ? »

« Quoi qu'il arrive Solange, surtout, jamais, ni pute, *ni* soumise. Tu comprends ce que je veux te dire ? »

« Heu oui. »

« C'est tout ce qui compte, Solange. Après tu fais ce que tu veux avec qui tu veux. Et si quelqu'un est assez con pour te négliger et pas te donner ce que tu mérites, eh ben tant pis pour lui et tu as tous les droits d'aller chercher ailleurs de quoi être satisfaite. Mais comme je t'ai dit : à une condition. C'est laquelle Solange ? »

« Heu… »

« Je viens de te le dire. »

« Ah oui. Ni pute, ni soumise. »

« Voilà Solange. Ni pute, ni soumise. Bonne fin de nuit, Solange. Quelqu'un viendra te relayer ce matin. Ravie de t'avoir rencontrée, Solange. Vraiment. »

« Moi aussi. » Et c'était vrai. Solange était très contente d'avoir fait la connaissance de cette jeune et jolie Arabe qui ne ressemblait à personne d'autre qu'elle avait rencontré jusque-là.

« Bonne chance pour la suite. »

« Vous aussi. Je veux dire, toi aussi. »

Nadj, la jeune et jolie Arabe à l'autre bout du fil disant à Solange, « Merci. Il va m'en falloir dans les jours qui viennent. » Et raccrochant.

Solange ensuite retournant dans la chambre s'asseoir sur le fauteuil assez inconfortable et mettant un peu de temps avant de somnoler à nouveau. Repensant à la conversation étrange, très intime finalement, qu'elle venait d'avoir avec cette jeune Arabe qu'elle ne connaissait pas. Mais se sentant, comment dire, bien. Comme soulagée, mais sans savoir exactement de quoi.

Et là, dans l'eau de son bain, pareil : continuant à se sentir bien. Solange étonnée, découvrant à quel point ça pouvait être agréable. Du coup, espérant juste que ça allait durer encore un petit peu, pas s'en aller tout de suite pour redevenir comme avant.

Trente-trois

Assis dans la *Corsa* stationnée en sous-sol dans le parking du Leclerc, Thierry Plaisance laissa le commissaire-priseur terminer et dit, « C'est bon ? T'as fini ? »

Le commissaire-priseur hochant la tête. Thierry Plaisance disant, « Okay. Alors écoute-moi bien. Avant d'aller plus loin, je veux que toi et moi, on se mette bien les urines au clair : dans notre petite affaire, là, c'est moi qui dis. Et toi qui fais. Pas l'inverse. Tu comprends ? Toi, t'es là, tu proposes. Moi je dispose. Donc, refourguer au Russe direct plutôt que s'emmerder à trouver un acheteur ? D'accord. T'as raison. C'est plus simple. Le montant que tu préconises ? Pareil : je pensais au même. Donc on dit ça. Ton plan, là, de l'aéroport ? Pourquoi pas, après tout. Ça a l'air skiable. Je valide. Mais là, mon petit bonhomme, où il faut pas que tu t'imagines que tu vas m'enfiler, c'est quand tu me dis qu'il vaut mieux pas que je sois là pour l'échange. Qu'est-ce tu lis sur mon front, là ? Rien. Tu lis rien. Tu sais pourquoi tu lis rien ? Parce qu'il y a pas marqué Steevy. Donc un peu que je vais être là au moment de l'échange ! C'est moi qui réceptionne. Pour toi, comme ça, c'est un souci en moins. Ça t'évite d'être soumis à la tentation, tu comprends ce que je veux dire ? »

Le commissaire-priseur faisant une moue détachée. « Si vous voulez. Simplement, si vous êtes présent, les Russes vont voir la tête que vous avez. »

« T'inquiète, la tête que j'aurai, ce sera pas la vraie. Et avec le *process* que tu m'as expliqué, dès que j'ai le blé, je m'en vais. Ils ne me verront pas longtemps. »

« Certes, mais vous n'avez pas peur, je dis n'importe quoi, mais qu'ils me demandent ensuite de leur donner votre nom. Je veux dire qu'ils me le demandent avec insistance. Autrement dit, que je n'ai pas d'autre choix que de le leur donner ? »

« Si, mais ça c'est prévu. Tu penses bien. »

« Ah bon. »

« Oui, les Russes, je suis pas idiot, je sais qu'il va falloir que tu leur lâches un nom. Juste, ce sera pas le mien. Ce sera celui que je te dirai de donner. Comme ça, toi, tu seras *clean*. Et moi aussi. T'en fais pas. Je te dirai tout ça demain. »

Thierry Plaisance ayant au moins réussi à sauver ça, la veille au soir, à défaut de remettre la main sur le Roumain. Convaincre ce grand connard de Vachowski : un dernier petit service avant de mettre fin à leur association. Accuser le petit prof de tennis pour le vol au musée. Bien baliser la piste, semer des cailloux blancs – et surtout, faire ce qu'il faut pour que, le moment où le SRPJ de Nice ou les Russes remonteraient jusqu'à lui, le petit prof de tennis ne soit plus en mesure de donner sa version.

Vachowski gourmand, en échange. Trois cent mille. Mais ça valait mieux que de se retrouver avec des Russes aux fesses. Et donc voilà. Même ça, Thierry Plaisance avait tout bien bordé. Il ne pouvait pas être mauvais partout, non plus.

« T'as d'autres questions ? »

« Heu non. Enfin, si, d'ailleurs. Vous avez l'échantillon dont nous avions parlé ? »

« Ah ouais. » Thierry Plaisance sortit de sa poche une enveloppe non cachetée avec une des montres dedans. « Tiens. Voilà. »

Le commissaire-priseur ouvrant l'enveloppe, sortant la montre et faisant évidemment son numéro de connaisseur. « Hm – Patek Philippe, collection Henry Graves très vraisemblablement. Sur le marché officiel, à elle seule, cette pièce représente une petite fortune. » Le commissaire-priseur remettant la breloque dans l'enveloppe et empochant le tout.

« Dis, et toi ? Le collier ? T'as pas oublié de le ramener, j'espère ? Sinon, c'est bête. Va falloir te retaper le trajet aller-retour. »

« Ah oui. Excusez-moi. » Sortant de sa veste un petit sac en tissu. Le tendant à Thierry Plaisance. Thierry Plaisance desserrant le lacet et voyant à l'intérieur un collier de grosses perles. Thierry Plaisance n'y connaissant rien en bijoux mais sentant bien que le truc valait cher.

« Et, comment dirais-je, mes quarante mille euros ? »

« Tout à fait. Tu les auras quand tu m'auras vendu les montres. C'est un problème ? Non ? C'est ce que je pensais. Donc dégage maintenant. T'as une journée chargée, j'ai cru comprendre. »

Nadj était au garage dans le vieux Nice à quelques rues du port quand elle reçut l'appel du Hollandais. Nadj venue voir William Cigalusa, roi du *Tuning* automobile, spécialiste de la jante alu, de la pose d'ailerons ou d'échappements *racing*, balèze aussi en finition *flaming*. Et, pendant une période de sa vie sur laquelle il jurait à présent vouloir tirer un trait, capable d'aménager des caches à drogues partout dans un véhicule ou de faire rentrer incognito un ou plusieurs immigrés clandestins adultes sous les banquettes, *dans* les banquettes et même, pour les plus souples, à l'intérieur des sièges avant, sous les fesses du type au volant. Vingt mois à Grasse, puis, après jugement, vingt-deux autres au centre de détention de Draguignan.

William, là, en train de finir son travail sur le gros Toyota *Land Cruiser* au châssis rehaussé quand Nadj s'était éloignée pour prendre l'appel, disant, « Alors ? »

« Alors, il a mordu. »

« Cool. »

« Oui, enfin lui, il est idiot. Odieux – et c'est pour ça que ça ne peut que faire plaisir de lui jouer un sale tour. Mais idiot. C'est avec les autres que ça risque d'être moins simple. »

« Ils sont idiots aussi, dans leur genre. Juste, ils sont encore plus méchants. »

« C'est ce que je veux dire. Et pardon, mais, un million trois en billets de cinq cents, du jour pour le lendemain, avec les banques fermées pour le week-end, même pour un Russe, je me dis que – »

« T'en fais pas. Au besoin, il les fera venir de Pétaouchnock dans son avion privé, mais il va les trouver. Sois tranquille. »

« Espérons. »

« Maintenant, très important. La valise. Tu leur dis qu'impérativement, l'argent doit être placé dans une Delsey, la référence que je t'ai donnée. J'ai vérifié. Ils en ont chez Sacs & Voyages à Nice, ils peuvent aller l'acheter aujourd'hui. Je vais appeler, même, pour qu'on leur en mette une de côté au nom d'Othello Zsadic. Non. Tu sais quoi ? Encore mieux. Tu vas aller l'acheter toi-même. Et tu vas la leur fournir, avec la montre échantillon dedans. Comme ça on sera sûrs. »

Helmut au bout du fil pas l'air très convaincu.

« Qu'est-ce qu'il y a ? T'as un souci ? »

« Non. Enfin, si. Je me dis juste que c'est quand même assez fragile. »

« Bien sûr que c'est fragile. Tout est toujours fragile, si tu vas par là. C'est comme *Usual Suspects*. Si t'y penses, ça ne tient pas. Mais quand t'y penses, trop tard ! Le film vient de finir. Là, c'est pareil. Si tout le monde joue bien, le temps qu'ils commencent à dire qu'il y a peut-être deux trois trucs qui clochent dans le scénario, nous, on aura quitté la salle. Et eux, ce sera trop tard pour se faire rembourser le billet. Tu comprends ? »

« Très bien. Simplement, vous, je le sens bien, vous me dites ça en pensant que ça va me rassurer. Or, hélas, c'est le contraire : ça m'inquiète encore plus. Désolé. »

« Attends, t'es gentil, là. Je suis censée comprendre quoi ? Tu changes d'avis ? Tu veux plus le faire ? »

Nadj soulagée d'entendre le Hollandais lui dire : « Mais non. J'ai pas dit ça. »

« Bon, ben, tu dis pas ça, dis rien, alors. »

« Juste, je dis : c'est fragile. »

Debout au milieu de son grand living, les baies vitrées sur la terrasse grandes ouvertes, Bruno était en train de faire le calcul. Par rapport aux acheteurs présentés par Cyrille, vendre son appartement au Serbe pouvait avoir des avantages, comme par exemple se faire verser une partie de la somme hors de France. Net d'impôts.

Bruno, donc, en train d'évaluer le maximum qu'il allait demander. Le Serbe – c'était le seul petit inconvénient qu'il présentait – n'étant pas quelqu'un avec qui on se voyait négocier trop en force. Bruno interrompu dans ses réflexions par le téléphone. Charlotte appelant pour lui parler du Serbe, justement. Confirmer que tout était booké pour l'opération du lendemain. Un dimanche ? Pas de problème. Le Serbe payait tout le monde double tarif, en liquide, disant qu'il préférait : comme ça, moins de gens le verraient aller se faire opérer. Le type criminel de guerre, mais super complexé, honteux de devoir subir une liposuccion de ses grosses fesses. Bruno trouvant ça presque touchant, en fait. Qui sait, si sa silhouette avait été différente, plus conforme à son propre idéal esthétique, peut-être Othello Zsadic n'aurait-il pas eu le même caractère violent ? Bruno jouant avec l'idée pendant que Charlotte lui parlait et entendant sonner à la porte d'entrée. À cette heure-ci, c'était le gardien. Bruno allant ouvrir et se retrouvant nez à nez avec Claude-Moïse. Comme la veille, accompagné du gros Arabe au crâne rasé. Bruno se demandant ce qu'ils voulaient cette fois-ci, pensant s'en être débarrassé une fois pour toutes en les orientant vers le prof de tennis.

Bruno, soit dit en passant, ayant superbement manœuvré, sitôt son Calvin Klein réenfilé, disant à Claude-Moïse, « Je te dois trente mille ? Là, l'info que je te donne, tu vas te faire trois cent mille. Ou le double, même, peut-être. En fait, à l'arrivée, c'est presque toi qui vas me devoir de l'argent. » L'expression de Claude-Moïse incitant juste à ajouter, « Je plaisante. »

Là, Bruno faisant signe à Claude-Moïse et à l'Arabe qu'il terminait sa communication et qu'il était à eux tout de suite. Disant à la secrétaire que oui, il arrivait à la clinique dans une heure au plus tard. Raccrochant et se tournant vers Claude-Moïse. « Toi, en fait, ton truc, avec les gens, c'est de leur faire la surprise, non ? Je te parle même pas de demander si ça gêne que tu passes. Juste de *prévenir* que t'es en train de monter. Mais non. Même ça, ça te gâcherait le plaisir. C'est curieux. Enfin bref. Dis-moi tout : comment ça s'est passé avec le prof de tennis ? »

« Très bien. »

« Ah ben tu vois, super. Je suis content. Et donc ? C'est ça que tu voulais me dire ? » Bruno regardant sa montre pendant qu'il parlait.

« Oui, non, hier soir, en fait, juste après le rendez-vous, je voulais venir te trouver, si tu préfères, "à chaud". Mais j'avais pas le bon outil. C'est ça qui m'a retenu. Que ce matin, je l'ai. »

Claude-Moïse sortant un sécateur de la poche intérieure de sa veste noire.

« C'est quoi ? »

« Un sécateur.

« Oui, ça, je vois bien. »

« Leroy-Merlin, douze euros quatre-vingt-dix. Tu tailles des tiges jusqu'à trois centimètres de diamètre avec. »

Claude-Moïse qui voulait se cueillir des fleurs sur la terrasse, à présent ?

« C'est pour couper tes doigts. T'apprendre, te foutre de ma gueule. Un chirurgien, juste deux doigts à chaque main, après, c'est moins précis. Non ? Qu'est-ce t'en penses ? »

Claude-Moïse et l'Arabe avançant vers lui, l'encadrant. Bruno reculant, d'une foulée, mais les deux autres déjà sur lui. L'Arabe passé derrière et le ceinturant. Bruno incapable de bouger les bras. Claude-

Moïse, lui, venait de lui empoigner la main gauche, déverrouillant son sécateur et l'approchant de ses doigts. Claude-Moïse disant, « Je m'excuse, je te coupe. » Et là, alors, qu'il allait se mettre à hurler, Bruno entendant, venant du seuil de la terrasse : « L'appartement est bien, mais la terrasse, elle, c'est exceptionnel. La vue qu'on a d'ici ! »

Le Serbe, revenu de son petit tour d'inspection de la terrasse. Pile poil au bon moment. C'était pas Zsadic, là. C'était Zorro ! Bruno l'aurait embrassé.

Claude-Moïse et l'Arabe surpris eux aussi, forcément. Claude-Moïse lâchant la main de Bruno, levant le nez pour voir qui venait de parler. L'Arabe, lui, desserrant les bras, se retournant pour regarder aussi. Bruno en profitant pour se dégager et reculer de deux mètres avant de dire :

« Othello Zsadic, Claude-Moïse. Claude-Moïse, Othello Zsadic. Et Monsieur, je ne connais pas son nom. »

Claude-Moïse disant, « Moktar. »

« Moktar, voilà. Monsieur Zsadic visite mon appartement en vue de peut-être l'acheter. »

Le Serbe alors parlant à Bruno comme si les deux autres n'étaient pas là. « Sérieusement, venez voir. J'ai l'impression, le temps qu'on a aujourd'hui, on voit jusqu'à Monaco. »

« C'est bien possible. » Bruno se dispensant de lui dire qu'au mieux, ça devait juste être Villefranche. Puis disant à Claude-Moïse et à Moktar, le gros Arabe tondu : « Excusez-moi. » En confiance à présent, avec le Serbe pour le protéger.

Bruno passant sur la terrasse. Claude-Moïse et l'Arabe hésitant quelques secondes, puis Bruno les entendant qui sortaient derrière lui.

Arrivé au bout de la terrasse, côté mer, exposé sud, sud-est, le Serbe dit, « C'est insensé, non ? Vous ne trouvez pas ? »

« Si, si. Absolument. »

Et Claude-Moïse dans leur dos : « Dis, là, j'ai six ou sept phalanges que je voudrais te faire sauter. Je me dépêche, promis. Après, t'auras tout le temps pour admirer la vue. »

Le Serbe se retournant alors et disant, « Tu veux lui couper les doigts ? »

« C'est pas que je veux. Je *vais*. » Tendant la main vers Bruno et disant, « Tiens, viens là, donne ta main. »

« Mais il ne pourra plus être chirurgien, après. »

« C'est l'idée. » À Bruno, en claquant dans ses doigts : « Allez, dépêche-toi. »

« Mais pourquoi ? C'est cruel. »

« Oui. Mais il y a que ça qu'il comprend. J'ai été gentil, j'ai été patient, il se fout de ma gueule. C'est même, plus je suis gentil, plus il se fout de ma gueule. Donc là c'est terminé. J'avais prévenu. »

« Il se fout de ta gueule comment ? Je comprends pas. »

« Je m'en branle, tu comprends pas. Moi je comprends. Et lui, il va comprendre, me devoir de l'oseille et pas me le rembourser. Donc il va perdre ses doigts. C'est pas dur. »

« Combien il doit ? »

« Trente mille. »

« Trente mille ? Okay. Et si je les rembourse à sa place ? »

Claude-Moïse pris de court par la proposition, prenant quelques secondes avant de dire « Ah ben ça, oui. Ça, pourquoi pas, au fond ? Oui. Du moment que je palpe… Juste, c'est trente-trois mille, en fait. Trente mille plus les agios et les pénalités. »

« D'accord. Si c'est que ça, je rachète sa dette. »

Bruno, sur la distance, pas sûr de gagner au change. Et l'impression soudain d'être un meuble aux enchères. Mais se gardant bien de dire quoi que ce soit.

Le Serbe adossé au balcon sortant une énorme liasse de billets de cent euros de sa poche, faisant signe à Claude-Moïse d'approcher. Claude-Moïse à l'évidence déçu de plus pouvoir jouer avec son sécateur, mais attiré par les billets. Bruno en train de se dire qu'en dépit de son épaisseur, la liasse ne suffirait pas à atteindre le montant. Claude-Moïse tout près du Serbe à présent. Et là, le Serbe rangeant les billets dans sa poche. Puis, aussitôt, s'accroupissant, attrapant Claude-Moïse par les chevilles, le soulevant, comme un arbuste en pot, et le faisant basculer tête la première par-dessus la rambarde. Bruno entendant Claude-Moïse crier – pas longtemps, d'ailleurs. Et puis un bruit, mais si faible que Bruno se dit qu'en fait, il venait de l'imaginer. Et puis plus rien.

Bruno ne croyant pas ce qu'il venait de voir. Ne le croyant *juste* pas. Le Serbe, pour sa part, le regardant et lui disant en souriant, « Donc trente-trois mille. Vous n'aurez qu'à les déduire du prix de l'appartement. Parce que je pense que je vais le prendre. »

Puis se tournant vers le gros Arabe tondu, Moktar. Le type pétrifié, peinant lui aussi, c'était visible, à croire ce à quoi il venait d'assister. Le Serbe se raclant la gorge.

Le gros Arabe sortant alors de sa stupeur – le type sans doute deux fois plus lourd que le Serbe, pourtant. Mais malgré ça, n'essayant pas de discuter. Commençant à reculer, puis après quelques foulées, tournant les talons et rejoignant l'appartement, courant presque.

Le Serbe attendant d'avoir entendu la porte d'entrée claquer pour dire à Bruno comme si rien ne s'était passé, « Au fait, je sais que vous êtes dans une agence. Mais comme là on se parle en direct, si ça vous ennuie pas, j'aimerais bien la squeezer et ne pas payer la commission. »

Au loin, une sirène était en train d'approcher.

Le Serbe, regardant Bruno un moment avant de dire, « Vous croyez que ce serait possible ? »

Toute la journée, en envoyant et renvoyant des balles, Manu avait gambergé, tiré des plans sur la comète, fait des conversions euros/dollars, calculé sa part. Arrivant à des sommes pas dégueues. Pas gueudins. Mais pas dégueues.

Trois cent cinquante mille ou quatre cent mille euros. Pas de quoi être à l'abri et vivre de ses rentes. Mais, quoi qu'il décide de faire ensuite, un début d'apport, une mise de fonds – un petit coup de pouce pour un nouveau départ.

Ça bien sûr, c'était tout seul. Mais imaginons, disons n'importe quoi, là, on délire, par exemple, Nadj partait avec lui et mettait sa part aussi ? Sept cent ou huit cent mille euros. Un million de dollars. C'était plus la même, là, tout à coup. Un autre éventail se présentait. Aussi bien en France que, plus encore, à l'étranger.

Mais là, Manu se disant à lui-même, holà bijou, une chose à la fois. Commence donc par la convaincre de dîner avec toi, déjà.

Manu, du coup, vers dix-sept heures appelant Nadj, lui proposant de passer la soirée tous les deux. Nadj disant, « En soi, j'ai rien contre l'idée. Simplement… »

« Oui ? »

« Il faudrait pas que ça porte malheur, non plus. La célébration, si tout va bien, c'est pas ce soir. C'est demain. »

Et Manu lui disant, « Ouais, mais le soir où j'ai trente ans, c'est pas demain. C'est ce soir. »

Nadj disant, « Ah. C'est sûr que là, de fait… »

Trente-quatre

Avant, ils avaient fait thaï. Un restaurant à Juan-les-Pins choisi par Nadj. Bondé un samedi soir, mais Manu trouvant qu'ils s'en tiraient bien, une table tranquille, au fond, près d'un aquarium avec des poissons bizarres.

Manu, un moment, servant la dernière brochette de poulet satay à Nadj. Nadj disant, « T'es sûr ? Tu veux pas qu'on partage ? »

« Non vas-y. À propos de part, d'ailleurs. Qu'est-ce que tu vas faire de la tienne ? Tu sais déjà ? »

« Non. Je veux pas trop y penser. Par superstition. Et puis, c'est beaucoup d'argent et en même temps, pas tant que ça. Donc j'attends de l'avoir et après on verra. »

Manu, avec la bière thaïe, prenant ça pour un genre de bon signe. Si elle n'avait pas de projet, il avait déjà plus de chances de lui vendre les siens.

« Et toi ? Tu sais ce que tu veux faire ? »

« J'ai quelques pistes, ouais. »

« Genre ? »

« Un moment, avant de partir là-haut, je me disais qu'un jour, j'aimerais bien gérer un *tennis camp,* par exemple sur une île des Caraïbes ou bien du Pacifique. »

« Ah bon ? Quelle drôle d'idée ! »

« Comment ça ? »

« Déjà pourquoi une île ? Pourquoi si loin ? »

« Je sais pas. Le climat. La tranquillité. »

« T'as raison ! Un ouragan tous les six mois. Un tsunami tous les dix ans. Et, en fonction des pays, de l'autre côté de la clôture de ton *resort* grand luxe, t'as la population qui mange la terre et qui regarde les riches venus en yacht ou en avion privé. Un jour, ils en peuvent plus, ils abattent le grillage et ils mangent les touristes – et le prof de tennis ! Ou alors, comme Bali, t'as une bande d'islamistes qui passe à la Kalachnikov toutes les putains occidentales en train de jouer à la balle en tenue indécente – sans parler de celles seins nus au bord de la piscine. Celles-là, ils les égorgent en partant de la foufoune. Quelle idée de triper toujours sur des endroits perdus au cul du monde ? C'est le syndrome colonial, ça. Je comprends pas. On est très bien en France, non ? C'est quoi, ce besoin, toujours, vouloir aller ailleurs ? »

Manu incapable de dire jusqu'où elle était sérieuse, ni à partir de quand c'était juste pour le chambrer. « Je suis d'accord. C'est pour ça, la piste que je préfère, en fait, c'est pas ça. J'ai un copain, un mec que je connaissais du temps de la compète, qui bosse dans une *tennis farm*, comme ils appellent ça, en Floride. Sauf, lui, il est employé. Mais avec une mise de fonds comme celle que je pourrais faire, c'est autre chose : t'es associé. Ça change tout. » Manu ne rentrant pas pour l'instant dans le détail des *green cards* obtenues par investissement. Ils verraient ça plus tard, au cas où.

« La Floride ? »

« Oui. Okay, tu vas me dire, ils ont un ouragan de temps en temps. Mais, là, d'ici à ce que les talibans viennent attaquer Palm Beach, on a le temps. Ils ont d'autres cibles, avant. »

« C'est sûr. Mais bon, la Floride, là, c'est encore un autre problème. »

« Ah bon ? C'est quoi cette fois ? »

« C'est aux États-Unis. »

Là, elle le faisait marcher, souriant. Manu souriant aussi, redemandant deux Singha à la fille qui venait d'apporter les crevettes au curry lait de coco et le bœuf au basilic.

Plus tard, le premier baiser, ça avait été dans la rue, devant la porte du Sporting. Sans qu'ils en aient parlé avant, elle avait garé la *Punto*, au lieu de juste s'arrêter devant la porte et attendre qu'il descende, comme les fois précédentes. Là, sortant de la voiture, elle aussi, et marchant à côté de lui vers l'entrée du club, comme si ça allait de soi. Et donc, devant le portail, Manu s'était planté face à elle et l'avait embrassée. Sentant quelque chose, putain. Comme l'idée qu'il se faisait d'une piqûre de dopant. La sensation de ses lèvres entre les siennes encore meilleure que ce qu'il s'était imaginé. Restant longtemps, du coup, dans l'ombre du portail, elle et lui, juste à se prendre la bouche. Plus rien d'autre n'existant, Manu pensant, comme deux ados, en fait, dans un jardin public.

Ensuite, dans les vestiaires, la première fois par terre, dans le noir. La deuxième fois sur le Futon déroulé, les lumières allumées à côté, dans les douches, qu'ils puissent se voir un peu. Mais les deux fois, Manu la jouant tranquille, pas du tout dans la performance ou la démonstration, se laissant porter, sans se préoccuper de l'impression qu'il allait faire. Se faisant confiance – *lui* faisant confiance. Profitant, dégustant la différence entre les fois où on est amoureux et les autres, celles où c'est juste du cul – la différence d'intensité évidente, même par rapport à des plans bien extrêmes.

Là, ils venaient de conclure la deuxième, déjà plus raffinée, plus précise que la première. Faisant vite connaissance, en fait. Manu ayant l'impression de bien choper les signaux qu'elle lui envoyait. Plutôt comme ci, moins comme ça. Elle, tantôt se laissant faire, tantôt prenant l'initiative, adroite dans ce qu'elle faisait. Lui-même content de voir qu'il aimait bien ce qu'elle semblait aimer.

Et là, Manu allongé, sa tête à elle posée sur son épaule à lui, disant après un long silence, « T'es déjà allée à Capri ? »

« Non. Pourquoi ? »

« Parce que. Je me disais, demain, tout se passe comme on veut, on pourrait peut-être s'accorder un week-end, quelques jours, tous les deux, se détendre un peu. Il paraît qu'il y a des hôtels, là-bas, de folie. »

« C'est sûr, ce serait top. C'est juste, toi, ta conditionnelle, t'es pas censé quitter le territoire. Il te faut une autorise. »

« Oui, sauf, c'est l'avantage, aller en Italie. Pas de contrôle à la douane. Donc si tu veux, on peut. »

« Ben, écoute oui. Bien sûr. J'adorerais. Mais ne faisons pas de projet, là. C'est comme parler de l'argent. Ça va porter malheur. Mieux vaut attendre demain, comment les choses se passent. »

Pour résumer, elle venait de dire oui. Ou presque. Donc après-demain, ils partaient tous les deux. Amalfi,

Ravello, Positano, Capri. Elle était pas belle, la vie ? Juste un truc qui dérangeait Manu, à présent, la façon dont les choses se passaient. Il dit, « En fait c'est pas aujourd'hui, mon annive. C'est le mois prochain. » Pensant qu'elle allait mal le prendre, mais en fait, non, pas du tout. Disant, « Eh ben, c'est bien. Comme ça, t'auras déjà eu ta soirée. » Manu soulagé qu'elle ne dise pas ton cadeau. « Va savoir où tu seras le mois prochain. » Se redressant, l'embrassant sur les lèvres, un petit smack pour montrer qu'elle n'était pas fâchée, puis se levant et disant, « C'est là, les douches, non ? »

Allant prendre une serviette blanche sur l'étagère et passant à côté. Manu la regardant faire et puis restant allongé, repensant à ce qu'il venait de voir, Nadj toute nue marchant dans le vestiaire. Magnifique. Manu se sentant bien, écoutant l'eau couler à côté. Et sursautant, du coup, en entendant une voix dire dans le noir, « T'aurais pas l'heure par hasard ? »

La lumière s'allumant et Manu se retrouvant avec David devant lui.

Manu se redressa. « Putain, t'es dingue ! Ça va pas d'arriver comme ça dans le noir ? T'es malade ? Qu'est-ce tu fais là, d'abord ? »

« Non, rien. Juste, je m'étais dit, peut-être tu pourrais me donner l'heure. »

« Il doit être, je sais pas – t'as pas de montre ? Ou ton portable ? T'as pas l'heure marquée dessus ? »

« Si. Mais c'est pas pareil que quelqu'un qui te la donne. Or toi, je m'étais dit, peut-être t'allais pouvoir, toutes les montres que t'as volées hier matin. »

Manu se disant, c'est pas vrai. Cherchant son caleçon, l'enfilant et se mettant debout. David, lui, reparti à dire, « Dans le tas, je me dis, normalement, un peu de chance, il y en a bien une qui marche et qui donne encore l'heure. Sinon, c'est pas la peine, franchement. »

« Attends, je t'arrête. Je sais pas de quoi tu parles, là. »

« Je veux la moitié. »

C'était un gag, ça. Tous les soirs, il y en avait un qui allait venir, comme ça, lui demander la moitié ? À côté, le bruit d'eau avait cessé. Manu remettant son pantalon, tant qu'il y était.

« Et puis, excuse-moi, normalement, j'aurais même pas dû avoir besoin de demander. C'est toi qui aurais dû proposer de toi-même. Venir me voir et dire, voilà, David, t'as été cool, tu m'as embauché, que je puisse être libéré. Du coup, moi je fais un score, ben je te fais croquer. C'est normal. Si David ! J'insiste. Ça me fait plaisir. Voilà ce que, normalement, si t'étais un mec correct, t'aurais dû venir me dire. »

« *Si David j'insiste ça me fait plaisir* ? »

« Parfaitement. Enfin bon, peut-être pas ces mots-là, mais la même idée. »

Nadj arrivant à ce moment-là, sortant des douches. Pas toute nue, heureusement. L'un des draps de bain du club enroulé autour d'elle. Surprise une demi-seconde de voir quelqu'un avec Manu mais se reprenant très vite, faisant un grand sourire et disant bonsoir à David. Manu, lui, disant qui était qui. « David Benamou, actionnaire-gérant du Tésauris Sporting Club. Nadj Bouzelate. Une amie. »

« Je vois ça, oui. Bonsoir. Vous avez l'heure ? »

Nadj surprise par la question, faisant une mimique désolée, montrant son poignet gauche, sans rien accroché dessus, sa main droite tenant toujours la serviette enroulée autour d'elle.

« Non parce que je m'étais dit, peut-être vous alliez avoir l'heure. Je veux dire, avec – »

Manu ne se voyant pas se retaper le numéro, disant à Nadj, « Te la faire courte, il veut cinquante pour cent. »

Nadj dit, « Cinquante pour cent de quoi ? »

« Du montant des montres qu'il pense que j'ai volées au musée hier matin. »

« Ah bon ? C'est toi qui as volé les montres ? »

« Non. C'est David qui pense ça. »

« Ben oui mais, si c'est pas toi, comment tu vas faire pour lui donner cinquante pour cent, du coup ? »

« Justement, je sais pas trop. »

« Et alors ? Il se passe quoi à ce moment-là ? »

Manu commençant à s'amuser, disant, « Je sais pas, j'ai pas bien compris. » Se tournant vers David, « Qu'est-ce que t'as dit que tu ferais ? Ah mais tu l'as pas dit, en fait, pardon. C'est pour ça que je sais pas. »

David l'air assez con, soudain, Manu ayant presque mal pour lui. David, là, en train de dire, « Vas-y, fous-toi de ma gueule. Tu sais quoi ? Là, t'es en faute professionnelle, ramener une inconnue dans les locaux du club. Donc, c'est pas compliqué : demain, tu fais ton sac. T'es viré pour faute grave. C'est bête parce que, t'as plus de boulot, ça risque d'être plus dur pour ta conditionnelle. Tu crois pas ? À mon avis, là-haut, ça risque d'être moins commode pour ramener des pétasses. »

Manu rigolant moins, là, se disant que l'autre avait raison hélas. Nadj, elle, pas trop vexée de s'être fait traiter de pétasse, disant, « Vous savez ce que je crois ? »

David dit, « Je m'en bats un peu les couilles, mais dis toujours. »

« Je crois que là, il est tard. La nuit porte conseil. Et demain il fera jour pour reparler de tout ça, vous pensez pas ? »

« Ce que je pense ? Ce que je pense, c'est que je t'ai pas sonnée. T'es pas membre du club. T'as rien à faire ici. »

« Ah, vous aussi vous dites ça. Ça me fait plaisir que vous soyez d'accord. » Se tournant vers Manu. « Tu vois ? C'est ce que je disais. Il vaut mieux que je rentre. Tu ne voulais pas me croire. Ton ami pense comme moi. »

Là-dessus, elle, ramassant ses affaires, sa veste, sa petite robe, ses sandales à talons et ses dessous. Pas gênée que David puisse voir son soutif complètement transparent et son string minuscule et repassant à côté, dans l'antichambre des douches, pour s'habiller. Manu restant seul avec David. David disant, « Elle a l'air bien bobée, mais ça sent la casse-couilles. T'as pas fini d'en chier. »

« Au cas où, je te dirai. Mais pour l'instant, vraiment, c'est rien que du bonheur. »

« Tant mieux. Juste, quand elle sera repartie et que t'auras plus besoin de faire ton malin devant elle, repense à ce que je t'ai dit. Cinquante pour cent du prix. Sinon, c'est la cabane. C'est tout ce que j'ai à te dire. »

David sortant après avoir dit ça. Manu essayant de calculer s'il serait capable de le dénoncer à la police. Pas très sûr. Nadj revenant dans la pièce, rhabillée, toujours cool, mais le charme de leur moment un peu rompu, obligé, disant, « Bon. On va dire, on s'appelle. » Souriant, heureusement, pour montrer que c'était joué. « Il est relou, ton pote. Il va falloir qu'il se calme. Tu me raccompagnes ? » Disant ça et marchant vers la porte, sortant dehors. Manu la suivant, pieds nus et sans chemise, ne voyant pas quoi faire d'autre, cherchant un truc à dire, pas qu'elle s'en aille comme ça. Arrivant sur le trottoir derrière elle sans avoir trouvé. Et elle déjà ailleurs, en fait, redevenue comme en début de soirée. Disant, « Bon anniversaire Manu Bonal. » Manu hochant la tête. Puis l'embrassant. Un pur baiser, à nouveau. Mais elle, au bout d'un moment, reculant la tête. Et puis juste un petit smack sur les lèvres et montant en voiture. Démarrant, agitant la main et s'en allant, Manu restant seul sur le trottoir et se disant, Putain ! Merde ! Le soutien-gorge ! Il avait encore oublié de le lui rendre. Quinze fois, il y avait pensé, mais c'était jamais le moment. Et quand, enfin, ça aurait été bon, David s'était pointé.

Manu, allant se coucher, se disant que pour ça aussi, depuis le temps que ça traînait, comme Nadj avait dit plus tôt, demain il ferait jour.

Plus tard dans l'après-midi, l'horrible Thierry Plaisance, puisque c'était ça son vrai nom, avait appelé Solange, lui proposant de le retrouver à l'hôtel en fin de journée.

Solange disant non, prenons un verre plutôt. Et puis on verra bien. L'autre contrarié, elle le sentait bien, mais disant d'accord. Un verre où alors ? Solange disant, Je ne sais pas, où vous voulez. Eh ben, on a qu'à dire, un bar d'hôtel alors. Comme ça, si l'humeur s'y prête, on sera déjà sur place. Qu'est-ce qu'on va dire ? Le bar du *Majestic*, ça te va ? Solange, pour le contredire et puis aussi parce qu'elle le pensait, disant, Non, si c'est ça, au *Martinez*, plutôt. Je préfère. Lui disant alors, Pas de problème. Moi, tu sais, du moment qu'il y a de l'alcool en bas et des chambres à l'étage. Solange se demandant comment elle avait fait pour ne pas se rendre compte à quel point le type était vulgaire pendant qu'ils échangeaient des mails ou se parlaient sur MSN. Le type à l'époque faisant très attention, aussi, se surveillant, jouant un rôle, écrivant des belles phrases. Solange prête à croire à présent qu'il allait en chercher la moitié dans des livres.

Donc un peu avant l'heure dite, Solange s'asseyant à une table bien en vue, pas au fond, à gauche du bar, comme l'autre aurait sûrement fait à sa place. Le voyant arriver d'ailleurs peu après, lui aussi en avance, disant, « C'est pas mal ici aussi. J'étais jamais venu. Qu'est-ce qu'ils ont comme cocktails avec la tequila ? Qu'est-ce tu bois, toi ? » Le type commençant à lui faire des compliments, lui dire qu'elle était très belle, très élégante. Solange bien placée pour savoir que c'était n'importe quoi, ayant bien fait exprès d'être le plus simple possible. Quasi pas maquillée. Un jean, haut ras du cou et pas du tout moulant et une veste style blazer qu'elle n'avait pas fermée mais qu'elle veillait à garder pans ramenés sur le devant, cachant bien sa poitrine. Solange le laissant faire son baratin, disant merci et alors lui parlant des photos. Sentant le type se tendre. « Je t'ai dit que c'était réglé, c'est que c'est réglé. C'est pas la peine de revenir là-dessus. C'était juste un accident. Là, d'une façon ou d'une autre, je te donne ma parole, t'en entendras plus parler. Je peux pas être plus clair. »

« D'accord. Et sinon, vous ne m'aviez pas dit que vous pensiez aussi retrouver mon collier ? »

Et là, le type lui faisant un grand sourire, disant, « Oh, c'est dommage. Je voulais te faire la surprise quand on serait à la chambre. » Sortant un sac en tissu de sa poche, mais le gardant à la main. « Tu préfères pas que je te le donne là-haut, plutôt ? Que je voie comme il est beau sur toi quand c'est tout ce que tu portes ? »

« C'est ça la condition pour que vous me le rendiez ? »

Le type n'osant pas l'avouer. « Bien sûr que non. Ouh là ! T'es de mauvaise humeur, toi. Faut te détendre, ma petite fille. »

« Je peux l'avoir alors ? »

« Oh mais oui, tiens ! Voilà. Pour te montrer que je suis pas comme tu penses. »

Solange attrapant le sac en tissu, sentant la forme des perles à l'intérieur, ouvrant son cabas Balenciaga, plaçant le collier dedans, puis sortant cinquante euros de son portefeuille pour les consommations que le serveur n'avait pas encore eu le temps d'apporter. Ensuite, se levant. L'autre disant, « Ah oui ! D'accord ! C'est comme ça que tu témoignes ta gratitude ! »

« Alors franchement, j'ai l'impression de l'avoir témoignée d'avance. » Et partant. Le collier récupéré, Maître Stéphane plaqué, rayé de son quotidien. Sentant sa vie se remettre en place, enfin, pour mieux repartir, mais autrement. Se sentant légère soudain.

Assez pour conduire jusqu'à Nice et passer à l'hôpital demander des nouvelles de la petite Madeleine, l'heure des visites expirée en principe, mais Solange expliquant la situation à l'infirmière de garde. Ne voyant en définitive pas la petite Guinéenne, mais repartant en sachant qu'elle allait mieux et se promettant de repasser la voir, peut-être pas demain, avec Philippe qui rentrait, ça dépendrait de l'heure, mais au plus tard lundi.

Chez elle vers vingt-deux heures, toujours légère, toujours bien et ne disant même pas à Philippe au téléphone qu'elle avait « retrouvé » le collier et retiré sa plainte. Préférant lui faire la surprise le lendemain, à son retour. Le laissant parler du coup, quand il lui avait dit, « Tu sais quoi, Minouche ? » Donc plus affectueux que la veille, déjà, revenu à Minouche. « Pendant que j'étais pas là, t'aurais mieux fait d'aller te faire opérer comme on avait parlé. Ça aurait déjà fait ça comme jours en moins où j'aurais été obligé de te voir avec tous tes pansements. Et toi, pendant ce temps-là, t'aurais fait moins de conneries. »

Solange lui demandant s'ils pêchaient bien, lui et ses amis. « Ça, pour pécher, on pèche ! On se retrouve avec de ces trucs accrochés au bout, je peux même pas te dire. » Philippe faisant rire ses amis en disant ça, Solange les entendant en arrière-plan. L'heure qu'il était, ils devaient avoir un peu bu. Mais donc, bonne ambiance sur le bateau et Philippe de bien meilleure humeur. Solange disant qu'elle l'embrassait et raccrochant.

Et là, donc, minuit moins le quart, se sentant toujours bien. Ayant envie de voir Nadj, en fait, la jeune et jolie Arabe. De parler avec elle. Mais un peu tard pour l'appeler. Solange ayant retrouvé son numéro sur l'historique de ses appels reçus et l'ayant enregistré. Décidée, là, à l'essayer le lendemain. Ou lundi au plus tard.

Juste devant son immeuble, au moment où elle allait sortir sa clé de son sac, Nadj entendit un bruit. Elle se retourna et eut juste le temps de reconnaître les deux brutes de Kruelo, avant d'avoir le souffle coupé par un coup dans le ventre, puis de sentir qu'on lui enfilait un sac sur la tête. Trop occupée à chercher de l'air pour résister pendant qu'elle se sentait entraînée, entendant une voiture approcher et s'arrêter, se sentant poussée à l'intérieur, sans doute le même minivan que la veille. Jetée par terre, cette fois, l'un des deux lui attrapant les mains et les lui attachant dans le dos avec un nœud coulant en plastique, serrant très fort exprès, pendant que le véhicule redémarrait.

Nadj retrouvant peu à peu une respiration normale malgré le sac sur sa tête, mais sentant toujours une vive douleur au niveau du foie, et là reconnaissant la voix de Kruelo, sans doute installé comme la veille sur la banquette arrière, en train de lui dire, « Tu vois là, j'étais chez moi, tranquille, j'allais me coucher. Et puis on m'a appelé pour me dire que t'étais au bus ce soir. » Oui, c'est vrai. Ils étaient passés en coup de vent entre le restaurant et le club de tennis. Mais à peine dix minutes. Juste le temps de – « Pas longtemps, mais t'y es allée. Tu m'as pas écouté. Et donc, à cause de toi, une heure du mat, je suis obligé de ressortir alors que j'avais prévu de me coucher tôt. Donc forcément, ça se paye. »

Nadj en train de construire sa phrase, les mots se bousculant dans sa tête, l'idée étant de lui dire – et c'était vrai, en plus – que oui, elle était passée au bus, mais que normalement, c'était la dernière fois. C'était pour dire au revoir, en fait. Que sauf accident, elle n'y retournerait plus. Mais l'autre avait déjà enchaîné : « Là, du coup, je t'explique, on va en Italie te déposer à des gens qui vont t'emmener après dans un endroit très bien, au-dessus de Trieste. T'as forcément entendu parler, ces endroits-là. Les "centres de formation" ? Les "maisons de dressage" ? Ben tu vas voir en vrai. Ils vont t'apprendre, pas faire la pute – ça, je suis sûr, tu sais. Mais à faire ce qu'on te dit. Que ça, t'as encore un problème. » Et là, Nadj entendant le psychopathe serbe prendre plaisir à lui décrire un traitement qu'on lui avait déjà raconté trop souvent : comment, dès l'instant où elle serait arrivée dans le fameux centre – généralement, d'après ce que les filles avaient dit, de grandes fermes ou des villas isolées –, elle serait enfermée dans une pièce sans fenêtre. Et qu'à partir de là, à tous moments, des hommes entreraient. Pour la violer. La violer en s'arrangeant chaque fois pour lui faire mal exprès – qu'elle suffoque, qu'elle vomisse ou qu'elle saigne, selon ce qu'ils lui faisaient. Le Serbe disant, « Tu vas voir, tu savais pas que ça pouvait être possible. Pire que ce que les filles t'ont dit. Même Internet, personne ose montrer ça. » Le Serbe ensuite expliquant que d'autres fois, ces mêmes hommes entreraient dans la pièce, mais juste pour la tabasser. Nadj ne saurait jamais quand ils allaient venir, ni pourquoi ils entraient : la prendre avec violence, ou juste la battre. Le Serbe disant, « Les mecs, c'est leur métier. Des Albanais, beaucoup. Les Albanais, tu vas voir, tellement ils en ont rien à foutre des trucs qu'ils font aux filles, ils m'impressionnent. » Le Serbe lui expliquant que très vite, elle n'oserait plus dormir, par peur des rêves qu'elle ferait et surtout d'être réveillée par la porte qui s'ouvrait, la lumière allumée et les hommes qui entreraient. Le Serbe lui disant que très vite, aussi, elle n'allait même plus savoir depuis quand ça durait, perdant la notion de jour ou de nuit, n'ayant même pas les repas pour servir de repère, puisqu'on ne lui en servirait aucun. Le Serbe disant, « Comme ça le temps qu'il faudra. Et au bout d'un moment, tu verras, il y a pas de honte : toi-même, tu sentiras que ça y est. Que tu vas faire ce qu'on te dit, toujours, à partir de maintenant. Et donc voilà, c'est ça que tu feras. Tu feras tout ce que les mecs qui t'ont achetée te diront de faire. Tu feras tout. Parce que tu sauras que, si tu le fais pas, tu retournes au dressage. T'as des questions ? Un truc que t'as pas compris ? Très bien. Là, j'ai fait court exprès, j'ai promis à Mathieu et Ludo, pour qu'ils aient le temps avant d'être à Vintimille. »

Nadj sentant alors qu'on remontait sa robe sur ses cuisses et son ventre, puis qu'on lui empoignait les chevilles et écartait ses jambes. Un des deux, elle ne savait pas lequel, tirant sur l'élastique de sa culotte jusqu'à ce qu'il cède, lui faisant mal au passage. Puis le même attrapant le sac et le soulevant en disant, « Attends, je vire la cagoule, qu'on voie la tête qu'elle fait. »

Trente-cinq

On était le matin et Bruno espérait qu'il allait passer une moins mauvaise journée que la veille.

Presque aussitôt après avoir jeté Claude-Moïse du balcon, alors qu'il s'apprêtait à partir, le Serbe avait reçu un coup de fil, ressortant sur la terrasse pour parler sans que Bruno entende, puis revenant lui dire, « Voyez ? Quand je vous disais que je ne pouvais jamais rien prévoir à l'avance : ma liposuccion, demain, ça va pas être possible. On va devoir remettre. » Le Serbe l'air préoccupé soudain. Lui si détendu jusqu'ici, même après avoir balancé un type du quinzième étage.

Le Serbe était parti et ensuite, toute la journée à la clinique et une partie de la nuit, chez lui, Bruno n'avait cessé d'imaginer le pire, recommençant ce matin dès son réveil.

Dans les images qui le torturaient, l'un des deux policiers avait la tête du chef des *Experts* sur TF1, le grand barbu passionné d'insectes, le visage de l'autre flic, lui, restant indistinct. Ensuite, Bruno variait sur la forme qu'allait prendre leur première visite. Soit l'arrêter direct, soit juste lui « poser quelques questions », histoire qu'il s'enferre bien dans des mensonges, forcé de les contredire plus tard, au fur et à mesure que les enquêteurs lâcheraient au compte-gouttes les éléments dont ils disposaient – comme ça jusqu'à l'aveu final, de guerre lasse, après avoir épuisé toutes les autres options. Bruno ne sachant pas ce qu'il devait préférer : l'arrestation tout de suite ou la torture psychologique, pendant plusieurs jours et plusieurs nuits.

À d'autres moments, Bruno se représentait le barbu des *Experts* en train de faire des expériences dans son laboratoire, en fonction du nombre de fractures des os et de leur degré de pulvérisation et en tenant compte de la densité de la pollution de l'air à l'heure approximative de l'accident et des paramètres débiles comme ça, et à force, établir que la chute trouvait son origine au quatorzième ou au quinzième étage – soit, compte tenu du point d'impact du corps et de la direction du vent, de tel appartement ou de celui d'au-dessus. L'un des deux celui de Bruno.

Ça, pour le coup, c'était logique que les policiers ne soient pas encore arrivés à le calculer. Ça devait prendre du temps. Donc c'était plutôt le lendemain ou le surlendemain qu'il devrait redouter leur visite. Bruno ne se voyant pas passer plusieurs jours comme ça, à attendre, sans savoir si le barbu des *Experts* et son adjoint sans visage n'allaient pas venir l'arrêter.

Variante : Bruno cherchait à évaluer ce qu'il risquait pénalement. *À priori*, pas grand-chose. C'est vrai, si on regardait, lui, il n'avait rien fait. Et peut-être était-ce ça le problème : non-assistance, non-dénonciation, etc. Après, il fallait voir si ça s'assimilait à de la complicité, sanctionnée à l'avenant. Bruno piètre juriste, mais ne les voyant pas ressortir la guillotine pour ça.

Sauf si.

Sauf si le Serbe se faisait arrêter, et là, disait qu'il avait jeté le type, okay, mais que c'était Bruno qui le lui avait demandé. Tuer Claude-Moïse pour effacer ses dettes de jeu, le mobile tout trouvé. Et là, c'était leurs deux paroles l'une contre l'autre.

Et puis, une fois par heure, en moyenne, la tentation de la vérité : Je faisais visiter mon appartement à Monsieur Zsadic qui s'était déclaré intéressé par son acquisition. Monsieur Zsadic était sur la terrasse, à admirer la vue. On sonne à la porte. C'était Monsieur Casta avec un ami à lui dont je ne connais pas le nom, Monsieur Casta armé d'une pince coupante pour me mutiler les mains. Monsieur Zsadic est alors intervenu pour s'interposer. Dans le corps à corps, Monsieur Zsadic a, sans faire exprès, déséquilibré Monsieur Casta, le faisant passer de l'autre côté du parapet. C'est un accident, en quelque sorte. Et, on le voit bien, de la légitime défense.

Pourquoi alors ne pas l'avoir signalé immédiatement ? Eh bien je ne voulais pas embarrasser Monsieur Zsadic. Monsieur Zsadic ne souhaitait pas se dénoncer. Même si je ne l'approuvais pas, je pense que vous pouvez comprendre que je me sois senti obligé de respecter sa décision.

Pardon ? Le sécateur avec lequel Monsieur Casta voulait me couper les doigts, vous ne l'avez pas retrouvé ? Dommage. Légitime défense, impossible à prouver. Donc, voilà, ça non plus ça ne tenait pas.

À propos, justement. Pourquoi Claude-Moïse était-il revenu pour lui couper les doigts ? Le prof de tennis avait dû nier – le type coriace, en fait, endurci par la prison, sous sa jolie petite gueule. Ou alors il avait promis un pourcentage à Claude-Moïse pour qu'il retourne punir Bruno.

Oui mais voilà. Le prof de tennis avec sa petite gueule d'ange avait peut-être réussi à retourner

Claude-Moïse. Mais Othello Zsadic, ça risquait d'être plus dur. Là, face au Serbe, le petit merdeux allait être obligé de cracher. Et comme ça, Bruno et le Serbe seraient quittes. Peut-être même, avec un peu de chance, Bruno percevrait au passage un petit pourcentage, comme apporteur d'affaire.

De plus, si le Serbe récupérait le butin du prof de tennis, il avait tout à coup largement de quoi acheter l'appartement de Bruno au prix fort, sans mégoter à cent mille euros près.

Bruno décidé soudain. Attrapant le téléphone, trouvant le numéro du Serbe récemment ajouté à son répertoire, appuyant sur la touche appel.

Se sentant revenir, là. Son cerveau qui reprenait les choses en main. Adorant ces moments-là, ces *fulgurances*. Quand tout devenait clair. Envisageant tout autrement, soudain, en écoutant sonner.

Non, les policiers n'allaient pas venir frapper à sa porte. Tu parles ! *Les Experts – Las Vegas, Miami, Manhattan*, ce que tu veux. Mais *Les Experts – Villeneuve-Loubet*, pardon. Le tournage n'était pas près de commencer. De plus, peu de chances que les enquêteurs se plient en quatre pour élucider la mort d'une vilaine petite frappe comme Claude-Moïse Casta. Là, ils allaient faire *light*, minimum syndical, trop contents. Bruno se trouvant bien bête, soudain, d'avoir paniqué comme ça.

Deuxième sonnerie. Bruno se disant qu'en fait c'était une chance ce qui venait de se passer. Plus de Claude-Moïse, plus de dettes de jeu, et peut-être la possibilité de ramasser le pot en prime.

Troisième sonnerie. Avec le risque bien sûr que l'autre, le Kruelo, veuille le doubler ensuite, refuse de partager.

Quatrième sonnerie. Quoique. Bruno aussi avait des cartes en main. Le Serbe ne ferait rien pour le mécontenter avant l'opération. Et après ? Après, on ver –

Le Serbe au bout du fil décrochant et disant, la voix du type qu'on dérange : « Si c'est pour l'appart, c'est juste pas le moment. Et pour l'autre truc, je t'ai dit pas de portable. »

Bruno, se sentant rougir du coup. « Non, non. Là, c'est pour autre chose. Les montres du musée à Cap-Cinjus qui ont été volées avant-hier. »

« Et alors ? »

Bruno reprenant de l'assurance, là, au moment d'abattre son jeu, sûr que le Serbe allait mieux lui parler maintenant : « Je crois savoir qui a fait le coup. Et donc, je me disais, peut-être ça vous intéresse. »

Juste avant sa leçon de neuf heures, David vint trouver Manu.

« Alors ? T'as repensé à ce que je t'ai dit ? »

« Oui. J'ai même eu vachement de mal à m'endormir, du coup. »

« Ah, ça, je suis désolé. C'était pas le but. Et alors, donc, t'as décidé quoi ? »

« Ben rien. »

« Comment ça, rien ? »

« Ben non, rien. Je peux pas te donner d'oseille sur un coup que j'ai pas fait. »

« D'accord. Tu viendras pas te plaindre après. Mais ce sera pour t'apprendre. Moi, je t'ai tendu la main et toi tu craches dedans. C'est toi qui l'auras voulu. Moi j'aurai fait que renvoyer les balles pourries que tu m'auras servies. »

David tournant les talons et partant en direction de son bureau.

Manu pas plus inquiet que ça, à tort ou à raison, allant de son côté donner sa leçon, se promettant d'appeler Nadj à la fin de l'heure, n'ayant pas réussi à la joindre au réveil comme prévu. Ce qui était curieux. Mais, Manu décidé à être positif aujourd'hui, pas encore inquiétant.

Manu réessayant donc une heure plus tard, sonnant dans le vide et là, quand même, commençant à trouver ça chelou. Mais empêché de trop y réfléchir par un souci plus pressant : le grand flic rouquin avec le nom polonais et son acolyte habituel qui avançaient dans sa direction, emmenés par David Benamou, trottant devant eux, l'air triomphant. David pointant le doigt vers Manu et disant aux flics, « Voilà, c'est lui. Il est là. »

De l'autre côté de la porte, Nadj entendait les rires et la voix des types en train de discuter.

Elle ouvrit un œil et aussitôt se recroquevilla, couchée sur le flanc, les mains sur la tête pour se protéger contre les coups.

Mettant plusieurs secondes à se convaincre qu'elle était seule dans la pièce, que personne n'allait la battre dans l'immédiat.

Mais aussitôt, les sons et les sensations de la veille lui revenant et lui faisant mal.

Nadj sentant à nouveau les mains des deux types sur elle, entendant les commentaires qu'ils se faisaient, peut-être pour s'exciter, se griser en s'écoutant dire des obscénités à haute voix.

Nadj revoyant leurs visages – mon Dieu, l'un et l'autre, cette expression de méchanceté tranquille. Deux exemples, comme elle en croisait depuis toute petite, de haine des femmes au quotidien.

Et Nadj, à les revoir, frissonnant de dégoût, se demandant si elle allait pouvoir les oublier un jour, réussir à voir autre chose dès qu'elle fermerait les yeux. Ou au contraire, comme là, même les yeux grands ouverts, ne plus jamais voir que ça.

Nadj, donc, les revoyant, celui entre ses jambes et celui près de son visage, se – Nadj rien que d'y repenser, manquant de vomir, réussissant à réprimer le premier hoquet.

Nadj redressée à présent, assise sur le matelas, dos au mur, le front sur les genoux, bras croisés sur les jambes.

Se réentendant hurler tout ce qu'elle pouvait. N'ayant jamais, jamais hurlé comme ça avant.

Hurler, Les montres ! Arrêtez ! Les montres ! Les montres ! Les montres ! Hurlant et secouant la tête dans tous les sens, comme une folle, pour empêcher le type de la museler avec ses mains. Les montres ! Les montres ! Les montres ! Kruelo mettant un temps fou à réagir et dire enfin aux deux autres d'attendre une petite seconde, les deux se figeant, un peu cons du coup, l'un à genoux entre ses cuisses, l'autre à côté de sa figure.

Kruelo disant à Nadj, « Qu'est-ce tu racontes, “les montres” ? »

« Les montres ! Le vol à la fondation ! »

« Oui eh ben ? » Kruelo penché pour mieux l'entendre.

« Je crois savoir qui c'est. »

« De quoi ? » Kruelo debout à présent, courbé à cause du plafond bas, mais rapproché d'elle, les deux autres se reculant instinctivement, laissant à Kruelo la place de s'accroupir près du visage de Nadj et de l'attraper par les cheveux, lui tirant la tête en arrière.

Nadj alors voyant les deux autres échanger un regard et se reculotter, au moins provisoirement. Nadj voyant ça tandis que Kruelo lui secouait la tête et lui disait. « Qu'est-ce tu racontes connasse ? Vas-y ! Vite ! Vite ! J'écoute. » S'arrêtant de secouer.

Nadj se mettant à parler – très vite, effectivement, de peur qu'il ne recommence : « Mon chef, où je travaille, il avait le catalogue de l'expo rangé avec des dossiers de voleurs et d'un type qui a fait trois ans à Grasse pour recel. J'ai pas vraiment fait attention aux noms des voleurs, mais je me souviens du receleur, à cause de son surnom. »

« Ah ouais ? C'est qui ? »

« Helmut le Hollandais, mais son vrai nom c'est Volker. Hervé Volker. Il travaille chez un antiquaire à Monaco. »

Là, Kruelo lui lâchant la tête. Nadj entrevoyant une lueur minuscule. Un tout petit espoir. Pas encore tirée d'affaire, là, menottée, exposée, avec trois psychopathes qui voulaient la livrer à des trafiquants de femmes. Mais déjà mieux qu'il y a juste trente secondes.

« Et pourquoi il avait ça, ton chef ? »

« Je sais pas. Mais, quand le musée a été cambriolé, j'y ai repensé, j'ai trouvé ça bizarre. »

« Et c'est qui ça, ton chef ? »

« Thierry Plaisance. Il vient juste d'être muté. Je sais pas où il habite. »

« Qu'est-ce que t'as comme info, alors ? Qu'est-ce tu nous saoules ? T'as que dalle, en fait. »

« Les voleurs ! Les voleurs, je pourrais essayer de regarder les noms sur les dossiers. Et vous les dire après. »

« Me les dire pourquoi ? Qu'est-ce qui te fait dire que j'en ai quelque chose à foutre ? »

Nadj recommençant à parler vite : « Je sais pas. Juste, c'est beaucoup d'argent. Dans le journal, ils disaient une valeur de plusieurs millions. Si je vous dis qui c'est, vous pouvez les leur prendre. Et en échange, vous me laissez partir. »

Ça y est Kruelo lui avait réempoigné les cheveux, tirant fort en arrière. « Donc toi tu dis, plusieurs mecs ? Dans le journal, ils parlaient juste d'un seul. »

« Je sais pas ! Je crois bien, il y avait deux dossiers, en plus du Hollandais. Je sais plus. »

Kruelo lui secouant à nouveau la tête. « C'est qui ces enculés, alors ? Hein ? C'est qui ? Tu vas me dire ? »

« Je sais pas, je vous dis ! Il faut que j'aille à mon bureau ! Demain ! Je regarde et je vous le dis ! » Kruelo arrêtant de secouer mais ne lâchant pas ses cheveux. « Et je vous jure, c'est fini, je m'occupe plus jamais de filles. Plus jamais vous me voyez, au bus ou n'importe où. »

« Oui. Non mais, ça, je te crois. Là, déjà, je te signale, tu t'en occupes plus trop dans le programme que je t'ai fait. »

Kruelo lui lâchant les cheveux, se redressant légèrement, peut-être pour mieux réfléchir. Les secondes passant, comme ça. Puis Kruelo disant à l'un des deux débiles, Mathieu ou Ludo, « Demi-tour. On la ramène chez elle. » Le type, tout de suite, se levant et passant à l'avant pour parler au conducteur. Kruelo parlant ensuite à l'autre, lui disant d'appeler Fabio pour dire qu'ils ne venaient pas, en fait. « Tu lui dis je m'excuse et que j'appelle demain. » Puis à Nadj, lui demandant à quelle heure ouvrait le bureau. Nadj disant neuf heures. « Okay. Avant onze heures, je veux le nom et l'adresse des mecs. Sinon, je te jure, je m'occupe de toi moi-même. T'as compris ce que je te dis, là ? » Nadj hochant la tête. « T'as intérêt. » Kruelo allant se rasseoir au fond. Les deux autres s'asseyant aussi, sur les sièges latéraux. Nadj, elle restant par terre, se tortillant pour changer de position et leur tourner le dos. Mais n'osant pas demander qu'ils la détachent, ne poussant pas sa chance.

Une fois devant chez elle, au bout d'un temps interminable, l'un des deux lui trancha au couteau la courroie de plastique qui lui serrait les poignets. Nadj rabaissant aussitôt sa robe et ramassant son sac.

Kruelo donna un coup de menton en direction de la portière et l'un des deux la fit coulisser. Nadj revoyant la porte de son immeuble, à dix mètres de là, obligée de se retenir pour ne pas se ruer dehors, s'approchant juste de l'ouverture, enfin libre. Sauvée. Allant sortir et la voix du Serbe dans son dos disant, « Attends. »

Nadj se figeant, puis tournant la tête vers lui.

« T'es une grosse maligne, toi, quand même… » Nadj se gardant bien de répondre. « Si : t'es une grosse maligne. Tâche juste de pas penser que tu l'es plus que moi. Ludo, tu vas avec elle. Mathieu va venir prendre une voiture et viendra te retrouver. Vous restez avec elle, vous l'empêchez de s'enfuir. Mais pour l'instant, c'est tout. D'accord ? Pas de… » Laissant les deux finir la phrase tout seuls. Puis reparlant à Nadj, disant. « Mais toi, souviens-toi ce que je t'ai dit. T'as compris ? Okay. C'est bon. Dégage. »

Nadj enfin hors du véhicule, debout sur le trottoir, respirant l'air du soir, commençant à marcher vers l'entrée de son bâtiment. Entendant celui qui s'était placé entre ses jambes – « Ludo », donc – qui suivait derrière elle. Gâchant du même coup un peu son sentiment de libération. Mais quand même. Nadj persuadée à présent de pouvoir s'en sortir, même si elle ne savait pas encore comment. Sachant juste que ça allait être encore plus compliqué qu'avant. Mais pour l'instant, juste inquiète de ne pas pouvoir se retenir et attendre d'être barricadée dans la salle de bain pour commencer sa crise de larmes.

Trente-six

David était en train de dire, « Vous comprenez, comme par hasard, il y a quatre ans, il a cambriolé un musée de montres en Suisse quasiment de la même façon. Et avant-hier, comme par hasard, au moment où le casse a lieu, il est pas sur les courts à donner sa leçon. »

Ils étaient tous les quatre, les deux flics, David et Manu, debout dans le bureau, le grand rouquin ayant demandé un endroit tranquille pour parler.

« Sauf que, moi, tout ce que je dis, c'est, vu que c'est un peu grâce à moi qu'il s'est fait libérer, si lui, il récidive, moi après je veux pas qu'on vienne m'accuser d'être complice. C'est tout. »

David engueulant les flics, presque. Le grand rouquin dit, « Calmez-vous, Monsieur Benamou. Personne ne vous accuse de rien à ce stade. Dites-moi plutôt : Monsieur Bonal vous a-t-il donné un motif pour justifier son absence ? »

« Oui. Qu'il devait aller au SPIP à Grasse. Mais bon, c'est trop facile. On vole des montres à cinq minutes d'ici et lui, au même moment, il dit qu'il est au SPIP. »

« D'accord, mais avant de venir nous dire que Monsieur Bonal avait cambriolé la fondation Lievenstein, avez-vous vérifié auprès du service pénitentiaire d'insertion et de probation de Grasse s'il s'y trouvait bien ? »

« Parfaitement, j'ai appelé. J'ai parlé à une dame qui m'a dit que son responsable était pas là, mais que, elle, à sa connaissance, non. »

« D'accord. Eh bien moi je n'ai pas parlé à cette dame, mais par contre, j'ai discuté avec le directeur. »

« Ah ? »

« Oui. Et il est formel. Monsieur Bonal était dans ses locaux avant-hier matin à l'heure où le cambriolage du musée avait lieu. »

« Ah bon ? » David surpris, et surtout déçu, soudain. « Mais, alors, je veux dire… » Mais ne lâchant pas l'affaire si vite. « Oui mais n'empêche, depuis une semaine, il a un comportement et des horaires bizarres. Et, je m'excuse, mais quand j'ai appelé, la dame – »

« Expliquez-moi pourquoi le directeur du service mentirait. Vous, vous pensez que ce fonctionnaire du ministère de la Justice, pour je ne sais quelle raison, fait un faux témoignage ? »

« Non, non. C'est pas ce que j'ai dit. »

« Vous êtes sûr ? Je ne sais pas moi, peut-être pensez-vous qu'il est de mèche avec Monsieur Bonal ? Monsieur Bonal cambriole le musée et le directeur du SPIP se charge de lui fournir un alibi en échange d'une partie du butin ? »

« Mais non. Bien sûr que non. »

Manu commençant à se régaler, là. Cherchant à qui le flic le faisait penser.

« Très bien. Donc, dans ces conditions, maintenez-vous vos accusations contre Monsieur Bonal ? »

« Ben non, du coup. Forcément. »

« Vous n'affirmez plus qu'il était au musée au moment du cambriolage ? »

« Non, non. J'affirme plus. » David, c'était visible, sentant bien à présent que c'était lui qui allait prendre, avoir dérangé le grand flic rouquin pour rien.

« Eh bien vous avez raison. Vous voulez savoir pourquoi ? »

David hochant la tête.

« Parce que les montres, on sait qui les a volées. »

« Ah oui ? »

« Et ce n'est pas Monsieur Bonal. »

« Ah non ? »

« C'est un Roumain. Un pauvre type, assez con pour tenter hier matin d'écouler une des montres chez un horloger de Tésauris. Il s'est enfui pendant que le commerçant prévenait nos services. Mais les caméras de surveillance nous ont permis d'identifier un clandestin déjà fiché chez nous. Là, il ne sait pas encore qu'on sait. Mais il ne va pas tarder à l'apprendre. Bref, tout ça pour dire qu'à notre connaissance, Monsieur Bonal n'a absolument rien à voir dans cette affaire. »

Le flic l'appelant toujours Monsieur Bonal. Manu hochant la tête, jouant le jeu. Ne croyant pas la scène, en même temps. Ou plutôt si, à deux doigts d'y croire, justement, tellement le flic faisait ça bien, le mec trop bon comédien.

David tout miel, maintenant. « Ah ben, très bien. Tant mieux, même, j'ai envie de dire. »

« Si vous permettez, à mon tour, j'aurais juste une question que j'aimerais vous poser, Monsieur Benamou. »

« Mais oui. Certainement. »

« À l'instant, vous évoquiez votre responsabilité dans la libération conditionnelle dont bénéficie Monsieur Bonal. »

« Heu, oui. Tout à fait. »

« Donc, là, j'aimerais vous demander, pensez-vous que des accusations injustes aident un ancien détenu à se réinsérer ? Ou au contraire qu'elles sont de nature à le décourager sur la capacité de pardon de la société. Et de ce fait, favoriser sa rechute. »

David tardant à répondre. Le flic allant alors le chercher. « Alors, Monsieur Benamou. Plutôt de nature à aider ou à décourager ? Je vous écoute. »

« Heu, plutôt décourager. »

« Donc seriez-vous d'accord pour dire qu'une dénonciation abusive constitue un préjudice pour celui qui en est la victime ? »

« Heu… »

« Oui ou non, Monsieur Benamou. Est-ce que c'est un préjudice ?

« Heu, oui. Oui. Sans doute. »

« Donc, nous sommes d'accord, Monsieur Benamou, vous venez de faire subir un préjudice à Monsieur Bonal ? »

« Heu, oui, d'un certain sens, sans le vouloir, sans doute… »

Manu, à présent que le danger semblait passé, obligé de se mordre la joue pour ne pas éclater de rire, la tête que faisait David et la performance du flic.

« Très bien. » Se tournant vers Manu, à présent. « Monsieur Bonal ? »

Attention, c'était à lui. « Oui ? »

« Souhaitez-vous porter plainte contre Monsieur Benamou pour dénonciation calomnieuse ? »

Manu faisant semblant de réfléchir deux secondes, juste le temps de savourer en douce la gueule que faisait David, avant de dire non.

« Vous êtes sûr ? »

« Certain. Là, il y a eu un petit malentendu. Mais tout est bien qui finit bien. Et j'oublie pas que David – Monsieur Benamou – m'a rendu service en m'embauchant au club, malgré d'où je venais. Et puis, je me plais bien ici. J'ai envie de rester. Donc s'il veut bien oublier ce qui s'est passé ce matin, moi pareil : pas de problème, on n'en parle plus. »

Le mec se tournant vers David, à présent plutôt style médiateur qui calme des voisins. « Monsieur Benamou, vous avez entendu Monsieur Bonal ? »

« Oui. »

« Monsieur Bonal décide de ne pas porter plainte. »

« Oui. »

« Je pense que vous pouvez lui dire merci, Monsieur Benamou. »

« Merci. » Le mot arrachant clairement la gueule de David. Mais tant pis, faisant l'effort, là. Pas trop le choix, en même temps.

« Vous avez de la chance, Monsieur Benamou. À la place de Monsieur Bonal, je ne sais pas si j'aurais été aussi accommodant. Un conseil, Monsieur Benamou : que je n'aie pas besoin de revenir. »

Là, le mec leur faisant un petit hochement de tête à chacun. « Monsieur Benamou. Monsieur Bonal. »

Et le grand flic rouquin se barrant, suivi par son adjoint qui n'avait pas dit un mot, un peu comme le grand Arabe l'autre soir avec le pied-noir. David attendant qu'ils soient sortis pour dire, « Pourquoi tu m'as pas dit que t'étais au SPIP, aussi ? »

« Je te l'ai dit, excuse-moi. Je te l'ai dit ici même, je m'en souviens très bien. »

« Oui mais pourquoi tu m'as pas dit que t'y étais *vraiment*, quand j'ai commencé à t'accuser et tout ? »

« À quoi ça aurait servi ? Tu m'aurais cru ? »

« Non. » David réfléchissant une seconde. « Je suis désolé. Je me suis mis en tête, c'est toi qui avais fait le coup et que ça y est : c'était encore toi qui allais avoir le plus de thunes et le plus de gonzesses. Et j'ai dit, merde, tant pis, il y a pas de raison, il faut que j'en croque aussi. Et voilà. J'ai merdé. »

« T'en fais pas. Sauf là, pour te faire pardonner, tu vas me remplacer avec Monsieur Garenne. Il a cours à onze heures et moi j'ai un truc à faire, ça vient juste de me revenir. »

« Quel truc ? »

« Vérifier que l'échange entre les montres du musée et une valise d'argent liquide se passe bien comme prévu. »

« Ça va. C'est bon. Je t'ai dit, je suis désolé. Et toi, t'as dit qu'on en parlait plus. »

« C'est vrai. Autant pour moi. Sinon, qu'est-ce que je veux dire – t'as les clés de ta BM ? »

Bientôt dix heures. Nadj devenait folle. Une heure qu'elle était au service, assise à son bureau. Les deux débiles montant la garde sur le parking en bas.

À onze heures au plus tard, elle était censée donner des noms à Kruelo. Problème : à onze heures elle avait aussi rendez-vous avec le Hollandais. Or, pour s'y rendre, il fallait d'abord se débarrasser des deux tarés qui poireautaient dehors, surveillant l'unique sortie.

Elle prit ses affaires et se leva, quittant le bureau sans rien dire à la réceptionniste, et une fois sur le parking, marchant droit vers les deux types. Celui qui s'appelait Mathieu lui disant, « Alors ? » Nadj disant, « Alors, suivez-moi. » Inversant les rôles, l'air de rien.

« Suivez-moi où ? »

« À Cannes. J'ai rendez-vous dans la galerie du Grey d'Albion avec quelqu'un qui va me donner l'info. »

« C'est quoi cette connerie ? C'était pas prévu. »

« C'est le moyen d'avoir le nom que veut Kruelo. Maintenant, vous préférez que j'y aille pas, voyez ça avec lui. »

Le Mathieu soupirant puis disant à l'autre – Ludo : « Monte avec elle. Moi je vous suis. »

Le trajet de Grasse à la Croisette une torture, ensuite. Le type à côté d'elle, heureusement ne disant rien, mais quand même. Nadj envie de hurler rien que de le sentir si près, enfermée avec lui. L'autre, dans le rétroviseur, au volant de leur grosse BMW noire.

Le téléphone sonnant un moment, Nadj sûre que c'était Manu – *Manu*. Ça y est. Elle y était venue, en fait –, mais évidemment ne pouvant pas décrocher avec le mec à côté d'elle.

Une fois à Cannes, elle descendit garer la *Punto* sous le Palais des Festivals, Mathieu se rangeant à côté d'elle, puis réclamant qu'elle lui donne ses clés de voiture. Le type essayant de penser à tout. Nadj le laissant faire.

Puis, tout en traversant la Croisette à la hauteur du *Majestic*, elle expliqua aux deux types qu'il ne fallait pas la coller de trop près s'ils voulaient que son contact se risque à l'aborder. Qu'ils la surveillent, pas de souci, mais de loin. Là, par exemple, qu'ils restent bien à l'extérieur du magasin où elle allait entrer.

Les deux brutes n'aimant pas ça, mais lui laissant quand même prendre quelques pas d'avance alors qu'elle pénétrait dans les galeries du Grey, prenant par l'accès Croisette, remontant ensuite vers la boutique dont elle s'était souvenue pour une raison précise : le magasin de lingerie et maillots de bain avait deux entrées. Une, celle qu'elle apercevait une vingtaine de mètres devant elle, qui donnait sur les allées de la galerie marchande. Et une autre, donnant sur la rue – une petite rue dont Nadj ne connaissait pas le nom, mais qui reliait la Croisette avec la rue d'Antibes.

Nadj entra dans la boutique. Les deux brutes mourant certainement d'envie de la suivre, mais, Dieu merci, restant à l'extérieur, se contentant de l'épier à travers la vitrine.

Nadj dut d'abord repousser les propositions d'aide de la vendeuse, commençant ensuite, exercice difficile, à regarder les articles exposés tout en feignant d'attendre quelqu'un. Sentant sur elle le regard des deux brutes, dehors. Et assez vite, celui de la vendeuse, intriguée par le comportement de son unique cliente, et sans doute convaincue à présent que Nadj se trouvait dans la boutique pour y voler quelques articles à la première occasion.

Nadj, de fait, anxieuse de voir le magasin se remplir un peu et d'autres clientes venir fournir la diversion dont elle avait besoin.

Mais non. Personne. Juste elle et la vendeuse. La vendeuse qui l'observait de façon de plus en plus insistante, la fixant sans se cacher, redemandant d'un ton assez peu commerçant si elle pouvait aider ou donner un conseil.

Nadj déclinant à nouveau, aussi aimable que possible, voyant le moment où la fille allait lui demander de quitter le magasin si elle n'y achetait rien. Encore deux longues minutes comme ça. Et puis manquant de crier de joie en voyant arriver mieux que tout ce dont elle aurait pu rêver : un groupe de Saoudiennes bâchées.

Six femmes dont seuls les yeux étaient visibles – les yeux et les bouts d'escarpins hors de prix qui pointaient sous l'ourlet de leurs djellabas noires portées sous leur nyabs. Les six entrant dans la boutique en piapiatant et gloussant en arabe, leur chaperons-*slash*-gardes du corps restant à la porte.

La vendeuse oubliant alors Nadj et se précipitant pour les accueillir. Sans plus de succès. Les femmes en noir l'ignorant elles aussi pour l'instant, préférant se disperser à leur guise entre les différents présentoirs et portants.

Nadj n'hésitant pas, profitant de l'écran qu'elles formaient pour prendre l'autre sortie, celle qui donnait sur la rue.

Trente-sept

Le Serbe avait dit, « Putain, c'est pas vrai, ça ! Tout le monde sait qui a chouré ces putains de montres, sauf moi ! T'es où, là ? Chez toi ? » Bruno n'aimant pas quand le Serbe le tutoyait. Préférant quand il lui disait vous. Le Serbe ayant, pour ce que Bruno en savait, une tendance à vous coller contre le mur ou vous jeter du quinzième quand il vous disait tu. Bruno disant, Oui, il était chez lui. Le Serbe disant, « Sois prêt devant la porte en bas dans dix minutes. On passe te prendre. » Bruno ne voyant pas pourquoi, mais ne discutant pas, pensant aux sommes en jeu.

Donc là, Bruno était assis à l'arrière du Chrysler *Voyager* noir. Le Serbe à l'avant, à côté du grand type tondu habillé tout en noir qui conduisait. Bruno derrière sur un siège pivotant. Le reste de l'habitacle dans son dos aménagé comme un petit salon, ou une *stretch-limousine*.

Bruno, dès qu'il s'était retrouvé à l'arrière du Chrysler, commençant à raconter au Serbe : Linda Ponderoux, le Sporting, le professeur de tennis. Donnant peut-être trop de détails car le Serbe l'avait fait taire très vite, « Je comprends rien. Et toute façon, je vais te dire, si tu savais tout ça, fallait me le dire plus tôt. Là, c'est trop tard, maintenant. Il faut que je sois concentré. Donc tu te tais. T'as compris ? Je veux plus t'entendre. » Le Serbe ensuite s'adressant au conducteur dans une langue étrangère que Bruno imagina être du serbo-croate. Bruno se sentant exclu, forcément, mais s'abstenant de faire remarquer que c'était impoli.

Bruno n'aimant pas le son du serbo-croate. Soulagé quand le Serbe avait été interrompu par son portable. Décrochant, écoutant et bientôt disant, « Comment ça vous l'avez *perdue* ? » Visiblement mis en colère par ce qu'on venait de lui dire. « Putain, je le crois pas, ça ! Je le crois pas ! Là, tu sais quoi ? Tout ce que j'ai à te dire, c'est un conseil : retrouvez-la ! »

Le Serbe raccrochant après avoir dit ça et donnant un coup de poing sur le tableau de bord devant lui. Le conducteur alors disant en serbo-croate quelque chose que Bruno ne comprit pas, mais où il crut reconnaître deux fois le mot *airbag*.

L'exaspération du Serbe montant alors d'un cran. Le Serbe se mettant à insulter le conducteur, en français : « Quoi, "comme l'autre fois", connard ? De quoi tu me parles, "l'autre fois" ? L'"autre fois", c'est pas de ma faute, je l'ai à peine effleuré, ton tableau de bord de merde, le truc est parti tout seul ! Là, tu veux que je tape où ? Dans ta gueule de pédé ? Il y a un *airbag* qui sort, aussi, si je te défonce la tête ? » Le Serbe levant la main. Le conducteur haussant par réflexe l'épaule droite pour se protéger le visage, donnant alors un coup de volant involontaire. Le Chrysler faisant une embardée, déclenchant des klaxons tout autour.

Le Serbe hors de lui, à présent. « Putain, regarde la route enculé ou je te fume ! »

Le silence revenant après ça, le Serbe regardant devant lui, perdu dans des pensées que Bruno préférait ne pas connaître et, vu l'ambiance et les instructions qu'il avait reçues plus tôt, n'osait pas interrompre. Par exemple en demandant pourquoi ils venaient de s'engager sur une bretelle d'accès à l'aéroport Nice-Côte d'Azur.

Allaient-ils accueillir quelqu'un à sa descente d'avion ? Ou au contraire le Serbe partait-il en voyage ? Mais alors, pourquoi avoir insisté pour emmener Bruno ?

Bruno visité par l'impression d'être embarqué dans quelque chose qu'il ne contrôlait pas, sentant un regret poindre, même, d'avoir appelé le Serbe. Et puis se disant non. On n'avait rien sans rien. Tout allait bien se passer.

Le Serbe pointa le doigt devant lui et dit, « Là, la station Total. » Le conducteur changeant alors de file et allant s'arrêter sur le parvis de la station-service, mais négligeant les pompes, roulant directement jusqu'à la boutique. Bruno pensant à un arrêt pipi ou à une soif soudaine du Serbe.

Détrompé en voyant le conducteur descendre du Chrysler sans couper le moteur, et aller à l'intérieur du petit bâtiment parler à la caissière. Bruno la voyant alors tendre au conducteur ce qui, d'où il était, à travers la baie vitrée, ressemblait à une enveloppe. Le conducteur revenant s'installer au volant, tendant l'enveloppe au Serbe.

Le Serbe l'ouvrit, en sortit une feuille de papier, la dépliant d'une main et attrapant son téléphone portable de l'autre. Appuyant sur une touche, attendant quelques secondes et disant « Vous êtes où ? Où ça ? Okay. Gardez vos distances. Voilà leurs instructions de merde. » Et commençant à lire à haute voix pour la personne au bout du fil. « *Gagnez le parc de stationnement P5 attenant au terminal 2. Montez au quatrième et dernier étage, niveau Départs, et garez-vous en section A, du côté droit des caisses automatiques quand on fait face au terminal. Une fois sur place, coupez le moteur et attendez.* Okay. Donc, vous, à ce moment-là, allez vous positionner juste après la sortie du parking que j'ai dit, là, terminal 2, P5. Je sais pas, démerdez-vous, faites semblant d'être en panne, n'importe quoi, mais mettez-vous où j'ai dit et attendez que j'appelle. »

Le Serbe coupant la communication, appuyant sur une autre touche, attendant puis disant, « Terminal 2. Oui. J'en veux deux au niveau Départs, deux autres aux Arrivées. Chaque fois en surveillant ce qui vient du parking. Valise gris clair. Je vous préviens dès que c'est fait. » Raccrochant à nouveau.

Pendant que le Serbe parlait, le conducteur avait de lui-même pris en compte les instructions et suivi les panneaux indiquant le terminal 2 et le parc P5.

Le Chrysler à l'entrée du parking, à présent. Le conducteur prenant un ticket à la borne et commençant à escalader la rampe, montant directement au dernier étage, à l'air libre, trouvant ensuite sans difficulté un espace de stationnement dans le secteur précisé dans les instructions.

Le portable du Serbe se mit à vibrer. Il prit l'appel, écouta puis raccrocha sans avoir rien dit. Bruno le vit alors descendre du Chrysler et passer devant, portant une valise grise que Bruno n'avait pas remarquée jusque-là.

Il emprunta ensuite la plate-forme centrale, passant devant les caisses automatiques et les ascenseurs sans les regarder, et gagna l'autre section, s'arrêtant au niveau des places handicapés, près d'un très gros 4 × 4 garé sur l'une d'entre elles.

Un grand type à cheveux blancs que Bruno n'avait encore jamais vu descendit du 4 × 4, tenant une espèce de grosse règle à la main et la promenant sur le Serbe de la tête aux pieds, le Serbe se laissant faire, écartant les bras, comme s'il avait affaire à un agent de sécurité à l'entrée de la zone d'embarquement.

Bruno se demandant vraiment où il était, là, et ce qu'il y faisait, à la fois paniqué et captivé.

Le type à cheveux blancs jeta ensuite son appareil de détection à l'arrière du 4 × 4 par la fenêtre ouverte et sortit un téléphone, parlant brièvement dedans, puis le rangeant. Le Serbe et lui commençant à attendre, s'observant sans se parler.

Pas longtemps.

Presque aussitôt, Bruno entendit et vit une voiture stationnée deux rangées plus loin manœuvrer et venir se ranger à côté du 4 × 4, sur une autre place en principe réservée à des handicapés. Un type descendit de la voiture, un sac de sport à la main. Celui-là, en revanche, disant quelque chose à Bruno.

Bruno cherchant, cherchant, trouvant, et sous le coup de l'étonnement, se laissant aller à dire à haute voix : « Mais c'est Maître Stéphane, là ! C'est Maître Stéphane avec une perruque ! »

Le conducteur, lui, disant à Bruno sans se retourner, « Ta gueule ! »

Bruno trop étonné pour en tenir compte, tout à sa surprise, redisant, « Mais là, c'est *lui* ! C'est Maître Stéphane. Qu'est-ce qu'il fait là ? »

Le conducteur, là, se retournant. « Putain, tu vas fermer ta gueule, oui ? »

Bruno se taisant, mais se redisant à lui-même, « Ça alors ! C'est quand même dingue. C'est Maître Stéphane avec une perruque blonde ! »

Le grand brun tout en noir qui tenait la valise grise en face du commissaire-priseur n'avait pas l'air commode. Thierry Plaisance se jurant de faire très attention, dans l'immédiat et dans les jours à venir. Le gars n'avait pas une tête à lâcher tant d'argent sans tenter de le revoir, une fois récupéré les montres.

Le grand brun tendant sa valise grise au commissaire-priseur.

Thierry Plaisance voyant alors le commissaire-priseur s'accroupir et poser la valise par terre, l'ouvrir, puis la tourner vers Thierry Plaisance pour qu'il puisse voir les liasses de billets de cinq cents euros rangées à l'intérieur. Cinquante-deux, en principe. Le commissaire-priseur en sortant une ou deux au hasard, les inspectant puis les remettant en place, refermant ensuite la valise avant de se relever, la valise à la main.

Thierry Plaisance tendant la main vers la valise, mais le commissaire-priseur dit, « Pas tout de suite, si vous voulez bien » et fit alors passer la valise par la fenêtre ouverte du *Land Cruiser* pour la poser sur la banquette arrière. Thierry Plaisance le trouvant gonflé de faire ça. Le grand brun le regardant et n'ayant pas l'air d'adorer non plus.

Le commissaire-priseur semblant s'en foutre, disant, « Ça, ça va là pour l'instant. » Puis, s'adressant à Thierry Plaisance, « À présent, les montres, s'il vous plaît. » Tendant la main vers le sac de sport que tenait Thierry Plaisance.

Thierry Plaisance le lui donnant et évitant ensuite de croiser le regard du grand brun pendant que le commissaire-priseur ouvrait le sac et vérifiait le contenu.

Thierry Plaisance regardant le 4 × 4 Toyota plutôt. Là où était l'argent.

Ça y est. Le commissaire-priseur venait de passer le sac ouvert au grand brun. Le commissaire-priseur à présent en train de regarder le grand brun inspecter le contenu du sac, lui disant de bien vérifier surtout, comme si le grand brun avait besoin de cet encouragement.

Le grand brun hocha enfin la tête.

Le commissaire-priseur se pencha alors à l'intérieur du *Land Cruiser* pour récupérer la valise grise avec l'argent dedans et la tendre ensuite à Thierry Plaisance.

Thierry Plaisance la prenant et montant vite en voiture. Démarrant pendant que le grand brun repartait vers l'autre côté du parking, le commissaire-priseur lui aussi déjà installé au volant du *Land Cruiser*. Tout le monde pressé de partir. Mais Thierry Plaisance plus rapide que les autres, déjà en train de rouler vers la sortie. La valise posée à côté de lui.

Bruno ne savait pas à quoi il venait d'assister, mais se doutait que ça n'était pas casher.

Le Serbe revenait vers le Chrysler, portant le sac de sport avec lequel était arrivé Maître Stéphane. Voilà. Le Serbe venait de se rasseoir à l'avant du *Voyager*, disant au conducteur, « C'est bon, tu captes sur le GPS ? »

Le conducteur hochant la tête, Bruno en déduisant qu'ils avaient placé une puce ou quelque chose comme ça dans la valise grise. Le 4 × 4, lui, avait déjà quitté la place handicapés et commencé à rouler vers la sortie, tout à l'autre bout de l'étage. Le Serbe était en train de donner son signalement au téléphone, sans doute à ceux qu'il avait envoyés se poster à la sortie du parking. Le conducteur démarra le Chrysler et, à son tour, se mit à suivre les panneaux indiquant la sortie.

Le Serbe, lui, toujours au téléphone, mais en ayant changé de correspondant, là en train de dire : « Ah ouais ? "Elle est ni chez elle ni à son bureau" ? Et tu sais pourquoi elle y est pas, chez elle ou à son bureau ? Parce qu'elle est couchée par terre à l'arrière d'un 4 × 4 avec ma valise de fric. Voilà où c'est qu'elle est cette petite pute de merde ! »

Dans sa cachette sous la banquette arrière du *Land Cruiser*, Nadj avait eu très peur, mais pas du tout la même que la nuit précédente, dans le minivan de Kruelo, avec les deux tarés qui voulaient la violer. Une bonne peur, là. De l'adrénaline, comme on dit. Peut-être ce qu'éprouvaient les athlètes pendant une course ou un combat.

Nadj assez fière à présent, ne réalisant pourtant pas encore très bien, revenue à l'avant s'asseoir à côté du Hollandais, la valise grise contenant un million trois cent mille en billets de cinq cents sur les genoux, roulant sur la bretelle d'accès à la RN98.

Le Hollandais disant qu'il lui devait des excuses. Nadj demandant pourquoi. Le Hollandais disant pour avoir douté du plan qu'elle avait mis au point. Le Hollandais depuis le début persuadé qu'elle ne réussirait pas à intervertir les valises sans se faire repérer. Et là, disant qu'en fait, tout s'était « merveilleusement bien passé ».

Nadj pensant à tout ce qui avait encore intérêt à « merveilleusement bien se passer » s'ils voulaient vivre vieux. Disant au Hollandais : « Attends. C'est pas fini. »

Trente-huit

Le Chrysler était arrivé en vue des bornes de paiement. Bruno pas mécontent de quitter le parking, et, tout bien considéré, assez tenté de surseoir à son projet d'association avec le Serbe. Cherchant plutôt, à présent, comment il allait en prendre congé. De préférence sans le froisser.

Le Chrysler à l'arrêt derrière une *Laguna*, attendant que le conducteur paye et que la barrière se lève. Mais rien ne se passait. Le type sans doute en train de chercher son ticket ou quelque chose comme ça. En attendant, bloquant le passage.

Le Chrysler empêché de changer de file par des voitures rangées de chaque côté.

Et là, à un moment, le conducteur regardant dans son rétroviseur latéral et disant, « Merde ! » Le Serbe entendant ça, regardant de son côté et se mettant lui aussi à jurer.

Curieux, Bruno se retourna et, par le hayon arrière, vit des voitures arrêtées derrière eux, des gyrophares bleus aimantés sur le toit. Le Chrysler tout à coup encerclé d'hommes et de femmes qui portaient des brassards orange, des coupe-vent bleus ou même des gilets pare-balles, et qui braquaient toutes sortes d'armes à feu dans leur direction.

Devant, une femme et un homme étaient sortis de la *Laguna*, tenant eux aussi des pistolets à deux mains, bras tendus devant eux, dirigés droits vers le conducteur et le Serbe. Donc, par voie de conséquence, un peu aussi vers Bruno. Il s'entendit laisser échapper un gémissement.

Le Serbe, lui, était en train de hurler dans sa langue maternelle.

Depuis qu'il était remonté en voiture et avait démarré, Thierry Plaisance n'avait qu'une envie : vite se ranger sur le bas-côté et revoir l'argent qu'il n'avait fait qu'entr'apercevoir. Les jolis billets violets. Cinquante-deux liasses de cinquante billets chaque. Deux mille six cents en tout. Tous pour lui.

Obligé de rouler presque jusqu'à la Promenade avant de trouver une station BP.

Coupant le moteur et, dans un état d'excitation délicieux, orientant la valise sur le siège à côté de façon à ce que les serrures se retrouvent face à lui. Posant les doigts dessus pour les déverrouiller. Et sursautant en entendant des coups frappés à la portière. Tournant la tête et découvrant des gens autour de sa voiture. Deux bonnes femmes et un chauve à lunettes qui collait à la vitre une carte marquée police et barrée en diagonale d'un liseret bleu-blanc-rouge.

Derrière eux, une Peugeot était arrêtée, une boule bleue aimantée sur le toit, Thierry Plaisance trop absorbé par la valise pour l'avoir entendue arriver.

Le chauve à lunettes, là, venait d'ouvrir la portière, lui faisant signe de descendre. Thierry Plaisance obtempérant, ravi de ne pas avoir eu le temps d'ouvrir la valise, en fait. À une seconde près, il aurait eu l'air malin !

Une fois dehors, il vit qu'en plus du chauve à lunettes, il avait affaire à une grosse, beaucoup plus âgée à voir ses longs cheveux gris ramenés en chignon, et à une espèce de grande gigue à long visage chevalin, les deux habillées comme des mecs, avec des jeans, des Nikes et des blousons en Nylon, chacune portant aussi un brassard orange marqué police.

Le chauve à lunettes dit qu'il était capitaine de Police judiciaire et demanda une pièce d'identité. Thierry Plaisance disant pas de problème, espérant juste que sa carte à en-tête du ministère de la Justice ferait le même effet que d'habitude. Tendant son portefeuille ouvert sur le bon volet, là où son identification professionnelle faisait face à son permis de conduire.

Le policier pas plus impressionné que ça, détaillant les photos sur les deux documents et disant, « C'est vous, là ? Ça vous ressemble pas. »

Et merde ! Thierry Plaisance alors se souvenant qu'il portait une perruque blonde. « Mais si. Attendez. » Enlevant la perruque. « Voyez ? C'est déjà plus moi, là. Non ? »

Le flic méfiant, disant, « Et pourquoi vous portez une perruque, alors ? »

Thierry Plaisance trouvant le flic un peu efféminé. La grosse à chignon s'était un peu écartée, écoutant son portable et disant, « Okay. Bravo. Ben nous aussi. On vous tient au courant. On se voit au service. » Raccrochant et disant aux deux autres. « C'est bon. Ils ont serré tout le monde et retrouvé le matos. » Thierry Plaisance priant pour que ça ne veuille pas dire ce que ça semblait vouloir dire.

« Ho ! Je vous ai demandé. C'est quoi ce déguisement ? »

Thierry Plaisance décidant de faire l'innocent tant que ce serait possible – et même après, si ça se trouve. « C'est rien. » Réfléchissant à toute vitesse, là, disant le premier truc qui lui venait à l'esprit. « C'était pour faire une farce à un ami que je venais chercher. »

« Et il est où votre ami ? »

« Ah ben il est pas là. Il a – Il a raté son vol ce con. » Entendant alors dire dans son dos : « Raté son vol ? C'est pas comme vous, dites-moi ! »

Pendant qu'il parlait avec le chauve à lunettes et la grosse à chignon, la grande gigue chevaline avait ouvert la portière côté passager, pris la valise, et venait de la déverrouiller après l'avoir posée sur le capot. « Capitaine, venez voir. » L'efféminé commençant à contourner la voiture pour rejoindre sa collègue, Thierry Plaisance allant pour le suivre mais la grosse à chignon l'arrêtant aussitôt. « Ho ! Là ! Qui vous a dit de bouger ? » Thierry Plaisance restant où il était, regardant le chauve prendre un air ébahi et siffler devant le contenu de la valise. La chevaline disant, « T'as vu ça ? Combien il peut y avoir, ton avis. » Thierry Plaisance se retenant de leur dire un million trois, pauvres cons.

Le chauve à lunettes haussa les épaules et revint se planter face à Thierry Plaisance tandis que la grosse allait admirer la prise à son tour. Le chauve disant, « C'est à vous ça ? »

Thierry Plaisance ne sachant s'il devait répondre oui ou non. Le chauve à lunettes n'ayant pas la patience d'attendre qu'il se décide, disant, « Bon, ben, on va aller parler de tout ça au service. »

Thierry Plaisance tentant un dernier truc, au point où il en était ! « Attendez, je vous explique : vous avez vu ma carte ? Je dirige le SPIP de Grasse. Et en fait là, j'ai fait ça pour piéger deux des libertés conditionnelles dont je m'occupe en ce moment. »

Le chauve fronçant le sourcil. « Comment ça ? »

« J'ai un gars, un prof de tennis de Tésauris, je suis presque sûr que c'est lui qui a commis le casse du musée, avant-hier – vous savez, les vieilles montres. Donc je l'ai démasqué et je me suis dit que, tant qu'à faire, j'allais remonter jusqu'au bout de la filière, voir ses complicités. Et là, coïncidence, c'est un autre des types que j'ai sur mon listing qui devait faire le recel. Donc moi, j'ai pris la place du prof de tennis pour démasquer les acheteurs. »

Thierry Plaisance en impro totale, là, ne sachant pas où il allait, mais se disant que s'il avait une chance d'embrouiller quelqu'un, c'était là, tout de suite, à chaud, pas plus tard devant un juge.

« Le truc, c'est que j'attendais d'avoir le doss complet avant de vous prévenir – enfin je veux dire, pas *vous* précisément, mais la police. Vous voyez ce que je veux dire ? »

Les flics échangeant un regard et le chauve disant, « Justement, pas très bien, non. Je vais pas vous mentir. »

C'était la première fois que Bruno se faisait plaquer sur un capot de voiture, écarter les jambes à coups de pied et palper sans ménagement pendant que plusieurs personnes braquaient des armes sur lui.

Bruno à présent assis par terre, appuyé contre le Chrysler, les mains menottées dans le dos. Le Serbe et le conducteur placés à côté de lui, dans la même position.

Les policiers avaient vite trouvé le sac de sport. Bruno manquant de s'évanouir et aussi de fondre en larmes quand il les avait entendus dire ce qu'il contenait. Depuis, ils s'affairaient dans le Chrysler, cherchant d'autres pièces à conviction, sans doute. Et puis celui qui semblait diriger les opérations, un certain capitaine Courlis d'après ce que Bruno l'avait entendu dire au Serbe, vint se placer au-dessus de lui.

« Et toi, t'es qui, alors ? Azur Security, aussi ? » Bruno ne comprenant pas tout de suite la question, tardant à répondre. « T'es garde du corps ? T'as pas la touche, pourtant. »

« Ah non, non pas du tout. Moi je suis chirurgien. »

« Chirurgien ? »

« Oui. Plasticien, reconstructeur et esthétique. À Tésauris, clinique Lechevalier. »

« Ah bon ? Qu'est-ce tu fous là, alors ? »

« Ah mais moi, rien. Moi je ne devais pas être là. »

« Oui ben t'y es, pourtant. » Montrant le Serbe assis à cinquante centimètres de Bruno. « Vous faites du trafic d'organes, c'est ça ? »

« Mais non ! Mais pas du tout. »

« Je le crois pas cet enculé, il manquait plus que ça ! » Le policier secouant la tête avec une grimace, prenant alors un collègue à témoin. « Il s'est mis aux organes, ce pourri. Et voilà la petite merde de chirurgien esthétique qui les prélève pour lui. » L'autre flic regardant Bruno avec dégoût lui aussi à présent.

« Mais non ! Mais c'est pas ça. Moi, ça n'a rien à voir. Je vous jure. »

« Ah non ? Qu'est-ce tu fous là, alors ? »

« Non, moi, j'ai rien à voir dans ses affaires ! »

Bruno se tournant vers le Serbe pour qu'il confirme.

« Moi, au départ, je suis juste là parce qu'il voulait que je lui liposuce le cul. »

Bruno disant ça. Et regrettant aussitôt.

Le chauve à lunettes essayait de comprendre. « Oui mais ça, lui, votre gars, là, l'antiquaire – »

La grosse à chignon le coupant : « Non, le prof de tennis. »

« Oui, pardon, le prof de tennis – mais bon, l'antiquaire aussi, si tu vas par là. Le prof de tennis et l'antiquaire, à tous les coups ils vont nier. Voyez le problème ? »

La grosse hochant la tête. « Le prof de tennis, par exemple, ça va être sa parole contre la vôtre. »

« Alors, c'est sûr, vous, là, vous êtes juge d'application des peines. » Le flic s'emmêlant dans les titres et les services, mais Thierry Plaisance laissant dire. « C'est un petit avantage, en terme d'*a priori*. »

« Sauf que c'est vous qu'on trouve dans le périmètre d'un aéroport international avec la mallette d'argent liquide. »

« Putain, juge d'application des peines, en prison, ça va pas être drôle tous les jours. Ils vont s'occuper de vous, les mecs. »

La grande gigue s'en mêlant : « Vous, votre peine, pas de souci, elle va être appliquée. »

« Sauf, à ce moment-là, demander l'isolement. Mais ça tape sur les nerfs, à force, à ce qu'on m'a dit. »

Thierry Plaisance essayant jusqu'au bout. « Non mais là, c'est pour ça. Vous pouvez pas me faire ça ! »

La grosse disant, « Vous faire quoi ? »

Le chauve ayant compris, lui : « Ben oui mais, même on voudrait, comment on peut bien faire ? Nous, on surveille l'échange, on serre le gars qui se barre avec la valise d'oseille et c'est sur vous que ça tombe.

On pouvait pas se douter que ça allait être un juge qui menait son enquête. »

La grande gigue soupirant. « Ça, ça va être la merde à expliquer, je te dis pas. »

La grosse d'accord avec elle. « Putain, le rapport, la tannée, je vois ça d'ici. »

La grande disant, « En même temps, si tu regardes, on a les montres, on a les Russes, on a le fourgue et l'argent. »

Le chauve à lunettes disant alors à la grande gigue de rester avec Thierry Plaisance, et s'éloignant avec la grosse à dix mètres pour discuter tranquille. Thierry Plaisance aimant bien le tour que ça prenait. Du coup, mangeant sa langue, ne disant rien à la grande gigue. La grande gigue disant juste, « Enfin moi, je dis ça, c'est pas moi qui décide. » Elle et lui restant comme ça, à attendre, en regardant la route.

Puis les deux autres revenant, le chauve disant alors, « Bon. Nous, voilà ce qu'on pense. Votre histoire d'enquête, ça va foutre le bordel. Si ça se trouve, la juge va vous croire et vous féliciter. Et puis si ça se trouve, non. Elle va rien vouloir savoir, avec les deux qui vont dire le contraire juste pour vous faire chier. Tandis qu'à côté de ça, comme dirait ma collègue, à part vous, on a un truc nickel. On a les montres, on a l'argent des montres et le cul de la crémière – ou plutôt, le nom des deux mecs que vous nous avez donnés. C'est-à-dire tout ce qu'il faut pour ficeler notre affaire. Donc je dis, par exemple, juste comme ça, on discute, mais par exemple, si on dit que nous, là, on est tous occupés à recompter l'argent, et le type qu'on a serré, il en profite pour s'arracher, l'enflure. »

La grosse disant, « En même temps, nous, on a l'argent, donc personne va trop nous emmerder non plus. On tâche de faire avaler ça. Et si ça marche pas, que la juge nous fait chier, à ce moment-là, pardon, faut pas nous en vouloir, on balancera votre nom. Vous verrez avec elle, entre juges. Mais sinon, on a qu'à dire comme ça : on vous a jamais vu. »

Le chauve disant, « Qu'est-ce que vous en dites ? »

Thierry Plaisance disant, « Ah ben j'en dis, j'en dis que oui, c'est sûr. »

« C'est sûr ? »

« J'ai pas été malin. J'aurais dû me backer. Que là, comme vous disiez, quelqu'un de mauvaise foi, les apparences peuvent sembler contre moi. Les deux, j'ai rien qui prouve que je voulais les piéger, en fait. »

« Voilà. C'est ça qui est con. Sinon, c'était top, votre histoire. »

« Moyennant quoi, ça me coûte » – un million trois cent mille pour être précis –, « ça me coûte, mais je crois quand même qu'on va faire comme vous dites. C'est vous qui avez raison. »

La grosse hochant la tête. « Je crois aussi que c'est mieux. »

« Attendez ! » Le chauve. Qu'est-ce qui lui prenait ? « Je vous donne ma carte quand même, que vous vous souveniez mon nom, comme ça un jour j'appelle, vous verrez qui je suis. »

Thierry Plaisance prenant la carte de visite que le chauve lui tendait, lisant dessus au passage avant de l'empocher *Alexandre Courlis* et un numéro de portable.

Thierry Plaisance disant alors, « C'est bon, là ? Je veux dire, je peux y aller ? »

La grande gigue, elle, en train de ranger la valise grise à l'arrière de leur Peugeot. Thierry Plaisance envie de pleurer, presque.

Radu venait d'escalader le mur et de passer par le trou de la clôture comme il avait fait la fois d'avant. Cette fois marchant dans le jardin sans chercher à se cacher, entrant dans la maison de Monsieur et *Doamna* Bluto.

Radu entrant dans le grand salon où il avait dormi deux nuits avant et se trouvant en face de *Doamna* Bluto. *Doamna* Bluto à son aise chez elle, avec un short et un haut de maillot de bain. Mais élégante quand même. Radu remarquant les jolies chaussures.

Doamna Bluto poussant un cri. Demandant à Radu qui il était, ce qu'il faisait là et puis disant « Mais c'est vous – c'est vous que les policiers ont arrêté l'autre jour. » Radu content que *Doamna* Bluto le reconnaisse. *Doamna* Bluto redemandant ce qu'il voulait.

Radu lui disant, « Cinquante mille euros. Vous donnere moi. Moi je donnere vous photos et *card memorie*. »

Radu montrant l'enveloppe qu'il avait avec lui et commençant à sortir les photos et les poser sur la petite table devant le canapé. *Doamna* Bluto moins gênée que Radu aurait cru en revoyant les photos, demandant à Radu ce qu'il ferait si elle ne lui donnait pas les cinquante mille euros.

Radu dit qu'il allait montrer les photos à Monsieur Bluto.

Et là *Doamna* Bluto surprenant encore plus Radu en appelant, « Philippe ! » Plusieurs fois. « Philippe ! » Finalement, Monsieur Bluto en petit slip de bain sous son gros ventre arrivant dans le salon, disant « Quoi ? », l'air fâché d'avoir été dérangé.

Doamna Bluto disant, « Chéri, tu peux venir une seconde s'il te plaît ? »

« Oui ben je suis là. Qu'est-ce qu'il y a ? » Monsieur Bluto faisant une grimace en déplaçant l'élastique du petit slip de bain entre ses jambes. « C'est qui lui ? »

Doamna Bluto disant, « Monsieur, là, je ne sais pas son nom, a des photos qu'il aimerait te montrer. » Radu comprenant qu'il n'allait pas gagner ses cinquante mille euros. Mais ne comprenant pas ce que *Doamna* Bluto était en train de faire. Monsieur Bluto non plus ne comprenant pas, disant, « Des photos ? »

Doamna Bluto disant, « Oui. De moi en train de me faire dominer dans une chambre d'hôtel par un chef de service de l'Administration pénitentiaire. Tu veux les voir ? »

Manu avait presque flippé en retrouvant Maïté, Jean-Louis et Marion, plus vrais que nature avec leurs brassards orange et la boule bleue sur le toit de la *307*. Prenant la pose pour lui et puis rangeant les accessoires dans le coffre de la voiture.

Manu disant ensuite, « Je le crois pas que ça ait marché, mais ça a marché. »

Jean-Louis dit, « Si tu penses à tous les trucs qui auraient pu merder. Et qu'au final, tout a roulé impec. »

« Nadj, c'est diabolique en fait, son plan. Là, soit Kruelo plonge pour le cambriolage du musée. Soit il explique qu'il venait de faire l'échange, mandaté par le Russe. Et là, vis-à-vis de l'assurance, ça devient vraiment compliqué. »

Jean-Louis dit, « Faut voir ce qu'ils vont trouver chez lui, aussi. Ça m'étonnerait qu'ils ressortent les mains vides. »

Manu, lui, à ce stade, se foutant un peu du Serbe, en fait. « Et Nadj ? »

Marion dit, « Je viens de lui parler. Elle m'a dit qu'elle est en route. »

Maïté dit, « Okay. Bon ben il n'y a plus qu'à aller l'attendre, alors. »

Manu pensant, Capri, Ravello, Positano, nous voilà.

Trente-neuf

Un mois plus tard, à deux ou trois jours près, la piscine du Sporting était presque finie et Manu était sous un parasol de la terrasse du club-house, assis avec *Nice-Matin,* attendant Madame Bluto pour sa leçon de onze heures. Madame Bluto dont justement, les deux dames attablées devant lui étaient en train de parler, Manu les entendant sans vraiment écouter. Une des deux disant que, dans son divorce, c'était Madame Bluto qui allait presque tout garder. Que depuis des années, son mari avait mis plus de la moitié de ses affaires à son nom à elle, pour des raisons fiscales. L'autre dame disant qu'elle allait dire à son mari de faire pareil, alors, lui qui râlait tout le temps qu'il payait trop d'impôts. Les deux dames vite rejointes par leurs partenaires de double, se levant et partant vers leur court. Manu restant seul avec son journal.

Un mois après, on ne parlait plus de leur affaire. Il allait falloir attendre le procès de Kruelo, maintenant, pour revoir des articles dessus. Manu curieux de savoir si les flics arriveraient à épingler le vol des montres sur le Serbe qui n'y était pour rien. Les journaux au lendemain de son arrestation disant que « le binational franco-serbe » se refusait pour l'instant à « fournir des détails sur la façon exacte dont il a trahi la confiance de son employeur et organisé le cambriolage de la fondation Lievenstein à Cinjus-Tésauris ». Manu s'étant dit, tu m'étonnes. Les « détails », il fallait d'abord que le mec les invente ! Manu se demandant du coup si les policiers savaient qu'ils n'avaient pas le bon colis. Manu pensant que oui, les flics pas si cons que ça.

En même temps, Manu croisant les doigts et se disant qu'ils n'allaient pas trop se casser le tronc pour éclaircir le truc. Oleg Makharov avait récupéré ses montres, remercié et félicité les policiers français. Et puis, d'après le journal, écourté son séjour à Cinjus-Tésauris, préférant par souci de tranquillité ne pas se trouver en France pendant la durée de l'enquête.

Toujours d'après le journal, au domicile d'Othello Zsadic, dit Kruelo, les agents de l'OCRTEH avaient découvert, entre autres pièces à conviction, dix-sept passeports de jeunes femmes originaires d'Europe centrale ou de l'Est, toutes contraintes à se prostituer sur la Promenade des Anglais et certains trottoirs de la rue de France. Dans le cadre de la loi Sarkozy, ces jeunes femmes s'étaient vu proposer des permis de séjour en échange de leur témoignage à charge contre leurs proxénètes. Certaines s'y refusant, tantôt à cause de la trop courte durée du séjour accordé, tantôt – hélas, écrivait le journaliste – par peur de représailles sur leurs proches restés au pays. Les dépositions des autres débouchant quand même sur l'inculpation d'une demi-douzaine de ressortissants serbes et moldaves. Et de quatre citoyens français.

Manu, toute cette semaine-là, achetant aussi les quotidiens nationaux pour voir ce qu'ils en disaient. *Libération* était le plus perfide dans les sous-entendus – suggérant même à demi-mot une imbrication professionnelle de l'oligarque russe et du criminel serbe qui dépassait de loin la simple garde rapprochée. Et *Le Monde* le plus rigoureux dans le tableau général de la traite d'êtres humains à Nice et sa région. Mais c'était quand même *Nice-Matin* qui avait les détails.

Par exemple, le lendemain du « raid à l'aéroport », même s'ils ne faisaient pas le lien entre les deux, ils étaient seuls à publier une brève évoquant le cambriolage des camions de la production de la série *Neuf-Trois Police Croisette* et le vol de divers accessoires, comme un gyrophare, des brassards et des fausses cartes de police. L'attention du vigile maître-chien chargé de surveiller les véhicules avait été détournée par une femme inconnue d'origine balkanique, vraisemblablement une prostituée. Le rédacteur de l'article demandant si l'enquête allait être confiée à Kamel Belghazi, le comédien qui interprétait le héros de la série, un policier de Seine-Saint-Denis transplanté sur la Côte d'Azur.

Manu avait gardé certaines des coupures de presse, en souvenir. Comme il avait gardé la lettre, aussi. La lettre et les articles maintenant rangés dans un coin de son casier, avec le soutien-gorge. La lettre dont il connaissait des passages par cœur à force de l'avoir lue et relue.

Manu, un mois plus tard, se rerécitant encore certains bouts dans sa tête, toujours pas sûr d'avoir compris toutes les excuses bidons et les faits transformés. Du style, *Ce n'est hélas pas pour rien qu'on appelle ça le plus vieux métier du monde. De quoi me dire qu'en fait, j'étais un peu naïve et présomptueuse d'imaginer que j'allais régler le problème à moi toute seule. Là, il y a dix-sept filles qui ont retrouvé leur liberté – au moins provisoire ! Il y a aussi un monstre, une anomalie de la nature, et ses complices qui vont aller en prison, même si la prison est inadaptée à ce genre de malades incurables, mais c'est un autre débat. Dix-sept filles libérées et des bourreaux emprisonnés. Un peu, j'ose le dire, grâce à moi.*

Jusque-là, rien à dire. Mais c'était ce qu'elle en faisait après que Manu trouvait un peu gonflé. *Après tout, c'est très triste, mais il semble qu'on soit un peu condamnés à ça : toujours avoir comme ça une catégorie d'hommes qui martyrisent des femmes. Dis-toi ça quand tu vas m'en vouloir : là, dans notre cas, c'est une fille qui ne se comporte pas très bien avec un garçon. Ça compense, on va dire.* Toujours la même théorie toute pourrite. Comme quand elle expliquait que si on l'engageait elle à la météo, ça compenserait un peu pour les Arabes qui ne trouvaient pas de boulot ou se faisaient refouler aux portes des discothèques. *Et encore, toi ça va. C'est juste un peu d'argent que je te prends.* Un peu, ouais – quatre cent mille euros. *Je ne t'envoie pas faire des pipes sur les galets de la plage et je ne te tabasse pas à mort si tu ne ramènes pas assez. C'est juste de l'argent. De l'argent dont, si tu es honnête, tu admettras, je suis sûre, que tu t'apprêtais à faire un usage assez consternant. Un jour, tu me remercieras de te protéger de toi-même et de te laisser le temps d'envisager des projets plus intéressants. Et, surtout, plus dignes de toi. Oui, Emmanuel Bonal, moi je sais que tu vaux beaucoup mieux que la gérance d'une « ferme » de tennis en Floride !* « Beaucoup mieux. » Chaque fois qu'il avait relu la phrase, Manu s'était dit, *beaucoup mieux*, c'est gentil, mais genre quoi, par exemple ?

En ce qui me concerne, je ne sais pas encore – la météo à Canal, au final, ils ont engagé une Black. C'est sûr que comme minorité, c'est encore plus visible. Tu vois, moi aussi, peut-être que c'est le destin, ou un ange gardien, appelle ça comme tu veux, qui me protège de moi-même et des projets idiots que je pourrais avoir. Peut-être que, moi aussi, je vaux mieux que mes envies d'être « chanteuse ». Donc je vais faire autre chose, je ne sais pas encore quoi. Mais, comme je t'ai dit une fois, aussi bien en tant que femme qu'en tant que Française issue de la diversité, je ne m'interdis aucune possibilité.

Oui, Manu se souvenant parfaitement du moment où elle avait dit ça.

J'espère qu'avec le temps – me « remercier » comme j'écrivais plus haut, c'est sans doute exagéré –, mais qu'au moins, petit à petit, tu m'en voudras de moins en moins. Jusqu'à, peut-être, un jour, ne plus m'en vouloir du tout. Manu voyant qu'elle avait écrit ça, mais espérant qu'au fond, elle savait bien qu'il ne lui en voulait pas – ou du moins pas pour l'argent. *Moi je peux t'assurer que je n'oublierai jamais la semaine que j'ai passée à faire ta connaissance. À des titres divers, tu m'as fait découvrir ou réenvisager des choses. Et je sais que les raisons et les prétextes seront à jamais nombreux de repenser à toi. Toujours avec le sourire.* Quatre cent mille, en même temps, on voyait mal pourquoi ça la ferait pleurer. *Car je peux te jurer au moins ça : chaque fois, dans mon souvenir, tu auras pour toujours trente ans.* Manu aimant les différentes façons dont on pouvait comprendre la dernière phrase. Mais bon. C'était juste ça : une phrase.

Sinon, une semaine après avoir reçu la lettre, Manu avait eu la visite du flic de l'OCRTEH, Alexandre Courlis.

Le mec venu lui demander s'il avait des nouvelles. Manu, bien sûr, lui disant que non. Le flic alors disant

« Donc toi aussi, en fait : elle t'a utilisé et elle t'a teije après. » Manu ne demandant pas au mec ce qu'il entendait par « utilisé », ni à quoi le « aussi » faisait allusion. Pas pressé de savoir comment le flic s'était fait retourner. Manu ne lui disant pas non plus comment, en fait, elle avait bien entubé tout le monde. Lui, Manu, mais aussi le Hollandais, qui devait prendre cent mille et avait pris zéro, Nadj étant descendue avec la valise à un feu rouge, profitant de la présence de deux flics juste à côté. Le Hollandais pouvant mal, du coup, abandonner le 4 × 4 et lui courir après.

Au final, il n'y avait que Maïté et son groupe qu'elle n'avait pas eu le culot de trahir. Quelques jours après, l'ancienne pute avait reçu les coordonnées d'un compte en Suisse appelé *Keserasera*, avec trois cent mille euros dessus.

Bref, quand le flic était venu le voir, Manu n'avait pas eu envie de copiner – pour ensuite quoi ? Passer des soirées à tiser comme deux cons et parler d'elle ? Manu avait laissé dire le mec et le mec était reparti.

Manu depuis donnant ses leçons tranquille. Même retourné au SPIP une fois, reçu par la CIP de ses premières visites, la brune sympa rentrée de congé maladie.

Autrement, les premiers temps, il n'avait pas du tout l'esprit à ça, mais là, il s'était laissé entraîner dans un petit plan drague. Une jolie pharmacienne blonde divorcée de trente-trois ans. Gentille, c'était pas la question. C'est juste que bon… Leur premier dîner, lui, il l'avait emmenée au *Vesuvio*, mais elle, derrière, elle ne l'avait pas emmené aux putes. En même temps, c'était idiot, ça ne servait à rien de comparer. S'il commençait comme ça, il n'aurait jamais fini.

La pharmacienne, Aurélie, adorait la Floride.

Manu peinard, en fait. Plutôt la belle vie, si on faisait le compte, pour un gars qui, à l'heure qu'il était, aurait dû être enfermé avec trois autres connards.

Manu en train de se dire ça en voyant Madame Bluto arriver. Arriver accompagnée. Manu mettant un moment à resituer le type avec elle. Mais pourtant c'était lui. C'était le Roumain. Celui avec qui il avait passé une nuit en garde à vue. Le Roumain, là, difficile à reconnaître avec le short blanc et la chemise Lacoste. Et des belles Nikes toutes neuves. Et une Wilson *K Factor Blade Tour* dernier modèle à la main. Mais pas de doute, c'était le même.

Manu faisant comme s'il ne connaissait pas le mec, le mec faisant pareil. Madame Bluto les présentant et disant, « Mon cher Emmanuel, si ça ne vous ennuie pas, aujourd'hui, je préfère que vous donniez une leçon à Radu. »

Manu disant qu'il n'y avait pas de problème, demandant au mec quel était son niveau. Madame Bluto répondant à sa place, disant que ça allait être sa première leçon. « Mais si ça lui plaît, il pourrait en prendre une ou deux tous les jours, ensuite. Qu'il progresse rapidement et qu'on puisse jouer ensemble le plus tôt possible. Les Roumains sont très doués en tennis, non ? Quand j'étais jeune, j'étais amoureuse d'Ilie Nastase. Enfin, “amoureuse”… Mais, bref – essayez aujourd'hui et si ça fonctionne bien, on verra tous les deux comment faire pour la suite. » Ça, Manu curieux de voir comment Madame Bluto allait s'y prendre pour faire admettre le Roumain au Sporting, chaque membre n'ayant droit qu'à cinq « invités » payants dans l'année. « Là, je vous laisse, je vais faire mes courses. À tout à l'heure. » Madame Bluto faisant un petit baiser sur la bouche du Roumain avant de s'en aller. S'affichant, pas gênée. Madame Bluto changée, par rapport au début où Manu avait commencé à lui donner des leçons.

Manu disant au Roumain tout en marchant vers le court, « Bien joué, dis donc. »

« Non. Pas bien jouere. C'est premier leçon jourdui. »

« Oui non mais ça, d'accord. Mais je veux dire, la dernière fois que t'es venu ici, tu creusais la piscine, fringué comme un clodo, et t'as dormi au poste. Là, total look Lacoste, la *Wilson* semi-pro et t'as Madame Bluto qui te fait un bisou. T'as, comment dire, t'as fait du chemin. C'est ça que je voulais dire. »

« Oui. Je faire chemin. C'est bien, les jours maintenant, pour moi. C'est pas problème. »

« Donc tu creuses plus de piscine. C'est fini, ça. »

« Non. C'est Madame Bluto qui dire, c'est pas la peine je travaillere. »

« Voilà ! Et tu fais quoi, alors, du coup ? »

« Je restere la maison, Madame Bluto. Faire sexe. Ou elle qui dire, faire *shopping*, la Croisette rue d'Antibes, je venir. Moi, je toujours faire attention, toujours elle content. Tu compris ? »

« *Toi toujours faire attention toujours elle content* ? Oui. Je comprends. Juste, fais gaffe – comme on dit, que ça reste un plaisir. Pas que ça devienne un métier. »

Le Roumain secouant la tête. « Non. Pas métier. C'est Madame Bluto qui dire, c'est pas la peine je travaillere. » D'accord. Le mec toujours un peu épais, quand même. Même en chemise Lacoste blanche. Manu continuant à le taquiner alors qu'ils étaient arrivés sur le court. « Ben oui mais bon, du coup : la délinquance gangster, alors ? »

« La – ? » Le mec mettant quelques secondes à se souvenir et voir de quoi Manu parlait. « Délinquante, non, non. C'est pas bon, délinquante, les jours maintenant. Les jours maintenant, c'est légal, moi. C'est pas problème, légal. Si je pouvoir, longtemps je faire. Tu compris ? »

« Tu m'étonnes. On est tous pareils, en fait. Dès qu'on est bien, ça y est. Tout de suite, on s'embourgeoise. »

« On se bourgeoise ? »

Manu, la flemme d'expliquer, disant au Roumain, « Laisse. T'inquiète, va. Il y a pas de honte. Et tu sais quoi ? » Le Roumain faisant non, en secouant la tête. « Profite tant que ça dure. »

Remerciements

Je voudrais exprimer ma gratitude pour – et plus encore dégager la responsabilité de – toutes celles et tous ceux qui m'ont aidé, renseigné et sacrifié du temps pendant la fabrication de ce qui précède. Sans eux, je n'y serais tout bonnement pas arrivé – ou encore plus mal.

Un grand grand merci donc à Richard Grandpierre.

À Florence Aubenas, Dominique Simonot, Nathalie Simonot et Isabelle Gauthier.

Merci beaucoup, beaucoup, à David LeBars, comme d'habitude. Et avec lui, à Floriane Boillot, Vincent Sarrou et Georges Ianalesco.

Merci à Elisabeth Dion.

Merci et pardon au docteur GF qui trouvera que j'ai fait un bien mauvais usage des éléments précieux et des pistes de réflexion intéressantes qu'il m'a fournis.

Et puis, bien sûr, à Nice, encore merci à Patrick pour l'assistance en vol. Et à René et Dominique pour la Promenade nocturne.

RÉALISATION : IGS-CHARENTE-PHOTOGRAVURE À L'ISLE-D'ESPAGNAC

CPI BUSSIÈRE

Cet ouvrage a été imprimé en France par
CPI Bussière
à Saint-Amand-Montrond (Cher)
en mai 2010.
N° d'édition : 101390. - N° d'impression : 100710.
Dépôt légal : juin 2010.